中国政府出版品国际营销平台精选图书·文学书系　　王昕朋 主编

大门户

The Grand House

尚启元　著

中国言实出版社

图书在版编目（CIP）数据

大门户 / 尚启元著 . -- 北京：中国言实出版社，2021.2
（中国政府出版品国际营销平台精选图书·文学书系 /
王昕朋主编）
ISBN 978-7-5171-3766-5

Ⅰ . ①大… Ⅱ . ①尚… Ⅲ . ①长篇小说－中国－当代
Ⅳ . ① I247.5

中国版本图书馆 CIP 数据核字（2021）第 018126 号

出 版 人　王昕朋
责任编辑　宫媛媛　李昌鹏
责任校对　张国旗

出版发行　**中国言实出版社**
　　　　　地　　址：北京市朝阳区北苑路 180 号加利大厦 5 号楼 105 室
　　　　　邮　　编：100101
　　　　　编辑部：北京市海淀区花园路 6 号院 B 座 6 层
　　　　　邮　　编：100088
　　　　　电　　话：64924853（总编室）　64924716（发行部）
　　　　　网　　址：www.zgyscbs.cn
　　　　　E-mail：zgyscbs@263.net
经　　销　新华书店
印　　刷　北京温林源印刷有限公司
版　　次　2021 年 6 月第 1 版　　2021 年 6 月第 1 次印刷
规　　格　880 毫米 ×1230 毫米　1/32　14.25 印张
字　　数　283 千字
定　　价　65.00 元　　ISBN 978-7-5171-3766-5

有风骨讲美学接通全球

——"中国政府出版品国际营销平台精选图书·文学书系"总序

王昕朋

中国言实出版社是国务院研究室主管主办的国家级出版单位，出版定位是：主要出版党和国家重大政策的研究成果以及相关的辅导读物。1995年成立以来，我们一直坚持这一出版定位，围绕党和国家中心工作开展出版活动，因而，国内外读者很少见到由中国言实出版社出版的文学类图书。但是，近几年文学界对中国言实出版社已不陌生。这源于出版理念的一次变革。习近平总书记在文艺工作座谈会上的重要讲话指出："一部小说，一篇散文，一首诗，一幅画，一张照片，一部电影，一部电视剧，一曲音乐，都能给外国人了解中国提供一个独特的视角，都能以各自的魅力去吸引人、感染人、打动人。"这给了我们启示、启迪，文学也是讲好中国故事、传播中国好声音的重要途径。所以，我们也用心、用功、用力打造文学板块，并将它推向世界。2018年8月，由中国言实出版社出版的李春雷报告文学作品《朋友——习近平与贾大山交往纪事》获第七届鲁迅文学奖，同时入选"丝路书香"出版工程在国外出版，于是文学界发现，中国言实出版社在文学出版领域同样有不俗的表现。中国言实出版社的文学图书品种少而精，中国文学的声音在通过中国言实出版社持续传播到海外，承载着文化和文学信息的《温文尔雅》翻译成英文、日文、俄文、德文、法文、意大利文、西班牙文、葡萄牙文、阿拉伯文等多种语言向全球推介，英文版、中文繁体版荣获第十三届"输出版引进版优秀图书"奖，长篇小说《京西胭脂铺》一举登榜"中国图书世界馆藏影响力图书20强"。付秀莹、金仁顺、乔叶、魏微、滕肖澜、叶弥、戴来、阿袁等8位"当代中国最具实力女作家"的作品集同时推出，之所以在名称中冠以"中国"二字，是出于对外推介的考量，其中付秀莹、魏微、戴来等人的小说集后来入选"经典中国"项目在美国出版，产生良好反响。

近年来，中国言实出版社加快国际出版步伐，与英、美、日等多家国外出版单位建立战略合作关系，近百名当代中青年作家的作品陆续推介到美国纽约、日本东京、德国法兰克福等多个国际书展，被多个国家的图书馆收藏，图书受到国外图书界关注，连续6年入选中国图书世界馆藏影响力百强出版单位。2015年经财政部批准立项，中国言实出版社建设并主办中国政府出版品国际营销平台，为推动"文化走出去"提供支持。2020年，有感于体量庞大的中国当代文学无法快捷地被全球关注所带来的传播学遗憾，有感于年度文学选本出版周期较长，有感于众多具有潜力、实力、影响力的青年作家的作品没有很好的对外传播渠道，中国言实出版社整合资源，决定专门为中国政府出版品国际营销平台的文学板块打造出一种比年度选本出版周期短、对当代文学创作反应更为灵敏的季度文学选本。《中国当代文学选本》应运而生，书名由王蒙题写，选稿编委梁鸿鹰、李少君、王干、付秀莹、古耜皆为业内名家行家，所选作品为国内新近发表的文质兼美的力作。作为一种有公信力的季度文学选本，《中国当代文学选本》因"让国外读者快捷阅读当代中国文学精品"的窗口作用，以及"为中国作家走向世界铺筑交流合作桥梁"的桥梁作用，受到作家、汉学家、国内外读者一致好评。《中国当代文学选本》传播中国声音，讲述中国故事，产生良好社会效益。有鉴于此，中国言实出版社决定打造这套"中国政府出版品国际营销平台精选图书·文学书系"。

出版社并不承担培养作家的使命，但是这套"中国政府出版品国际营销平台精选图书·文学书系"的入选作品多是出自青年作家之手，原因在于，我们始终关注着中国当代文学最具活力与实力的鲜活部分，求取风骨与审美的统一，始终在精心遴选极具当代性的中国文学好声音，始终把推动中国当代文学与全球接通作为出版人的责任，这套"中国政府出版品国际营销平台精选图书·文学书系"的入选作家和作品便是如此。有风骨、讲美学，是选取这套丛书的思考维度。"有风骨"是要对民族精神有所反映，要为人民而文学，要关怀民生，帮助读者把无病呻吟、凌空蹈虚的作品以独特筛选眼光来淘汰掉；而"讲美学"是指中国言实出版社遴选书稿时看重作品的文本质量，内容和形式互为表里，是为美。美为作品飞向全世界插上翅膀，中国言实出版社人始终认为，美是全人类可通融的共同语言，有风骨、讲美学才能接通全球，成为文学精品。这些优秀作品里，都跳动着时代的脉搏，展现着当代中国日新月异的面貌，蕴含着深厚的文化自信。出版是文学生产的终端，对于中国言实出版社而言是文学传播的开始。中国言实出版社将始终秉持"好作品主义"，重视名家不薄新人，盘点、整合中国文学资源，积极开展对外译介和推广工作，自觉地将有风骨、讲美学的文学精品作为永不改变的出版追求。

2020 年 12 月

目 录
CONTENTS

第一章

第一节　雪夜归人

风刮得很紧，从天而降的雪花被风吹得没有目的地四处飘落，整个村庄沉浸在白茫茫一片中。零零散散的行人急匆匆地行走在覆盖着白雪的小路上，地面不时被鞋踩出"吱嘎吱嘎"的声音。

天色已经彻底暗了下来，王本义清朝平民打扮，肩挑着杂货箱沿着小路往家走，突如其来的降雪让他内心也感觉有些奇怪，这几年老天爷小气得连一场雨雪都不舍得给人间的这些黎民百姓，地里的庄稼连年颗粒无收。突然的降雪，是不是一种祥兆？想到这里，王本义不由得笑了。

"老王，快点回家吧，你老婆快生了！"迎面而来的李财富冲着王本义大声地喊道。

"你还真会耍人开心！你要是说你老婆快生了，那我相信。"

王本义没有理睬李财富，继续慢吞吞地赶路。李财富看到王本义一副压根儿不相信的样子，说："我的话你爱信不信，你弟弟和弟媳在你家照顾你老婆，我不和你费这股劲，大冷的天，我还不如回家和老婆暖和被窝呢。"

李财富说完就走了。这个时候，路上的行人也越来越少。王本义一想，李财富这个人平时喜欢瞎传点哄人的事情，但每次都是把别人说服了才肯罢休，这次这么着急，不太符合他的性子。再一想自己老婆那大肚子，觉得这件事情有些蹊跷，说不定真是李财富说的那样。想到这里，王本义不由得加快了脚步。

寒风迎面扑来，雪花扑打在他着急而又略带有喜悦的脸上，给他带来丝丝的痛感。王本义出门做生意时，一直给老婆算着孩子出生的日子，还打算等孩子快出生的时候，就先不出门卖杂货了，毕竟这是王家的第一胎。可是到现在也就八个来月，俗话不都说"十月怀胎"吗？

雪片愈落愈多，白茫茫地布满在天空中，街巷一切都淹没在黑暗的暮色里。王本义的身上掉落了很多的雪花，进胡同不远，就是王氏老宅，老宅隐隐约约地可以看到星星点点的灯火，门口进进出出的几个人，这是王本义的家。门口有些简陋，黑漆的大门上是一副模糊不清的对联。一棵枯老的古槐树挺立在门前，庭院里布满了积雪，一条被踩出来的小道直通大厅。

王本义的弟弟王龅牙正在打扫着天井里的雪，看到王本义进门了，急忙迎上去，帮忙卸下肩上挑着的杂货箱。

王龅牙是一个孤儿，七岁那年，跟随家人逃难到长山县大由村，与家人走散。王本义的父母见他可怜，就收留他做了儿子。后来，他也没找到自己的亲生父母，亲生父母也没有来寻他，就干脆住在王家。因为比王本义小几个月，就取名叫王本仁。随着年龄的增长，王本仁的龅牙越来越明显，大家都开始叫他王龅牙，时间一长，也就没有叫他大名的了。

"你嫂子真生了？"王本义着急地问。

"哥，你有福气，母子平安，嫂子给你生了个大胖小子！马大夫刚走，秀儿在里面照顾嫂子。"

王本义一听到这些，按捺不住内心的喜悦，手舞足蹈地喊着周莲的名字直奔房间。郝秀儿抱着孩子，示意王本义小声点，又指了指躺在床上的周莲。

周莲虚弱地昏睡在床上，脸上写满了疲惫，散乱的头发和汗水掺杂在一起。郝秀儿抱着孩子送到王本义的面前。

"哥，你看这胖小子长得真好看。"

王本义愣愣地看着孩子，他没有想到自己这么快就当上爹了，连笑了几声之后，想起来躺在床上的周莲。

"不对啊，我一直算着日子，这还没到日子，孩子怎么就出生了？"

"还日子，就这老天爷，就不像想让人活的样，旱了这么长时间，连庄稼都旱死了。人吃的这些东西，孩子能顺利生下来，就是哥的福气。"

郝秀儿抱怨了一阵，突然感觉自己说错了什么，又转过头去抱歉地对王本义说：

"三哥，你看我这张嘴就是管不住，孩子刚出生，是喜事，不能说'死'字。"

"没事，我看这孩子命硬，这些事能扛得住。"

王本义说完，坐到了周莲的床前，摸了摸周莲的头，对郝秀儿说："她的头有点烫，要不要再请马大夫来瞧瞧，是不是受了风寒？"

郝秀儿一笑，说："没事，刚生完孩子的女人就是这样，睡点觉就好了。"

话刚落下，周莲咳嗽了几声，醒了过来。王本义扶起周莲，让她靠在自己身上，郝秀儿赶忙把孩子抱到周莲的面前。

王本义说："莲儿，你看这次我真不知道你生孩子，要是知道就不去潍县了。"

周莲睁开疲惫的眼睛看着孩子，浅浅地笑着，又把眼神转向王本义，"这次幸亏弟弟和弟妹两个人，不然还不知道会发生什么事呢。"

"你看嫂子见外了，咱是一家人，怎么能说两家话呢。"

王本义这才想起王龅牙还在门外等着呢，马上把门打开，让弟弟进门，王龅牙一直推托，但还是被硬拉了进去。

"你看，我进来不太合适吧！嫂子刚生了孩子，要不我去大厅坐着？"

"哪有什么不合适的，忙了这么长时间，这么冷的天，冻着身子就麻烦了。"

王龅牙走向前去，看了看孩子。

"这孩子长得真是好看。"

"要像你一样，可不就麻烦了。"郝秀儿嘲讽了一下王龅牙。

"你看弟妹说的，弟弟长得也不赖。"

正在大家高兴的时候，王本义犯起了愁，孩子出生固然是好事，可生得不是时候，连年的大旱，朝廷还在和俄国打仗，征收的赋税又增加了。

王龅牙仿佛看懂了王本义的心思，走到王本义的身边悄悄地说："你是不是愁孩子吃什么？"

王本义望了几眼躺在床上的周莲，把王龅牙拉到房间的另一边说："可不是嘛，这孩子生得不是时候，大人都是吃一顿少一顿，更不用说孩子了。"

"你看哥说的什么话，孩子出生了，咱就养得起，我家里还有几斤小米，明天给你拿来。"

"那可不行，把米给我们了，你们吃啥？"

"我们饿不死，当年要不是爹娘收留了我，我就饿死街头了。"

"小米不能要，就是秀儿有时间的话，让她多来陪陪你嫂子。"

"这个你就放心吧。"

话刚落下，王龅牙想起来什么事情，拍着王本义的肩膀，"哥，孩子现在还没名字？你读过书，赶紧给孩子起个名字呗。"

王本义寻思了一会儿，说："我不能起这个名字，咱爹娘没这个福气，要是爹活着的话，他来起这个名字，咱爹读书多。要不就找个算命先生看看生辰八字。"

"说得对，这事我来办，村东头有个姓张的算命先生，算得挺准，咱们村大大小小的事情都找他算，明天我去找他来给孩子算算。"

"那就麻烦弟弟了。"

"看你说的，我也是孩子他叔。"

王家人沉浸在孩子出生的喜悦气氛中，窗外的雪依然肆无忌惮地飘洒着，像扯破了的棉絮一样在空中飞舞。雪花白茫茫地布满天空，向四处落下。

第二节　取名树臻

风止了，空气还是跟先前一样的冷。上面是灰色的天空，下面是堆着雪的石板地。一个大天井里铺满了雪，中间是一段垫高的方形石板的过道，过道两旁各放了几盆梅花，枝上积了雪。

王龅牙一大早就带着算命的张先生来到王本义的家里，王本义快步地出来迎接。

"张先生快请进，你看这么早就把你叫来，真是对不住啊！"

"本义，这是哪的话，你们王家可是大家族啊，王家有后了，这怎么说也是大事。"

王本义听了一头雾水，先沏上茶水，端到张先生的面前。

"张先生，先喝水，我去叫老婆把孩子抱出来，让先生看看。"

张先生端起杯子抿了几口茶水的工夫，王本义把孩子抱了出来，周莲跟在王本义的身后。

孩子睁着眼睛直盯盯地看着张先生，张先生一愣，把头抬起来看着王本义。

"把孩子的生辰跟我说一下。"

"早就写好了，有劳先生了。"王本义从方桌旁拿出一张红纸，上面写着孩子的生辰八字。

张先生接过红纸，掐算了一会儿，又在纸上写了几个字，然后摇着头，说："木主仁，其性直，其情和，其味酸，其色青。木盛的人长得丰姿秀丽，骨骼修长，手足细腻，口尖发美，面色青白。为人有博爱恻隐之心，慈祥恺悌之意，清高慷慨，质朴无伪。木衰之人则个子瘦长，头发稀少，性格偏狭，嫉妒不仁。木气死绝之人则眉眼不正，项长喉结，肌肉干燥，为人鄙下吝啬。"

王龅牙和周莲在一旁听得糊里糊涂的，一起把目光转向王本义，见王本义没有反应，王龅牙对张先生说："先生，你就直接说吧，我没什么学问，这些话听不太懂。"

张先生捋着胡须，笑了几声，说："木旺得金，方成栋梁。木能生火，火多木焚；强木得火，方化其顽。木能克土，土多木折；土弱逢木，必为倾陷。木赖水生，水多木漂；水能生木，木多水缩。"

王本义恍然大悟，看了一下孩子，说："先生的话，我明白了，那如何避免灾祸呢？"

张先生在纸上写了一个字符，递给王本义。王本义接过红纸，还是有些不解。

"这孩子的字辈是一个'树'字，所以取一个'臻'字，让所有的木都聚集在这孩子的身上，万事俱备。"

王本义明白了张先生的意思，连声说好，可站在一旁的周莲和王龅牙还是有些不明白到底是什么意思，疑问的眼神在张先生和王本义两人之间来回地轮换。

"本命属蛇，长流水命。五行木旺；日主天干为木，生于冬季；同类木水；异类金土火。这些你们一定要记住。"

王本义谢过张先生，付了酬金。

张先生走后，王本义在房间里来回地踱步。

"哥，那孩子叫什么名字？"王龅牙问道。

"王树臻。"王本义脱口而出。

"树臻、树臻……"周莲默念了几遍，高兴地抱着孩子。

"这名字不错，好名字。"

"弟弟，你和你哥聊聊吧，我去喂喂孩子。"周莲抱着孩子离开了大厅，王龅牙看着嫂子离开了自己的视线，就和王本义面对面地坐着。

"哥，我觉得张先生说得对，王氏家族是大家族，虽然这几年咱们家没出过什么做官的，可是自打元朝开始，不说远了，就在整个长山县，那可是响当当的家族。"

王龅牙的话给王本义提了一个醒，就现在雄踞于村庄东南高冈地的王氏先茔，以其面积宏阔、气势威严，在长山县的古茔中是最大的。

王氏由琅琊徙来长山后，王宣之普祖王善开始入仕为官，任高苑县酒税都监。祖父王重始充军职，任军前总领。伯父王青为弓手提控，父亲王山任奥鲁百户，赠敦武校尉。

　　元朝一百六十余年，也是王宣族人辉煌显赫的一百六十多年。

　　时过境迁，明朝建立后，废止了王宣后裔的世袭军职。改朝换代，使王氏族人失去了昔日优越的地位和奢华的经济条件，由巅峰跌入低谷。没落了的王宣后裔纷纷辗转外迁，分别徙居青州、邹平、桓台各地。景泰三年，王琰远徙移籍郓城赵家楼，易姓为赵。留居大由村、官庄村的王氏族人，把入仕为官作为重振家声的唯一出路，其中官庄支系为最。王氏族人登甲入仕科第迭出，不只门庭荣耀，而且跻身富甲，宅第豪华堂皇，土地连绵数千亩。

　　王本义的脸色由喜转为愁，说："话虽这么说，我们家很长时间没出过这样的人了，当初让你读书，你还死活不读。"

　　"我哪是读书的料，再说了爹娘身体不好，本道哥在我来的那一年，就饿死了。后来本诚哥又被拉去打仗，生死还不知道，爹娘思念本诚哥，可惜老人家临死都没能见上本诚哥。我又是老人家收留的儿子，如果当年爹娘不收养我的话，本道哥就不会饿死了，我怎么能分不清轻重呢？"

　　王龅牙的这番话一下子搅乱了王本义的思绪，两人的眼睛都已经湿润。气氛变得沉寂，王本义放下手中的红纸，坐在了椅子上。

"现在爹娘已经没了，古人有句话'长兄为父'，既然我是你哥，你就听我的，小米留着自己吃，你努努力，也弄个大胖小子出来。"

这番话一出，终于打破了两人沉重的心情。王本义看得出来，王龅牙是个重情重义的汉子，可是骨子里那股韧劲太烈了。

王龅牙被王本义的话逗笑了，说："哥，你再去周村卖杂货的时候，买块绸缎回来，给孩子做件衣服。"

"这事你就放心吧。不过有些事我得说你，秀儿是个好姑娘，你可不能亏了人家，你看这家里大大小小的事情，都是她帮你张罗着。"

"哥，你看这是哪的话，我能亏了她？"

"我的意思，难道你听不出来，我让你抓紧给王家留个后。"

王龅牙一拍腿，大笑说："就这事，包在我身上，不过现在树臻刚出生，我就先不急了。"

"我就怕你说这个，你整天不顾家，东串串西跑跑，你在忙些什么事？"

"没忙什么。"

王龅牙显然知道这句话不能让三哥王本义满意，就又加上了一句，说："我现在看看整个长山县有没有缺我这样闲人的，我找点差事干。"

王本义一听，皱紧的眉头松弛了下来，说："我以为是什么事呢，这样你跟着我，济南、潍县、周村这些地，咱们都跑跑，卖点杂货，虽然成不了大户人家，可是不愁吃也不愁穿，这日子算是凑合。"

王龅牙对王本义的话似乎并没有听到心里，说："这样吧，如果我找不到什么差事，就跟着你干。不过，咱们王家可是赫赫有名的家族，从树臻这一代起，一定得让他考取功名。"

考取功名，金榜题名，一直是王本义梦寐以求的，可多次应试，他都是以落榜宣告结束，最后不得不落到贩卖杂货的地步。仔细一想，王本义还是觉得王龅牙的这些话有些蹊跷。

"哥，既然孩子的名字已经起好了，我就先走了。"

"留下来吃饭吧，吃完饭再走。"

"秀儿已经在家做好了。"王龅牙摆着手，就走出了家门。

王本义望着他离去的背影，寒风吹刮着王龅牙的衣服左右摆动，天井里的积雪散发着寒气。王本义心里感觉有些不太对劲，但也没多想，就回到房间去看周莲娘俩了。

第三节　与妻争执

王龅牙一回到家，进门往椅子上一坐，拿起茶杯喝了几口水。郝秀儿把烧饼端到他的面前。

庭院里积了一层薄冰，从南屋的厨房里冒出几缕青烟，直通大厅的两旁有几块奇形怪状的山石。

"一大早跑哪去了？"

"我去哥那里了，请了张先生给孩子取个名字。"

"那名字取好了？"

"树臻，木中取金。"

郝秀儿迈着小碎步走到王龅牙的面前，微笑着说："我说龅牙，你对他们家的事情这么关心？"

"自家的孩子，我也是他叔，你也是他婶，关心有错吗？再说了，你也不是跑前跑后，忙个不停吗？"王龅牙吃着烧饼，喝着茶水，满心不想理睬郝秀儿。

"不是我不把他当自家的孩子，我也挺喜欢孩子，我是说要不咱们也要上七八个孩子。"郝秀儿说得兴高采烈。

王龅牙心不在焉地说："你要这么多孩子干吗？这年头除了旱就是灾的，都快揭不开锅了。"

被泼了一脸冷水的郝秀儿，开始指责王龅牙："你和三哥就差几个月，人家都有孩子了，你呢？"

王龅牙咽下最后一口烧饼，喝了一口茶水，说："对了，我想起来了，等会儿把咱们家的小米分出来点给哥送去。"

一听这话，郝秀儿火气就上来了，冲着王龅牙怒喊道："我说这日子你还打不打算过了，我不是在乎那点小米，只是现在咱们家粮食就不多了，这倒好，再往外送，咱们喝西北风去啊！他们家如果没有咱们两口子，孩子能这么顺利地生出来？"

"我这条命都是人家给的，这些年人家也没少帮咱们。虽然爹娘走了，家也分了，可人家把这祖上几代人的房子给了我这个没有半点血缘关系的人，人家三哥一句话没说，自己打地基盖房子，咱们总得对得起自己的良心。"

王龅牙越说越控制不住自己的情绪，激动得让郝秀儿有点不知所措，但也仿佛给郝秀儿敲了一下警钟。

"咱们对他们家怎么样，哥绝对能看出来。就说生孩子，哥不在家，都是咱们两口子帮着忙活，不是我这人小气，现在的鬼日子，谁家不是吃一顿少一顿？我怎么感觉你今天和往常不一样呢，你是不是有什么事瞒着我？"

郝秀儿死死地盯着王龅牙，王龅牙一愣，转过身去，没有当着郝秀儿的面说："我能有什么瞒着你的，就因为分一下小米，就开始唠叨我。"

"嫌我唠叨，你不跟我说实话是吧？那好，小米甭想拿走一点。前段时间来了个洋人，他说在西方的社会里，男女平等，咱们就这样办。你告诉我，是不是三哥一家人觉得你欠他们的，让你还他们？"

"你这女人的心眼怎么这么小呢？三哥怎么也不让拿这米，是我想拿给三哥。"

"那我就是不让你送给他们，我看你能怎么着。"

"从古至今，夫唱妇随，家里都是男人说了算，你还想反了不成？"王龅牙声嘶力竭地大喊，桌子上的瓷碗什么的在他的一挥手之下，变成了一地的碎片。

准备去周村给孩子购买布料的王本义刚走到王龅牙的家门口，就看到门口挤满了街坊邻居，他快步地走向前去一看，眼前的情景让他顿时火冒三丈。

他冲着王龅牙骂道："给我住手，都这么大的人了，是不是不知道'丢人'两个字咋写？"

王龅牙一看是王本义来了，放下了手中的花瓶，说："哥，我真是没用，连个娘儿们都管不了。"

一听这话，郝秀儿来劲了，指着王龅牙大骂："好啊，你是不是把你们家的人都叫来，一起来拾掇我这个娘儿们啊？"

王本义把弟弟拉到一边，劝说郝秀儿："他不是这个意思，你有什么委屈，哥给你做主，你们俩这么闹，不怕街坊邻居看你们的笑话？咱就别丢这人了。"

王龅牙生气地说："哥，别听她瞎叨叨。"

王本义转头怒视着王龅牙，说："你给我住嘴！"又转过身去，面对着郝秀儿，安慰她："秀儿，今儿这事，全是龅牙一个人的错，哥给你做主了，咱不闹了。"

郝秀儿瞪了一眼王龅牙，转身就进了里屋。王龅牙刚要上去把郝秀儿拉回来，却被王本义死死地拽住。

"跟我出去。"王本义拉着王龅牙走出家门。

"哥，我还不信我治不了一个小娘儿们！"他想要挣脱王本义，却被王本义拉出了家门。

"还不嫌丢人，刚和你说了，秀儿是个好姑娘，让你们好好过日子。你倒好，从我家刚走，椅子还没凉，到自己家就吵起来了。你以为自己是达官贵人啊，咱们就是平常老百姓，得好好过日子，日子经不起这般折腾。"

"哥，这些我都知道，可是这气我受不了。"

"行了，今天咱们去周村给树臻买点布料，做几件衣服，顺便消消你这驴脾气。"

周村的街巷上人来人往，贩卖商品的吆喝声一声接着一声。烧饼、丝绸、烟酒，不远处的赌场更是生意兴隆。

这些商贩一大早就把周村的气氛弄得喧闹起来，起得最早的是卖火烧的商铺，其他的商品，聚餐似的，都一一开始。外来的人口与其流动性也使得早点混杂了各地的风味。自李化熙把周村化为无税区之后，这里就聚集了各地的商贩。

不远处走来几个经常和王本义做买卖的同伙，他们与本义打招呼。

"老王，最近没出摊？"

"老婆刚给我生了个大胖小子，先歇几天。"

"有福之人。"

"过几天，大伙去喝喜酒。"

大伙七嘴八舌地夸着王本义有福气，王本义的心里也是美滋滋的，与大伙分别后，走到义庆羊肉铺，门口嘶哑的吆喝声吸引了很多的食客。

王本义思索了一会儿，对着王龅牙说："走，咱们也进去尝尝这卤汁羊肉是什么味道。"

"哥，咱们还是先买布料，回去吃就行。"

"这都大晌午了，你不饿我还饿呢。"

王本义没有在意王龅牙的阻拦，径直地走了进去。一个比王本义小几岁的小伙子快步地迎了上来。

"客官，请进。"

眼看王本义这顿饭是吃定了，王龅牙就跟在他的身后进了小店。

"小二，听说你这家的卤汁羊肉味道不错，无腥无膻，我在济南、潍县、张店都听说过。"

听到王本义这么一夸，小伙子越来越起劲了，满上茶水后，就吩咐后厨做上了卤汁羊肉。

龅牙一听王本义的这话，心里犯起了嘀咕，问："三哥，你经常到这里吃饭？"

王本义环视了一下四周的人，低声地说："哪来过，现在这种店就喜欢人夸，我也是在外面听人家说的。再说了羊肉是什么滋味谁不知道，他要是做不出无腥无膻，不就砸了自己的招牌。"

王龅牙有些担心，望着厨房说："羊肉就是一股膻味，去了这味还是羊肉吗？"

没等王本义回答，卤汁羊肉上桌了，升腾的香气直入两人的鼻孔。

"吃吧！"

王龅牙狼吞虎咽地啃起羊肉，王本义看着这个弟弟，大笑了几声。听到三哥的笑声，龅牙放慢了吃肉的速度。

"哥，你不赶紧吃肉，笑啥？"

本义凑到龅牙的跟前，问："这肉好吃吗？"

龅牙一边吃一边回答："好吃，真是好吃。"

本义继续问："有膻味吗？"

龅牙回："有，羊肉哪能没膻味呢？"

本义脸色突然大变，说："别吃了。"

龅牙手中的羊肉悬在半空，说："哥，这羊肉是你叫我来吃的，咋又不让吃了。是不是嫌我吃得多？"

本义摆了摆手，让王龅牙把手里的羊肉先放下，然后把小伙子叫了过来。小伙子站在桌前，看着他们俩。

"请问客官有什么吩咐？"

"我在济南、潍县这些地方都听说过你的羊肉，可今天吃着不是个味儿呢？"

王本义说完，小伙子拿起筷子，吃了几口。

"客官，就是这个味儿，没错。"

王龅牙扯了王本义的衣袖一下，轻声说："哥，这肉挺好吃的。"

王本义瞪了王龅牙一眼，然后转头面对小伙子。

"要不这样吧，这顿饭算我请你的。可是话又说回来了，羊肉怎么能没有膻腥味儿呢？"小伙子辩解道。

"是吗？可是刚才我说自己在外面听说小店特色的时候，你怎么没说话呢？"

小伙子看了周围的客人，所有人的眼光都聚集在他和王家兄弟身上。

"叫店里当家的来。"

"客官，我就是这店的当家的。"

王本义有些惊讶，上下打量了一番，难道自己真的碰到刀口上了？

"行了，我们还有事要办，钱我们照给。"王本义把碎银放在桌子上，然后走出了小店。

"客官，请留步。"

眼看小伙子追上来，王龅牙变得有些慌张，心里琢磨他们哥俩一闹腾，小伙子要来报复，脑子一直想着逃脱的办法。

"这银两你们拿着，我叫崔义庆。这店也是我们崔氏家族从祖辈上流传下来的，进过这家店的客人，没有说这里的羊肉不好吃的。刚才你们说羊肉有问题，我想了想，是小店的问题，希望以后两位再到小店一坐。"

王本义接过银两，思索了半天。看了一眼王龅牙，笑着转身走了。

虚惊一场，王龅牙松了口气，说："哥，你这是吃霸王食，要是这小伙子要找三番子、柳子帮找我们灭口呢。咱们不是不付钱，你怎么闹这么一出？"

王本义看着放松警惕的王龅牙说："这倒不会，崔氏家族虽然算不上大家族，但是为人正派。商人最重要的是诚和实，在外面传的名声再好，实际做不到，这不打自己的招牌嘛。不过，话说回来，这小伙子定能成大器。走，给孩子买布料去。"

王龅牙心里嘀咕了几句："大器、大器……"说完之后，回头看了一下"义庆羊肉铺"的招牌。

第四节　枯槐发芽

天气转暖，天空显得格外的湛蓝。几只燕子叽叽喳喳地鸣叫着，阳光穿过树间空隙洒落在土地上。

三岁的树臻在槐树下，念诵着《三字经》："人之初，性本善。性相近，习相远。苟不教，性乃迁。教之道，贵以专。昔孟母，择邻处。子不学，断机杼……"

离树臻不远处，树琴和树生在一起玩耍。树琴是王本义的亲闺女，在生下树臻的第二年，树琴就出生了。树生是王龅牙的孩子，比树琴早一个多月出生。

王龅牙从县里回来，看到三个孩子在一起玩耍，又听到王树臻在念诵《三字经》，心里有些高兴，就走到王树臻的跟前。树臻一看龅牙叔站在了自己的面前，急忙起身喊："叔。"

"树臻，除了《三字经》之外，还会念什么？"

"我还会《千字文》和《百家姓》。"王树臻说完，随口就念诵起来："天地玄黄，宇宙洪荒。日月盈昃，辰宿列张。寒来暑往，秋收冬藏。闰余成岁，律吕调阳……"

王龅牙连说了几个"好"字，打断了王树臻的朗诵，把正在玩耍的树生和树琴叫了过来，说："你们俩以后要像哥哥一样，努力读书，参加科举，考取功名。"

"是，是。"两个孩子异口同声地答应。

"树臻，你爹在家吗？"龅牙问道。

"不在家，去济南卖杂货了。我娘在家。"树臻回话。

"你们先玩吧，树生早点回家。"说完，王龅牙进了门口。

周莲正在洗着衣服，看到王龅牙走了进来，起身迎上去。

王龅牙笑嘻嘻地说："嫂子，忙着呢？"

周莲回道："没忙，给你哥和孩子们洗洗衣服，屋里坐。"

王龅牙看了看大厅门口，思索了一会儿，对周莲说："嫂子，等三哥回来，你让他找我一趟，我找他有点事要谈。"

周莲不解地说："你看弟弟有事还不和我说，是不是觉得你这当嫂子的是女人，不能担事？"

王龅牙连忙解释："你看这话是怎么说的，我找大哥就是一点鸡毛蒜皮的小事，没啥大事。"

周莲掩面笑了几下："你看把你吓的，等你三哥回来，我告诉他。"

树臻领着弟弟妹妹从门外走了进来，一起涌进了大厅。

"树生，跟爹回家吃饭。"

任凭王龅牙怎么叫喊，王树生连理也不理，三个孩子玩得正欢。周莲端起盆里的水泼在地上，压住蒸腾的尘土，然后对王龅牙说："让树生在这里玩就行，顺便在这里吃饭。"

王龅牙望了几眼大厅，几个小家伙早就不见踪影了，摇着头走出了大门口。

阳光的光芒照射进了院子，周莲望着王龅牙的身影，感觉有些不太对劲，地上的尘土随着清风在空中飞扬。

夜幕降临，在外做生意多日的王本义从外面回到家，满脸的愁相，一坐到屋里就连声地叹气。

周莲见状，有些不解，便上去问："生意不好做？"

王本义环视了一下四周，黑乎乎的一片，油灯照亮的地方模模糊糊的，有些影子。他说："孩子们都睡了？"

周莲给他倒了一杯水，说："早就睡了。"

王本义悄悄地对周莲说："清政府现在抓白莲教的余孽。"

周莲一听这事，心又开始变得忐忑不安，说："你又不是白莲教，这事和咱们有什么关系，瞎操什么心？"

王本义又唉声叹气几下，说："是和咱们没关系，和王本仁有关系。"

周莲有些不信，说："看你这话说的，跟弟弟更没关系了，他连长山县都懒得出去。"

王本义急切地说："济南府上贴的告示，白纸黑字写着'长山县王本仁'，我开始没太在意，一想王龅牙不就是王本仁嘛，这祖宗，早就感觉他这几年不太对劲。"

周莲想起前几天王龅牙来找他的事情，对王本义说："前几天，弟弟来找过我，说让你过去一趟。"

"他还说什么？"

"其他的什么也没说，感觉神情不太对劲。"

"这孬种，我现在就去。"

王本义急忙要出门，被周莲拉了回来，按在椅子上。

周莲说："现在都啥时候了，还是等明天去吧，你也冷静冷静，也好把事情弄清楚。"

王本义想了想，无奈地回到椅子上坐下，点了点头。

这个夜晚对王本义来说是难熬的，他非常担心告示上的名字真的是自己的弟弟。天微亮，王本义就去了王龅牙的家里。

一进门，王龅牙从里屋走出来，准备出门。

"你要干啥去？"王本义问。

"哥，你啥时候回来的？"

"昨晚就回来了，天有点晚，就没过来。秀儿呢？"

"她和孩子在睡觉，咱们出去说话。"

王龅牙拉着王本义走到了外面的胡同里，清晨飘浮着朦胧的雾气，行人比较稀少。

"你把我拉到这犄角旮旯里干啥？"王本义有些不解。

"哥，我有件事想要求你，不能让秀儿知道。"

"什么事？"

"你带着秀儿和树生去王家洼子，别留在这里了。"

王本义深吸了一口气，说："看来这事是真的了。"

"什么事？"王龅牙傻愣地看着王本义。

"你是不是白莲教的人？"

"我……我……"王龅牙吞吞吐吐了半天，就说了这几个字。

"你干什么不行，非要干这门差事？这下好了，弄得要家破人亡了，你高兴了？"

王龅牙想反驳却没有反驳的理由，也只能打碎了牙往自己的肚子里咽。胡同里来往的行人越来越多，他们从哥俩身边走过。

"这里的人太多了，去我家说。"

"哥，我还有事，大伙在村头还等着我。"

王本义一听这话，心里更来气，说："你还是执迷不悟，好好的家庭非让你给折腾坏了！"

王龅牙没听三哥劝说，走向前去说："三哥，你一定要带着他们娘俩去王家洼子，现在说什么也晚了，有你在家，我就放心了。"话一说完，拔腿就跑了。

王本义拉也没拉住，望着王龅牙远去后，大骂这个败家子。

刚走到自家的门口，王本义看到枯老多年的老槐树居然发芽了，穿好衣服的王树臻走到本义的面前。

"爹，你看啥呢？"

"槐树。"

"这槐树有啥好看的？"

"发芽了。"

"那是不是要长叶子，还能长槐花？刘二蛋子家做的槐花面可好吃了。"

"树臻，是不是想吃槐花了？"

树臻用力地点了点头。

王本义望着树臻充满期待的面容，内心有些难过。他走进家门，拍了拍门后的柱子，上面雕刻着纹络。

"孩儿他爹，站在门口干啥，快进来吃饭。"周莲叫着王本义。

"老四这个败家玩意儿真是气死我了。"

周莲用手堵着了本义的嘴，说："守着孩子，少说话。"

王本义对站在身边的树琴说："树琴，去找哥哥玩，老槐树发芽了，去看看。"

树琴一听，高兴得蹦蹦跳跳地朝着老槐树跑去。

眼看孩子走了，周莲迫不及待地问："到底怎么回事？"

王本义说："咱们得搬家了，不然清兵来了，咱们也脱不了干系。"

一听这话，周莲开始骂道："你说这老四，平时办事挺牢稳的，咋干出这种事，害得大家伙都跟着受苦。"

"搬吧，想办法带着郝秀儿和树生去王家洼子，龅牙脑子被驴踢了，老婆和孩子没罪，也被他连累。"

房间陷入了一片沉默，外面树臻和树琴在追逐着玩耍，新发的嫩芽透露着新的生命力。

第五节　悲喜交加

黄昏的光芒笼罩着整个村庄，成群结队的饥民从桓台涌向周村。窄小的土路，升腾起滚滚的尘埃，呛得人直咳嗽。

王本义对眼前的景象没有一丝的好奇，这大旱之年，也见惯了饥民如饥狼似的到处奔波。眼下最要紧的是怎么样把郝秀儿和树生移居到王家洼子，作孽的王龅牙是逃不过这一劫了，不能让那娘俩也跟着受苦。一想这些，王本义的眉头皱得紧紧的。

村头聚集了一些老头老太太，他们在听李财富讲白莲教的事情。有些人瞪着眼睛挺着脖子认真地听李财富讲，虽然听不出二和三，但至少可以解闷。李财富看见了王本义，急忙打招呼，示意王本义也凑过去听听自己的讲说。

王本义朝着李财富走去，说："看你明白的，你就不怕把你当成白莲教的余孽给抓起来？"

听了这话，李财富心里打起算盘来，本义的话并没有错，这乱世当道，宁可多抓一个，也不会放过一个，自己整天装作明白人，说了这么多白莲教的事情，要是有人在背后给自己下个套，那可就吃不了兜着走。

李财富清了清嗓子，面向着大伙说："我还在茶庄约了几个客人，就先告辞了。"话一说完，就把王本义拉到一边问："你说清廷抓人是胡抓吗？"

眼看李财富神情变得紧张，王本义心里有些喜悦，便说："我看没怎么有事，就算有事，最多也就发派到边疆干点苦差事。"

一听这话，李财富急了，一甩胳膊说："这事可不单单是苦差事这么简单，弄不好是给族上抹黑啊！"李财富越说越急，王本义本想整一把他，把他整天胡说八道的嘴封一封，没想到说到族上，自己的心一下变得沉重起来。王龅牙虽说不是王氏家族正统的血脉，但在王家生活了这么多年，早就把他当作自家人。

李财富见王本义一脸的严肃，自己心里也担心起来，眼睛一动不动地死盯着王本义的嘴唇，仿佛王本义的任何一句从嘴里蹦出来的话就能改变他的人生轨迹。愣了一会儿的王本义缓过神来，突然发现李财富死死地盯着自己，吓了一跳，对李财富说："你盯着我看干吗？"

天空像是有一块黑布席卷过来，乌黑一片。李财富紧贴着王本义的耳边问："你说的话，我越想心里越不是滋味，你说我上有老下有小，真的要被抓去，这个家可怎么办？"

王本义冷不丁地一笑说："你也知道，家里有老有小，自古以来，就有'祸从口出'的教训，人这张嘴总是能给自己惹不少事情，你这张嘴真是欠抽。行了，天也不早了，你不是在茶庄约了人喝茶吗，赶紧去吧。"

李财富知道自己编的这个瞎话也被王本义识破，就算这个时候赶到周村，茶庄也打烊了。李财富刚寻思着向王本义多取点经，抬头一看，人已经走远了，不得不埋怨自己这张嘴管不住。

一进家门，王本义就坐在了大厅发呆。周莲从里屋走到大厅，看到王本义一动不动，吓了一跳，说："你回家，也不说一声，吓了我一跳。这么晚了，干啥去了？"

王本义瞅了瞅里屋问："孩子们睡了？"

周莲回："刚睡下。你这几天整天早出晚归的，是不是准备娶二房？"

王本义冷笑说："我哪有心思娶二房。"他起身把房门关严，对周莲说："龅牙这次看来是在劫难逃了，我看还是得赶紧移居到王家洼子。"

周莲有些不解说："白莲教是龅牙一个人，我们又没有跟着入教，应该没什么大碍。"

王本义一瞪眼说："你怎么就不明白了，清廷虽说只抓白莲教的余孽，要是一不高兴，哪门子冒出个连坐，你说这王家老小谁不跟着遭殃。"

周莲一听这话在理，就急忙问："那咱们什么时候走？"

王本义说："就这几天吧！"

周莲一想这事还是有点不太放心，说："要不干脆直接投奔郓城，我们王氏家族在那里还有一支。"

王本义摆了摆手说："没有这个必要，去曹州，我们人生地不熟，再加上路途遥远，虽然清廷抓这些白莲教的余孽，但是还不至于刨根问底，非要把老百姓弄个家破人亡。只要躲躲，不出现在他们的视线范围之内就行了。"

阳光照射在墙壁上，泛出淡淡的光芒，周莲有气无力地瘫坐在椅子上，生气地说："这个挨千刀的龅牙，非要把好好的一家子整垮了，心里才舒坦。"

王本义站起来说："你就别抱怨了，明天赶紧叫上郝秀儿，搬家。"

沉重的气氛已经压抑着整个房间里的空气，仿佛一切都静止着。

李财富回到家，在院子里走来走去，坐也坐不住，站也站不住。赵翠一见他这个样，起了疑心，问："我说你一个人在院子里转悠什么，快回屋。"

李财富连忙把赵翠拉到身边，贴着耳边悄悄说："我惹事了。"

赵翠一听这个，暴跳如雷，又气又急地问："你惹什么事了，是偷了人家的东西，还是把人打了？"

李财富快速地摆手说："不是偷人家东西，比偷东西更严重。"

赵翠更来气了，用力揪着李财富的耳朵问："难不成，你偷了人家的女人？"

李财富用胳膊摆脱开赵翠说："什么偷女人，偷女人能告诉你？再说了，偷人家的女人我能活着回来？"

赵翠心渐渐地平静下来问："那到底是什么事？"

李财富小声说："白莲教……"

没等李财富说完，赵翠一拍手说："我以为什么事呢，你又不是白莲教的人，这事怕什么？"

李财富委屈地说："就怪我这张嘴，在村口和一群乡亲们谈白莲教的事，别人一句话都没有说的，就我自己说得多，这不让他们怀疑我也是白莲教的吗？"

赵翠火气又上来了，指着李财富大骂："我说李财富啊，李财富，人家叫你李大嘴真是没错啊，你这张嘴就是管不住，我赵翠最起码出身名门世家，要不是当初没办法嫁给了你，现在最起码荣华富贵，过着少奶奶的生活，你看你现在这个德行。"

沉浸在心里多年的埋怨终于发泄出来了，赵翠也感觉舒服多了，可是这李财富惹的祸的确是不轻，人家往上一告发，全家跟着遭殃。赵翠缓慢地坐在石凳上，说："还记得当时在场的人吗？"

李财富忙答："能记得八九不离十。"

赵翠脸上微微一笑说："那好，把咱们里屋里的布，按照人数，分一下，一人给他们一份。"

李财富不解地问："把布给他们，咱们用什么？"

赵翠拍了他的头一下，说："我说你这个榆木脑袋，人死了，穿什么也穿不了了。"

李财富恍然大悟，连连点头。然后跑到赵翠的面前恭维地给赵翠捶着腿说："你现在也是少奶奶，我伺候你。"

赵翠把李财富推到一边，说："就你这副熊样，当初要不是你……"话说了一半，她没有再说下去，那段耻辱的过去，她也不想再提了。

赵翠出身名门，是春满堂药店二掌柜的女儿，琴棋书画样样精通，凭赵翠这样的条件不用说在长山，就算在济南也是出众的。但没想到年少无知，与在药店打杂工的李财富日久生情，李财富这小伙长得一副老实样，实际上是吃喝嫖赌样样在行。赵翠就被他这副样子给骗了，与他发生了肉体上的关系。事情被赵家发现后，李财富被赵家打了个半死，赵家知道这家伙是个什么玩意儿，与他约法三章，李财富嘴上虽然答应改邪归正，但狗改不了吃屎用在他身上一点儿也没错。赵家本想花点银两堵住李财富的嘴，可赵翠执意要跟着李财富。无奈之下，赵家人直接把赵翠赶出了赵家大门。

李财富仿佛明白了赵翠的心思，故意逗她说："有我在你身边，你还不放心？"赵翠看着他淫笑的表情，既无奈又不知所措，干脆起身径直地回屋。

第六节　离开故土

公鸡的一声声鸣叫打破了清晨的沉寂，王本义吃过早饭在天井里寻思怎么样能把郝秀儿娘俩说服去王家洼。冥思苦想还是拿不出什么主意，只好硬着头皮准备迎上了。刚要出门，郝秀儿走了进来。

郝秀儿的到来给王本义来了个措手不及，刚在脑子里组织好星星点点的思路又一下子弄没了。王本义忙说："弟妹这么早来，有什么事吗？先屋里坐。"

郝秀儿一边往屋里走，一边急忙地说："不瞒三哥，死龅牙出门到现在都没回家，急死我了。"

周莲闻声也走了出来，郝秀儿见周莲叫了声"嫂子"。两人打过招呼后，王本义眼珠一转对郝秀儿说："弟弟和我谈过，让我们搬到王家洼。"

郝秀儿一脸的茫然说："我没听过他说这事，这个挨千刀的，祖祖辈辈在这里扎根发芽，居然要去别的地方，三哥，咱们不走。"

王本义急忙向郝秀儿解释："不是弟妹想的这个样子，弟弟也是为了咱们能过好。这不前段时间，他才和我商量这件事，我起初也不答应，毕竟在这块土地上生活了咱们祖祖辈辈多少代了，穷也罢，苦也罢，有走的，也有留下的。不过，话说回来，他说的也不是没有道理。"

郝秀儿追问："什么道理？"

王本义见郝秀儿已经被自己的话绕进沟里，继续说："王家洼是块宝地，我们去了说不定能光宗耀祖。"

这话对于王本义来说是有依据的，在树臻取名的时候，算命的张先生说过这件事，当时王本义也没当回事，这次正好派上用场。

郝秀儿左思右想还是感觉事情有些蹊跷，便问："你们是不是有什么事情瞒着我？"

周莲与王本义相互对视了一眼，周莲说："你看弟妹，我们能瞒着你什么，不要多想，这大灾之年，大家都想图个清静，那些整天逃荒的人也不愿意离开家乡吧。"

郝秀儿质疑地问："既然图个清静，干吗还要离开这里。大由村无战事，也无土匪强盗，算是个太平的村子。"

王本义摇了摇头说："弟妹有所不知，大由村虽然无争无强无乱，但是地理位置并不是很好。知趣的人家都已经向南迁移了，懂事的不是闯关东就是走西口，我觉得咱们就没这个长途跋涉的必要，还是向南移居得了。"

虽然郝秀儿还是有些不解，但是看到三哥一家主意已定，就不再追问什么了，说："这样吧，等龅牙回来我和他商量一下，我同意也白搭，毕竟他是一家之主。"

听了这话，王本义一乐说："看弟妹说的，一打开始，我就说是弟弟决定的这件事情，不用找他商量了。你直接准备回去收拾东西，这几天就搬，我叫辆马车直接把咱们接过去。"

郝秀儿急问："用不着这么急？"

王本义反问："是不是弟妹觉得弟弟不在家，没人来帮忙搬东西，这事包在我的身上。"

话音刚落，李财富从门外屁颠屁颠地走了进来，一进门看到屋里人挺全的，笑道："是不是我来得不是时候？"

王本义虽心里想直接把他赶出去，但考虑到这些年和他也算是乡里乡亲的，之后离开了也不一定能见到，便说："看你说的，快坐。"

李财富拍了拍衣衫上的尘土，一屁股就坐在了椅子上，把手里的一匹绸子放在桌子上。

周莲沏好茶水端到方桌上，王本义说："你这大清早的去周村买绸子？"

李财富把绸子往王本义面前一推说："这绸子是专门送给你的。"

郝秀儿和周莲相继离开大厅，王本义说："无功不受禄，李家兄弟这是啥意思？"

李财富说："你有功，昨个儿要不是你告诉我白莲教的事情，我说不定还管不住自己的嘴。事情闹大了，说不定我这条老命都得搭进去，幸亏你及时提醒。"

王本义恍然大悟："就这事，乡里乡亲的互相帮衬着点是应该的，送礼可就见外了。"说这些话，王本义也明白，就凭李财富这张嘴是想不出这种办法堵大家的嘴的，肯定是背后有人指点，至于是谁，就不言而喻了。

周莲从外面走了进来，看着李财富，对王本义说："让李家兄弟把东西带回去，咱们又不缺吃不缺穿的，这绸子拿回去给孩子们做件衣服。"

这话要是搁在以前，李财富能高兴个半死，从小贪便宜是出了名。可当下不如以往了，自己的命都掌握在别人的手里，想起这些，自己是又气又恨。连忙起身和王本义告辞，还没等王本义反应过来，李财富走出了家门。王本义看着桌子上的绸子笑道："没想到，李财富平时三分钱买烧饼还得看厚薄，这次这么干脆，难得。"周莲也跟着笑了起来。

没几天，郝秀儿就收拾好所有的家当找到王本义家，商谈什么时候搬走的事情。一听到"搬走"两个字，王本义心里咯噔得一阵惊慌。如果没有龅牙闹出这般事，也就不会离开生长了几辈子的土地。

王本义面带着笑容说："你看弟妹，我去帮你收拾就行。弟弟不在家，你一个女人家，干这些体力活，别委屈了身子。"

郝秀儿回："没事，有树生帮忙，这孩子大了，能干点活了。"

树臻和树琴跑到屋里，见郝秀儿，齐喊道："婶娘……"

王本义对孩子们说："你们先去找树生玩会儿，我和你们婶娘有事要说。"本义话音刚落，孩子们一溜儿烟的工夫就跑得没影了。

郝秀儿眼睛只盯着王本义问："龅牙不是出什么事了吧？"

王本义回道："看弟妹瞎想什么，没事。"

郝秀儿疑神疑鬼地说："这几天我的右眼皮跳得厉害，是不是有什么事要发生，还是有什么事你们瞒着我？"

王本义笑道："这几天龅牙不在家，加上搬家弄得你挺劳累的，休息好了就没事了。"

郝秀儿听了这话有些在理，就像给自己吃了颗定心丸。

王本义接着说："明天我叫马车来，把我们的东西运过去，反正迟早要走，就走得干脆些。"本义的眼睛开始变得湿润，郝秀儿也有些控制不住情绪，擦拭着眼角的泪水。

王本义把周莲叫了出来说："等会儿准备点贡品，我给祖辈们上上坟。还有把那匹绸子拿来，我去还给李财富，你和弟妹聊会儿天，我一会儿就回来。"

周莲从里屋拿出绸子递给本义，本义接过绸子就离开了自家，径直地朝李财富家走去。

李财富在家里一个人逗鸟，一见王本义进门，是又高兴又害怕。高兴的是绸子马上就回来了，害怕的是本来快要忘了的事情，一下子又想了起来。

王本义进门说："李大兄弟，好闲情逸致啊！"

李财富敷衍地回道："没事，闲的，逗逗鸟玩。"

王本义把绸子递给李财富说："这是上次兄弟送给我的绸子，我一尺没动，这礼太重了，我受不起啊！"

李财富假装推辞说："是不是嫌料子不好？"

王本义说："看你说的，咱们周村的绸子质量上那可是一流的。我向你保证，白莲教和你的事情，我什么也不说。"

李财富狠狠地点了点头，表示谢意，一抬头，发现王本义走出了家门。仔细一想，王本义的话中有话，什么叫白莲教和自己的事情，刚安好的定心丸一下子就无效了。

王氏家族的墓茔，内植松柏，遮天蔽日，树影婆娑，葳蕤壮观，气势威严。王本义带着树臻和树生，跪在祖辈的坟前，祭祀祖先。

夕阳斜照着墓茔，小溪缓缓地流淌，扫完墓的王本义一家逐渐地消失在黄昏中。

第七节　龅牙被抓

王家洼沉浸在一片安静之中，王本义的新家陋室空堂，衰草枯杨，蛛丝儿结满了雕梁。

王本义闲居无聊，每当风和日丽，吃完饭就出来散步。走到村外，想要欣赏春野风光，没想到多走了几步，茂林深竹之处，隐隐地有座庙宇，门巷倾颓，墙垣朽败，门前有匾，但字迹都变得有些模糊。

庙宇门口左右各一个石礅，门匾上隐隐约约可以看出是普陀寺的字样。相传曾有一位高僧借住于此，见黎民百姓生活痛苦，就长期留在此地，医药救人，被人称为"活佛"。王本义眉宇间一紧，走进庙宇的大门，一片瓦砾场，破砖乱瓦，荒草丛生，横梁折断，一片凄凉的气氛。思绪停止了片刻，后面进来一个人，拍了拍王本义的肩膀。

王本义回头一看是龅牙，惊讶地问："你怎么现在才回来？"

王龅牙面无表情地回答："哥，看来这事我是躲不过了，这次我在劫难逃了。"

王本义生气地说："让你吃饱了撑的，在家好好过日子多好。你就不想想，你出事了，就剩下秀儿和树生，让娘儿俩的日子怎么过？"

王龅牙一把鼻涕一把泪地说："以后这个家得靠哥来支撑了，弟弟不争气。"话一说完，从口袋里拿出一袋碎银递给王本义。

王本义接过袋子，打开一看说："给我这些银子干啥？"

王龅牙解释道："我一个快要入土的人了，要这个也没啥用，你们拿着花，也算以后照顾秀儿他们的钱，这些不够，等下辈子我给王家做牛做马。"

王本义把碎银塞到龅牙的口袋里，说："你先拿着，该买点什么就买点什么，做牛做马，我看就算了。"

话音刚落，外面传了几声急促的脚步声。龅牙见势不妙，拔腿准备跑，被王本义一手抓住，轻声说："瞎跑什么，门外都是人，去那块石板下躲躲。"王龅牙这才发现不远处有一块石板，能容藏一个人的空间，而且钻进去，很难被人发现。没多考虑，龅牙就躲藏在了石板下面。

不一会儿的工夫，官兵闯了进来，一看王本义一人站在庙宇的院子里，觉得有些奇怪，带头的官兵向前询问："见没见过一个男人从这里走过？"

王本义镇静地说："从我身边过去的男人多了，但我不敢确定这些男人里面有没有太监，我总不能扒了人家的裤子看看下面。"说完，王本义大笑。

官兵头子感觉自己被耍弄了，生气地说："我没问你太监，是男人。"

王本义收回笑声，假装浑然不知地问："那他的长相有什么特征？"

官兵头子从后面拖出一个人，这人贼眉鼠眼，嘴角上两撇小胡子有些上扬，一身的绸缎，在官兵头子面前低三下四地说："最明显的就是一副龅牙。"

王本义用眼的余光瞅了一眼钻在石板底下的王龅牙，稳住情绪说："见过，不过跑了，我觉得那人也可疑，为什么跑这么快。"

官兵头子问："往什么方向跑的？"

王本义随便一指："那个方向……"

没等王本义说完，官兵急乱地冲了出去。直到眼前没有了官兵的身影，王本义转身把龅牙叫了出来。

王龅牙慌张地朝四周望了一下说："这里不宜久留了，哥，我先走了。"

王本义拉住王龅牙说："别急，现在官兵还没有走远，你是不是在外面得罪什么人了？"

王龅牙无奈地笑着说："白莲教不会针对百姓，只会对付该死的朝廷，那个报信的狗崽子，只是为了那十两银子。"

王本义这次想起来，在济南府的告示上注明着：凡是举报和抓住白莲教余孽的都将奖励十两银子。

王龅牙接着说："没想到我的命只值十两银子。"

王本义眼睛不停地盯着门口，生怕官兵冷不丁地跑进来，他对龅牙说："你还有心情怨天怨地，现在他们应该跑远了，刚才那个方向是大由村，这样吧，你先去济南或者潍县躲躲。"

王龅牙猛地跪在本义的面前说："哥，王家的大恩大德我永记在心，今辈子看来是得欠着了，下辈子我来还。"

王本义打断了王龅牙的话，把他扶起来说："你快点离开这里，要是早知道报答恩情，就别弄这些乱七八糟的事情。"

门口零零散散地走过几个人，王龅牙观察了一下情况，快步地离开。王本义自言自语道："兄弟，好好保重！"本义有些担心，这很可能是最后一次见到王龅牙了。

龅牙逃跑的事情在本义的心中还没有彻底地扫除痕迹，树臻领着弟弟妹妹急匆匆地跑到庭院里叫喊。在屋里的王本义急忙地出来问："瞎叫喊什么？"

树臻说："爹，街上囚犯被关在车子里，还有官兵护押着。"

王本义手中的杯子瞬间掉落在地上，水花四溅，瓦片摔了一地。树琴见状问："爹，你咋了？"

王本义回过神问："树生，你娘呢？"

树生说："我们和她说了，她也去看囚犯了。"

王本义一拍头，把周莲叫了出来说："赶紧的，我们也去看看。"

周莲不知情地问："你慌张什么？"

王本义叹气地说："里面可能有龅牙，现在秀儿去看了，如果真有他，秀儿又不知道龅牙是白莲教的，事情不就完了。"

周莲一听，立马跟着王本义跑了出去。孩子们跟在父母的后面，猛跑着。

街上排满了人，一辆辆囚车从人群中驶过，囚犯凌乱的头发在风中飘扬，狰狞的目光注视着远方，有一股"壮士一去不复返"的气概。队伍的最前面，官兵的头子骑着大马，扬扬得意的表情上有一丝的不屑。

王本义一个个地观察囚犯，在队伍的后半部分，看到了王龅牙。虽然脸上布满了灰尘，但还是可以轻易地识辨出来。

郝秀儿凑到王本义的前面指着一个囚犯说："三哥，我怎么看这个人像是咱家龅牙呢？"

王本义愣了一下，假装努力看囚犯，然后说："不是，咱们家龅牙比他长得好看多了。"

周莲拉了一下郝秀儿说："弟妹，我有点针线活还没做完，那个针脚总是弄不好，你去帮我弄弄。"

郝秀儿说："不急，先看看，这么大的场景，挺热闹。"

王本义瞪了周莲一眼，他害怕时间一长，郝秀儿自己洞察出来，周莲忙说："弟妹，要不咱们先去做针线，这种场合少掺和的好，晦气。"

郝秀儿本想再看几眼，确定一下是不是王龅牙，可看了周莲这么急切就顺口答应了，跟着周莲回家。

周莲一进门，让郝秀儿先坐在院子里的石礅子上，自己进屋去找破了的衣服。找了半天，也没找出一件。这个谎话撒得有些离谱，无奈之下，就随便挑了一件衣服，撕了个裂缝，拿着针线走了出去。

郝秀儿看见周莲走了出来说："嫂子怎么进去这么长时间？"

周莲回："这不找这件衣服嘛，找了半天没找到，这总算找到了。"

郝秀儿接过衣服和针线，寻摸了一会儿说："这口子怎么撕的？"

周莲装作不知情地回："也不知咋弄的，知道的时候就是这个样子了。"

郝秀儿一边缝着衣服一边说："嫂子，你说这些白莲教是干啥的？"

没等周莲回答，王本义一只脚踏了进来说："为天下谋太平，这乱世当道，当官也祸害老百姓，真没个清净日子。"

郝秀儿不解："这世道咋了，好人也抓。"刚缝了一针，突然被针扎到了手。郝秀儿迷糊地问："三哥，我咋瞅着那个人就是龅牙呢。"

王本义惊慌地问："哪个？"

郝秀儿说："就是我在街上给你指的那个人。"

王本义半天没说一句话，持久的沉默更让郝秀儿怀疑的心越来越重，她站在王本义的面前问："三哥，你跟我说实话，那是不是龅牙？"

周莲忙说："不是，龅牙在外面做生意，怎么会回长山？"

王本义叹了一口气说："行了，莲儿，这事也瞒不住，弟妹，就不瞒你了，那是龅牙。"

郝秀儿盯着王本义问："你们是不是有什么事情，早就知道了，就瞒着我。"

王本义回道："在来王家洼的时候就知道了，一直瞒着你，怕你想不开。"

郝秀儿手中的针线"唰"的一下子掉在了地上，接着大声地号哭起来。

第二章

第一节　思夫心切

同治皇帝退位，光绪皇帝上台，整个国家顿时陷入一片混乱之中。加上大旱连年，粮食颗粒无收，连树皮草根都被挖得干干净净，街上的饥民越来越多，大批的移民不是往西就是往北走着。

郝秀儿整天坐在屋里以泪洗面，思夫之心越来越重。自从龅牙被抓走之后，秀儿就不敢出门，生怕乡里乡亲笑话自己。搬来王家洼也有些日子了，和大伙也比较熟悉，一旦人家用冷屁股对着自己，心里是一股啥滋味就不言而喻了。

在榆树刚长出榆钱叶的时候，周莲和王本义就把自家周围的榆钱叶采摘了精光。这个年头，不早点下手，只有饿死的份。周莲把蒸好的榆钱送到郝秀儿家里，只见郝秀儿眼圈通红，周莲心里就明白了。

周莲放下手里蒸好的榆钱说："弟妹，你这是干啥，整天不吃不喝，就知道哭，哭什么事情也解决不了，还把自己的身体糟蹋了。"

郝秀儿沉默了一会儿，眼睛看着周莲说："嫂子，坐吧。"

这种情景，周莲哪能坐得下，给郝秀儿倒了杯水，然后把饭放在秀儿的面前说："不管怎样，先把饭吃了。"

郝秀儿端起饭碗，往嘴里扒了几口饭，没精打采地说："我吃。"

看到郝秀儿吃饭，周莲心里踏实了许多。可郝秀儿没扒几口饭，就觉得恶心。周莲连忙给她端起水，让她喝水，秀儿喝了几口水，虽然身体舒服些了，可依然没精打采。

周莲说："好几天没吃饭了，突然吃饭，身体也是一下子受不了。"

郝秀儿的眼泪流出来了，说："你说这个死龅牙，脑袋被驴踢了，非要加入什么白莲教。他要强，要面子，这次可倒好，把自己也搭进去了。"

周莲本想也骂几句龅牙，话刚到嘴边又收了回去。秀儿的情绪已经够激动了，她再加上几句，局面就不好掌控了，便说："看弟妹说的，龅牙是有他的想法，老百姓都知道白莲教不是什么坏教派，为老百姓出气的，只不过当今的世道是民斗不过官，也只能是龅牙自认倒霉。"

秀儿难过地说："我现在都觉得没脸见乡里乡亲，看他们的眼神就觉得心里窝囊得慌。"

周莲劝说："你窝囊啥？又不是你被抓了，虽然你是龅牙的老婆。再说了，咱又没做什么偷鸡摸狗的事情。不用怕，有我和你三哥呢。"

郝秀儿点了点头，端起水杯喝了口水。

周莲回到家，心里还是有些不安。她也担心，如果龅牙真的被斩首了，这孤儿寡母的怎么过日子。

王本义从外面走过来，看到周莲坐在椅子上愣愣地发呆，问道："想什么呢？"

周莲回道："还不是那该死的龅牙。"

王本义问："他怎么了？"

周莲说："他要是真的被斩首了，树生娘儿俩的日子咋过啊？"

王本义说："别瞎想，这光绪不比那同治，说不定有什么变化。我在济南的时候，就听说了，这群囚犯要押往潍县。"

周莲问："不直接押往京城，押往潍县干什么？"

王本义回："听说潍县那边来了一群洋人，要修什么建筑，让清政府出人力，清政府可不能把文武百官下放下去干活吧，只能用这些关押的囚犯。等完工，就再把他们押往京城。"

周莲说："这样也好，能多活一天是一天。"

话音刚落，只见郝秀儿从庭院里走进大厅。脸上写满了焦虑不安，眼神只盯着王本义说："三哥，我想麻烦你们一件事情。"

王本义说："什么麻烦不麻烦的，有话直说就行，都是一家人。"

郝秀儿说："我想让你们照顾树生一段时间。"

周莲疑惑地问："你这是要去哪儿？"

郝秀儿说："我左思右想，我还是决定要去寻一下龅牙。"

王本义急忙说："胡闹，你在家老实待着就行，你去了龅牙就能被放出来，事情就能解决了？"

郝秀儿说："可我整天在家也不是办法，再熬出病咋办呢？"

王本义打断说："在家你能熬出病，你要是在路上，还说不定会咋样。听我的，哪儿也不准去，在家好好待着。"

周莲劝说："弟妹，就听你三哥的吧，你一个女人家，去了又能怎么样。"

郝秀儿哭着说："可我在家坐不住，死龅牙……死龅牙。"

王本义说："自古以来，寻夫的例子数不胜数，孟姜女寻夫把长城哭塌了，又能怎么样。你要是有本事，把整个清王朝哭翻了。"

周莲阻止王本义说："你也少说两句，弟妹心情不好，想出这样的办法，也是被迫无奈。"

王本义看了一眼周莲，又看了郝秀儿一眼，说："不管怎么说，总之一句话，不能去找龅牙，缺吃的这边有，缺喝的这边也有，你就安心在家。"

郝秀儿本来想说些什么，刚张开的嘴又闭上了，擦拭了一下眼睛周边的泪水，起身出了房门。

周莲眼看着郝秀儿走出了家门，问王本义："她会不会自己偷着去找龅牙？"

王本义说："你说的话在理，这事郝秀儿不是办不出来。这样，你隔三岔五去一趟她家，看看她在不在家，实在不行，你直接把她接到家里来住。"

周莲瞪着眼睛疑惑地问："把她接到家里？"

王本义说："对啊。"

周莲挑逗地问："床上一边一个，正好啊！"

王本义不假思索地说："是。"又一想这话不对，忙解释说："你说的这是啥话，她是咱弟妹，照顾一下是应该的，都啥时候了，还有心思开玩笑。"

周莲说："谁跟你开玩笑了，自从龅牙出事之后，整天口里除了秀儿就是树生，你怎么不关心一下我和咱树臻呢？"

王本义忙辩解道："你们女人别这么小肚鸡肠，都是什么跟什么，人家郝秀儿和树生孤儿寡母的。再说咱们是一家人，难道不管了，让人家看笑话。"

周莲看到王本义生气的表情，"噗"地笑了出来，对王本义说："你说你这个人，说话说不过人就生气，生哪门子的气？"

王本义说："还不是你惹的。"

周莲忙劝说："好了，好了，和你开个玩笑，看把你急的。"

王本义冲着周莲喊道："这种事搁谁身上谁不急啊！"

燃起来的火，想扑灭总是有些难度，不过解铃还须系铃人，周莲说："那这样吧，你别左边一个右边一个了，我也左边一个右边一个行了吧？"

王本义怒道："行。"

周莲急问："行？"

王本义一想："不行，你看你把我弄得头晕目眩的。"

周莲笑王本义这股的傻劲，说："你这个人心地是挺善良，就是没分寸，把握不住尺度。"

王本义突然一下子想明白了，站在周莲面前说："你原来是在教训我？"

周莲装作教书先生说："老夫不敢，只是略知一二，和你谈谈罢了。"

王本义又气又笑，拉过周莲，两人刚要抱在一起，树臻从外面跑了进来。一听树臻的脚步声，两人急忙松开手臂。

树臻不知情地看着爹娘的动作，思索了一会儿。树琴从后面跟着跑进来，看到树臻一直在发呆，就问："哥，你看啥呢？"

树臻迷迷糊糊地说："看……"又不知道怎么形容，就停住了，摇着头拉着树琴进屋了。

第二节　囚犯逃跑

自从出了郝秀儿准备上京寻夫的事后，王本义一家人就时不时地往郝秀儿家跑，怕这个思夫心切的女子想不开，单枪匹马就踏上寻夫之路。郝秀儿面对王本义一家经常来看自己，心里老不是滋味，觉得心里总是亏欠王本义和周莲些什么。

还没等王本义一家进门，郝秀儿就摆好了饭菜，桌上弥漫着热腾腾的白雾。王本义和周莲一看吓了一跳，王本义说："弟妹，这是啥意思？"

郝秀儿摆好酒盅，满上酒水说："都快坐吧。"

王本义不解地看了周莲一眼，周莲摇了摇头，也表示不知情。郝秀儿看两人都不坐，就拉过他们说："我们一家人在一起吃饭不知道多少回了，也没见你们像今天这么生疏过。"

周莲笑道："我们不是生疏，是不是弟妹有什么事要我们帮忙？"

郝秀儿说："没什么事，就是一起吃个饭。"

王本义和周莲坐下，本义看着饭菜说："弟妹，你是发财了，还是捡到金子了？"

郝秀儿笑着回答："我整天在家被你们看着，从哪里捡金子。自从龅牙出事，都这么长时间，我们一家人都没在一起吃个饭了。"

王本义一想，自从在大由村的时候一起吃过饭以后，搬来王家洼还真是没吃过一顿。王本义说："弟妹真是心细。"

周莲说："我去叫孩子们来吃饭。"说完，起身就去叫孩子来吃饭。

树臻和弟弟妹妹在院子里追逐打闹，面对着周莲的叫喊直接不理不睬。

郝秀儿朝着外面喊道："嫂子，进来吧，让他们玩吧。"

无奈的周莲只好一人回到屋中，刚坐下就说："这几个孩子太皮了。"

王本义笑道："皮了好，皮了是咱王家的种。"

郝秀儿也坐下，端起酒盅说："三哥，嫂子，我先来敬你们一杯酒。"

周莲疑惑地说："看弟妹这是干啥，我和你哥是不是老了？"

郝秀儿解释道："嫂子，我不是这个意思，这么长时间了，你们往我这里一天跑好几趟，我心里明白，你们是为我着想，怕我有个三长两短。这杯酒要是你们不喝，我心里真的过意不去。"

王本义端起酒盅，示意周莲也把酒盅端起来说："我们喝。"说完，王本义一口把酒喝了个精光，周莲随即也喝了下去。

郝秀儿再把酒满上，又端起酒盅说："第二杯是喝个团圆酒，龅牙被抓了，回不回得来，那也说不准，但日子还是得过，以后三哥就是家里的老大，我们都听你的。"

酒盅悬在半空，王本义听了这话，心里有些酸楚，猛地把酒水灌到了肚子里，放下酒盅说："弟妹，树生还小，你得照顾好自己，有你这些话，当哥的心里有数了。从明儿起，我就去做买卖了，你和嫂子在家照顾孩子。"

郝秀儿说："放心吧，我这段时间也想开了。来，吃菜。"

自从龅牙被抓后，王家人一直没有吃一顿舒坦的饭。王本义夹着饭菜，心里若有所思地吞咽着。

郝秀儿上京寻夫的念头打消之后，王本义和周莲的心也踏实了许多，把货物装好担子，本义就去集市做起生意。

集市上人群比往常少了很多，稀疏的人群中买东西的就更少了。更多的时间，王本义都是和同伙在聊天中度过的。日复一日，让王本义感觉到了生活的压力。

王本义在街市上走了几个来回，买卖也不怎样，干脆把担子往边上一放，直接坐了下来，不一会儿，就看到很多慌张的人群在集市上穿行。本义急忙站起身子，对眼前的一切感到蹊跷，赶忙问身边的人是怎么回事。从路人的口中得知，囚犯在到达潍县的时候，由于闹饥荒，发生暴动，囚犯都逃跑了，而这些囚犯就是白莲教的余孽。

听到这样的消息，王本义心里舒坦了很多，龅牙肯定也在这群逃跑的囚犯之中，如果真的是自己猜想的那样，说明龅牙至少还活着。

兴高采烈的王本义从集市上回家，刚迈进门槛就让树臻把郝秀儿叫到家里，郝秀儿一头雾水地进门问："三哥，有什么急事？"

王本义急忙说道："今天我在集市上听说被押囚犯的囚车遇到一群饥民，发生了暴乱，囚犯们趁机都逃跑了。后来一打听，这些囚犯都是和龅牙一样的白莲教的成员。"

郝秀儿瞪大眼睛问："你的意思是龅牙死不了了？"

王本义笑道："何止是死不了，活得好好的。"

郝秀儿心里高兴了一阵，一会儿又悲伤起来说："逃了又咋样，他也得到处躲着，如果清政府下命令抓捕逃跑的余孽，他又得被抓起来。"

王本义冷静地答道："这就看他的造化了。"

有时候，好事与坏事之间就是一转眼的事情，本来因为龅牙逃脱死亡之罪而应该感到高兴的王本义等人，一下子又变得无奈起来。龅牙是有家不能回，除了他活着的消息能安慰一下自己之外，其他的和以前被抓捕起来没什么区别。

屋子里刚陷入沉寂，李财富从门外走了进去。看到大摇大摆的李财富，王本义和郝秀儿互相对视了一眼。

李财富弄了弄衣袖，走进大厅说："好久不见了，自从你搬来王家洼，我是东打听西问问，终于知道你住在这里了，这不，连门都没敲，我就进来了。"

王本义假装一副无所谓的模样说："看财富兄说的，咱们以前在大由村的时候都是乡里乡亲的，关系就不错，应该常走动，这人一不走动，就生疏了。"

郝秀儿站在一旁，看了几眼李财富便说："三哥，我家里还有点事，你和财富兄先说着。"

李财富忙说："你忙。"

郝秀儿径直地走出大门，李财富的视线直到郝秀儿走出大门才转移到王本义身上，一拍大腿说："你看，真没想到龅牙是这样的人，自己不懂事也就罢了，害得人家孤儿寡母的，真是个负心汉。"

对于这样的话，王本义心理早有预料。在大由村的时候，李财富曾因为说白莲教的事情被王本义戏耍了一次，这次事情摊到自家了，李财富肯定想再耍弄一番王本义。

王本义一声叹息，站起身子说："谁说不是呢，家里虽说不富裕，但也不缺吃穿。这下子……唉！"本义用眼睛的余光看着李财富，从余光中，可以看出李财富心里是满意的。本义抬起头看着门外说："幸亏鮑牙重乡情，要是不小心说出咱们村那个谁……"

李财富一听，忙起身问："谁？"

王本义不慌不急地说："没什么谁，朝廷说了，只要知道白莲教这回事的，都要抓起来，关键是有些人嘴管不住，喜欢张扬，结果就被人盯上了。"

李财富心有余悸，问道："会有什么后果吗？"

王本义回道："据说，把舌头割了。"

李财富一惊，瘫坐在椅子上，擦拭着头上的汗珠。

王本义暗笑，端起茶杯喝了几口水。

第三节　树臻辍学

天刚蒙蒙亮，王本义一家就听到街上的脚步声，王本义让树臻和树琴赶紧穿好衣服，看看外面发生了什么事。一出门，街上的百姓扎堆地乱跑。

王本义拉住一位老乡问："大伙儿跑什么？"

老乡回："西边发大水了，再过不了一会儿就会把咱这里也淹了，快点收拾家当，准备跑吧。"

王本义一惊，心理打着算盘，刚搬来没几年，又要搬走。想了一想，还是镇定自如地回到了家里。

树臻看到父亲不急不慌地坐在院子里，便问："爹，人家都开始跑了，咱咋不跑呢？"

王本义一看树臻回道："是发大水，又不是闹瘟疫，跑啥？水过了就没事了。再说水也不一定能过来。"

话音刚落了没一会儿，从天上就降下大块的冰雹，打在了王本义和树臻的身上。王本义见势不妙，拉着树臻就跑到屋里。

王本义自言自语道："这老天爷非得把人折腾死。"

周莲望着窗外唉声叹气地说："这日子真是没法过了，这么大的雨，加上冰雹，庄稼可遭了大殃了。"

树臻和树琴眼巴巴地看着父母愁眉苦脸的样子，却又不知所措。

连续几天的大雨造成了黄河的断堤，庄稼也是一片接着一片地遭了殃。当雨后的第一缕阳光出来的时候，王本义坐在大厅里目不转睛地注视着院子里的积水，脸上的皱纹清晰可见。

胡同里陆陆续续开始出现返乡的脚步声，乡亲们在雨水停了之后，都回来了。他们走到王本义的门口都会有些惊奇的表情，王家洼历来就地势低洼，地名也是根据地形而得来的。这里的人都养成了见水就走的惯例，看到王本义一家见水不跑的情形，未免有些吃惊。

周莲端着些草叶出来，摊晒在天井里。一边摊草叶一边对王本义说："你看这挨千刀的天道，弄得这点粮食都发霉了。"

王本义转头看了一眼摊晒的草叶说："这年头，有吃的就不错了。"说完，又转过头去，呆滞的眼神不免让周莲有些捉摸不透。周莲放下手中的活，走到王本义的面前，迎面坐下，直盯盯地看着王本义。

周莲问："发什么呆？"

王本义回了回神答："树臻和树琴再加上树生这三个孩子，给他们请了一条胡同里的胡先生来教授他们知识。这不大水过后，胡先生告诉我，要加钱才肯继续教孩子们。"

周莲怀疑地看着王本义说："看胡先生不是这样的人，为人尊重，传道授业，是不是你在外面欠下什么债了？"

王本义忙辩解道："我整天除了上街做生意，就是回家处理龅牙留下的烂摊子，哪有什么债务。"话音刚落，外面就传来了喊叫王本义的声音，王本义起身出门。

看着王本义远去的背影，周莲的心里也嘀咕着，孩子们的事看来不是假的，要是王本义真的欠下什么债务，或者在外面烟花柳绿，风花雪月，他连提这事也不提。

一间光线有些幽暗的房间，树臻、树生还有树琴手里拿着毛笔在纸上吟诗作赋。正墙上一幅圣贤的画像，胡先生坐在椅子上，左手拿着书本，右手端着茶壶。房间里静悄悄的，时不时地三个孩子之间互相挑逗一番。面对三人的打闹，胡老先生高兴的时候，也就睁着眼装瞎子，什么也看不见。不高兴的时候，一人打几下戒尺。在他的心里，考科举除了自己，谁也考不上，当然自己也没考上，替了别人的名，只中一个进士。

可这对于王家洼来说是不小的轰动事件，有人中进士，就好比有人在前面引路一样。村里人也开始把胡先生供起来，让他传授自己孩子一些考科举的窍门。面对村人对自己的敬仰，他更是把自己的头抬得高高的。

不过，胡先生从师以来，王家洼没出过一个进士，都是一些默默无闻的小辈，村里开始怀疑他的能力，有些甚至把自家的孩子送去别的地方读书。已经喜欢高昂着头做人的胡先生对这些早已经不屑一顾了。当王本义来到王家洼的时候，胡先生的手下已经一个学生也没有了。

桌前坐着的三个人对胡先生来说，只不过是维持生活的金钱来源，至于金钱与知识成不成正比，这就很难说了。

胡先生坐在椅子上，喝着茶水，看着书本，今天的心情看起来还算不错。眼睛时不时地斜看着三个孩子，但对于孩子的打闹是无动于衷。就在这时，门外传来了脚步声，胡先生忙站起来，装作学识渊博的样子，念诵着几段已经在树臻脑子里快发霉的句子。刚念了没几句，王本义推门而入。

胡先生停下念诵说："王兄前来有何事情？"

王本义扫了一眼孩子们，回过神来说："先生，你看打扰你上课了，我们借一步说话。"王本义将胡先生请出门口，躲开孩子们。

胡先生在出门前，清了清嗓子说："把刚才我交给你们的知识，多学习几遍，'温故而知新'，知道了吗？"

三个孩子齐声答道："知道了。"

胡先生满意地走了出去，见王本义一副苦瓜脸便知没什么好事。

王本义说："先生，家里实在是拿不出过多的钱，按原来给你的钱都拿着困难，更不用说涨钱了。"

胡先生对这样的话早就产生反感了，便说："王兄，不必为难，上不起可以不上，钱一个子不能少，你也知道在整个王家洼，论学识，我胡某人说第二没人敢说第一。"

王本义忙解释道："是，是，做晚辈的知道先生德高望重，只是家里真的是拿不出这些钱，这年头生意不好做。"

胡先生笑了起来说："你就别蒙我了，这个年头，你们这些卖杂货的商贩，最挣钱了，连洋人都愿意花钱买你们的东西，他们花钱多大手，这些我能不知道？虽然我是学识渊博，你以为我真的'两耳不闻窗外事，一心只读圣贤书'啊？"

王本义知道这样的情形是很难说服胡先生了，说道："那请先生再容我几日，我去筹钱。"

胡先生见王本义有筹钱的打算，态度转眼间发生了变化说："不急，孩子在我这里放心，将来的状元苗子，可不能耽误了。"

王本义听了胡先生这话，觉得更不能断了孩子的学路了，就硬着头皮点了点头，无奈地离开了。

一回到家，王本义就坐在椅子上一声不吭。正在一旁聊天的郝秀儿和周莲见这副情形，一脸的雾水。周莲走向前去便问："这是去哪里碰灰了，哭丧着脸。"

郝秀儿也追问道："三哥，出什么事了？"

本不打算说出实情的王本义，还是忍不住地说了出来："孩子们念书的钱不够了。"

周莲笑道："我以为什么事呢，就这点小事。"

王本义吃惊地问："这算小事？"

周莲回："这可不就是小事，让树琴别去念书了，一个女孩子家，女子无才便是德，让她回家帮着干点活，这个我早就和你说过，你不听，非要让她上学。"

王本义脸色突变，怒道："你这说的什么话，蔡文姬是女人吧，在建安诗坛上别具一体；李清照是女人吧，琴棋书画样样精通……"还没等说完，就被周莲打断了。

周莲说："今非昔比，连树臻的书都快念不成了，还管树琴，那你说有什么办法？"

王本义叹气道："要不我去找同伙们借借钱，先救救急。"

郝秀儿站在一旁说："现在借钱，除非大户谁给咱啊，饥荒闹得大家都勒紧裤腰带了。"话一停顿，脑子一转便说："你们现在在家等一会儿，我回家取点东西。"

没等着王本义他们反应过来，郝秀儿已经急匆匆地出门了。王本义回转过身问周莲："你知道她干什么去了？"

周莲直摇头，虽然在屋子里和郝秀儿聊了一上午了，可是说的都是东家长西家短的陈芝麻烂谷子的事情。眼见周莲摇头，王本义也没什么办法了，在屋子里走来走去。

没大一会儿的工夫，郝秀儿火急火燎地跑进了屋子，把手中的包袱放在桌子上，大口地喘着粗气。周莲赶紧给她倒了杯水，让她喝下。刚喝了一口水，郝秀儿就赶忙说："快打开包袱。"

王本义不急不慌地打开包袱，一看里面的东西吓了一跳，急忙问："这些东西是哪来的？"

郝秀儿见王本义紧张的表情连笑了几声回："三哥，你觉得你弟妹这个妇道人家能去人家偷这些金银财宝？"

可看到包袱里的这些真家伙，王本义心里还是没底，递了个眼神，示意周莲把门关死。

郝秀儿忙解释道："这些是我的嫁妆，当然也有这几年的积蓄，本来想和龅牙好好过下半生，说知道这个没良心的给家里惹了一身臊。"

王本义从郝秀儿的话中，知道了她的用意，忙说："弟妹，我知道你的意思了，你是想把这些给孩子们上学？"

郝秀儿回："还是三哥懂我的意思。"

周莲阻止说："万万不可，这可是你辛辛苦苦积攒下来的钱。"

郝秀儿表情轻松，微笑地说："这些做棺材的本太多了，再说了三个孩子不能没有一个不管我的，这些钱就算我做娘和婶婶的一点心意了。"

王本义把包袱包好，塞到郝秀儿的怀里说："弟妹，钱，我来想办法，这些你拿回去。"

郝秀儿又把钱放在桌子上说："除了这些钱，咱们还有别的办法吗？"

王本义和周莲对视了一眼，郝秀儿说得对，除了这些，还真是没什么办法了。屋子里陷入了持久的沉默。

突然，门外传来了孩子们的打闹声，树臻第一个冲开大门，跑进了屋里。看到眼前的情景大吃一惊。

树臻端起水杯大口喝了口茶说："爹娘，你们怎么都哭丧个脸？"

周莲欲言又止，又把杯子填满水。王本义对孩子们说："树臻，你带着弟弟妹妹出去，大人的事，你们少掺和。"

树臻把视线转向了郝秀儿，郝秀儿面对树臻犀利的眼神感觉浑身不自在。树臻让树生领着树琴出去了。站在三位大人面前说："是不是我们念书的事情？"

王本义对树臻说："小孩子家管这么多事干吗，出去和弟弟妹妹玩。"

树臻郑重其事地说："爹，今天你去找胡先生，我看到了，发生了什么事情，我也知道。我不想读书了，让弟弟妹妹去读吧。"

王本义一听这话，火一下子上来了，训骂道："你不想念书，咱们王家从古至今，可都是名门望族。你不念书，如何考科举？"

树臻辩解道："从古至今，并不是所有人都是通过科举一条路成为栋梁的。唐有孟浩然，虽考试落第，但成为一代山水田园诗人。明有唐伯虎，因仕途不顺，卖画为生，成为一代画家；明末金圣叹，参科举不中，以读书为乐，成为一代文学家。这些离我们比较远，近了，说说淄川的蒲松龄，才学确实高，还不是潦倒一生。"

王本义心里清楚，树臻的话并非没道理，可是王家一直是科举取胜，他下来能做什么营生。

正在王本义思索的时候，树臻说："爹，以后我跟着你出去做买卖，走南闯北，未尝不是件好事。"

郝秀儿怕父子俩因为这件事闹了别扭，连忙说："树臻，听婶句话，书还是得念，念书的钱，我们已经给你筹集到了，你安心读你的书，等你金榜题名，我们跟着你享福。"

王树臻的脸上展露出严肃的表情说："婶婶，这些钱就留给树生吧，再说胡先生吸食鸦片，我早就看他不顺眼。"

王本义脸上的青筋开始凸显出来，大骂道："你这个不孝子，你有书不念，他吸食鸦片关你什么事了？"

树臻理直气壮地回："为人师表，老师都这样，是不是我们这些学生也得跟着学？国家富强，不是光读书就能富强。"

王本义面对树臻的强词夺理，心里满是气恨，周莲把树臻拉到一旁，不让他再说话。王本义气道："把他关起来，不准吃饭。"

树臻大摇大摆地走出房门说："不用你们关，我自己进去，不管怎么样，这书我是不读了。"说完，摔门而出，门外的树琴和树生，看到这样的状况，两眼发呆。

王本义深沉地说道："王家名声显赫，没想到要败在这个小兔崽子身上，满口不着调的理由，他才十四岁啊！"眼看寄托在树臻身上考取功名的希望也没戏了，王本义异常无奈。

第四节　随父从商

集市上人来人往，各色各样的人穿梭在潍县这条不足五米宽的商业街道上，树臻肩挑着担子跟在父亲的后面一趟又一趟地来回吆喝。

王本义把担子往路边一放，从怀里拿出几个烧饼，递给树臻一个。树臻接过烧饼，把担子也放在一旁。

树臻用衣袖擦拭着脸上的汗珠，大口地撕咬着手里的烧饼说："还是周村的烧饼好吃。"

王本义笑道："等会儿给你娘买几个潍县的肉火烧回去。"

树臻开玩笑："娘还以为咱们在外面光吃这些好东西呢。"

王本义笑了几声，接着说："明儿我们就去周村、济南做点买卖，潍县最近比较乱。"

从这段时间来到潍县的时候，树臻也发觉了，成群结队的饥民比商人还要多，这样货物卖出去是很难的，他用力咬了几口烧饼，挑起担子，在大街上走了几圈。走在面前的树臻，让王本义不免有些失望，虽然自从树臻闹着不上学到现在已经三年了，可这三年让王本义心里一点也没有放松过。对于王本义来说，功名是光宗耀祖的唯一途径。

从潍县回家的路上，王家父子俩多多少少卖了点货物，王本义本以为生意的艰难会让树臻打消做买卖的念头，安心地回去读书。可没想到树臻对生意越做越来劲，后来连回去读书的事情都不提了。眼前的树臻身高和自己差不多，胳膊也有实劲，想到这些事情，王本义觉得有些汗颜。

树琴在天井里晾晒着衣服，听见门外有动静。急忙地跑出去看，王本义和树臻担着货物朝家门走来。树琴赶紧接过王本义的担子说："爹，哥，你们快进屋，我给你们倒水。"

王本义进家，用水摸了一把脸怨道："这没人味的世道。"

周莲一听，从屋里走了出来问："这咋刚回家，就怨天怨地？"

王本义笑道："这天真是没个数，前段时间还下着鹅毛大雪，现在又热得让人手心里流汗。"

周莲把洗脸布递给王本义说："先别抱怨这世道了，买卖怎么样？"

王本义欲言又止，周莲看到王本义一副啰唆的样子，急问："有啥话说就行，磨蹭什么？"

王本义哀叹道："还是得说说这世道，潍县这段时间一直闹，闹什么还真不知道，不过抓了一批又一批壮丁，这不是我怕树臻被他们盯上，就先不做潍县的生意了，从明天起，在周村、济南转转。"

周莲转脸看着树臻说："树臻，你现在也老大不小了，做什么事心里得有个数。"

树臻笑答："娘，你就放心吧。对了，爹给你们买的肉火烧。"树臻从箱子底下拿出肉火烧递给周莲。

树琴从周莲的手中拿过一个肉火烧，啃了一口说："真香。"又看了树臻一眼问："哥，你和爹怎么不吃？"

王树臻忍了忍说："我和爹在潍县经常吃，你们吃就行。"

树琴说："好啊，怪不得你愿意跟着爹出去做生意呢，整天有肉火烧吃。"

王本义的目光注视王树臻，树臻回了王本义一个眼神，继续整理手中的货物，等忙完了，跑到屋中拿起窝头，大口地吃了起来。

"三更半夜，小心火烛——"门外传来打更的声音。

屋里黑蒙蒙的一片，周莲端着煤油灯走进屋子，王本义侧躺在床上问："孩子们都睡了？"

周莲回："都睡了。"说完，开始解衣准备睡觉。突然想起肉火烧的事情，便问："你和树臻真的在外面吃肉火烧？"

王本义坐起身子说："树臻跟着我在外面做买卖三年了，没吃过济南油旋，也没吃过青岛的虾仁，更不用说潍县的肉火烧了。孩子大了，懂事了，想让你和树琴尝尝鲜。"

周莲叹道："早知道我把那个火烧留给他吃，这个孩子……"

王本义回："你就别自责了，你吃了，树臻心里更高兴。明天我带树臻去吃羊肉，给孩子养养身体。"

周莲说："我看行。"

王本义把煤油灯吹灭说："快点睡吧，明天还得早起。"

一大清早的周村到处传来吆喝声。

"周村烧饼！""西河煎饼！""博山酥锅！"……

王本义和树臻挑着担子在人群中走来走去，王本义说："等会儿咱们找个地方，把担子一放，货物都摆上。"

树臻回应："爹，那咱们得快点，现在做买卖的人多了，等会儿人都抢了地方。"

王本义和王树臻加快了脚步，找到一块空闲的地方，爷俩把东西摆好。树臻急忙准备离开。

王本义问："你干啥去？"

树臻回："爹，我去买几个烧饼，晌午了，咱们就在这里等着卖货。"

王本义一笑："今天我带你吃别的，你先别去买烧饼了，在这里卖货。"

这话弄得树臻一头雾水，这些年都是吃烧饼，要么就是家里带来的饽饽。

一上午，树臻的心也没收回来，心里一直琢磨着父亲葫芦里卖的什么药。千等万等，终于到了吃饭的时间。

王本义看了树臻一眼说："走。"

树臻一直等着这个字，抓紧把东西一收拾，跟在爹的后面。当他们走到义庆羊肉铺的时候，停了下来。王本义对树臻说："咱就在这里吃。"

树臻抬头打磨一番这个饭馆，便说："爹，太贵，咱们还是吃点烧饼得了。"

王本义拍了拍树臻说："今天你就听我的，走，进去。"

无奈之下，树臻只好跟着王本义走了进去。崔义庆见王本义走进来，连忙打招呼，并安排了上等的席位。

树臻疑惑地问："这人怎么对你这么热情？"

王本义笑道："这事说来话长。"话音刚落，王本义把小二叫过来了："卤汁羊肉，大份的。"

小二一听吩咐便说："好，马上就来。"

王本义继续对树臻说："那次我和你龅牙叔叔来过一次，要弄了这家店的掌柜子一番，没想到那时候不打不相识，每次我来周村做买卖都会打个招呼，其他的事情，以后和你细说。"

小二把卤汁羊肉端上桌说："客官，请慢用。"

树臻死盯着桌子上的羊肉，不肯动手。

王本义问："怎么还不吃？"

树臻回："爹，要不咱们回家和娘她们一块吃？"

王本义摆了摆手说："不用，今天就咱们爷俩吃，快吃。"

树臻慢吞吞地撕了一块羊肉吃了起来，一边吃一边说："真香，爹，你也吃。"

王本义一块小肉在嘴里咀嚼了半天，两只眼瞪着看着树臻的吃相。

树臻问："爹，你咋光看我？你也吃肉。"

王本义刚要说话，崔义庆从一旁走了过来，找了座位就坐下说："这次的羊肉还可以吧？"

树臻说："好吃。"

王本义急忙介绍："这位是崔义庆，这家店的掌柜子。那时候我刚认识他的时候，还是个毛头小子，以为是在这里打杂。"王本义指着树臻对崔义庆说："这是我的小儿，名树臻。"

崔义庆笑道："我长树臻十几岁，按理说，我应为兄，树臻为弟。"

王本义大笑说："崔掌柜怎么攀起亲戚？"

崔义庆忙辩解："是不是我有点冒失？"

王本义回道："没什么冒失可言。"

树臻问崔义庆："你做的羊肉咋这么好吃？"

崔义庆谢过夸奖说："我们崔氏家族就是卖卤汁羊肉的，打当年元朝开始就做，一直到现在了。"

树臻惊讶地说："这可有年头了。"

崔义庆回："是有年头了，就是和你父亲认识的那一年，没说错的话，就是你出生的那一年，本店才刚刚经营，我就想把崔氏家族的羊肉传承下去，没想到就被你父亲来了个下马威。"

这倒引起来树臻的好奇心，便问："什么下马威？"

王本义赶紧打住说："树臻，休得无礼。"被父亲阻止，树臻不再说话。

崔义庆说："没事，我先去招呼客人，你们慢用，这顿饭我请。"说完，崔义庆回到了柜台。

树臻问："爹，刚才你咋不让我说话呢？"

王本义说："有些话可以问，有些话不能问，你提人家难堪的事，你觉得心里舒坦？"

树臻明白父亲的意思，继续吃着羊肉。但王本义心里更明白，这不只是崔义庆的难堪事，也是自己的。

第五节　思想启蒙

树荫下，坐着几个妇女，一边说笑，一边纺线，或是纳鞋底、做针线。一位大官从这里路过，穿着奇异，车饰华丽，马铃摇脆，自然都让人感到新奇无比。于是，那些在田里做活的，在家里闲居的，无论是大人或是小孩，都跑到这里来看官儿。

这一闹腾不要紧，人们只把个树荫下都站满了。那些纳鞋底、做针线的，自然是把那针头线脑的都拿在手里或抱在怀里了。然而，那些用纺车纺线的人就不好办了。她们怕人多踩坏了纺车，往远处挪又来不及了，于是索性便把纺车举起，挂在这棵树的树丫上了。

碰巧，在这株大树北面不远的地方，有个由高向低的坡坎。一户穷人家，在那个坡坎处盖了一个地窖子房。地窖子房，即一面利用坡坎挖掘成墙，一面再另砌新墙，上面苫上盖，这个房子就算成功了。这个房子，从前面看，是个房舍样，有门有窗；从后面看，则是一个坡坎，根本认不出是房。这会儿，由于前来看官儿的人多，再加上喧嚷声大，把正在附近吃草的一头牛吓惊了。那牛没处去，就沿着那个道路到处乱窜。

这时，受惊的牛直冲大官奔去，树臻见状，上前护拦。周围的官兵以为树臻要行刺官人，把他抓了起来。官人闻声，看了看，接着又打量了一下这里的地形地貌。小镇屋舍完整，古风犹存，交通豁达，树木繁荫，物产丰饶，真是个好地方。这儿名叫茶棚，到处开设着茶铺。于是官人就下马走向茶铺，命人松开树臻，双手抱拳说："谢谢拦住惊牛。"在场的官兵这才明白过来。

王树臻耸了耸肩，转身准备离开，只听见身后说："是否可与老夫一起共饮一杯清茶？"

王本义看了看树臻，又看了看官人，左右为难。树臻爽快地一回头说："这有什么不敢。"说罢，随官人进了茶铺。王本义擦拭了脸上的汗珠也跟着走了进去。

店小二倒上三杯清茶说："客官慢用。"

官人问："看你年纪轻轻，敢斗惊牛，有勇有谋，一表人才，怎么没去科考？"

树臻回："清政府满朝文武大臣，能捍卫国家的有几个人，遇到大事，一个个都成了缩头乌龟。"

王本义忙劝道："树臻，住嘴。"又转过头去，面对着官人，"小儿才疏学浅，请大人多多见谅。"

官人笑道："我也是长山县人，同乡之人何必为难彼此呢？"

树臻忙问："敢问大人，你是长山哪里人？"

官人回答："长山县丁家庄焦云龙。"

树臻的茶杯一下子跌落在桌子上，怀疑道："你真的是焦云龙大人？"

官人对树臻的吃惊有些不解："以人格担保，如假包换。"

树臻忙起身，双手抱拳，弯腰说："拜见焦云龙大人。学生刚才无理了，请见谅。"

焦云龙把树臻拉起："你没无理，刚才救了老夫，我该重谢你才是。你说的话也是大实话。来，喝茶。"两人坐下，焦云龙命小二又换了个杯子。

王本义说："早听过焦云龙大人的名声，今日一见，真是名不虚传。"

焦云龙回道："何来名，又何来传，当今国家哪个地方还有一片净土？"

树臻一拍脑袋说："小生叫王树臻，这位是我的父亲王本义。"树臻这才想起还没有向焦云龙介绍他们父子俩。

焦云龙问："看你一表人才，为何肩挑箱货，贩卖杂物呢？"

王本义回道："树臻从小聪明，三岁熟读《三字经》《百家姓》《千字文》，可惜生活所迫，不得不从商养家。"

焦云龙感叹："这世道能让书生也拿刀。"

树臻岔开话题："焦大人，你回老家来做什么？"

焦云龙望着外面说："从当官离家到现在几十年了，变化真大，到了知命之年，会想家。"

气氛变得有些沉闷，外面的官兵跑进来，大声道："报，焦大人，我们得启程了，不然就赶不到陕西了。"

焦云龙转身面对着树臻和本义两人："后会有期，我要赶路了。"

王本义和王树臻同时说："一路保重。"

告辞之后，焦云龙和官兵一起赶路。望着浩浩荡荡的队伍，树臻自言自语道："一世好官，我能像焦老先生一样，足矣！"

邹平商业发达，文化繁荣，文风极盛，人们在劳作之余，崇尚诗词唱和。铺店馆肆门口，都挂着对联招牌，联语精辟，对仗工整。

邹平东头，有一教堂，是树臻最爱光顾的地方。主人是英国浸礼会传教士仲钧安，仲钧安学识渊博，精通书史，广搜善本、秘籍，尤其是精通中西文化。隔三岔五，王树臻趁卖货物休息的时间就要跑到教堂，浏览所喜爱的书籍。看完一卷，再换一卷，有时一卷尚未读完，看看天色不早，就记下页码，下次再来续读。仲钧安起初没有在意这位小伙子，时间长了，渐渐发现树臻有很浓的读书兴趣，一卷书拿到他手里，一页不落地翻阅，读完了扭头便走。

仲钧安也对这个经常来光顾的中国人有些好奇，他走到王树臻面前："小伙子，你叫什么名字？"

王树臻打量了仲钧安一番，惊奇地问："你会讲中文？"

仲钧安笑道："我在烟台学过中文，我们交流应该没问题。"

王树臻回道："我叫王树臻。"

仲钧安说："王。"

王树臻不解地说："叫我树臻，王是姓，应该叫名。"

仲钧安："在我们国家，都是这样称呼的。"

王树臻取下一本书问："这是什么？形状有点像龙。"

仲钧安回道："这不是龙，龙在西方是怪物，这是火车，很长很长，可以拉很多的东西。"

王树臻问："火车？它会着火吗？"

仲钧安笑道："不会着火，但是需要用火来让它走，烧煤。"

王树臻似懂非懂，又指着另一幅图画问："这个呢，像我娘的梳妆盒子。"

仲钧安说："这不是梳妆盒，是电话。"

王树臻问："电话又是什么玩意儿？"

仲钧安回答："给你举个例子，我在邹平，你在长山，你家有一部电话，我家有一部电话，我们就可以离着很远通话，这样说，你明白吗？"

王树臻："千里传音，街头说书的说过。"

仲钧安摆摆手："说书人说的千里传音是假的，电话是真的可以千里传音。"

虽然王树臻还是有些不太相信，但心里如同积攒的冰雪慢慢地开始融化，燃烧起来。

王树臻问："那你可以给我说说你生活的地方吗？"

仲钧安乐意地说："当然可以，我生活的地方离这里是非常遥远的，那里没有这么多的死亡，工业发达，主把我派来，传播它拯救人类的思想。"

王树臻听得一头雾水："主？是谁？"

仲钧安面部转向耶稣，虔诚地膜拜，低声地说："主是来拯救这个充满罪恶的人间，让人世间充满爱与和平。"

王树臻突然对这个话题充满了兴趣，接着问："主真的这么厉害，那他咋不站出来，替百姓讨回公道呢？"

仲钧安回道："主无时无刻不在每个人的身边，拯救着那些无辜的黎民百姓。"

这话一出，把王树臻吓得打了一哆嗦。人间本来妖魔鬼怪的传闻就多，加上仲钧安这么一形容，更把王树臻吓住了。他想起在集市上的父亲，连忙放下手中的书，往外跑，快出教堂的时候，转头对仲钧安说："来日再来拜访。"

王本义在集市上坐立不安，看到王树臻从教堂出来，火不打一处来，怒斥道："你咋从那种地方出来了？"

王树臻感到莫名其妙："爹，你说的是教堂？"

王本义气道："那里面的洋玩意儿，没一件是好东西。"

王树臻反驳："里面有很多好东西，电话、火车，还有工厂。"

王本义不解："车都烧着了，还怎么走，少跟我说这些稀奇古怪的事情，我告诉你，这种地方不能去。"

王树臻心里明白辩不过父亲，只好点头默认，可是这种充满魔力的教堂已经引起了他的兴趣。

第六节　震天动地

瓦砾四处散落在地上，晃荡的房屋惊醒了熟睡的村民。大家从房屋里跑了出来，有的人衣不遮体，光溜着身子就躲在空地上，有的人急忙穿点外衣，蓬散着头发，一个个目瞪口呆地注视着这一切。狗吠声，人的惨叫声，加上房屋倒塌晃动的声音，嘈杂成一片。

"地震了……"这种声音到处可以听见。

清光绪十四年，还坐在龙椅上的光绪皇帝嗅出了王朝的腐烂味道。孙中山秘密地进行着地下活动。胶州湾地震快马加鞭地传到光绪皇帝的耳朵里，吓得爱新觉罗家族一大跳，乱世出英雄，乱世更容易改朝换代。

王树臻一家幸免于难，一棵老槐树硬挺挺地倒在了房屋的一侧，死死地把房屋顶住，这样一来，房屋就不会倒塌，这棵老槐树可算是真的救了他们一家的命。

见到眼前的状况，王本义心里一惊，王树臻和王树琴站在一旁，目光呆滞地看着残乱不堪的院子，心里萌生了一种恐惧。紧接着，门外传来一声声的哭啼声。树生从门外急匆匆地跑了进来，还没喘口气就问："咱们家里都没事吧？"

王本义回道："没事，你娘呢？"

树生喘了口粗气："没事，娘让我跑来看看你们。"

周莲朝着天空叹道："谢天谢地，一家老小没出什么事。"

王本义悬着的心终于放下了，松了一口气说："树臻、树生，咱们出去看看，树琴陪你娘和婶婶。"说完扭头就走，树臻和树生跟在他的屁股后面。

街道上到处升腾起尘埃，哭泣的声音充斥着整个村庄。这是王树臻第一次见到这么多人死在自己的面前。

王本义骂道："这该死的天道，王朝不公，天道也不公，这还让不让我们这些老百姓活了！"这话一出，所有人都把目光注视在王本义身上。没多久就看到几名教会的教徒在抢救伤员。

王树臻大声喊："仲钧安……"

仲钧安从人群中走向王树臻说："你怎么在这里？"

王树臻回道："我就住在这村里。你在这里做什么？"

王本义一见仲钧安生气地扭头就走了，树生拉了几下王树臻。

仲钧安回王树臻："主派我来救人。"

王树臻四处望望："主他老人家也来了，在哪里？我去拜访他。"

仲钧安很虔诚地祷告："我要回去救人了，主在每个人的心里。"

仲钧安走后，王树生悄悄地告诉树臻："你爹生气了，你回家小心点，他的脸色都变绿了。"

王树臻镇静地说："没事，他不让我和洋人在一起。"

周莲和树琴把家里屋里屋外打扫了一番，见王本义怒气冲冲地回到家中，心生疑虑："这是怎么了？"

王本义气道："树臻这败家子，和洋人勾搭上了。"

周莲笑道："他哪门子认识洋人？"

王本义见周莲不信，便说："你还别不信，你出门看看。"

周莲半信半疑："真有这么回事？"周莲准备起身出门，王树臻正好进门。

王本义嚷道："你这败家玩意儿，说多少次不让你和洋人搅和在一块，你不听老子的话，还和他们在一起！"

王树臻不解："他就是我在邹平认识的，他是个好人。"

王本义气道："好人？好人杀了那么多老百姓？就是这些搞乱七八糟的洋人，把潍县弄乱了，害得我们连生意都没了。"

王树臻辩解道："他哪杀人了，他是在救人，你见的那些洋人和他不一样。"

王本义想想树臻说的话也对，他也亲眼见到这个洋人在马不停蹄地救人，可自己说的话得有个圆场。

树琴站在一旁，吓出了一身冷汗，岔开话题说："哥，爹是怕你娶个洋媳妇回来。"

周莲笑了出来，王本义恐道："他敢！"

树琴朝王树臻吐了吐舌头，周莲笑道："你这小机灵鬼丫头。"又转向王本义爷俩："你俩就别因为这点小事较劲，洋人不害咱，就是好人；要是害咱，在咱家门口，咱还怕他不成？"

王本义松了口气："你娘说得也对，不过我还是提醒你，少跟这些洋人打交道，他们贼得很。要是哪一天不高兴，惹上杀身之祸，怎么死的都不知道。"

周莲劝道："这哪儿的话，还死不死的。"

王树臻见父亲气消得差不多了，便说："我出去帮帮他们，能救一个算一个。"

看着儿子跑出去的身影，王本义笑道："这点随我。"

周莲无奈地摇着头："是，是，只要是好的方面都随你。不是刚才要和儿子掐起来的时候了。"

王本义回："这点随你，犟。"

周莲追道："你说我犟，那你再找个小的，谁不犟找谁。"

王本义阻止说："你守着孩子说这话干吗？"

周莲这才意识到身边的树琴在一旁偷偷地笑："笑什么，快扫扫院子。"

树琴笑着跑了出去，周莲难为情地推了王本义的肩膀："知道孩子在这里，你咋不吱一声？"

王本义回："我又不是老鼠，光吱吱啥？"

周莲反应过来："你说我是老鼠，你才是老鼠呢。"

欢笑与死亡，组在一起就是不和谐的两个词语，却在屋里和屋外呈现得淋漓尽致。

尘土飞扬的街道上，充斥着来来往往的人群和疼痛的呻吟声。王树臻慌张地在人堆中走来走去，脚下已经分不清是活着的人还是死去的人。

仲钧安见王树臻魂不守舍地在人群中转悠，大喊道："王，快来帮忙，救人！"

王树臻循着声音而去，只见仲钧安两眼瞪着自己，快步地跑过去："我不懂医术，怎么帮你？"

仲钧安叹道："现在药也不够了，这是个糟糕的消息，你帮我把这些人抬到路边上，不能在路中央，就算没死也会被人踩死的。"

王树臻每把一个人抬到路边上，仲钧安都会积极地抢救。树臻抬头望着周围的人群，除了仲钧安没有在抢救人的，药铺前挤满了伤者。

仲钧安擦拭着额头上的汗说："王，不用抬了，药已经没了。"

王树臻急忙地说："你等着，我去药铺看看。"说完，转身朝药铺跑去。

药铺前排着长长的队伍，王树臻挤了进去说："大夫，给我抓点止血药。"

大夫瞧了王树臻一眼说："有钱吗？有钱就有药，有药就能活命。"

树臻气道："都什么时候，还说这种话，你也不怕遭天谴？！"

大夫一捋胡须，笑道："这该是我赚钱的时候，是老天爷在帮我。"

树臻气急败坏之下，骂道："你这个没良心的，什么时候了还说这种话！你拿出一点药，就能多活一个人。"

大夫不理会："拿钱就拿药。"

眼看大夫宁愿拿着药卖钱，也不会拿出药来救济这些灾民，树臻说："你等着，总有一天你的药铺连墙带土都会被人拆了。"

后面的人见两人争吵个没完，加上身上的血不停地往外渗，便劝说道："树臻，你别在这里吵了，你再吵就耽误大夫给我们看伤了，你还让不让我们活。"话音刚落，队伍中七嘴八舌地吵了起来。

大夫幸灾乐祸："看见没有，这就是天意。"

树臻咽了一肚子气回到仲钧安的身边，一屁股蹲坐在地上。

仲钧安见树臻神色不对，便问："你怎么了？药呢？"

树臻起身，气道："还药呢，没药，吃了一肚子火药。"

仲钧安疑惑地问："怎么回事？"

树臻回道："人家不肯给药，想趁机发大财。"

仲钧安眉角颤抖地说："主会惩罚他的。那些人的血还在流，止不住，这下可怎么办？"

树臻沉默不语，看见不远处草丛中的杂草，想起了自己曾经流血时，父亲给他弄了几片草叶，就把血止住了，那草的样子和眼前的没什么两样。

仲钧安在原地来回地走动，见树臻直冲向草丛，也跟了过去："王，你不赶紧想办法，怎么只知道玩？"

树臻没有回应，大把抓着止血草，草上面有些刺针，绿油油的叶片上残留着尘土。等弄得差不多了，树臻走到仲钧安的面前说："这些草可以止血。"

仲钧安笑道："你开什么玩笑？"

树臻严肃地回道："我没有开玩笑，我说的是真的，你拿去试试。"

虽然仲钧安有些半信半疑，但没有药的情况下，也只能试试。他把手中的草揉碎涂抹在灾民的血口上，血液开始凝固。仲钧安看着眼前的情景有些太不可思议："王，这草太神奇了。"

树臻微笑道："农家人有自己的土办法。"

仲钧安嗅着草的腥味叹道："万物来源于自然，主在搭救我们。"

树臻摇着头继续回到草丛中拔止血草。这次的事情让他的心灵受到了巨大的撞击，因为他看到的是一个异国他乡的洋人在救一群素不相识的百姓。

第七节　贩卖川表

西方的工商业随着不平等条约的签订，开始冲击着中国的市场，社会动荡不安，盗匪四起，危及万民之命运。

不惑之年的王本义劳累成疾，在家养病。王树臻一人挑起扁担在集市上贩卖杂货。他每到邹平总是情不自禁地朝教堂望几眼，教堂门微微开着，却没有人影。接连几日下来，都是如此。在树臻心里留下深深印记的仲钧安就这样无声无息地消失在了他的视线范围之内，他自言道："这真是神啊。"

正当这个神一般的人物要消失在他的记忆里的时候，教堂的门居然光明正大地敞开了。王树臻肩挑着货物走了进去，见一背影正在书桌旁看书，越走越近，才发现是仲钧安。

仲钧安转头看到王树臻，笑道："王，你怎么来了？"

王树臻惊讶地问："好长时间没见了，你去哪儿了？"

仲钧安拿出一张照片递给王树臻，王树臻接过照片，左看右看说："这画真好看。"

仲钧安指着照片说："这不是画，叫照片，是一个机器拍出来的。这张照片是法国的埃菲尔铁塔，是为了纪念这个国家大革命胜利一百周年。"

王树臻疑惑地问："就好比那个丝绸厂那个机器？"

仲钧安摇摇头："没有那么大，其实很小的。"

王树臻还是不明白："那革命是什么意思？打仗吗？"

仲钧安解释道："并不是所有的革命都是战争，也有工业上的革命。"

王树臻越听越糊涂："工业也打仗？"

仲钧安拿出几张图片："是工厂的变革，从手工业向工商业发展，是一股潮流。"

其实仲钧安心里也明白这样和王树臻交流是非常费事的，一个生活在封建王朝，没见过外面世界的人，就好比古代中国的世外桃源的人们。他从书架上取下几本书递给王树臻，让他拿回去先看看，了解一下西方的国家。

王树臻拿着书回家，挑灯苦读。王本义夫妇对树臻的行为感到莫名其妙，怀疑树臻是不是在外面中了什么邪气。

王本义疑惑地看着周莲："这孩子黑灯瞎火地不睡觉，在看哪门子书？"

周莲也不知情："我哪知道，从集市上一回来，就把自己闷屋里，一声不吭。"

王本义往里屋瞅了瞅："当年让他上学，都没见他这么卖力读书，中的什么邪？"

周莲起身说："我去看看去。"周莲下床，朝着王树臻的屋里走去，见王树臻一动不动地看书，又折了回去。

王本义见周莲没有进屋，问道："你咋没进去？"

周莲回道："进去干啥，这孩子一头扎在书上，我估计就是进了贼，他那两只眼也离不开那几本书。算了，还是睡吧。"

王本义自言自语道："看的什么，这么入迷……"

王树臻认真地阅读着仲钧安送给他的书籍，他在书中仿佛看到了一个自己向往已久的世界，书上印有轮船、电话、电灯，一些稀奇古怪的洋玩意儿展现在他的眼前，吸引着他，不知不觉竟趴在桌子上睡着了。

醒来的时候已经天亮了，雾气弥漫的村庄显得有些安详，像一位熟睡的老人倚躺在古老的藤干上。村庄好久没有这么安静了，这却让王树臻心里有些不踏实。挑着担子，打着哈欠，晚上睡得太晚，浑身有些无力。走到药铺前，见一人瘫坐在地上，走近一看是地震时不给自己药的大夫，满心的好奇让王树臻走了过去。

王树臻问道："这瘫在地上做啥？"

只见大夫斜眼瞧了他一眼，又转过头去，唉声叹气，一语不发。这让王树臻觉察到是出了什么事情，便继续追问道："你话也不说一句，就干坐着，发了财，就不认识我了。"

大夫一听"发财"两个字，瞪起眼："不发财还好呢，一发财，招土匪了。"

话音刚落，王树臻才意识到药铺杂乱无章，门上的铁锁也被撬了，药材撒了一地，大夫的老婆在屋里啼啼哭哭。

大夫继续说道："幸亏人没事，差点把我这老命搭上。"

王树臻追问："谁干的？"

大夫回道："黑灯瞎火的，哪知道是哪帮子土匪，柳子帮、三番子，再说了，章丘的土匪都听信了。"

王树臻奉劝道："咱们都是做买卖的，破财免灾的道理咱们都懂。就当自己花了，报官也没啥用。"

大夫叹道："这道理我懂。"

王树臻挑起杂货箱，转身离开，一转身宛然一笑，自言道："报应。"

到了邹平的集市上，树臻先去了教堂，把书还给仲钧安，顺便提起了这件事。仲钧安在耶稣面前祈祷："主，恕他无罪吧！"树臻对眼前的仪式半知半解，但他心里明白，仲钧安是替大夫在雕塑面前求情。不过，对西方的世界的逐渐了解给王树臻带来的却是沉重的一击。

王树臻说："中国人一直向往西方的极乐世界，因为那里有数不尽的荣华富贵，可现在我才明白，原来西方也有革命。"

仲钧安笑道："西方人同样向往来到东方，像你们的清王朝，以天朝自居，物产丰盈，人杰地灵，不愧是一块宝地，但是战争让这个世界变成了地狱、死亡的牢笼。"

教堂外面开始吵得沸沸扬扬，"隆吐山、亚东被英国人攻陷！""清政府一直妥协，派大臣议和……"

王树臻没精打采地挑起杂货箱慢吞吞地朝门外走去，低声道："王朝要亡啊！"

富贵人家门口聚集的灾民越来越多，一个个有气无力地瘫坐在墙边。有些人有点活儿能混口饭吃，有些人就直接饿死在大街上。死亡，已经不算是什么新鲜事，在这个年代，每天都死很多的人。一个个都是饿死鬼，跑到阴曹地府也许能饱餐一顿。

看到路边的灾民，王树臻心里不免有些愤慨。又突发奇想，既然活着不能当一回富人，那死了，就该堂堂正正地做一回富人。蒲松龄老爷子在《聊斋》中讲到的纸钱，到了阴间就是白花花的银子啊！

王树臻大量地收购黄表纸，也让制作黄表纸的人家，多出一些，他全包了。对于这么好的买卖，生产黄表纸的人家肯定是打心眼里高兴。王树臻想这下可好了，如果自己不幸去了阴曹地府，自己就是富人了。

可树臻万万没有想到，就因为这黄表纸，家里与他杠上了。

王本义骂道："你小子缺了哪门子筋，捣鼓这玩意儿，晦气！"

周莲劝道："树臻，做买卖也得讲良心，你卖这些祭祀用的东西，你不觉得是挣死人的钱吗？"

王树臻根本不听他们劝说，转头看着树琴问："你说，满大街的人最想要什么？"

树琴说："就那些人，肯定是要口饭吃，就够了。"

王树臻笑道："爹娘，卖黄表纸，我不是挣死人的钱，是给他们送钱。他们有钱就给我几个，没钱就送给他们，让他们在黄泉路上能走得安生，这也算积善积德。"

王本义收敛起脾气："话虽这么说，你要是碰上的都是一些没钱的，那咱们一家吃什么？"

王树臻解释道："爹，看你说的，这世道虽然是穷人多，但是富人也不少。穷人死在富人家门口，这些富人不买些纸钱送这些死人上路？"

王本义点了点头："这话在理。不过丑话说在前面，死者我们要敬畏，那些鬼魂野鬼，我们这些大活人可惹不起。"

王树臻应了一声，出了房门，树琴也跟着出去了。庭院里的空气有些清冷，树臻坐在石凳上，仰望着夜空中的明月。

树琴问："哥，你看啥看得这么入迷？"

树臻回道："月亮，你看今晚的月亮真亮真圆啊！"

树琴笑道："今天是十五。"

树臻回了回神问："树琴，树生这小子最近怎么样了？"

树琴摇了摇头："好久没见他，婶婶说他整天不着家。"

树臻疑惑道："没个营生，整天还不回家，葫芦里卖的什么药。"寻思着不对劲，慢吞吞地进屋睡觉了。

第八节　纸飞焰舞

集市上人来人往，巡逻的官兵一拨接着一拨。王树臻转来转去，终于弄明白事情了，原来是京城几个洋人被人杀害，列强开始追究清政府的责任。这下把清朝统治者惹怕了，要是洋人不分好歹，挺着洋枪就杀进来，哪还有个活路。于是就开始下令各个地方都要保护洋人。这个世道真是变了，自己人不保护自己人，却保护起洋人，真是个笑话。

卖艺的老艺人耍弄着刀棒，时不时地传来"好""再来一个"的声音，王树臻也看得津津乐道。

集市做买卖的人越来越多，新的面孔替代了旧的面孔。见面谈笑风生，与买主讨价还价，唯有王树臻沉默寡言，不介绍自己的东西，不主动与人搭讪，只是在一旁细数着日子。有人见树臻出来做生意，却不吭声，实在是好奇，便问："兄弟，你出来做买卖，也不吆喝，也不介绍，你干坐着，哪儿来钱啊？"

王树臻指着满担子的黄表纸，笑道："这种东西不能介绍，我难道吆喝'谁家死人了，这里有阴钱'，或者说'大伙儿快来看看，给自己留个后路'？我寻思着要是这么喊，估计这些纸钱就给自己用上了。"

这话惹得那人大笑起来："一行有一行的规矩，我懂了。"说完，便吆喝着贩卖自己的物品。

夕阳西下，忙碌了一天的王树臻挑着担子回家，见到荒山野岭遍地的坟茔上枯草丛生。看样子好久没有人来祭奠，或者根本没后人了。王树臻从箱子里拿出黄表纸，在每个坟头撒了几张，嘴里念叨着："小生给你们撒些钱，钱不多，拿着花，黄泉路上别饿着。"

黄表纸从上空哗啦啦地掉落在坟头上，一阵风起，来回地翻滚。

收拾好东西刚准备走，听到不远处传来哭声，这可把王树臻吓了一大跳。好心给点钱，居然把人都从地底下招惹出来了。循着哭声走过去，才发现是一个大活人在哭坟，只见是一个小伙子，年纪轻轻，面目清秀，但身体魁梧。看样子，家人是刚刚去世。

王树臻走近一看，眼前的小伙子和自己差不多一般大，浓眉大眼，红肿着眼眶。树臻安慰道："兄弟，节哀顺变。"

小伙子一听声音，转身问道："你是谁？"

王树臻回道："过路人，听到兄弟的哭声，就走了过来。"

小伙子上下打量了王树臻一番，问道："听口音不是潍县人。"

王树臻回道："长山人，来这里做买卖。"

小伙子看了他旁边的杂货箱明白过来："天快黑了，夜路不好走，你要多加小心。"

王树臻谢道："多谢提醒。"又看了眼四周，没有什么供品，便问："为何不放些供品？"

小伙子唉声叹气："活人都吃不上饭，更不用说死去的人。"

王树臻一边从箱子里拿出纸钱一边说："那可不行，在人间活得不富裕，不能在阴间也没饭吃，这些纸钱，你拿着烧给家人。"

小伙子推辞："我没钱。"

王树臻笑道："不要你钱，死者为大，你我差不多一样大，就算交个朋友。"

小伙子接过纸钱烧给自己的家人，王树臻并没有直接走，而是等着纸钱烧完，磕完头再走的。

王树臻收拾了杂货箱，准备回家，小伙子上前再来拜谢："这次家父走得可算体面，多亏大哥。"

王树臻摇了摇头："这话说的，不用这么客气，都是穷人家出身，在外互相帮衬一把。"

话音刚落，小伙子扑通跪在了王树臻的面前："兄弟，再次谢过。"

王树臻拉起来："看你这是干什么，快起来。"

小伙子问道："敢问恩人尊姓大名？"

王树臻笑道："我不是什么恩人，在下王树臻。"

小伙子说："在下陈双辰。"

王树臻点了点头："后会有期。"

小伙子谢道："后会有期。"

王树臻已经习惯了夜晚一个人行走在这条伸手不见五指的道路上，有钱人是不会往这条小路上走的，自然也就没有土匪出没。回到家，一脸的疲惫，刚准备洗洗睡觉，就看见门外树生急匆匆地往外走，那份急样，谁看也知道一定发生了什么事情。树臻快步地追赶出去。

王树臻一边追一边喊："树生，给我停下。"

听到声音的树生停住了脚步："哥，有啥事？"

王树臻问："大清早的，你干啥去？"

树生回道："娘生病了，给她抓药。"

王树臻的心才放了下来，树生追问："哥，你找我有事？"

王树臻回道："没啥事，就是和你说一声，有时间了咱兄弟俩喝几杯。"

树生笑道："这个好说。"

王树臻拍了树生的肩膀："去给婶抓药吧。"

树生点了头，加快了脚步走了。看着树生急匆匆的样子，王树臻心里还是觉得不太对劲。按原路返回到树生家，见郝秀儿婶婶正在晾晒衣服，怒火从脚跟一下子蹿到头上。

王树臻惊讶道："婶，你没事啊？"

郝秀儿打量着树臻问："你这孩子，你婶好好的，你咋说这种话？"

王树臻辩解道："不是我咒你，刚才树生……"刚说到这里，树臻把话又收了回来。

郝秀儿笑道："你咋不说了，是不是在路上听了什么风言风语了？"

王树臻挠着头："不是，是我做了个噩梦，所以来问问。"

郝秀儿拍打着衣服："做个噩梦，就是你婶婶有事？虽然年纪也不小了，但还不至于说蹬腿就蹬腿啊。"

王树臻撇了几下嘴："婶，不管怎么说，你没事就好，我赶了一夜的路，先回家去睡觉。"

郝秀儿点了点头，王树臻出门了。郝秀儿一想不对，刚才还说晚上做梦，咋又赶路，赶路也能做梦。刚寻思着质问树臻，可树臻早已不见踪影了。

王树臻一路是又恨又气，刚进门就对树琴说："等树生回来，让他来找我，就说我和他喝几杯。"

树琴莫名其妙地看着树臻进屋："哥，你找他有啥事？"

王树臻不作声，硬生生地把门关死。

树琴自言道："这吃了哪门子枪药……"

王树臻躺在床上，总感觉事情不太对劲，他害怕树生重走王龅牙的道路。直到深更半夜，王树生才回到家。树琴见树生从远处走来，直面迎上去："树生哥，咱哥在里面等着你，说是要和你喝几杯。"

树生诧异道："咱哥还真是个急性子，今早刚和我说起这事，晚上就摆上了。好，那我就陪咱哥喝几杯。"说完，进院子，推开树臻的房门，只见桌子上空空如也，只有树臻在一旁怒视着他。

树生问道："哥，不是喝几杯吗？酒呢？"

树琴见势不妙，从树臻屋跑到王本义夫妇的房间。

树琴慌道："爹娘，哥说要请树生喝酒，结果一开门，就看到哥瞪着眼看着树生哥，我怕他们闹起来。"

王本义气道："这群败家玩意儿。"

周莲劝说道："还没弄清情况，你骂什么，我先去看看。"周莲穿好衣服，跟着树琴走了出去。

树臻的门口封严，里面闪烁着灯光可以猜测出里面紧张的气氛。周莲摆了摆手，不让树琴出声，就在外面听听到底是怎么一回事。

屋里许久的沉默终于被王树臻的一句话打破了："你说婶生病了？"

树生笑道："人上了年纪，身子骨不听使唤，并无大碍。"

王树臻点了点头："无大碍，你抓个药，抓到现在才回来？"

树生解释道："这味药难抓，跑了这么多药铺，还是没有。"

王树臻追问："这是哪方神医，能开在长山都抓不到药的方子？他脑子被驴踢了吧。"

外面的周莲有些不太明白，从小到大真是没见过树臻发这么大火，便问树琴："你哥这是怎么了？"

树琴摇着头："我也不知道，一回来就是这样，问什么也不说。"

王树臻在屋里继续骂道："你这狗娘养的玩意儿！"

树生一听这话急了："哥，咱们兄弟一场，你说话别这么难听，别怪我和你翻脸。"

树琴拉着周莲："娘，他俩要是打起来咋办？"

周莲镇定了一会儿说："你去叫你婶过来。"

树琴点了点头："嗯。"跑出了家门。

王树臻气道："你和我翻脸，还他娘的兄弟不给你情面，我今天去你家，婶好好地在晾衣服，你就这么说你娘，还抓药，是你病了吧？"

树生瘫坐在椅子上："你去过我家了？"

王树臻笑道："树生啊树生，咱两家东墙挨着西墙，你哥就疼这几步，我走潍县，闯济南，我都没喊过一声累，你能找个让人心服口服的理由出来吗？"

郝秀儿跟着树琴走进家门，问道："出啥事了？"

周莲说："俩孩子在里面不知道掐啥。"

郝秀儿说："我进去看看。"刚准备起步，就被周莲拉住。

周莲说："先听听再说。"

王树生在里面一言不发，王树臻问："这事咱先过去不谈，你最近在干些什么？"

树生回道："正当买卖。"

王树臻追问道："正当买卖也得有个来头，说说。"

树生暗笑道："哥，你是不是管得有点多？"

王树臻怒道："我是你哥，我不管谁管？"

树生从椅子上起身说："我还有我娘。"说完，准备推门。

王树臻骂道："你想过树琴吗？"

树生悬在半空中的手，放了下来，愣愣地站着。外面的树琴一听，羞涩地跑到了自己的房间。

这时，站在外面的郝秀儿忍不住，推门而入。树生一见郝秀儿，惊呆了："娘，你怎么来了？"

郝秀儿气愤地说："我说树生，你还真行，盼你老娘早点死是吧？"

树生解释道："没，我也只是顺口说了句话，没想到哥当真了。"

郝秀儿一拍桌子："随便说了句，就是你娘要上天了，我说今天树臻无缘无故跑去找我，你小子的嘴真是欠收拾。"

树生无言以对："娘，我……"

郝秀儿打断他："你也别我不我的了，你当着大伙的面，说说你在干些什么！"

树生低声道："我说大家伙能不操心我的事吗？"

郝秀儿训道："你这个孽种孩子是不是想把你娘活活地气死？"

周莲给郝秀儿倒了一杯水端了进来："树生，你不会有什么事就说什么事，看把你娘气的。"

王本义拄着拐杖走了进来，王树臻赶忙向前扶着。王本义问道："黑灯瞎火的，吵吵啥？"

郝秀儿一边擦拭着眼泪，一边抱怨道："三哥，养儿不孝啊！"

王本义把目光转向王树生："树生，你说说，做了什么让你娘这样难受？"

树生辩解道："三大爷，我也不知道自己做了什么，先是大哥质问了我一番，接着娘又来问，我招谁惹谁了？"

王本义接着问："这段时间，在外面忙活什么？"

树生不耐烦："这不，你也来问。"

王本义叹了一口气："你没做亏心事，你说出来又怕什么？"

树生解释道："我不是怕，是你们不理解，这年头丝绸成了周村响当当的牌子，我准备去学习人家是怎么生产加工产品的，自己也开个缫丝厂。"

王本义笑道："这不是挺好的事情，你为什么不和家里说实话，这件事，三大爷支持你。"

王树生顿了一顿："我话还没说完，是跟着洋人学。"

王本义脸色突变："怎么又是洋人，你说你们兄弟俩这是干什么，都和洋人搭上亲戚，真是给祖宗的脸上抹黑。"

王树臻说："爹娘，婶婶，和洋人打交道，不是给祖上丢人，如果树生真的学习丝绸加工技术，我觉得这是好事。爹你也别生气。咱们这里地震的时候，是谁抢着救人，是仲钧安这群洋人，咱们中国人呢？关门，自家没事自享天伦之乐。再说科技，机器生产已经成为世界的主流，咱们丝绸虽然远近闻名，但是还是手工生产，生产力低下。"说到这里，树臻把脸朝向王树生："树生，这是好事，你应该早说，你是不是怕当哥的分你几杯羹？"

树生辩解道："看哥你说的这是啥话，不是怕，是我不懂，才去学。再说了，咱兄弟俩还分谁和谁吗？"

王本义打断道："你们俩先停下，我看开厂的事情，先缓缓，一没本钱，二没技术，就算办了厂也是关门。树生啊，以后自己有什么打算和家人说说，以为你早出晚归，一天不着个家，家人担心你。"

树生应道："知道了。"

王本义舒了一口气："大伙散了吧，都回去睡觉。"

大家陆续地走出了门槛，王树臻拉住树生低声说："你不去看看树琴？"

　　树生望了望树琴房间的窗户："这么晚，就先不去，改天我再找她谈谈。"说完，树生大步地走出了王树臻的家门。

第三章

第一节　婚姻大事

李氏世代书香，是县里数得上的大姓人家，李嫚只有十七八岁，容貌端庄秀丽，姣美的身材，温柔的性情，一张笑脸活泼可爱，加上她从小饱读诗书，擅长琴棋书画，更让人们刮目相看。

李府正门是高大的门楼，台阶两侧蹲着两尊石狮子。两侧的街道旁，高大的古槐长出嫩绿的新叶，春风吹拂，树影婆娑。

李嫚从小与树琴玩耍，两人更是无话不谈。王树臻对李嫚颇有好感，加上自己也到了谈婚论嫁之年，更对李嫚是春心大放。可李府却多有顾虑，王氏家族虽是名门望族，这在整个长山县是毋庸置疑的，可他王树臻家没出一个读书人，李嬷要是嫁给他，岂不是一朵鲜花插在牛粪上。可又是世交，王家前来提亲，直接拒绝，面子上也磨不开。

没过多日，周莲和王树臻亲自上门求亲，这是李老爷最不愿意看到的一幕，但想来想去，没别的法，只是口中说道："议婚之事，待我同夫人、小女商量之后再作答复。"

晚宴过后，客厅里灯火通明，李老爷子对王树臻说道："不怕贤侄见笑，我家小女嬷儿，从小被过分宠爱，每有前来求婚者，必亲自出题应对，对答满意者方可求婚。"王树臻便上前深施一礼道："贤侄今来求婚，愿意遵从贵府的规矩。"

周莲见树臻胸有成竹，英气勃发，心中暗暗赞许，但不免有些为儿子担心，因为王树臻一旦应对不成，被李府拒之门外，婚事不成事小，孩子心里怎么能承受得了。

李府家人进内宅传禀后，将王树臻母子请进宅内。考官是一位老夫子，是李嬷的教书先生，模样七十有余，打量起王树臻来。他早就听说王树臻才华出众，从小就被人们称作神童。今天见王树臻谈吐不凡，英俊潇洒，眉宇间洋溢着一股英气，且又与李嬷年貌相当，心里已有八分成意。

说话间，仆人取来笔墨纸砚，并由教书先生出一副字样隽秀的上联："两舟竞渡，橹速不如帆快。"周莲在一旁看了，不禁一惊，心都提到了嗓子眼上，心想这下完了，所出联句，并非轻易能对。她看儿子不慌不忙，从容自若，略一思索，挥笔写出了下联："百管争鸣，笛清难比箫和。"教书先生看了，立刻神色飞扬，脱口喊了一声："好！"周莲更是喜上眉梢，颇有几分得意。

丫鬟把王树臻的对句送进内房。李嫚看了却沉默不语，觉得王树臻确实有些非同寻常，平常挑着扁担卖弄杂货，没想到肚子里还有些笔墨。

教书先生道："王公子才华横溢，那我就出第二联。"教书先生拿过毛笔在纸上题道："取花种，把花种，花间春秋。"王树臻思索了一会儿，微笑着拿起毛笔写道："同云长，观云长，云欲河图。"

教书先生一听，差点瘫坐在椅子上，感叹道："真是奇才啊！"

周莲悬着的心也放了下来。王树臻笑道："先生，请出第三联。"

教书先生拿起笔，刚准备题联，又放下笔："老夫教书多年，今见公子是青出于蓝而胜于蓝。"摇着头，甩袖出门。

一心想用考试来力压王树臻求婚的念头的李老先生，面对这样的情况也不得不低头。

王、李两家换过帖后，商定王树臻和李嫚的婚礼在两个月之后举行。王树臻心情激动，暗自得意，高兴得一夜不能安睡。

全村上下大小人等对王树臻求婚应对之事，倍感自豪，津津乐道，一传十，十传百，对对子、吓走老先生的事很快传遍了乡里。

两个月时间很快就过去了。王树臻成婚这天，王家洼村热闹非凡，鼓乐手吹吹打打，锣鼓声、欢笑声从王府传出来。王府更是热闹非常，院子里，人来人往，出出进进，个个面带喜色。

王树臻身着婚礼盛装，更显得英俊潇洒。拜天地的时候到了，新郎、新娘由傧相、伴娘陪着来到正厅。王树臻的一双眼睛直勾勾地盯在新娘李嫚身上。见新娘李嫚身材匀称，莲步轻稳，袅袅婷婷，早被搅得神魂飘荡。急切盼望婚礼快点结束，好早点儿入洞房。

好不容易拜完了天地，新郎把新娘领入洞房，王树臻轻轻地揭开新娘的盖头一看，不由得心里一颤，差点喊出声来。

只见那李嫚圆圆的脸上闪亮着一双水灵灵的大眼睛，皮肤长得如鸭蛋青儿一般白嫩细腻，舒展的额头，圆圆的鬓角，乌亮的青丝细润光滑，修长的眉毛凝聚着远山似的清远的神韵。

高高的鼻梁，圆润的鼻头，使王树臻立刻想到那句人们常说的"鼻如悬胆"，再看那棱角分明的人中下面，是两瓣玲珑的朱唇。又打量那隐隐的颧骨圆圆的腮，觉得这样完美的人世间实在不多见啊！李嫚被他看得不好意思了，含羞地向他一笑，露出了两排洁白的皓齿，王树臻这才真的看全了。谁想这时他一声不吭，愣愣地看着，那股贪婪劲，实在让李嫚受不了，她低头不语，坐在炕沿上等王树臻开口说话。

王树臻这会儿发起呆来，实在是被新娘子的美貌惊呆了，与平时见到的李嫚真是两个模样。他是读过相书《水镜集》的，记得上面说"妇人贵在眉目"，便又细细地打量起来，心中默念着："她生得一副贵夫人之相啊！此乃吾之贤内助也！"李嫚在这大喜之日，芳心早已跳个不住，在王树臻掀去盖头纱的一瞬间，一双俏目向王树臻脸上扫了一眼，便急忙垂下眼睑，娇羞地坐在炕沿上，感到浑身上下不自在。王树臻刚要上前搭话，忽然间新房被推开，呼啦一下子挤进一群人来，羞得新娘赶紧把脸扭向一边。

原来在长山县有个风俗，时兴在结婚的日子闹洞房，称作"逗媳妇"，称呼新郎、新娘哥嫂或叔婶的，都要去洞房戏闹一番，也好观看一下新娘的模样。有些人尽管年纪大了，但只要比新郎、新娘辈分小，就满够闹洞房的资格，洞房里折腾得越热闹，主家脸上越光彩。有些辈分大或同辈年长的、好玩笑取乐的人，有时也不顾脸面参加到闹洞房的行列，他们还有几口顺口溜，叫什么"公公叔，闹半宿，公公爷，闹得邪！"还有什么"公公叔，闹半天，大大伯子闹洞天"，以及"大大伯子逗弟妹，怎么逗，怎么对"之类的自圆之词，不愿错过闹洞房的机会。在这一日可以大胆地向新娘子调侃取闹，说些荤话也无可挑剔。

王树臻平时很爱参加这种事体，出过不少坏主意，这次轮到他出洋相了，闹房的人们劲头更加十足。

闹房的人们把小两口围了起来，荤的、素的一齐上，几个辈分小的、年少的调皮小子们，你一言我一语，有唱有和，有呼有应，不时引得人们哄堂大笑，他们的矛头一会儿冲着新郎，一会儿冲着新娘，直闹到半夜三更。

王树臻虽也随着闹房的人一起笑，只是坐在凳子上一言不发，新娘子也坐在炕头上低头不语，任那帮人胡说八道。

后来一个年长些的人凑到新娘身边，对着新娘讲起王树臻小时候调皮发嘎的事来，一下子把新娘逗得笑出声来。这下人们的兴致更浓了，把个端庄娇羞的新娘子引逗得不断发笑，脸上红潮翻滚。王树臻也被说得尴尬异常。闹了半宿，大家已经尽兴，不忍心再难为这对小夫妻，便一哄而散，各自回家去了。

屋里剩下了新郎新娘，一下子清静下来。王树臻起身将门关好，回过头来含笑不语地看看新娘子。到这会儿，新娘李嫚的害羞劲儿，早被一帮闹房的坏小子闹跑了许多，便大大方方地走到树臻跟前，施了一礼，说道："树臻哥，咱们歇息吧，都累了一天啦！"不料，王树臻一笑说道："你我已经成亲，不能再喊哥。"李嫚脸通红问："那喊你什么？"王树臻笑道："相公。"

小两口相视一笑，都感到情深意浓，到了互相需要的地步了。王树臻"噗"的一声把灯吹灭。两人宽衣解带，钻进锦衾绣被，说不尽的男欢女爱，直到日出三竿，才慵懒地起床。

第二节　巧遇龅牙

结婚后第二年，王树臻的第一个儿子出生，取名王德安，寓意为希望天下安生。这个孩子的到来也给王府增添了几份喜气。病卧在床的王本义老爷子更是笑得合不拢嘴，王家的香火能传下去，也算对得起祖宗。

王树臻的生意越做越大，货量也越来越多。在树臻出生那年，算命的先生就说过需找个金命的媳妇，李嫚正好命中有金，旺夫。

江南制造局工人举行罢工的消息很快蔓延到山东，开始在大街小巷议论纷纷，"你说这不听当官的说话，也不用砍头""世道要变啊"……

王树臻宛然一笑，他想起仲钧安给自己看的那几本西方文明的书，关于工人和革命，他现在不得不承认仲钧安没有骗他，这是历史的潮流。

闲歇了一阵，挑着杂货开始上路。刚走了没多远，碰上了一群乞丐，将王树臻围了个水泄不通。

王树臻笑道："我和你们无冤无仇，你们这是做啥？"

乞丐七言八语地说："还做啥，给钱，给口吃的，就放你走。"

这乱世当道，人一旦饿疯了，什么事也做得出来，想到这里，王树臻从杂货箱里取出几块干粮，扔给了这群乞丐。乞丐们开始撕抢，没抢到的自然是不会放过王树臻。

乞丐继续围着王树臻，没有让他离开的意思。从人群中，王树臻有一种莫名的感觉。这种感觉小时候就有过，他扫视着这一群乞丐，蓬乱的头发，肮脏的衣服上已经结成厚厚的泥块。有个人就是看着面熟，那个人神色恍惚，死死地盯着王树臻的杂货箱，然后撒腿就跑。

王树臻从口袋里拿出几个铜钱说："要吃的，我没了，给你们点钱，自己去买点吃。"说完，猛地把铜钱撒向空中，这样，乞丐分散开了抢钱。王树臻挑起杂货箱朝那个乞丐跑的方向追去。

那个乞丐并未跑远，缩在墙角，浑身哆嗦，脸部苍白。王树臻明白了，这是烟瘾犯了，便把手中的铜板扔了几个给他，那人迅速地朝大烟馆跑去。

王树臻愣愣地站在原地，手开始微微地颤动，这是不是王龅牙，自己多年不见的叔叔？眼神、动作简直是一模一样，当年，官兵押着他们就是在潍县这个地方逃跑的。

集市上人来人往，达官贵人哼着小曲，迈着步大摇大摆地晃着，从书寓、赌场出出入入。王树臻站在大烟馆的门口，直到那个乞丐吸了几口缓过神从里面走出来。乞丐一见王树臻在门口蹲着，撒腿就跑，王树臻就在后面追。刚缓过神的乞丐终于体力不支，停在了路边上了。

乞丐说："钱是你自愿给的，你没事追我干吗？"

王树臻喘了口气："你是不是王龅牙？"

乞丐笑道："王龅牙是谁？"说完这话，乞丐心里又一颤动，长在嘴里的龅牙还是出卖了自己。

王树臻看着这龅牙说："我是树臻，你不记得我了？"

乞丐指着自己的龅牙："是不是长着龅牙的，都叫王龅牙？"

王树臻围着王龅牙转了几圈，上下打量了一番，看到了一朵槐花，当年郝秀儿在树臻的鞋上和王龅牙的外套上都绣过一朵："当年婶给你绣的花还在衣服上，你说你不是王龅牙？"

王龅牙明知再瞒下去也没啥个意思，再加上自己染上鸦片，得有个人给自己送点钱吸两口，便说道："我刚才就看出来是你小子，本不想承认，不过这嘴里的龅牙还是掩盖不住。不过话说回来，你见到我的事情，只有你知我知，其他人不能告诉。"

王树臻不解道："为什么家里人不能知道？这几年家里人都在打听你。"

王龅牙笑道："侄儿，你也该成家了，就你龅牙叔这副模样回去，是吓你爹娘，还是吓你婶？"

王树臻逐渐明白了王龅牙的心思，说道："那你也不能整天跟着他们要饭。"

王龅牙反驳道："不要饭吃啥，喝西北风啊，这些年都这么过来了，这不活得好好的，就是他娘的染上这大烟是一害啊！"

王树臻追问道："你知道这东西不能碰，你咋还碰？"

王龅牙解释道："现在哪里不闹饥荒，能要着饭就吃几口，要不着，就饿着肚子，本想抽几口烟，心里能舒坦点，没想到这里面有鸦片。"

树臻从口袋里掏出钱袋，递到王龅牙手里："拿着先用着，以后我只要来潍县，就给你留下银两，别让那些乞丐知道。"

王龅牙四处瞅了瞅，硬塞进了自己的衣服里："侄子，还是你疼你叔，我得走了。"起身，晃晃荡荡地走着，突然又回头说："别告诉家里人见过我，还有你那杂货箱太破了，从你爹时就用这个箱子，换个吧。"

这下王树臻知道王龅牙为什么跑了，原来是见到这杂货箱。树臻应道："叔，我知道了。"

王龅牙头也不回地喊道："早点回去吧！"

回到家的王树臻变得六神无主，他不知道该不该把见到龅牙叔这件事情告诉家人，如果告诉家人，把龅牙叔弄回家里，也得落个埋怨。要是一句话不说，等什么时候事情败露，自己还得被家里人怪罪一通，不管怎么办，里外都不是人。无奈之下，一咬牙，纸包不住火，还是先下手为强吧。

一番思想斗争过后，王树臻迈出了屋门，走到王本义的门前，刚要喊爹，李财富从外面大摇大摆地走了进来，见到树臻，笑道："树臻，今天没出去做买卖？"

王树臻早知李财富是个什么样的人，虽喜欢摆弄自己的能干，也是胆小怕事，加上赵翠在家就没给他个好脸色，想想也不容易，回应道："李大爷，你来了。"

李财富倒是毫不客气："你爹可在家？"

王树臻回道："在屋里躺着呢。"

李财富毫不客气地说："树臻就不用端茶倒水了，我也坐不住，坐会儿就走。"

王树臻一听这话，打心眼里是又气又乐，本来就没打算伺候这位无事爷，自己倒是不跟自己客气，出于面子考虑还是应了一声："那李大爷，你们聊，我出门有点事。"刚走出门，又折了回来，出门哪有事，本来就是想告诉家人龅牙叔的事情，李财富一来，把事情搅和了。

李嬷在屋里叫喊了几声王树臻，王树臻快步走了进去，一看儿子王德安哭个不停，便问："是不是饿了？"

李嬷回道："刚喂了奶，应该不是饿。"

王树臻摸了摸头，也没发烧，笑道："可能是做噩梦了，吓的。"

李嫂被逗笑了，问道："你小时候做噩梦啊？"

王树臻回道："这问题还问得真准，我小时候还真是经常做噩梦，每次都被吓哭，咱爹娘就以为我饿了，使劲地喂我。那时候虽然吃的东西不多，我也没怎么饿着，树生他爹娘对我也挺照顾。"说到这里，树臻愣了，他的脑海里开始浮现王龅牙的影子。

李嫂推了他几下问："你又回到梦里去了，愣什么？"

王树臻敷衍了几句："没事。"

一会儿树琴跑到屋里问："你看哭的，谁惹我侄子了？"

李嫂笑道："没惹他的，自己睡着觉就哭起来，闭着小眼使劲哭，你哥说德安在做噩梦。"

树琴捂住嘴笑道："什么人都和他一样啊？"

王树臻哼哼了几声："树琴，不该说的别乱说啊。"

李嫂屁股往椅子上一坐："说吧，今个儿嫂子给你做主，看你哥能拿你怎么样。"

王树臻阻止道："都说三个女人一台戏，你们这才俩女人，就唱上了。"

王德安被李嫂哄着，渐渐地也不再哭闹。李嫂又接着说道："唱，还要好好唱，树琴，说说当年你哥的丰功伟绩。"

树琴也跑到椅子上坐下："我也是听爹娘说的，小时候哥特喜欢做噩梦，以为他得了什么疑难杂症，后来找人一问，没什么事，就是想得太多。"

李嫂惊讶道："那么小的人，想什么乱七八糟的？"

树琴摇头说："这你就得问我哥。"

王树臻埋怨道："我说树琴，你到底是谁亲妹妹？"

树琴笑着回道："嫂子，你得替我说话，不然我哥就说我。"

李嫚瞪了树臻一眼，对树琴说："继续说，没事，有嫂子在。"

树琴清清嗓子继续说："后来就更奇怪，他经常一个人去王家墓地，有时候玩一天都不回家，害得家里人找。有人说我哥是蒲老先生笔下的小狐狸成精了，后来一想又不对，小狐狸都是女的，就说是一介书生，反正说啥的都有。"

王树臻看着姑嫂二人拿着自己小时候的事情当笑柄，笑得人仰马翻，但心里还有一块石头沉甸甸地堵着，压得喘不上气。

第三节　恩德来报

客厅里是笑得人仰马翻，王本义的屋子里却是异常的冷静。李财富还是没有改掉自己爱炫富的面子问题，在王老爷子面前炫耀着刚从瑞蚨祥买的绸缎做的衣裳。对这些荣华富贵，已经见多世面的王本义早已不在乎了。

李财富眼看吊不起王老爷子的胃口，只好把话题转到了感情生活上，试探着问："老王，见你和孩子他娘生活得挺幸福，你这辈子没发现她有什么不对劲的地方？"

王本义对李财富的这个问题有些诧异，便问："有什么不对劲的地方，吃喝拉撒睡，样样正常，整天柴米油盐酱醋茶过着日子。"

李财富对王本义的回答显然是有些不太满意，急道："你非要让我把话挑明了？"

王本义见李财富一副急样，笑着说："你有啥话直接说不就完了，非整些没用的。"

李财富瞧了王本义一眼："那我就直接说了，你媳妇有没有跟别人上过床？"

王本义一听，火气一下子上来了，连说了三个"呸"。

李财富低声道："是你让我直接说，我不说出来，你又听不明白。"

上了火气的王本义脑子突然一转，像李财富这样的人，肯定是自己遇到了事情，不然也不会无缘无故地说出这件事。其实，李财富媳妇赵翠偷情的事情，王本义早就知道了。当年在大由村居住的时候，他老婆就经常半夜三更回家，不是和这个差役勾几把，就是和那个掌柜子来几下，有几次还让卖货回家的王本义撞了个正着。

想到这些，王本义的火气消了下来，说道："李兄是不是有什么难言之隐啊？"

李财富虽是煮熟的鸭子，嘴还是那么硬，掩盖道："没啥，就是闲得没事问问。"

王本义笑道："我们都是活了大辈子的人了，说不定什么时候，两眼一闭，两腿一蹬，就含笑九泉了。一些事憋在心里，有啥意思？"

听了这番话，李财富打心眼里有些踏实。自己这张嘴经常给自己惹事，但是能真愿意听自己这张嘴瞎叨叨的还真没几个人，王本义算是愿意听的一个，于是使劲硬着头皮说："我发现我们家那口子，在外面偷汉子。"

王本义装作不知情的样子，瞪大眼睛问道："你可要查清楚，别冤枉了赵翠。"

李财富掩面流涕道："这都是家丑不能外扬，你说得对，都这么大岁数，说不定什么时候就一蹬腿进棺材。我就把事情和你叨叨，你好给我拿个主意。"

王本义应道："你尽管说。"

李财富叹了一口气："说这事，真是丢死人，没想到我李财富耍了别人一辈子，到头来自己被耍了。你也知道赵翠喜欢和这些大老婆们聊些天什么的，都是些大老娘儿们，我也不能去。回家都是黑灯瞎火的，我也没太在意。就是打这几年开始，我跟踪她，发现事情不对劲儿。"说到这里，李财富停住了话，双手擦拭着眼泪。

王本义拍了他肩膀说，朝屋外喊："树琴，上茶……"没等说完，就被李财富打断。

李财富忙说："今天就咱哥俩，别使唤孩子们。"

树琴闻声，在外面喊道："爹，什么事？"

王本义回树琴："没事，你忙你的吧。"

李财富气道："你说这骚娘儿们怎么能干这么不要脸的事呢，背着我在外面偷汉子，要不是我当年欠春满堂药店的情，我早就抽死她了。"

王本义说："哎哟，看你能的，还抽她，给你十个胆子吧，你也下不了这手。再说了，她偷汉子还能守着你啊，肯定是背着你。"

李财富反驳道："你就别取笑我，快说说怎么办，出出招，我现在是见这骚娘儿们一眼，打心眼里就烦。"

王本义咳嗽了几声说："李兄啊，你刚进门的目的可不是和我说这事的，是说你的绸缎，慢慢地说到了这件事上。论财富，你能比得上山东的丁氏家族吗？光丁百万的一个茶杯就能买你全身这套行头。不说远了，咱们长山周村那几家商铺的掌柜子，哪个不比你有钱，你也就和穷人比比，还能挣点面子。"

李财富连连点头："是，是。"

王本义继续说："再说说你媳妇，不守妇道，这本来就是人性的一大忌，善有善报，恶有恶报，这话不是咒你媳妇，只是让你放心，赵翠早晚会明白这些事理的。"

李财富点了点头问："那我以后该做些啥呢？"

王本义笑道："啥也不用做，该听自己的小曲就继续听，该买穿的，就别含糊。吃好喝好，身体好了，就行了。"

从王本义的话里，李财富也听出了点道理，便说："还是老王明事理啊！"

外面传来周莲的声音，李财富笑道："老王，改日再来看你，时候不早了，我得回去了。"说完，大步地往外走。见到周莲打了声招呼："先走了，改日再来。"

周莲忙应道："再坐会儿吧。"

李财富摆了摆手，迈出了大门口。周莲觉得事情蹊跷，这李财富到家里来没几件是好事，跑进屋里问个究竟。

王本义一五一十地告诉了周莲，周莲笑得人仰马翻。没想到喜欢整人的李财富会落到今天这步田地，真是报应。不过想想也是可怜，虽穿的是锦罗绸缎，心里却是个空壳。

王本义不解地说："没想到憋了快大辈子秘密的李财富会说出这些话。"

周莲回王本义的话："他不和你说说，和谁说？这种窝囊事，别人知道了早传得风声雨声，也就是你能替他保守这个秘密，看你这个人实在。"

王本义嘘气："也许吧！"

王树臻在集市上继续贩卖自己的黄表纸，不过说来也怪，有几个人转来转去，就是盯着他，他想这下完了，被土匪盯上了。不过心一想，光天化日之下，他们也不敢怎么样，等集市解散的时候，早点回家，避开这帮人。

那几个陌生人转来转去，最后停在王树臻的摊位前问："长山几家卖黄表纸的？"

王树臻答："卖黄表纸的多了，除了我，杂货庄里都卖。"

几个陌生人低声交谈了一会儿问："不是杂货庄，就像你一样，肩挑着卖黄表纸。"

王树臻笑道："不多。"

一个五大三粗的人问："你知不知道一个姓王的？"

王树臻追问："可告诉姓名？"

那人回道："长山王树臻。"

王树臻心里咯噔一下，一想这下完了，直接指名点姓，自己是离死不远了。

王树臻问："几位大汉找他有什么事？"

那人回道："买点东西。听语气，你是认识了。"

王树臻继续问："请问各位买他的什么呢？"

那人急道："你这人这么啰唆呢，就是黄表纸。"

王树臻不解："这里这么多卖黄表纸的，为什么只买他的？"

又站出一个人回道："你这人话真多，这是陈头子的命令，就是潍县陈锡庆。"

看来这几位大汉不是来取人性命，陈锡庆这个名字没有听说过，也许是别人介绍的，便说："我就是王树臻。"

五大三粗的人叹道："你早说不就完了吗，折腾这么长时间。你手里有多少黄表纸，我们全要了。"

王树臻回道："除了这担子里的，家里还有不少。"

那人说："给你钱，这些钱应该够了，把家里的也全部拿来。"

王树臻从那人手中接过钱，心里总感觉有些不对劲，从商到现在真的是没见过这么多钱："你们在这里等着，我马上去取。"

回到家，叫上树生一起把黄表纸运到了周村大街的集市上。清点完毕，那几个领着黄表纸走了。

树生一脸的茫然："哥，这些人和你有什么关系？"

王树臻也纳闷："说是陈锡庆，我怎么不记得见过这个人。"回完话，王树臻心里嘀咕着"潍县，陈锡庆"，嘀咕了几遍后，突然仿佛明白了什么，笑道："可能是他。"

树生不解道："谁？"

王树臻回道："陈双辰。"

树生问："他是什么人？"

王树臻回道："在潍县我只认识一个姓陈的，就是陈双辰，他那次是家人去世，没有钱，我送给他一沓纸钱，可能这人就是他介绍过来的。"

树生点了点头："这小子懂报恩。"

王树臻笑道："走，义庆羊肉铺。"

树生应道："好。"

兄弟两个朝义庆羊肉铺的方向走去，人来人往，这是王树臻从商以来为数不多的空着手在大街上游荡的一次。

第四节　开办店铺

王树臻守着这么多钱，一下子傻眼了。从商到现在，这一天挣的钱比几年还要多，在大厅里走来走去，心里拿不定下一步的主意。

李嫚见王树臻不安："你看你这点出息，赚了点仁瓜俩枣的就坐不住，要是天下掉下个金瓜，你还不晕过去。"

王树臻摇头道："要真是掉下金瓜把我砸蒙，还省事，手里拿着这么多钱，你说该干些什么是好？"

李嫚笑道："我问问咱爹，他对这些东西熟悉，不过我的意思是咱们现在有钱了，就别再挑着担子到处跑了，找个稳定的地儿做个店铺。"

王树臻摇头道："谈何容易，别说其他的，就是在长山开个店铺都不知道开哪儿。"

李嫚劝道："这事还得问咱爹，他负责周村商业街那块，我赶明天去问问他，让他出出主意。"

王树臻一想说："也只能这么办了，咱爹对这块儿熟。"

天一亮，王树臻就出门鼓捣了礼品，大包小包地提回了家。李嫚一见便问："你鼓捣这么些东西干吗？"

王树臻解释道："一是做女婿女儿孝敬老两口的，再就是求咱爹办事，得送礼。"

李嫚说："看你这话，都是一家人，你弄这些东西，不就见外了？我去看看安儿醒了吗，也带上他见见姥娘姥爷。"

天空尤其的湛蓝，商铺鳞次栉比地展现在一家三口的面前。走到李府门前，三人先后进门。

李老爷子正在院子里逗鸟，见一家三口拿着这么多礼品进门，有些目瞪口呆，便问："这是干吗？"

王树臻笑道："爹，这是孝敬你和娘的。"

李老爷子捋着胡须说："闺女回家一般不带什么东西，你们这次来带了这么多东西，一定是有什么事。"

李嫚凑到李老爷子面前："爹，看你说的，在你心里，你姑爷和你闺女是这种白眼狼啊！"

说话间的工夫，李嫚的娘从屋里出来，王德安一看见姥娘像发了疯似的跑到了怀里，张口便叫："姥娘！"

这一叫不要紧，弄得李老爷子有些吃醋，问道："德安，你只看见你姥娘，就没看见你姥爷这个大活人。"

王德安吐吐舌头："看到了，看到了，只是我想找姥娘玩。"

一家人笑成一片，李老爷子转头便问："树臻，有什么事就说吧。"

王树臻笑道："还是逃不过爹的火眼金睛。"

李老爷子大笑："我可不是那孙猴子。"然后吩咐："你娘仨去玩会儿吧，我和树臻去书房谈点事，让人给我们送点茶水。"说完，和树臻去了书房。

李老爷子的书房典雅大方，书房中央一幅墨宝，题字"仁义善德"，桌架上零零散散地摆放着古玩。侍女将茶水放在李老爷子和王树臻各自的桌子上，关上书门，走了出去。

李老爷子品了一口茶说："说说什么事。"

王树臻吞吞吐吐地说："也没什么事，就是发了点财。"

李老爷子问道："多少？"

王树臻回道："不多，几万两。"

李老爷子喝进口的茶水，差点喷了出来，呛得直咳嗽。树臻见势不妙，赶紧给李老爷子捶捶背。

李老爷子问："是不是做了什么坏事，才得到了这些钱，今天让我给你和县府说情？"

王树臻急道："看爹你说的什么话，我要是做了什么偷鸡摸狗的坏事，还敢来见你？是正大光明挣的钱。"

李老爷子不解地问："你挣了钱是好事，来找我做什么？"

王树臻笑道："这不是你对这长山的生意买卖熟悉吗？我和嫚儿就想请教一下，下一步做点什么生意好呢？"

李老爷子起步，在屋里转了几圈，说道："这么多钱，我李广明还真是没见过，要说怎么做生意，你还真算是问对人了。"

王树臻一听，心喜："那请爹给指点几招。"

李老爷子摆了摆手："不急，先喝杯茶。"

这个动作可有点把王树臻弄蒙了，琢磨不出这李老爷子葫芦里卖的什么药。王树臻喝了几口茶水，味美甘甜，茶水中流散出一股清香。

王树臻笑道："这是上等的普洱茶，水为干柴所烧，柴即榆木。"

李老爷子点了点头："算你小子识货。"随手把一本《茶经》扔给王树臻，说道："先看看这本书，等时机成熟了，办个茶庄，你小子对茶味敏感。"

王树臻感觉李老爷子在与自己开玩笑，便问道："茶庄？"

李老爷子应道："当今这国情，清政府想振兴商业，只能说是难上加难。周村是个商业聚集地，每天都有不同地区的客商来这里做买卖，你办个茶庄，加上几个说书的，吸引一下人，卖茶，也卖茶水，这不就赚了。不过，你现在办茶庄不是时候，你对杂货了解，先办杂货庄。"

王树臻恍然大悟："还是爹知识高深。"寻思了一会儿问道："你说这周村咋就能吸引这么多人呢？"

李老爷子笑道："现在的商贾都打着自己的那点小算盘。不过，说起这周村，就得提起李化熙。"

说起李化熙，在祖上还和李广明有些关系，李老爷子也算是他的后人。当年李化熙的祖父李迓春，也是一位地地道道的农民，他在种地之余还养了一群羊。有一次，他在周村城南的凤山脚下放羊，无意看到有个道人在一块地中作法。他出于好奇，偷偷躲在树丛后面观看。只见一道人将一根木橛使劲打进地中，然后走出百步之远，口中"嘟嘟囔囔"念咒，那木橛"嗖"地一下从土中跳了出来。李迓春感到十分奇怪，趁道人不注意，过去将木橛又按了回去，道人再念咒，他再偷偷跑过去按上。连续几次，道人一看木橛怎么也跳不出来，长叹一声，扬长而去。

李迓春赶着羊回家后，对乡亲们一说，大家都觉得有趣。有一个风水先生知道后，悄悄告诉李迓春那是一块风水宝地，凤山上的九条山溪汇聚于此，地名叫九龙口。那块正在九龙口的前面，地不算大，南北长东西稍窄，形似宝珠，那道人是专门到处破坏风水的，没想到这一次被他给挡住了，看来那块地与他有缘。于是风水先生劝他花了点钱买了下来，把自己的祖坟迁了进去后来，他生了儿子，就起名叫梦凤。过了十几年，李迓春的孙子李化熙于明万历年间进京赶考，果然高中进士，进入朝廷做官，后世为官者绵绵不断，从此改变了李家的门风。

李化熙先后被任命为河州府推官、河间府推官、天津兵备道、四川巡抚等职。为官期间，他敢于为民做主，不怕权贵，处理了一大案要案，受朝廷的重视。

李化熙还亲自出马，利用自己的地位，强令地方政府整治市场秩序，打击地痞流氓欺行霸市和贪官污吏的横征暴敛。全国各地的商人听说后，纷纷前来做买卖，周村街市上的商号达数千家，丝市街、绸市街、鱼店街、油店街、银子市、棉花市等主要大街商贸活动十分繁荣。

王树臻惊叹道："真是金周村啊！"

没几日，王树臻的杂货庄落成，取名为玉成栈杂货庄。杂货庄落成之日，鞭炮齐鸣，锣鼓喧天。很多做买卖的都不敢相信，当年和自己一起走街串巷的王树臻会当上掌柜子，也都来看个究竟，结果一个个都心服口服。很多人把王树臻作为自己奋斗的目标，幻想着哪一日自己也能摆脱走街串巷的日子，当上掌柜子。

第五节　蝗虫成灾

繁华的街道，熙熙攘攘的人群，到处的吆喝声。来往的客商聚集到旱码头进行货物的买卖交易。

开办杂货庄之后，王树臻清闲了许多，杂货庄有人打理着，自己就像一个没事人一样，东逛逛西串串，时不时地找老朋友聊聊天，喝喝茶。

一阵雷雨过后，蝗虫一刹那卷过来了。

天蓦然一阴，对面不见人影。紧随嗡嗡之声，人们还未醒转过来，房上、树上、桌上、椅上，全是青青无定的蝗虫，沟渠河坡，麦秆上，草庵上也布满了蝗虫。鸡不宿埘，鼠从墙洞爬出。

许多地下阴性的动物也都走出来，长山这座安静了多年的小城又一下子焦躁了。

王树臻一家望着轰隆隆的天，顿时不知所措。在树臻的记忆里，蝗灾虽然闹过，但闹得这么凶，还是很早以前的事情。和来往的客商谈起这种事情，很多客商都闻蝗色变，有的客商的货物被蝗虫撕咬得不成样子，王树臻依然是原价收购货物。

杂货庄的蛐蛐不愿意了，蛐蛐是杂货庄打工的，也是王树臻最喜欢的手下，年方十五，人很机灵。他是个孤儿，当初要饭要到王树臻杂货庄门前，王树臻干脆收留了他，让他吃住在杂货庄，可真没想到，这小子做买卖有两下子。

蛐蛐说："掌柜子，你要了这么多坏了的货，我们卖不出去啊！"

王树臻笑道："这年间谁做买卖也不容易，老天爷不懂事，但人不能不知道好歹。以后谁来买货，好的货物给他，看看这些损坏的还能用的，给他搭上。"

蛐蛐爽快地答应了："掌柜子，你人真好。"

这些客商被王树臻原价收购的事情，感动得泪流满面。在路上一直担心货物都砸手里了，有的甚至直接扔进了黄河里。可万万没想到，周村城里有这么通情达理的掌柜子。

蝗虫从黄河渡过来时，十几里宽阔的河面，在夕阳和两岸居住人的眼目中混沌流下。蝗虫要过黄河了，黄河的水面上浮着一层红色的浪，像是河床上烧起了火。天空是旋转的，麦田是旋转的，甚至乌鸦、麻雀，生命迢递着生命，整个黄河燃起来了，充斥着、回旋着、奔跃着向前呼唤。

蝗虫是在早晨齐集在对岸的，如砖头如方木砌在那里。青青无定的蝗虫翅膀是不能搏击飞越黄河，它在半空羽翅就累乏了，收拢了，如雨霰霏霏坠在河面上，没有呻唤，没有哀鸣。日过午时，情形有了改观，河里浮荡的树叶枯枝上，渡河人的木船上，都匍匐着层层匝匝的蝗虫。河南的麦子和树叶已在它们的攒击咀嚼下，消化了，它们充斥着、怒鸣着，又拥挤着去寻找新的生路。

在单一的渡河方式失败之后，蝗虫们开始自觉地纠合。互相撕咬着尾部，胶结着翅膀，像雪球，像石碌，只一霎，河的对岸有了成千上万的生命的雪球与生命的石碌，它们首首尾尾相齿滚下河做最后的冲击。黄河赤浊的水头缓缓地扬起着，整个一条大川长河此刻全部变成了那片激动的青青无定的颜色，那些生命的球，有的刚到中流就解体了，抑或是体积愈来愈小，等到了对岸，圆圆的球变成了一坨馒头或小小的巴掌，涉河到岸的百不存一，一连三日，无数的球体从对岸到此岸，和当地土蚂蚱会合在一起进发。

蝗虫直爬上房顶，过房脊由后墙下，绝不绕一尺之便。

院子里，李嫂抱起看傻了的儿子走进里屋，树琴和李嫂抬出了一口六印大锅，坐在了院子里早垒好的废弃的土灶上。添了水，架起干柴，不等水沸，早用簸箕就地收起了蝗虫倾倒到锅里，那蠕动的、蹦跳的、令人头晕目眩的蝗蝻在沸水中停止了蠕动，树琴一下一下用笊篱捞出晾在了一旁。

地里的粮食被蝗虫吃干净了，蝗虫也就开始转移阵地。存活的人望天的脸没有缓过劲来，依旧想着蝗虫爬上脸爬上腿，钻入前胸后背，钻入裤裆，啃咬得浑身血口子的胆寒。

眼看着大面积的粮食无望收成，王树臻想，屋子被蝗虫啃得摇摇欲坠，日子怕是过不到年尾了。村里人都搭配着吃了两个月蝗虫，一顿香，二顿无味，三顿就腻了，吃得嘴苦发麻，锅灶就掀不开了。

人挪活、树挪死的道理都知道，只是不知要往哪里走。一大群人，老老少少开始走西口，闯关东。眼看村里的人越来越少。王本义和王树臻爷俩心里也不是滋味，从大由村躲难到了王家洼，本想等灾难过去就回去，没想到一住这么多年，连树臻都成家立业了，对这个村庄也有感情，都是乡里乡亲的，这饥荒年，走了也就不一定能再见上面了。

王本义把王树臻叫到屋里，问道："村里都走得差不多了，你可知道？"

树臻回道："知道，村头的老梅，还有邻居张大爷都走了。"

王本义叹气道："你打小从这里长大，你也是他们看起来的。我们当年来王家洼的时候，没有这些人，也不会有今天的日子。现在闹蝗灾，一家家吃不上饭，开始外出求生，你有没有什么法子？"

树臻摇头："我能有啥法子，这蝗虫也不是我说走，它们就走。"

王本义摆摆手："臻儿，这泰安山和这长白山都挡不住蝗虫，你肯定也挡不住，我的意思不是让你治蝗虫，治蝗虫是县太爷的事情，是咱们得帮帮父老乡亲。"

树臻不解道："爹，我有些不懂，你有话直说吧。"

王本义问道："这场蝗灾，咱们家吃的啥，其他家吃的啥？"

树臻回道："咱家还是一日三餐，就还那几样，就一开始图个新鲜，吃了几次蝗虫。"

王本义继续问道："其他人家呢？"

树臻回道："其他人家，我还真不知道，就算知道的，也是在路上听说的那零星半点的事情。"

王本义说："其他人家要么吃不上饭，要么就饿死了，有的吃蝗虫吃得吐血。你这些都没看到？"

树臻点头："这事我知道。"

王本义追问："你既然知道，你还熟视无睹？"

树臻不解："这些事虽是我知道，可我也治不了这蝗灾啊！爹，你话中有话，你就直接说吧，别绕弯子了，把我都绕进去了。"

王本义说："现在咱们有钱了，就给他们点钱花，不过我一想，直接给他们钱，也不行，这样会出乱子。干脆二十两银子一亩地。"

树臻松了口气："钱是不算多，可是现在买人家的地，不是趁火打劫吗？背后的唾沫星子都能淹死我。"

王本义笑道："你觉得这些地还有些啥用，庄稼让蝗虫吃得一干二净，房屋被蝗虫咬得都不结实，老百姓谁还有心思种地？"

树臻琢磨了一会儿："话虽这么说，但还不是时候，这样吧，我把这事放在心上，先考虑一下，毕竟这事咱不能做得没有仁义。"

王本义应道："这话说得在理。不过，在咱们王家洼，有一家姓王的，是咱们本家，虽是本家，但是也有过摩擦，他当年通风报信给济南府信，让当官的带着官兵抓捕过你龅牙叔。"

树臻气道："一家人还办这种事？"

王本义解释道："当年抓你龅牙叔的时候，我和你龅牙叔正在普陀寺，不知怎么他带着当官的和官兵就进来了，那时候谁不为那点赏钱眼红呢。不过，也是后来才知道是一家子，他是这个村主事的，这事如果有必要还得找找他，论辈分，他还是你爷爷辈，叫王荣广。"

屋子里的气氛突然变得沉闷，王树臻想起了潍县的龅牙叔，有些日子不见了，还是有些想念，就随口应了一声："这事我知道了。店铺还有点事要打理，我担心蛐蛐弄不好，我就先过去。"

树臻从王本义的房子里出来，左寻思右想想，觉得还得找人问问这事，要是落下埋怨，可真是王家洼的千古罪人啊。

第六节 锦囊妙计

村民用土泥砌着墙面，补着被蝗虫啃咬的破洞，有些房屋已经是摇摇晃晃。骨瘦如柴的村民有的瘫坐在地上，面目狰狞。孩子们的哭声弥漫着整个村庄。

王树臻明白了父亲的话，都是从穷人走过来的，能多做点善事，让这些贫民过上正常的日子也是件好事。他没有直接去店铺，而是转道到了邹平找仲钧安。

仲钧安一见王树臻，一惊："王掌柜，可真是有些日子没来了。"

王树臻笑道："你还真会开玩笑，现在就改口，还是叫王听着舒坦。"

仲钧安把王树臻请到里堂，让他坐在正面上，沏好茶水问："王，你们中国有句俗话叫'无事不登三宝殿'，你是不是有什么事情？"

王树臻端起茶杯抿了几口茶水，连声说道："好茶，好茶。"

仲钧安迷惑地看着王树臻："你不会只是来喝茶吧？"

王树臻放下茶杯："我还是真的有事，就是前几年我从你这里看了几本书，是关于土地的事情，你们那里那么多土地是怎么管理的？"

仲钧安笑道："这个事情，你问得太好了，西方的国家不像你们这里，他们有很大的土地面积，然后会请很多的人来工作，就是雇佣关系。"

王树臻问："啥是雇佣关系？"

仲钧安解释："这是资本主义的一种形式，就是别人来给你干活，你需要给人家支付一定的工作费用，就像你的店有个店小二，你是老板，你得给他发钱。"

王树臻似懂非懂，这种工作方式在他生活的范围内，太少见了，接着问："如果我的手里有几千亩地，我该做些什么呢？"

仲钧安思考，然后说："这个我不能给你答案，因为在这片土地上，还是你们本地人熟悉。王，你是不是遇到什么事情？"

　　王树臻表情开始变得严肃："不瞒你说，前段时间闹蝗灾，邹平、齐东、长山都受到了影响，我居住的村庄，一个个村民开始准备走西口和闯关东。村里的人越来越少，就算留下的也是生不如死。这不，我爹和我商议要救济一下大伙，一想直接给钱，解决不了问题，钱总有花完的时候，就想到购买土地。"

　　仲钧安惊讶道："你这样做很好。"

　　王树臻摇头："好什么，要这么多地，我都不知道做些什么，这地要是在周村、济南，我还能盖个饭庄什么的，在这村子里，连个人都没有。"

　　仲钧安笑道："少安毋躁，这事也好办，你可以按照西方国家的方式，买了他们的地，让他们来你地里干活，你可以种些经济作物和粮食作物，这样既能做生意又能让村民饿不着。"

　　王树臻问道："西方国家的生产模式我不懂啊。"

　　仲钧安解释道："王，你该出国去看看，外面的世界太精彩了。这个方式，简单地说，就是让他们帮你种地，你每个月发给他们工资，也是发钱。"

　　王树臻笑道："你这样说，我就明白了，你真是帮我解决了一个大难题啊！"

　　仲钧安喝了一口茶："这不算什么难题，你是上帝派来的天使，要不也加入教会吧？"

　　王树臻一听这话，忙说："主永远在我心里，我先去处理一下这个土地的事情。"说完，起身离开了教会，去了周村。

蛐蛐拿着鸡毛掸子打扫着花瓶上的尘土，见王树臻进来，赶忙凑过去问："掌柜子，你可来了！"

王树臻疑问："这几天店铺有事？"

蛐蛐自嘲道："有我蛐蛐在，能有啥事。"

王树臻笑着说："那就好。"

蛐蛐一本正经地问："掌柜子，还是有几个事，我得问问，那就是济南曲水亭街的茶庄和潍县杂货庄还开不开？"

王树臻一寻思便说："济南的茶庄先不开了，把潍县的开成茶庄，里面不准有吸食鸦片的烟瘾子，还有就是给我准备几百两银子。"

蛐蛐一听，脸色突变："要这么多银子，又不开铺，掌柜子，你是不是去赌场输钱了？"

王树臻笑道："我要是输钱，还能这般快活？再说了，现在我王树臻还缺这几百两银子？要你去，你就去拿。"

蛐蛐还有些不太放心："虽然你是掌柜子，钱也是你该怎么花就怎么花，你能告诉我啥事不？"

王树臻早就知道蛐蛐这孩子机灵："我要买点地，准备扩展一下规模。"

蛐蛐乐了："这是好事，那既然不在济南办茶庄，是在北京还是天津？"

王树臻回道："都不是，在王家洼。"

蛐蛐纳闷："那地方现在连个人影都快没了，咋在那地方买地呢？"

这个也是以前困扰王树臻的问题，王树臻耍弄蛐蛐："给自己先买好葬身之地。"

蛐蛐听出话的意思："掌柜子，咱不带开玩笑的。"

王树臻用手抹了一下瓷器："擦得不错，一尘不染。我是救人，买那些穷人的地，让他们能吃上口饭。"

蛐蛐松了口气："这事通人性，那什么时候取钱呢？"

王树臻又说道："先别动，定下的时候再说，要不，先取一百两。"

蛐蛐问："咋又成一百两了？"

王树臻解释道："这一百两是让你在周村买个房子。"

蛐蛐推辞："我在铺子里就行，还能看家。"

王树臻斜了蛐蛐一眼："现在我们的分店都不少了，你还住铺子啊，过段时间，还会有更多的分店，不管怎么样，这兵荒马乱的，也得有个家。"

蛐蛐再次推辞："可也用不了这么多银子啊。"

王树臻起身离开店铺："留下的自己花。"

也许是上天有眼，能让王树臻遇到个这么能干的蛐蛐，有蛐蛐张罗店铺，王树臻省心不少。潍县的茶馆要建，得让龅牙叔有个落脚的地方，抽个烟，喝个茶，拉个呱，龅牙叔一定心里乐开了花，王树臻明确规定不让吸食鸦片也是担心越来越多的人走上这条不归路。

可提起村里土地的事情，树臻的脑子里还是一团糨糊，越搅和越黏稠。回到家，一头栽倒在了卧室的床上。

李嫚见王树臻没精打采的，便问："店铺的生意不好？"

王树臻摇摇头。

李嫚又问："遇到土匪了？"

王树臻接着摇头。

李嫚一急之下，把王树臻拉了起来："有什么事，你直接说不就完了，藏藏掖掖，像个大老爷们吗？"

王树臻叹道："还不是咱爹，非让我救济王家洼的村民。"

李嫚拍着王树臻肩膀："这是好事，咱有钱，得救济。"

王树臻摇头："不是你想得那么简单，给点钱就能了事，是要把王家洼村民的土地收上来。"

李嫚一惊："这么多地，每年不是这灾就是那祸，都长不出东西。"

王树臻鼻子出冷气："把地都买了，这事我觉得可以，凡事事在人为，可是这事得干得漂亮，不能落下埋怨。"

李嫚点头："这话在理。"

王树臻接着说："王荣广在这个村主事，我整年出门做买卖，也没和他打过交道。"

李嫚惊讶："怎么是他？"

王树臻急问："你知道？那快说说。"

李嫚说："我对他虽不是很了解，但是听说为人不正，喜欢背后搞小动作。"

对于王荣广的人品王树臻早就知道个一星半点的，村里人没有不骂他是个白眼狼，树臻常年在外做买卖，也就不搭理这种人，这事还得找他，心里就有点不痛快。

王树臻说："我去找找树生吧，他常年在村子里活动，他也许能出点主意。"

李嫂应道："对，那你赶快去，别像老娘们儿一样窝在屋里，遇事办事。我去周村的店铺看看。"

树臻起床和李嫂朝门外走出，周莲喊道："你们俩吃完饭再出去。"

李嫂回道："娘，你和爹吃吧，我去趟周村。"

周莲望着孩子们出门，摇头自言自语："忙，忙，忙，一家人在一起吃个饭都没时间。"

第七节　接二连三

天下了一阵蒙蒙星星的小雨，打湿了破旧的泥墙。不远处遭殃的庄稼地在风的吹拂下，掀起了阵阵的尘土，和雨水掺杂在一起，脏兮兮地滴落在这片没有生机的土地上。

王树生家的大门虚掩着，院子里异常的安静，几盆花已经变得萎蔫。树臻见此情景叫道："树生，树生……"

没喊几声，郝秀儿从屋里跑了出来，小声说："树臻，小声点，昨晚树生半夜后才回来，刚睡下。"

王树臻疑惑："婶，他这天在忙些啥事？"

郝秀儿也不知情地说："咱也不知道，好长一段时间了，跟洋人学丝绸没学成，不过应该不是偷鸡摸狗的勾当。"

王树臻严肃地说:"这事不能忽视,得弄清楚,要真是好事,咱们能跟着沾光,要是坏事,咱们也吃不了兜着走。"

郝秀儿一听这话在理:"要不,等树生醒了,你和他谈谈。"

没说几句,树生早已被外面的声音吵醒,迷迷瞪瞪地从屋里走了出来,说话还带着睡意:"哥,你找我有事。"

王树臻见树生满脸的困意:"你先去睡觉,等睡醒了,醒过神来,咱们哥俩唠唠。"

树生笑道:"有事你就说吧,这是在家,又不是在外面,没啥事。"

郝秀儿见状:"你们兄弟俩先谈事,我去你们张大婶家坐坐。"

王树臻阻止道:"婶,你也跟着一起想个法。"

郝秀儿好奇:"啥事还用得上你婶?"

树生伸了个懒腰:"哥,咱们进屋谈吧。"

三人进屋,郝秀儿坐在正面上,树生坐在一旁的椅子上,王树臻说:"是这样的,我想购买咱们村的地。"

树生不解:"哥,好生生的日子,买什么地,那地里啥也长不出来。"

郝秀儿问道:"树臻,对于这些地是不是有什么想法?"

树臻回:"婶,我不是有什么想法,是我爹看着咱们村的父老乡亲吃不上饭,房子没钱修,让我救济。但救济不能直接给钱,直接给钱就闹乱子,都知道咱家有钱,瞎折腾。买他们的地,给他们钱,天经地义,他们钱拿着也舒服。"

树生又问："这事都这么定了，是不是有什么难处？"

王树臻回道："这事你说对了，咱们村主事的是王荣广，就是当年揭发龅牙叔的那个人，虽和咱是一家子，但我听说王荣广为人不正。再说了，我常年外出做买卖，回到家也很少和村里人打交道，你熟，就来问问你。"

树生笑着说："那你算问对人了，王荣广就是一个双面人，欺软怕硬的家伙。你还记得我们读书时的胡先生，他们是一类人，都是人前一套背后一套。再说了，什么一家子，八竿子划拉不着。就冲他陷害我爹这一项，我早就想剐了他。"

郝秀儿劝道："树生，过去的事别提。"转过头去对树臻说："先抛开你龅牙叔的事情不提，就王荣广这个人，手段很阴狠，你得注意。"

树臻不知情地问："他有你们说的这么不是人？"

郝秀儿叹道："人心都是肉长的，这么多年了，王荣广的品性也该有所改变，不过还是注意一些。"

树臻又问："树生，你这段时间，就和哥忙忙这事，你对村里熟悉，等买完了地，你负责这片地。"

树生惊道："我哪是看地的料！"

树臻斩钉截铁地说："也比你整天不着家强。"

郝秀儿本想劝树臻不要把地交给树生看管，但一想能把树生困在家里，也省心了，便不作声。

树臻又说道："咱就这样定下，树生先去睡会儿觉，打足精神，大干一场。"

一听"大干一场"四个字，树生来了精神："哥，你就放心吧。"

树臻走后，郝秀儿心里还是有些七上八下，王荣广虽不是什么妖魔鬼怪，但背地里害人这一手，就让人心里不踏实。自家的老头子就吃过这个亏，这次树生又去讨伐王荣广，郝秀儿担心爷俩别都栽在一个人手里。

隔了几日心里还是踏实不下来，郝秀儿便去找周莲谈心。

郝秀儿问："嫂子，你说让树臻购买土地这事，靠谱不？"

周莲笑道："咱们女人家的，哪知道靠不靠谱，这就树臻他爹让他办的事情，孩子大了，一些事也问不得。"

郝秀儿犹豫了一会儿，有话没说出口。

周莲纳着鞋底问："有事说就行，别憋着。"

郝秀儿说："这不是当年龅牙是他报的信，我怕树生去报复，惹来乱子。"

周莲不解："树臻买地，又不是树生买地，这又有什么乱子。"

郝秀儿明白了，原来树臻还没有和她说这事，便说："前几天，树臻去找树生，就是因为这地的事情，还让树生帮忙打交道。"

周莲放下手中的针线活："你说这兔崽子，这不是没事找事？他和嫚儿去周村了，等他回来，我问问他。"

郝秀儿叹道："我倒不是担心树臻能出什么乱子，我是担心树生给我找点事回来。"

周莲安慰郝秀儿："你就别担心这事了，孩子们长大了，办事有自己的分寸。”

王树臻和李嫚在杂货铺里翻看着进出的货物单，蛐蛐打扫着店铺的卫生。

蛐蛐问：“掌柜子，潍县那茶庄已经付了订金，还有置办土地的钱，也准备好了。”

李嫚一听，便问：“济南那家呢？”

蛐蛐望了一眼王树臻，便知自己说错话，李嫚还不知道把济南那家退了的事情。

王树臻说：“那家我退了，不是置办土地，手里的钱是有数。”

李嫚还是不明白：“潍县和济南的店铺一样的钱，而且济南地段不错，怎么就选潍县呢？”

王树臻回：“这事一时半会儿还真说不清楚。”

李嫚接着问：“你怎么事前没和我商量，就私自做决定？”

王树臻解释：“我这还不是没来得及吗？”

蛐蛐见势不妙，马上前去拉住王树臻说：“都是我这张嘴惹的祸，你们就别吵了，外面这么多客商，对店里的生意影响不好。”

李嫚气道：“你都不如蛐蛐懂事。”

王树臻气得走出了店铺。

蛐蛐见掌柜子出了门，便劝李嫚：“少奶奶，其实掌柜子也有自己的难处，你们别吵架。”

李嫚笑道：“蛐蛐，你还小，这夫妻之间的事，你有些还不懂。”

蛐蛐挠着头，心里琢磨着是什么事自己不知道。

李嫚在没被王树臻娶过来之前，心里就嘀咕着，王树臻在潍县、济南是不是有相好的，不在济南办茶庄，反倒跑到潍县去，到底是安的什么心，是不是准备娶一个小媳妇回来？李嫚越想越不对劲，起身离开店铺。

"蛐蛐，看好店铺，我出去一趟。"

"放心吧。"

李嫚心里有些不舒服，和王树臻生活几个年头，第二个孩子都快有信了，可感觉王树臻对自己越来越冷淡。这事憋在她的心里有些难受，就准备回家问问婆婆周莲。

李嫚一进家门就说："娘，我问你点事。"

周莲一脸的茫然："啥事，看你慌成这样。"

李嫚思索了半天："这事我都不知道怎么开口。"

周莲笑道："怎么变得毛毛躁躁的，啥事不能开口？"

李嫚硬着头皮问道："娘，树臻是不是在外面有小媳妇？"

周莲不知情地问："你听谁说的？"

李嫚回道："不是听谁说，我总感觉树臻对我不像以前那么好了。"

周莲劝慰说："咱们都是女人，这个社会有钱人、有权人都是三妻四妾，这也很正常。不过呢，咱们家树臻，我可真没听说在外面有什么小媳妇，就算有，没拜过堂，入过洞房，咱也不认。"

李嫚急道："娘，不是认不认，是有没有这回事的问题。"

周莲笑着说："好了，我去给你问问。还有树生的事，这段时间，可把他忙乱了。"

李嫚叹道："他还忙？不行，我得回娘家住几天。"

周莲慌了神："你咋要回娘家呢。你一回去，娘家认为我们家欺负你咋办？"

李嫚委屈道："娘，这事和你们没关系，和树臻有关系，我得看看他心里有没有我。"

周莲劝说："这事包在娘身上，你别回娘家，你看孩子都这么大了。"

李嫚觉得心里还是憋屈："那我也不能等着他把小媳妇领到家里来的时候，我再给他让床啊！"

周莲乐道："你看这闺女说的啥话。行了，去屋里先歇歇，这事包在娘身上了，给你问个水落石出。"

李嫚勉强地点头："那娘帮我问问，要是他不说实话，我就回娘家住。"

周莲笑着摇了摇头："闺女，你就放心吧。"

见李嫚回屋，周莲自言道："唉！一波未平一波又起，这日子过得真是有滋味。"

第八节　愚人自愚

王家洼沉浸在夜晚的安静之中，除了几声狗叫，已无其他声音，王树臻家的油灯还闪烁着亮光。

王树臻风尘仆仆地回家，一进家门口，就被母亲周莲拉进了房间。

周莲让王树臻坐在椅子上，树臻一脸的茫然。

树臻问："娘，出什么事了？"

周莲说："我还要问你出什么事，小两口吵架了？"

树臻笑着说："没吵，真的没吵。"

周莲深呼了一口气："别蒙我了，你老婆找过我，都要闹着回娘家了，还没事。"

树臻不解："她回娘家做啥？"

周莲说："我这不问你吗？"

树臻生气地说："真是一会儿闹一出。"

周莲叹道："两口子过日子，和为贵，快去劝劝她。"

树臻应道："娘，你就别操心了，这事我马上去办。"

从娘屋里出来，王树臻的心里就七上八下，这李嫚是从哪里听风来的雨，还是自己整天疑神疑鬼地琢磨出来的。

王树臻一进自己的屋，脸上马上挂起笑容。李嫚坐在床上对他不理不睬的，好像就没这个人一样。

王树臻凑到李嫚面前："媳妇，这是唱的哪出？咱们放着好好的日子不过，干吗非要吵？"

李嫚听这话心里就不对劲了，说道："什么是我吵，你这个没良心的，有家不回不要紧，在外面勾三搭四。"

话是越说越离谱，王树臻问："我怎么又勾三搭四？"

李嫚说："在潍县开茶庄，为什么不和我说一声，论地段，是济南好，论安全，也是济南好，潍县整天除了起义就是杀人，你又不傻，肯定是藏着什么人。"

王树臻笑道："我藏什么人了？再说，就算藏人，这不也没领回家吗？"

李嫚听这话就来气："你还想领回家，把婚事办了，床上一边一个，倒是挺舒服。"

王树臻想了想："这主意不错。"

李嫚一摔杯子："那你和那个小贱人过去吧，我走。"

周莲一听声音，急忙闯了进来，见地上的杯子，已经摔得粉碎。

周莲摇着头："这真不打算过了？"

王树臻忙解释："不是我摔的。"

李嫚气着说："妈，这事不是冲你，是冲他。"

两口子打架，让躺在病床上的王本义也躺不下去，一步步走向树臻的房间。

王本义骂道："吵什么？"

大家伙一看，老爷子都起来了，心里慌了神。

王树臻赶紧解释："爹，是我惹她生气了，你快回屋吧。"

周莲扶着王本义："他们小两口的事情，让他们自己来办，咱们先回去。"

王本义根本没有回去的意思："这世道不太平，家里也太平不下来，这日子还有法过吗？"

王树臻忙说："爹，我们知道了，你就赶紧回屋去吧。"

周莲赶紧把王本义拉回屋里，周莲给王树臻使了几个眼色。

两位老人都离开了房间，屋子里的气氛在瞬间仿佛凝固了。

王树臻说："闹啥，没有事，非得闹出点声响。"

李嫚气还没消："我闹，我马上就回娘家。"

王树臻瞪大眼看着李嫚："你还有完没完？"

李嫚一边收拾东西一边说："和你就没完。"

看着蛮不讲理的李嫚，王树臻气就不打一处来，心里虽然有些委屈，但无论如何解释，李嫚就认定了这个死理，如果在这个时候把王龅牙的事情抖搂出来，反倒成了自己的借口。

"你有本事出了这个门，就别再回来。"王树臻气道。

"不回来，就不回来！"李嫚领着东西就回娘家了。

眼看着自己的儿媳妇摔门而出，周莲一下子急了，跑到树臻的屋里，急问道："什么事不能好好说，非要弄得家散妻走。"

树臻急道："娘，这也不能她说风就是雨。"

"要想人不知，除非己莫为。"

"你们婆媳二人还站在一条线上了。"

"不管怎么样，你得把李嫚给我接回来。"

周莲说完，回到了自己的房间。树臻愣在屋里，自言自语："我招谁惹谁了？"

事情接二连三的确有些让王树臻招架不住，一个王荣广就够他操心，现在家里又闹这么一出。

天色突然开始变得昏暗，接着刮起了大风。眼见着天要下雨，王树臻开始按捺不住心情。这会儿的工夫，李嫚应该还在路上，王树臻撒腿就跑，刚跑到门口，与儿子撞了个正着。

"爹，你要做啥去？"

"你先回家，我找你娘去。"

王德安不知情地回到屋里，见周莲在纳着鞋底。

"奶奶，我爹跑啥？"

周莲见孙子两眼盯着自己，心里琢磨着说什么好，干脆笑了笑，"你爹啊，掉魂了。"

"掉魂还得这样招魂啊？"

周莲看着王德安疑问的样子，心里滋滋地笑。

王树臻走街串巷，就是没找到李嫂，雨水溅起的泥土打在王树臻的身上，无奈之下，他也就只能回家。

刚走了没几步，正好撞上树生，王树生上下打量着王树臻。

"哥，你这是出什么事？"

树臻看了一眼王树生，便说："和你嫂子闹别扭，这不回娘家去了，没追上。"

"看你这狼狈的样子。"王树生偷笑。

"你也笑话你哥？"树臻瞪着眼睛看着王树生。

"我可不是那意思，咱们说点正事，我来的时候看见王荣广刚往家里走，咱们去看看？"

"好，早晚都得会会这只狐狸。"

"哥，要不你回家换一身衣服，你看浑身是泥巴。"

"我浑身是泥巴，王荣广能把我轰出来，我倒是要看看，百年的妖怪是怎么修炼的！"

树臻说完，转身就朝着王荣广家走。树生摇着头，跟在后面。

王荣广家门面布局简单，院内却显得大气，假山、花鸟是样样齐全。实木悬梁，雕花炫目，整体的雍容华贵就显示出来了。

树臻和树生一进门，院内清静，屋门紧闭，二人四周巡视了一会儿，没发现有什么迹象。

"有人在家吗？"树臻喊了几声。

"谁啊？"屋里传来声音。

"王树臻。"

只见门缓慢地打开，王荣广赶紧穿衣，衣衫不整地出来。

"侄儿今天怎么有空到这里来？"王荣广寒暄道。

"这辈分不对，按咱们王家的辈分，你应该是爷爷辈。"王树臻看着王荣广不正经的样子，心里有些反感。

王荣广心里一阵暗喜，马上奉承道："辈分咱们不能忘，那是老祖宗给咱们留下来的东西。早就听出树臻生意做得很大，如今怎么有空到寒舍来啊？"

王树臻与坐在旁边的王树生对视了一眼，琢磨了一会儿，说道："不瞒你说，还真是有事。"

王荣广盘算着，要是坏事，自己该如何推辞，要是好事，那自然打心眼里高兴，便说："尽管说，只要我能办到，就一定办。"

一个女人从屋里晃晃荡荡地走了出来，从表面上看，的确不像什么正经女人，见王树臻一身的泥水，便没有好眼色。王荣广见女人出来，赶紧让她进去。

"真是让你们见笑了，她不太懂规矩。"王荣广掩饰着，"有什么事就说吧。"

王树臻思索再三，缓缓说道："是这样的，前段时间的蝗灾弄得咱们村都魂不守舍，很多村民都外出逃荒，村里的人是越来越少，我打心眼里有些难受，这不我想帮帮咱们村。"

王荣广一听心里大喜，拍腿说："真不愧是王家的后人，就是大度，以小家为大家。"

王树生笑着："这不是跟着长辈学习吗？"

王荣广站起身来，走到门前，望着院子里的小雨："那你打算怎么帮村民呢？"

树臻试探着问："你觉得我把村里的地买过来怎么样？"

王荣广瞪着眼："从古至今，是有人就有地，没人就没地，你要是全收了上去，这不就是有人也没地了吗？"

树臻摇头道："买了他们村里的地，也让他们村民有地种。"

女人躲在屋里偷听着，心里打着算盘。

王荣广心里有些疑问："那你打算出多少钱？"

树臻伸出二根指头摆在王荣广的面前。

王荣广猜："二两银子？"

树臻摇头。

王荣广声音有些颤抖："二十两？"

树臻点头："是二十两一亩地。"

王荣广一听，吓得满头大汗，急忙用手绢擦拭着汗水。躲在后面女人惊讶地望着树臻。

王树生笑道："放心吧，事成之后，有你的那份。"

这话是王荣广最爱听的，忙说："你看你们，还知道孝敬我，这样吧，我和村里几个管事的商量一下，这几天给你个信。"

树臻心里有些数，便说："那好，就等信了，"树臻回头看了一眼王树生："那咱们就回去吧。"

王树生站起身来："王老爷子，那我们就告辞了。"

王荣广客气了几句："要不留下来一起吃饭吧？"

树臻推辞道："多谢，商铺还有事，就不打扰了，请留步。"

王荣广望着两人离去，心里美滋滋的，终于可以再大捞一把，想起屋里藏着的女人，心里更是欲火焚身，急忙锁门，跑进屋里。

树臻心里有些纳闷，对王树生说："我什么时候说给他一份？"

王树生笑道："这就是你外行，这种人自己不捞点好处，能帮你，做梦去吧。"

树臻愤愤不平："一听这玩意儿就不是什么好东西，金屋藏娇，村民都吃不上饭，家里还摆满了珍奇珠宝。"

王树生瞥了一眼："他这人老光棍一个，却玩了不少女人。"

树臻瞪着眼："那女人不是他老婆？"

王树生笑树臻的无知："哥，你还真是在外面做生意，对家里的事一点都不知道，王荣广这个人，吃喝嫖赌是样样精通，这个女人还不知道从哪里捣鼓来的。"

树臻一听，气就不打一处来，心里有气的不光是树臻，王树生心里一直是不平的，自从知道父亲是因为王荣广告发，就想有朝一日除了这个祸害。

雨淅淅沥沥地下个不停，两人走在雨中，摇摇欲坠的墙如同晃荡的清王朝。

第四章

第一节　戏弄半仙

李嫚回了娘家，树臻本想直接回家，但还是折了回去，直接去了店铺。蛐蛐见掌柜子一进门，突然变得慌手慌脚，手忙脚乱。

王树臻走到蛐蛐面前问："你这小兔崽子在鼓捣什么玩意儿？"

蛐蛐吞吞吐吐地说："掌柜子，潍县的茶庄已经弄好了，选个良道吉日就可以开业。"

王树臻纳闷，上下打量着蛐蛐："这是好事，你慌里慌张的做什么？"

蛐蛐反问："我哪里慌里慌张的了？"

蛐蛐虽这么说，但还是逃不过王树臻的眼睛："有什么事就说什么事，掖着藏着干吗？"

树臻见蛐蛐有些反常，便越发地着急，蛐蛐瞥了一眼王树臻："今天，这里来了个算命的先生，听说算得挺准，我也跟着去看了一下，顺便给算了咱们的店铺。"

听了这话，悬在王树臻心里的石头算是落下了，松了一口气说："你这孩子，这几天我摊上的事情够多，你还一惊一乍地来刺激我，说起算卦这事，除了神仙张，我还真没找别人算过，说说这个算命人算得怎么样。"

蛐蛐支支吾吾地说："不好。"

天下着蒙蒙小雨，周村的商街上来了一位算命的先生。此人瘦高个儿长马脸，身穿长衫，手提一面小铜锣，阴阳怪气地喊着"算命"。

商街正好聚集了来往的商客，见算命先生过来，便都围了过来，有个五大三粗的汉子双手叉腰，冲着算命先生嚷道："喂，算命的，看你一副神神叨叨的样子，那你说说看，在我们这些人中，哪个是卖茶的？说准了，我们都请你相命。说错了，别怪我们不客气，请你走远点。"

算命先生一听，并不接大汉的话头，他扫视了周围的人，个个都像是做买卖的商人，不好拿捏。只见他干咳了两声，眼珠子一转，敲了几下小铜锣，拉长声调，说道："铜锣敲起声连声，茶客身上掉银两。"他话音刚落，所有人的目光就齐刷刷地投向一个瘦弱的男人身上，看他是不是真的在掉银两，把那个男子看得不知如何是好。这一来，相命先生心里有数了，但他还要做戏，继续故弄玄虚，先是把商人们一个个看过去，接着又是掐又是算的，嘴巴里念念有词，然后一指瘦弱的男人，果断地说："他是茶客！"这一幕正好被蛐蛐看到。

这也太神了！商人们面面相觑，不得不信，于是一个接一个找相命先生算，有的问婚姻，有的问财运，有的问健康，相命先生摆出一副高深莫测的架势，察言观色，摇头晃脑地说一些八竿子打不着，又让人觉着伸一把就够得上的话，在这群商人身上骗了不少钱。

蛐蛐也找算命的掐算了店铺的运势，算命的阴阳怪气的，没有一句好话，弄得蛐蛐心里是七上八下，付了钱就回店铺。

弄明白事情的王树臻，心里有些底了，便说："带我去会会这位小神仙。"

蛐蛐问："看他做什么？"

王树臻大摇大摆地往外面走："看看有没有破解之术。"虽然树臻这么说，但是心里还是觉得有些蹊跷，心里寻思着到底是江湖骗术还是神仙灵通。

蛐蛐带着王树臻找到这位算命先生，前面围着很多人。算命的"当当当"地敲起了手里的铜锣，旁边卖丝绸的店铺被他敲得烦了，掌柜子出店门故意说："你老是在我们这一带窜来窜去，听说连什么人是做什么都能看出来，那你倒是说说看，我们这群人中，谁是当官的？"

相命先生看看丝绸店的掌柜子，又摆出一副仙风道骨的样子，不吱声。王树臻补上一句："那好，你要是能在我们这群人中指出谁是当官的，我们每一个人都找你相命。"

相命先生微微一笑，他早就心里有数了。原来，这一带都是做生意的，没几个当官的。他针对这个情况，揣摩出一套蒙骗人的特殊方法，百发百中，从未失过手。今天又遇到这个不服气的店主向他挑战，正是他求之不得的事，只见他扬起小铜锣，敲了两下，又故意拖长声调，慢悠悠地说："铜锣一敲声连声……"

一位商人抢过话头，接着说："官人身上掉银两！"在场的人"轰"的一声大笑起来。算命的仍旧拖长调子，慢悠悠地说："铜锣一敲声连声，官人身上长虱子。"

当官的都比较追求荣华富贵的生活，算命先生想，我这一说，这群人为了证实说得对不对，肯定都会朝那个官人的身上看，这一来，谁是官人就一清二楚了。哪知道，蛐蛐挠起头皮。相命先生明白了，肯定是有人泄露了他的手法，他在心里暗暗冷笑一声，用眼睛的余光看着挠着头皮的蛐蛐，全部的人齐刷刷地都看向了他。

相命先生见了，得意扬扬地朝蛐蛐一指，说："他是当官的！"

相命先生话音未落，人们大骂："混账东西，他是前面店铺的管家，你瞎眼了！"

一位商人一边骂，一边脱下脚上的布鞋，握在手里，扬起来便朝相命先生头上砸："打死你这信口雌黄的，打死你这招摇撞骗的，打死你这胡说八道的！"

相命先生双手抱着头，缩着身子，像一只过街老鼠，到处乱窜，突然，他蹲下身子，抱着左脚，发出一声杀猪般的惨叫。

原来，他只顾了头上，忘记了脚下，正好一脚踩在一块木板的铁钉上。

蛐蛐心里的担心终于烟消云散，可心里还是七上八下，自古什么事都是找算命算上一挂，这么一弄，真真假假真是难分辨。

王树臻拍了蛐蛐的头一下："怎么，还在过官瘾呢？"

蛐蛐羞涩地说："我哪有那福分，不过这算命的也算是慧眼，知道我是个能人，不过，这算命的也活该，亏我还找他算过咱店铺呢，连我长相都没记住。"

王树臻和蛐蛐大笑起来，然后朝神仙张的店铺走去。

神仙张八十有余，面目消瘦，一把花白的胡须，坐在藤椅上哼着小曲。还没等树臻进门，便问："王掌柜前来问开业的日子？"

蛐蛐惊讶："这你都知道？"

王树臻反而一脸的平常态："还是请老爷子给占上几卦。"

神仙张不理睬："街头有个算命的，听说挺准，你到那里去看看。"

王树臻往椅子上一坐："别提了，那是个骗子，被大伙给轰走了。"

神仙张笑着说："世间百态，斗转星移，能拿捏准的极少，占卜算卦是个行当，不是盼头，良辰吉日是个讲究，不是规矩。人定胜天，人要靠自己的本事。命中注定也好，自己争取也罢，都是天理。"

王树臻听出点学问，但还是有点糊涂，便问："您老的意思，晚辈还是不明白。"

神仙张起身，在屋里踱步："古人算命，是怕命，命不光是人命，还有天命。今人算命，是造命，造在于欲，人无欲则刚。"

王树臻笑道："这我有点明白了。"

神仙张准备沏茶，蛐蛐赶紧过去帮忙，被神仙张挡住："沏茶，有沏茶的学问，别浪费我这一壶好茶。"

王树臻使了个眼色让蛐蛐坐下，问："那开业日子也不能胡来，老辈子里就有这个讲究。"

神仙张沏好茶，给王树臻倒了一杯水："知命之年，人很多事情都会明白。但人这一辈子就因为不明白才有味道。"

蛐蛐被神仙张这么一弄，就好像喝了迷魂汤，赶紧问一句："那我说说自己行不？"

神仙张笑道："说给我听听。"

蛐蛐低声说："有个人说我这辈子娶不上媳妇。"

神仙张让蛐蛐写下生辰八字，来回琢磨了一会儿，便说："不通，不通，你小子命硬，娶八九个媳妇不成问题。"

蛐蛐听了，心里乐滋滋的。

王树臻笑道："你小子命比我好，我这辈子也就娶你少奶奶了，这不，还被我气回娘家了。"

蛐蛐得意地说："这事就怪不着少奶奶了，人家是大家小姐，你得让着点。"

神仙张喝了一口茶："自古就是婆婆喜欢在中间挑事生非，美满的婚姻十有八九会被婆婆棒打鸳鸯。"

王树臻斜了一眼："老爷子，这话就不对了，我可不准备三妻四妾，再说了，我娘对我媳妇，像亲闺女一样。"

神仙张做了个手势："喝茶。"

王树臻端起茶杯，抿了一口："上等的普洱。"

神仙张大笑道："对，王掌柜的嘴真是阅茶无数啊！言归正传，你家最近会有桩喜事，但被当娘的打了。"

王树臻问："这个娘是丈母娘？"

神仙张摇头道："是亲娘。"

王树臻一脸的惊讶，但不知道怎么问下去。蛐蛐搭话："掌柜子，咱们正事还没办呢。"

王树臻回过神来："老爷子，潍县店铺的开业劳你给算上一卦，选个吉日良辰。"

神仙张头都不抬："后天午时开业，过了午时，店铺不利。"

蛐蛐瞪大眼睛："这事还挺赶，得麻利着干。"

王树臻让蛐蛐拿出银两，放在方桌上。

神仙张眯缝着眼："寒碜我，把银两拿走。"

蛐蛐解释道："这是孝敬你的。"

神仙张再次说道："拿走，下次带些好茶好酒来。"

王树臻对蛐蛐说："老爷子让你拿走，你就拿走吧，下次带些好茶好酒来看老爷子。"

　　蛐蛐拿起来银两："那听老爷子的。"

　　两人走出店铺，树臻心里有些捉摸不定，便说："蛐蛐，你说这老爷子葫芦里卖的什么药？"

　　蛐蛐还沉浸在刚才神仙张夸自己能娶上八九个老婆的高兴中，树臻大喊了一声，蛐蛐吓了一跳，问道："怎么了？"

　　树臻："天上掉媳妇了。"

　　蛐蛐左往右看："在哪儿呢？"

　　当他回过神来，树臻已经走远了。

第二节　天下粮仓

　　王家洼寂静得让人有些难受，三三两两的人走在胡同里，本来闹腾的村庄变得异常的平静。

　　凌乱的庄稼地，到处狼藉一片。王树生见王树臻走来，跑向前去问："哥，王荣广来信了，地可以买了，不过这王荣广心里算盘打得太精，他把逃荒没人管的地都拢到了他的手下。"

　　王树臻一听，脸色大变："本想救济村民，这样一来，钱还是进了他的裤腰带。"

　　王树生气道："你说，我们还买吗？"

　　树臻肯定地说："买。"王树生有点疑问，被树臻看了出来，他解释说："不能因为他贪，就不救这些乡亲。"

　　王树生不解道："我们帮助这些乡亲，可以直接给他们钱啊，不买王荣广的就是了。"

树臻暗笑说："你觉得不买他的地，乡亲们的钱能攥在自己的手里？"

王树生觉得此话有理，像王荣广这种人什么事都能做得出来。

树臻笑着说："问他多少钱，把钱给他付了，这几天准备开工。"

王树生抿了抿嘴："行，我去会会这老狐狸。"

树臻大笑："这老狐狸可不好斗，明天我去潍县，处理茶庄开业，地的事情，这两天就交给你去办吧。"

王树生："哥，你就放心。"

树臻走了一会儿，突然想起："树生，你和树琴这婚事还打不打算办了？我可替你挡了好几家提亲的大户人家，你等得起，树琴可成老姑娘了。"

王树生挠着头，笑着说："老姑娘，我也稀罕。"

树臻说："稀罕归稀罕，抓紧办这事。不然等我和你嫂子老二老三都出来了，你们还耗着，那就麻烦了。"

王树生麻利地说："办完地的事情，我就去找我娘，谈谈这事。"

树臻深舒了一口气，心里的石头总算有一角着落。下一步就是怎么把李嫚迎回家，这李大老爷虽然不会埋怨树臻，可这丈母娘的嘴能把王树臻骂死。

王树臻站在田地边上，看着这一望无际的土地，心里突生一种伤心之情。曾经庄稼地里农忙的景象已经荡然无存，他真想让荒凉的土地再出现当年繁忙的情景。

王树生和树臻谈完，就直接找王荣广谈关于土地的事情。王荣广在院子里喂着小鸟，哼着小曲，心里乐呵呵的。

王荣广见树生进门，忙迎道："是不是有什么喜事？"

树生笑着说："这爷爷就是爷爷，消息还挺灵通，实不相瞒，今天就为土地来的，你把乡亲们土地的钱，加起来算一下，不过事先说好，钱我要亲眼看着你交到乡亲们手里。"

王荣广摇着头："不相信我？"

树生解释："哪是不信你啊，我也不是在乡亲们面前长长脸嘛。"

王荣广吆喝："上茶。"

只见一女子婀娜多姿地从屋里走了出来，端着茶具放在两人面前，倒好茶就走了。

树生笑道："真是屋中藏娇啊，怎么又换了一个？"

王荣广往后看了几眼，直到门屋彻底关严，才说："这男人啊，就要换换口味。"

树生点了点头："我玩不了这口，还是谈谈收购土地钱的问题。"

王荣广事先早有准备，随手拿起账本，看来是早就做过文章，递给树生。

树生一页页地看着账单，心中不免有些恼怒，但还是心平气和地点了点头说："明天召集乡亲们在这里集合。"

王荣广惊讶地望着树生，心里打起算盘，树生这么爽快地答应，埋怨自己为什么不把上面的价码再提高点呢。但还是强忍着说："这事你就放心，明天一早，我就把乡亲们召集在我家院子里，让你亲自给他们发钱。"

树生拿着账本，头也不回地走出王荣广家，那女人从屋里走出来，依偎在王荣广身边，陪着王荣广大笑。但他心里还是有些担心，这么多的银两，比预算多出将近一倍，树生这人却什么话都没说，直接答应了。不过，面对自己要成为有钱人，再说乡亲们向自己借的钱也不少，乡亲们手里的钱早晚还是自己的，心里还是乐滋滋的。

王树臻走到李嫚的娘家门口，左思右想还是不敢进去，虽说丈母娘平日对自己的确不错，但听说女儿受了委屈，那还不削了自己。自古被丈母娘折腾死的女婿真是不少，因此丈母娘让很多没成家的年轻人闻风丧胆。千想万想，还是折了回去，要是今晚被丈母娘骂个半死，弄一身的不愉快，明天的开业自己就去不了，一想明白，直接返回家里，准备拾掇拾掇去潍县。

天刚微微亮，王荣广就开始操办这件事，东串门西拜访，把乡亲们召集到自家的院子里。乡亲们一开始以为是王荣广来催债，得知是发钱，一个个跑得比兔子还快。

不到一会儿的工夫，院子里的人都满满的，要是在以前，两个这么大小的院子也盛不下这些人。王荣广等待着树生带着大把大把的银两来到他的面前。

树生也有些疑惑，天这么早，门口聚集起了这么多乡亲，看来王荣广还是有一招办法。

蛐蛐跟着树生走了进去，王荣广见树生进门，又往后面瞧了瞧，便问："树臻晚辈，怎么没来？"

树生让蛐蛐把满袋子的银票放在石桌上，乡亲们见了议论纷纷。树生说："大哥今天有事，让我替他代办，不过事情我已经一五一十地和他说了。"

王荣广暗笑："那就好，咱们王家人办事就是爽快。"

蛐蛐讥讽道："虽说都是马，可这世上有千里马，也有劳力马。"

这话显然刺痛了王荣广，本想攀点亲戚，这下可倒好，被一个毛小子给憋了回去，但看着麻袋里的银票，心里还是忍了："那咱什么时候开始给乡亲们发钱？"

树生走到乡亲们面前说："今天，我代表我哥来买乡亲们的地，但是这地呢，还是乡亲们来帮忙种，会给你们钱，至于怎么种，等我哥回来再和你们说。"

乡亲们听得糊里糊涂，你一言我一语，在讨论着是什么意思。

树生笑着说："大家都别疑惑，这是资本主义的一种工作形式，在西方，人家就是只要干活，就有钱挣。现在就给乡亲们发钱，蛐蛐，按照账单上的来把钱给乡亲们。"

蛐蛐打开账本，口里念着："陈大刚，三亩地，刘长红，四亩地……"

乡亲们一个个排着队去领钱，王荣广站在一旁看着这些人，眼馋得几乎要把眼珠跳在银票上。

院子里的人越来越少，直到最后剩下王荣广站在蛐蛐和树生身边，凑上去问："那现在是不是到我了？"

树生喝了一口茶："咱们是一家人，少谁的也不能少你的。蛐蛐，给王老爷子准备的钱呢？"

蛐蛐把另一个麻袋放在桌子上，光看这外形，王荣广别提有多高兴，连忙说："今儿在这里吃。"

树生笑道："就不劳您了，我和蛐蛐也有很多事情要做，我多给你放了几百两银票，这段时间没少忙活，孝敬您的。"

王荣广敷衍着说："看你说的，知道你们忙，那我就收下了。"

树生瞪了一眼蛐蛐："咱们走吧，老爷子，你好好数数钱吧。"

王荣广刚要数票子，又把手缩了回来，笑着说："一家人，你不会亏待我的。"

树生也没再寒暄，起身和蛐蛐离开了王荣广家，见树生他们离开，王荣广把麻袋藏在屋里，关上大门，数着银票。

树生满脸的疑虑，没有逃过蛐蛐的眼睛，蛐蛐问："这老东西看着不像是个正经人。"

他们走到田地边，树生注视着大片的土地，便说："我算明白大哥为什么要买这么多地，王荣广再坏，这事没他办不成。这每一片土地，养活了多少人的生命啊！"

树生目光中流露出对这片土地的热爱，微风掀起阵阵尘土，迎面打落在他们俩的脸上，仿佛接二连三的事情向他们扑面而来一样。

第三节　大吉大利

熙熙攘攘的街道上，乞丐遍地乱跑，在这个潍县原本繁华的商街，到处可以见到躺在地上慢慢闭眼饿死的人，可以说死亡在这个世道大乱的年代，已经不是什么稀奇古怪的事情。

茶庄一开张，乞丐都凑了上去，树臻让小二给乞丐发些食物。可树臻更关心的是自己的龅牙叔在哪里。归根结底，这家茶庄也是为龅牙叔开的，这样等龅牙叔要不到饭的时候，可以来茶庄坐一坐，吃上顿饱饭。

可在人群中，怎么也找不到龅牙的身影。树臻一想，这下坏了，这么长的时间没见面，会不会出现什么不测？他一脸严肃的表情，站在门口一言不发。

一个小二走到树臻的面前："掌柜子，食物发完了，可是还有这么多乞丐，怎么办？"

树臻连考虑都没有，便说："继续发，直到没人了。"

这话直接把小二吓了一跳，这发起来什么时候是个完啊？可是掌柜子发话了，就继续发吧。

一批接着一批，很多不在这个地盘上乞讨的乞丐，闻讯也赶了过来。

树臻的眼睛无时无刻不在扫视着人群，他希望出现龅牙叔的身影，直到连富人都换上乞丐服来要食物了，还是没有出现龅牙叔的身影。无奈的树臻只好让伙计们停下发送食物。

满心疑虑的树臻站在店里，油灯的火焰忽闪忽闪照着人的影子在墙上晃动，门外一个人影站了很长时间，把树臻吓了一跳。这潍坊流传着半夜饿死鬼来要富人家饭的传言，要是被哪个饿死鬼盯上，那就麻烦了。

树臻在起家的时候，贩卖过纸钱，对神鬼的事情，还是略知一二。他在屋中，焚烧着纸钱，念叨着连他自己都不知道说的什么的话。可很长时间过去，人影还是不离开。树臻壮了壮胆子，走到门前，把门打开一条门缝。

只见一人身穿破烂的衣衫，头发蓬乱，灰头灰脸，目光呆滞的人看着树臻。树臻心里虽然有些慑服，但凭他的感觉，这人非常的熟悉。

没等树臻开口，那人便问："家中可好？"

树臻这才明白，是自己苦盼已久的龅牙叔，可是怎么成了这副模样了呢？他赶紧把龅牙说拉进了屋中。

王龅牙面色枯黄，瘦弱的身体弱不禁风，原来魁梧的身材，熬成了叫花子干瘪的骨架。

树臻赶紧从后厨拿了些食物，放在龅牙面前。

树臻说："叔，家中都好，我们见面的事情没和家里说，这家茶庄也是为你开的，你饿了，就来这里吃饭。"

王龅牙狼吞虎咽地吃了起来，塞得嘴里满满的都是食物，然后说："我不能白天到这里，如果被别人发现，他们会跟着来。到时候，你的茶庄和我都有麻烦。"

树臻想了一会儿，觉得龅牙叔说得有道理："叔，那你就晚上来，我派人等着你。"

王龅牙笑着说："还是侄儿想得周到，你婶子一个人把树生抚养这么大，真是不容易。"说着说着，眼泪流了出来。

树臻也给自己倒了一杯酒："叔，树生不能给您老尽孝，我替他了，这酒我干了。"树臻一饮而尽。

王龅牙摇了摇头："大烟真不是好东西啊，人一旦染上，就戒不掉。所以你开的任何一家店铺，都不准吸这玩意儿。我现在也不吸了，不过一犯烟瘾，那滋味挺难受的。"

树臻又喝了一杯："叔，我问仲钧安关于鸦片的事情，这个东西要戒掉，必须有恒心，但过程很痛苦。"

王龅牙喝了一杯："你叔都这么大年纪，没多少年的活头。人这一辈子，必须有几件事，是为自己活的。反清是，戒烟也是。"

树臻把目光扫视着窗外，他害怕有人偷听。这反清的罪名可是直接见阎王啊！

王龅牙显然看出了树臻的担忧："你不要担心，潍县到处是准备起义的反清人士，这点你放心。"

没喝几杯，王龅牙拿着些食物，开门走了。树臻目视着龅牙叔离开，心里不由得一笑。的确，眼前的龅牙叔变得豁达了许多。

一早，王树臻嘱咐了伙计们关于如何照顾龅牙的事情后，就赶回村里。虽说把田地的事情交给树生，应该不会出什么乱子，但心里还是放心不下，要是李嫂能在他们身边出点主意，事情就好办了，可偏偏这个时候，夫妻俩还闹着气。

王树生给乡亲们安排土地，让他们一起开荒，可对于种什么心里还是犯着嘀咕，这里地势低洼，没几场雨就能把地淹个差不多。

眼见树臻回来，心里算是有了着落。树臻看着忙碌的场面，心中大喜。看来事情进行得挺顺利。便问树生："乡亲们的钱，都发下去了？"

王树生点了点头，一脸的苦相。

树臻追问："是不是出了什么事？"

王树生叹了一口气："钱虽然给乡亲们发下去了，可是天杀的王荣广让乡亲们连本带利还他钱。这样一来，乡亲们盖房、还债、治病等等事情之后，剩下的不过仨瓜俩枣。"

树臻微微地舒了口气："这点我早想到了，王荣广这是自断后路啊！还有什么事？"

王树生愁眉苦脸："再就是种什么的问题，村里地势低洼，一下雨就涝，我现在让乡亲们先把地开出来，等来年拿主意。"

树臻思索了半天："种粮食。人吃不饱怎么活着，别看他们都种棉花，咱们就种高粱。"

王树生忧心忡忡："人家种棉花、种桑叶可以做绸子。咱们弄高粱，除了吃，都砸自己手里。"

树臻无奈地摇头："你这个榆木脑袋，高粱可以酿酒吧？"

王树生这才恍然大悟，脸上露出了笑容，也对眼前的田地充满了信心。空气中飞扬的尘土弥漫在空气中，一排排加固的房屋，让树臻心里感到踏实。

迎面而来的乡亲见树臻回家，赶紧凑到前面："树臻，真幸亏你啊，不然我们这些人也走上逃荒的路了，说不准现在就饿死在路上。"

树臻说："都是王家洼的人，应该互相帮衬着，再说了，很多乡亲们是把我看大的，我现在混好了，不能忘了大家。"

乡亲们互相点头，对眼前的树臻开始刮目相看，然后走向田地干活。树臻与树生相互对视了一眼。

长山这个地方，已经变得不再平静，战乱、饥荒、死亡、恶霸等等，把这些老百姓可害惨了。

王树臻满脸疲惫地走进家门，没精打采。周莲见儿子进门，眼睛往后瞄了几眼，气道："怎么你自己回来了？"

王树臻纳闷："不是我自己回来，还能有谁？"

周莲走过去，打了树臻身子几下："还有你媳妇！这个败家玩意儿，把媳妇气回娘家，不知道接回来？男子汉大丈夫，得能屈能伸。"

王树臻垂头丧气地说："娘，你先容我去屋里躺一会儿，我累了一晚上，我保证给你把儿媳妇接回来。"

周莲丝毫没有松气的意思："现在去，到德安想娘的时候，看你怎么办。"

王树臻知道拗不过娘，转身就走出了家门。想起丈母娘骂自己的样子，心里就打退堂鼓。

走到李府门前，来回地徘徊。李老爷子从王树臻身后走了过来，不由得一笑："别转了，进门吧！"

王树臻吓了一跳，忙转身："爹，你怎么在这里？"

李老爷子一边往门里走一边说："这是我家门口，我怎么就不能在这里？快进门。"

王树臻硬着头皮跟着进门，李嫂见树臻，立马回屋关上房门。丈母娘也不给好脸色，一副爱答不理的样子。

王树臻用力喊了一声："娘，我来接嫂儿回家。"

丈母娘吓了一跳："你喊这么大声要吓死谁啊？树臻，也不是我说你，平时看你这么老实的人，怎么这么伤害俺家嫂儿呢？"

王树臻辩解："我没伤害她。"

丈母娘接着问："那嫂儿会委屈成那个样？"

王树臻解释道："娘，我是什么人，您老还不知道，德安都这么大了，要不让我和她单独谈谈。"

丈母娘咬住不放："我这关过不了，你休想见嫂儿。"

坐在一旁浇花的李老爷子笑了几声："我说老婆子，人家小两口的事情，你就别跟着掺和，让他们自己解决。"

丈母娘有些急眼："我说老爷，在家什么事情都是你说了算，嫂儿受了这么大的委屈，你不能为孩子说几句公道话？"

李老爷子不理不睬地说："咱闺女的性子，当父母的还不知道，任性那股劲儿随你。树臻，这事爹给你做主，你去找嫂儿谈谈，但是带不带走，那是你的事情。"

树臻一听，急忙跑进屋里。嫂儿坐在椅子上，小家子脾气表现得淋漓尽致。

"嫂儿，还生气呢？"

虽然树臻语气变得异常的温柔，但李嫚还是一脸的气相。

"我去潍县，是有我的苦衷，我不是因为去找小老婆。"

李嫚瞪了王树臻一眼："看你一脸的疲惫相，昨晚没少折腾吧？"

树臻以为李嫚回话，气氛就缓和："是啊！可没少折腾，一宿没怎么睡。"

李嫚火冒三丈："滚！"

树臻不解道："我就是没睡，实话实说，有错吗？"

李嫚气道："你爱找谁就去找谁。"

树臻一听，怎么劝说都不管用，加上自己劳累的头脑，心情开始变得急躁："嫚儿，你非要知道什么事也行，但是你得保密，一定不能说出去。"

李嫚暗笑道："就你那些见不得人的事情，我哪有脸往外说。"

树臻不耐烦地说："你爱怎么想都行，但你得保密。龅牙叔，就是树生他爹，当年参加白莲教被清兵抓了，后来运到潍县的时候，混乱之中，他和其他囚犯都逃跑了。龅牙叔当年在潍县逃跑后，就留在了那里。我在潍县找到他，还活着。"

李嫚回过神来："你是说，你找到龅牙叔了？"

树臻点了点头："现在活得挺好，我在潍县建茶庄就是为了给龅牙叔一个家，他这个人死活不回家，怕连累家人。"

恍然大悟的李嫚，凑到树臻面前："原来是这样，你早告诉我，不就没有这事了吗？"

实在是打不起精神的树臻说："我这事连树生都没说，憋在心里，就是因为和龅牙叔一个约定，你也别告诉任何人。"

李嫚立马起身："走，咱们回家。"

雨过天晴后，树臻终于舒了一口气。李嫚的母亲看着两人甜蜜地从屋里走出了，瞪着眼睛感觉莫名其妙，李老爷子对她轻声说："嫁出去的女儿，泼出去的水，你多管闲事，现在人家和好了，没你什么事，把自己撂一边去喽。"

第四节　人间百态

黄昏的余晕渲染着西方的彩霞，平息夫妻之间风波的王树臻沉睡在床上，几天的劳累，终于可以得到放松。德安在外面的院子里疯跑，树生风尘仆仆地走进家门。

"德安，你爹呢？"

"叔叔，我爹在屋里睡大觉呢。"

"都啥时候还睡觉。"树生急匆匆地走进屋门，见树臻睡得死沉，便大声喊道："着火了！"

听到假消息的树臻猛地起床，见树生在捉弄自己，便张口大骂道："你这个该死的玩意儿，有你这么要哥的吗？"

王树生先是大笑，然后对树臻说："哥，出事了。"

树臻耸了耸肩膀："地里出事？还是店铺？"

王树生摇头："都不是，是王荣广。"

树臻吃惊地问："他出什么事了？"

王树生不慌不急地回："昨晚，柳子帮和三番子，好像还有章丘的几伙强盗土匪，把他的财产给抢了个精光。"

树臻叹气："这样的后果，我早就想到了，估计你也猜到了吧？"

王树生笑道："我猜到了，但没想到这群土匪这么狠，一点儿也不剩。"

树臻披上衣服："走，咱们去看一下王荣广。"

王树生不情愿："看他做啥，也活该，不是正经玩意儿。"

树臻瞪着王树生："你去不去？"

王树生见拗不过树臻，便答应了。

王荣广家的院子里狼藉一片，踹倒的门窗横七竖八，焚烧的木头还冒着烟雾，王树臻和树生找了半天，没找到王荣广的身影。

树臻大惊："坏了！"

王树生不解："什么坏了？"

树臻急走到正堂，只见王荣广已经上吊，悬在半空。两人瞪大眼睛，树臻赶紧把人从上面解下来，号了一下脉搏，说："还有脉，救人。"

王树生背起王荣广就向医馆跑去，路人都看着他们弟兄俩议论纷纷，没有肯搭手帮忙的。这样的世道，人们见官就恨，见贼就躲，见盗就跑，见匪就逃，要是这帮杀人不眨眼的土匪再杀回来，自己的性命也就保不住。再说了，王荣广也是罪有应得，贪财贪色，不下十八层地狱，就不解乡亲们心底的痛。

大夫一见王荣广脖子上的印痕，便说："人在世上，就应该知道灾祸康福，不知道天高地厚，只能赔上自己的性命。"

树臻着急："大夫，先救人吧。"

大夫不慌不忙："不急，他死不了，就差一口气，让他憋憋也好。"

王树生试探着问："别闹出人命啊！"

大夫大笑："我是大夫，行医行德，我能害了他？"

王家两兄弟紧张地看着王荣广，真害怕有个三长两短，可大夫只是在王荣广身上擦拭着些水，其他的事情什么也没做。急得他们俩在屋子里来回走动，时不时地看一眼王荣广。

大夫拿了根细针，扎入王荣广的穴位。王荣广缓慢地睁开眼睛，环视了一下四周，问："我这是在哪里？"

王家兄弟悬着的心算是有着落了，相互对视了一眼。

大夫回道："你没在阴曹地府，还活着，亏着王家兄弟，不然，阎王爷早就把你收过去当小鬼。"

王荣广哭号着："你怎么不让我去死？我现在什么都没了，那个该死的娘儿们，原来和土匪是一伙的。"

大夫笑道："让你死还不容易，就你对乡亲们做的这些事，让你死一千回都没问题。"

树臻阻止了大夫的话："人活过来就行了。"又转过头对王荣广说："好好活着，人在这个世上，本来就是灾福并存。但是不管怎么样，必须一心向善。"

大夫点了点头："树臻这话对头，王老爷子啊！钱财乃身外之物，你非要捧在身上，这下差点闹出人命，你这不拿着钱砸自己吗？"

王荣广眼角的眼泪流了出来，滴落在床单上，看着树臻说："你要是不嫌我这个没出息的爷爷，明天我就进地，和乡亲们一起干活。"

树生惊讶："你去了地里，活还能干吗？"

树臻把树生支到一边去："你要是去，那敢情好，这事我做主了。"

两人走出医馆，树生急忙拉住树臻："哥，这要是他去了，让乡亲们怎么干活，就他那德行，乡亲们恨还来不及。"

树臻轻松地活动了身体，轻声说："因祸得福，王荣广应该想明白了，我们不能抓着人家的尾巴不放。"

王树生心里还是有些不太愿意，但是见树臻已经死咬住了，就不再说什么。

树臻问："你的婚事和你娘说了吗？"

王树生一拍脑袋："你看我，把这事给忘了。"

树臻气道："喝你小子的喜酒得到什么时候？"

王树生害羞地笑着："哥，今晚我就去和我娘说，你也和树琴说说。"

树臻应声说："家里我都说好了，就等你小子来提亲了，不麻利点，让树琴真成大姑娘啊！"

王树生忙点头："哥，你说的是，我马上回家和我娘商量。"话音刚落，王树生就转身跑回家。

郝秀儿扫着院子，见王树生进屋出屋好几次，便问："你瞎转悠啥？"

树生挠着头："娘，我想和你商量个事。"

郝秀儿笑道："商量事就商量事，你转悠个啥，说吧，什么事？"

树生凑到郝秀儿面前："娘，我想成家。"

郝秀儿瞪大眼睛，按说儿子结婚娶亲，当娘的应该高兴，可郝秀儿一脸的严肃："你要娶谁家的姑娘啊？"

树生理直气壮地说："树琴。"

郝秀儿语气坚硬起来："不行，你娶谁，我当娘的都没意见，就是不能娶树琴。"

树生有些不明白，赶忙解释道："不是别人，就是从小被你看起来的树琴，我妹妹。"

郝秀儿摆手说："我还不知道树琴，这孩子打小我就稀罕，可是咱家不能欠王家太多，树琴不能跟你，她得找个好主。"

树生气愤道："娘，我们两个都是你看起来的，为啥不行？除了树琴，我谁都不娶。"

郝秀儿也不示弱："你爱娶不娶，就是不能娶树琴，这事我不答应，我也不会让树琴家答应这桩婚事。"

树生一怒之下，甩门而出："没见过你这么当娘的。"

王树琴坐在屋里缝着衣服，幽暗的油光灯闪烁着光线。树臻推门而进，树琴忙起身，给树臻腾地方。

树臻笑着说："树琴，你也不小了，哥给你说门亲事，把你嫁出去，省得吃家里的粮食。"

王树琴反驳道："真没见过你这么当哥的，你妹妹在家也没白吃饭啊。"

树臻收回了笑容："不开玩笑了，你觉得树生这人怎么样？"

王树琴面色红润，害羞地把头扭过去："哥，你真是的，明知故问。"

树臻一拍腿："这我就放心了，树生那小子怕你不答应，这些年，虽然你们俩常在一起，但也没把事情挑明。等他家一来提亲，什么都成了，你们这对鸳鸯终于修成正果，我再和娘说说。"

树臻刚从树琴屋里走出来，就见树生急匆匆地进门。树臻笑着摇头："你小子性子真急，我刚和树琴说完，你就进来了。"

王树生拉着树臻慌张地出门："哥，我和你说件事，别让树琴听见。"

树臻点了点头："还有什么惊喜？"

王树生叹气："这惊喜太大，估计你都受不了，我娘死活不答应这门婚事。"

树臻脸色大变："婶不是这样的人啊！"

王树生着急："我也纳闷儿，平常树琴对我娘也不错，我娘也拿树琴当自己的亲闺女，可到了这事上，怎么又不依我们俩了呢？"

树臻左思右想："我明白了，这么长时间，婶一直也没提过你俩的婚事。这事我先探探底，你先别在你娘面前提这事。"

王树生急切地说："哥，你弟弟的终身大事就托在你身上了，你要帮你弟弟啊。"

树臻拍着树生的肩膀："一个是弟弟，一个是妹妹，放心，我会帮的。你先回去吧。"

漆黑的夜色的确有点让王树臻喘不过气来，月黑风高，树臻拖着自己沉重的脚步朝家走去。

第五节　姻缘欢散

清晨的空气掺杂些土壤的腥味，树臻在院子里不停地走来走去，绕得周莲有些头晕。

周莲把李嫂叫到跟前问："昨晚发生什么事了？"

李嫂也不知情，然后走向树臻："你别瞎转悠个没完，什么事别老一个人憋在心里。"

周莲也凑了过去，坐在树臻的身边问："是不是买卖上遇到什么麻烦？"

树臻摇着头："是咱自家的事情。"说完这话，他转头看了看树琴紧闭的房门，把母亲和李嫂拉到屋里，"昨天我本想张罗着树琴和树生的婚事，结果树生这小子跑来告诉我，秀儿婶不同意这桩婚事。"

周莲和李嫂对视了一眼，周莲说："你们这个婶，就是这个脾气，等会儿我去和她说说。"

树臻紧接着说："娘，我感觉是婶怕亏欠我们家太多。"

周莲应声道："你说的这话在点上。"

李嫂听了半天，脑子里还是糊里糊涂的，两家联姻本来就是一件好事，干吗要反对，弄得孩子们都不高兴。她说："娘，要不咱们俩吃完饭过去一趟，女人之间说话方便。"

周莲应了下来。

树臻自嘲："本来我是媒人，这下倒好，没自己啥事了，不过为了这俩孩子好，咱们都费费心吧。"

三个人刚聊完，树生就在院子里大喊。树臻急忙把他拉进屋里，不让他大声吆喝。急切的树生看着李嫂："嫂子，这事咋办啊？"

李嫂也不知道如何回答："你先等等吧，我们等会儿去找秀儿婶一趟。"

"大娘，我和树琴的终身大事就包在你身上了。"树生的眼神中充满了绝望。

"树生啊！你从小也是我看着长大的，树琴也是你娘看着长大的，我们是一家人，不存在有什么身份地位的看法，你娘也许有她的顾虑，我去劝劝，你就该干什么干什么去，男子汉大丈夫，别把心思放在这事上。"

听完周莲的一番话，树生心里算是有了着落，但嘴上还是纳闷儿着："真不知道我娘是怎么想的。"

树臻劝慰道："行了，你先放放这事，把事交给她们去办吧，咱们哥俩儿还有正事要忙，吃饭吧。"

这事搅得树生怎么能吃下饭去，心烦意乱的树生直接回了地里。

李嫂笑道："咱们树琴跟了他，吃不了苦。"

周莲叹气："接下来还不知道是福是祸呢。"

树臻眼睛注视着树琴的屋门："估计这丫头应该也心急了，

可怜的琴儿，什么事都往自己的心里憋。"

田地里一派忙碌的景象，王荣广卷起衣袖在地里锄地，这让王树生有点刮目相看，走过去瞧了瞧。

王荣广见树生走过来，立即停下手中的活："树生来了，是不是监视你这个没出息的爷爷干没干活？"

这么一说，让树生的确有点对不上话："哪有，我也是转转，再说了，咱们是一家，我怎么能让你累着。"

敷衍了几句，树生的心思还不在地里，完全跑到树琴那里去了。母亲的反对是他一直没有想到的事情。

见发愣的树生一动不动，王荣广不解地问："你想什么呢？"

树生回过神来："没想什么，你歇歇着干，别累着自个儿。"

王荣广点头："没事，我干活去了。"

树生也不敢相信自己的眼睛，连王荣广这种十恶不赦的人都能弯下腰干农活，这世道真是不好猜测，眼前的王荣广，也让树生打消了为父报仇的想法。

周莲领着儿媳妇李嫚来到郝秀儿家里，郝秀儿见婆媳二人进门，赶紧迎接："嫂子，快进门。"

郝秀儿准备去沏茶水，被李嫚拦下："婶，你去和我娘聊聊吧，我去给你们沏茶。"

郝秀儿坐在周莲的对面："嫂子今天来，是不是因为树生和树琴的婚事？"

周莲微笑："被你看出来了？"

郝秀儿沉默了一会儿，说："嫂子，不瞒你说，他俩的事情，我坚决不同意。"

周莲不解地问："两个孩子从小一起长大，今天我这个当嫂子的又亲自上门提亲，已经破了自古以来的规矩，秀儿，你咋还不同意呢？跟嫂子说说，你是不是有什么委屈？"

郝秀儿一脸的严肃："嫂子，实话说，这两个孩子在一起我没什么意见，前几天我给孩子们算过了，树生命硬，树琴命软，两人在一起树生克树琴，你说这事怎么办？"

周莲笑道："他婶，就这事？这算命是瞎碰，你也信？"

李嫂把茶水端给她们，也坐在旁边："婶，这事我就得说说，命运五行，谁能说得准，要是说得准，我们这些人都算好命，什么也别干，在家等着就可以，命运都安排好了。"

郝秀儿听了这话在理："就算我们不信算命这一说，还有就是我们家欠你们的太多，龅牙在临走的时候，就嘱咐我，一定不能亏欠你们家，这样我们家欠下的债，几辈子也还不清。"

周莲骂道："这个死龅牙，什么债不债的，这是拿自己当外人？"

李嫂接着婆婆的话说："树生能好好对待树琴就是还债。"

郝秀儿摇着头："你们的话，我懂。我想找树琴谈谈，我不能落下树琴记恨我这个婶。"

周莲瞪着郝秀儿："你是不是还有其他什么事，你要是不说，我可让本义过来和你谈谈。"

郝秀儿连忙阻止道："嫂子，你就别动用三哥，他身体不好，还是让他静养身体，我和树琴谈谈，树琴能明白。"

周莲知道这样谈下去，事情也没有什么进展："那好吧，嫚儿，让树琴过来一趟吧！"

李嫚听了吩咐，转身就回家去叫树琴，树琴躲在屋子里，脸上挂满了泪水。

"谁让我们树琴这么委屈？"

"嫂子，我命怎么这么苦啊？"

李嫚抱着树琴："婶子让你过去一趟，有话对你说。"

树琴惊讶："是秀儿婶？"

李嫚笑道："咱还能有几个婶？"

树琴穿上鞋子，风一般地跑出了家门。望着树琴急匆匆的身影，李嫚心里还是有些不舒服，她似乎已经明白，婶子让树琴去找她谈话，是打消他们俩最后的念头。

郝秀儿和周莲坐在屋子里，气氛异常的凝重，直到树琴闯门而入，才打破这沉静。

"树琴来了，快坐吧！"郝秀儿脸上露出简单的笑意。

"那你们谈，我先回家。"周莲转身走出屋门。

见周莲走出家门，郝秀儿说："树琴，不要怪婶狠心，你和树生这辈子没姻缘。"

树琴本来充满笑容的脸，瞬间耷拉了下来："婶，你是不是担心什么？"

郝秀儿握着树琴的手："你是个好孩子，我打心眼里喜欢你和树臻，可是你不能和树生在一起，这孩子野心太大，你以后驾驭不了他。"

树琴辩解道："婶，你放心，我们俩在一起会过得很好。"

郝秀儿松开树琴的手："难道让你像我一样，后半辈子守空房？"

树琴越听越糊涂："以后的事，婶怎么知道？"

郝秀儿解释道："以后的事情，谁也不知道，可是树生一直和社会上各派有联系，和你龅牙叔没两样。和他在一起，以后你的日子，能好过吗？我一直瞒着任何人，这事你也别告诉任何人，让他做去吧，你也去寻个好人家嫁了，过份安稳的日子。"

树琴脸上再次充满笑容："婶，你放心，我劝他，让他放下这些事，好好过日子。"

郝秀儿摆了摆手："我也想过，也许他结婚就好了。可我们想得太天真，他的性子改不了，他想闹就让他闹去吧，他和他爹一样，都是个好人，看不起穷人过这样的日子，可是作为他的亲人，一点也不幸福，还会被连累，如果喜欢他，就让他自己去疯，放开他，别让我们欠你们家太多。"

树琴连忙说道："婶，没有谁欠谁的，他无论干什么，我都认了，我跟着他，不会有什么抱怨。"

郝秀儿温柔地看着树琴说："孩子，不要太傻气，你们从小一起长大，当婶的都看在眼里，为了自己好，也为了树生，就各奔以后的路吧！"

树琴沉默不语，郝秀儿接着说："树生这孩子，没人能说服他，别怪婶心狠，你们在一起，你太遭罪，我也知道你不怕，这次你就听婶的，不要像婶一样，后半辈子守着这间空房。"

树琴明白了婶子为什么万般阻止他们，说道："婶，我知道了，你放心，我听你的，但你们家不欠我们家的。"说完，树琴哭着跑出了家门。看着哭泣的树琴，郝秀儿也忍不住眼中的眼泪哭了起来，哭声在空气中回荡。

第六节　树琴出嫁

王家院子里冷静得出奇，屋里闪烁着油灯的光线，树臻坐在上座一言不发，周莲和李嫚坐在一旁，王本义侧卧在床上。

树琴如一尊雕塑一般，一动不动地坐在椅子上。安静的气氛让他们感觉到恐慌。他们害怕树琴想不开，做出什么傻事。这个夜晚对于王家人来说，是一个难熬而又无奈的黑夜。

得知娘已经拒绝树琴和自己婚事的树生，气不打一处来找到郝秀儿，满脸的气愤，他不明白，这么好的一段姻缘，自己的亲娘为什么不支持。

树生一进门就埋怨道："娘，你这是唱的哪出戏？"

对于树生的追问，郝秀儿已经早就想到，从衣袖里拿出几张纸递给树生。

树生接过纸，傻傻地瞪着郝秀儿，吞吞吐吐地说："娘，你早就知道了？"

郝秀儿舒了口气："当年你爹看不惯清朝的百姓让别人欺负，参加白莲教，让人抓了去，我也贴心地跟着他，因为我知道他是个好人，看着穷人受欺负，心里难受。现在你也反清，我也不反对，可是你想过没有，如果有一天，你出了事，树琴怎么办，难道让她像娘一样，下半辈子守空房？"

树生瘫坐在椅子上，抱着头："娘，这王八的清朝，我这是受够了这窝囊气。"

郝秀儿满脸的悲伤："你们都没错，只是不适合，树琴过几天就出嫁，你去看看她吧。"

树生一听这话，心急如焚，立马跑去找树琴。一开门冲进树琴的房间，树琴见树生进来，脸上露出了喜悦，瞬间又消失，转为了悲伤。

树臻他们也来到院子里，看着屋子里的苦命鸳鸯，不知如何是好。

没多久，树琴和树生从屋子里走出来，站在他们的面前。树琴说："娘，给我准备婚事吧，前几天张官人不是派人来提过亲，帮我应了，择个黄道吉日，就把女儿嫁出去，一定要办得红红火火，热热闹闹。"说完，树琴直接转身回屋，吹灭了油灯，屋子里黑乎乎的一片。

树生的脸上流满了泪水，树臻拍着树生的肩膀。树生哭得泣不成声："哥，一定要让树琴体体面面地嫁出去。"说出这话的时候，树生感到了撕心裂肺的痛。

树臻安慰树生："事已经成定局，你也别太伤心。你做什么事情，都有你的原因，哥不能反对，现在当哥的能帮你的就是让树琴光彩地嫁出王家。"

树生大喊："树琴，等你出嫁那天，我一定来喝你的喜酒。"

张大官人的儿子张严同，是当地的才子，为人温文尔雅，待人忠厚，在周围人的口中，评价很高。他厌倦官场，与父亲张大官人性格截然不同。

婚姻一直是受父母之命，媒妁之言，张严同在这件事情上，一直保持着沉默，但一听说是王树臻的妹妹树琴，心中大悦，劝家里抓紧时间办理婚事。

张家再次上门提亲，被爽快地答应，周莲也让张大官人直接省了定亲，直接来娶亲。张大官人对于此种做法心中非常高兴，开始备官轿、花轿两乘，吹鼓手。在迎娶当日，张严同换上新装，身穿长袍马褂，头戴瓜皮帽，胸佩大红花，乘官轿在先。另一乘花轿为树琴备用，去的时候由张严同的妹妹严玲乘坐，名曰"压轿"，轿门上要贴写有"吉星高照"的红符。

严同到树琴家迎亲带着皮袄、红毡，到了树琴家，行"求婚礼"，树琴头蒙红纱。

树生一鼓劲儿地喝着闷酒，一旁的树臻劝着树生："今天是咱妹树琴出嫁的日子，让她高高兴兴地走出这个家门。"

院子里来来往往的人群，德安领着一群小伙伴到处乱跑，蒙着红纱的树琴，眼角残留着泪水。

媒婆一见新媳妇脸上有泪，马上擦拭："大喜的日子，咱不能滴眼泪，应该高兴，这样以后的日子才能红红火火，大吉大利。"

树琴强忍着，用红手帕擦拭干净眼角的泪水，满脸的惆怅。

鞭炮声时不时地在门外响起，李嫚走到树臻跟前，指了指树生："树生没事吧？"

树臻叹了口气："没事，这事轮到谁身上，也不好受，从小一起长大，到了谈婚论嫁的年龄，本来可以同床共枕，结果娶树琴的不是他，是别人，树生心里肯定好受不了，今晚准备酒菜，我和树生喝几杯酒。"

李嫚摇着头："酒菜你就别愁了，这满桌子都是。你可要看住树生，别让他闹事，树琴新婚的日子，闹事多不吉利。"

树臻看了一眼蹲在桌子旁的树生："你就放心吧，他交给我了。"说完，他把树生叫到屋里。

王树生甩开树臻的手："哥，你干啥？"

树臻瞪着树生："傻子都能看出来，想闹一出，是不？"

王树生沉默不言。

树臻接着说："今天是树琴出嫁，咱们当哥的好好送她离开王家，光彩地嫁出去，你和树琴走到今天的地步，还不是你的责任，如果你干份正当生意，会闹这一出吗？"

王树生斜了一眼树臻："你放心，我会让她高高兴兴地走出家门。"

树臻瞪着树生："你小子说话算话，今晚咱哥俩单独喝点。"

王树生笑道："好啊！不醉不休。"

严同进家，身后跟着一群孩子跳跳闹闹。树生突然走到他的面前，严同愣住。

李嫚手里捏了一手的汗，拽着树臻的衣袖。树臻对李嫚说："先别急，树生应该有分寸。"

气氛显得有些紧张。树生先开口了："严同，今天是我妹树琴出嫁的日子，作为当哥的，有个风俗习惯，你只要配合着完成这个风俗习惯，就行了。"

周莲看着郝秀儿："什么风俗习惯，这孩子唱的哪出？"

王树生把瓦片打碎放在地上，让严同光着脚从上面走过去。跟着严同一起来娶亲的张家人可不高兴了："从长山到桓台，都没有这种风俗，这是哪门子习惯？"

王树生才不理他们的质问："你走还是不走吧？"

树臻怕事情闹僵，忙过去拉住树生，低声说："别闹得太过。"

树琴站在窗户旁注视着外面的情况，手紧紧攥着，屋里的人也在讨论有没有这个风俗的事情。

张严同脱下鞋，一步一步地走在瓦片上，脚底下渗透出鲜血，残留在瓦片上。

树臻凑到树生的耳边说："你这次玩得可有点大。"

严同拖着布满鲜血的脚走到树生面前："哥，这样可不可以？"

树生猛地冲向树琴的房间，将树琴抱入轿内，这样做是有说法的，意思是脚不沾娘家的土。

起轿后，一路不能落轿，路遇坟墓、庙宇、奇石、怪树等，均以红毡遮蔽。轿至张府门前，花轿面对喜神所在的方位落定，有的地方这时故意将大门关闭，让花轿在门前停一会儿，谓之"顿性子"，目的是使新娘的性格绵软，进门后服婆家的管教。

到家大门顶压一对红砖、两双筷子，门框贴"青龙""赤虎"，红毡铺地后，时辰已到，鞭炮齐鸣，树琴由两"架女"相扶下轿，严同在前引导，路过门槛时门槛放一红纸裱糊的马鞍子，树琴由嫁女搀扶迈过，叫"过门"，意在"前进平安"。

在树琴向院内走时，一路有人向其身撒五谷杂粮、彩色纸屑，目的在于驱邪。院内摆放香案，夫妻拜天地，抛"长命火烧"。此后，严同要用一条红绸牵着树琴走向洞房，到洞房门口，严同给树琴挑去"蒙头红"。

傍晚，王树生和树臻坐在屋里喝着小酒，外面乡里乡亲们一起喝着，唱着小曲。

树臻端起酒杯，一饮而尽："今天那个走瓦片，是试探严同吧？"

王树生苦笑着："他值得依赖，把树琴交给他，我放心。"

树臻笑道："来，喝一个。"

王树生一饮而尽，趴在桌子上大哭。在另一边，严同和树琴喝交心酒，亲朋好友热热闹闹地闹洞房。

第七节　龅牙之死

天气转凉，冷飕飕的寒风把大地吹了个遍。赶紧换上厚衣的乡亲们，在大街小巷转来走去，个个闲不住。这就是庄稼人的本性，不停地劳动。

树生更显得拼命，一个劲儿地只知道干活。树琴的出嫁对他是个不小的打击，可事实毕竟是事实，而且严同这个人，也是经过他亲手检验的。

王家院子里少了树琴，的确让周莲和李嫚有些不太适应，周莲拿这个女儿像是宝一样，李嫚和树琴又无话不谈，可女孩子到了婚姻之年，也只能成为泼出去的水了。

窗户上的贴花显得格外的醒眼，火红的纸花仿佛是周莲心里滴淌的血液。树臻心里突然想起上次和蛐蛐去找神仙张的时候，提过一嘴关于树琴婚事的事情，顿时变得异常的紧张，快步走出家门。

神仙张坐在摇椅上喝着热茶，表情有些凝重，见王树臻进门："来了。"

此话一出，让王树臻感觉神仙张就是在这里等着他一样，树臻顺便坐下："我就是来顺便看看你老人家。"

神仙张撇着嘴一笑："你有事能瞒过我？"

王树臻知道自己是瞒不住，张口就问："张老爷子，你是不是早就预算到树琴的婚事有问题？"

神仙张大笑："人们虽叫我神仙张，可是我也没有那么神，人毕竟是人，斗不过天，那些装蒙拐骗的江湖骗子，我就不提了。在你和蛐蛐到我这里来之前，你秀儿婶来我这里给树生和树琴算过婚姻。"

王树臻瞪着眼，大惊："是不是树生和树琴不合适在一起过日子？"

神仙张摇头："非也，八字正合，一对欢喜鸳鸯，可树生的路不顺啊。"

王树臻有些不明白："树生的路，有什么问题？"

神仙张补充道："你不要以为是我破坏了这段姻缘，我宁拆十座庙，也不会破坏这桩婚姻。是你秀儿婶人太实在，害怕树琴嫁过去吃亏。为什么吃亏，也只有你秀儿婶知道。"

王树臻虽然能猜出个一二，但还是闭口不谈，转了话题："你说，这算命真的很准吗？"

神仙张站起身子："天命，有几个人能知道，只不过是做个行当，赚几个茶钱，懂点天理五行。我虽算命，但是我还是劝人们不要信命，人的路是自己走出来的。这么好的欢喜鸳鸯走不到一块，虽是可惜，但促成另一段姻缘，也算行善。"

王树臻稀里糊涂地听着一番解释："您老这么说，这不砸自己的买卖吗？"

神仙张怡然自得："如果有一天我这里没有一个客人，这天下就太平了，愚者问后事，智者谈古今，这你懂了吧？"

王树臻瞪着眼睛："不懂。"

神仙张一本正经地说："古往今来，成大事者，很少信命，因为信命的人，都被命束缚住。而不信命的人，会成就一番事业，树臻，如果你信命，就不会有今天的茶庄、店铺了吧？"

王树臻傻笑："如果我当年信命，我就去学徒。"

神仙张补充说："就没有今天长山七大家的王树臻了。"

两人大笑，笑声在屋子里回荡。神仙张停止了笑声："见龅牙了？"

树臻立刻合上嘴，吞吞吐吐地说："没……没……"

神仙张抿嘴一笑："你觉得能骗过我，当年在潍县逃跑之后，他就没有死。我给他算过生辰八字，前几年就该入土，看你急着忙潍县的事情，一定是与他有关吧。"

树臻赶紧起身把门关严，这还是清朝的天下，走漏一点风声，脑袋就保不住了："不瞒你说，真的见了，龅牙叔现在跟一群乞丐混在一起。"

神仙张叹了一口气："清朝要亡是早晚的事情，这样的压迫，老百姓根本受不了。背民意，伤天理。"

王树臻纳闷："如果清朝灭亡，咱们这些人怎么办？"

神仙张闭上眼睛说："顺其自然。"

王树臻似懂非懂地点了点头。想起好久没有去潍县看看开办的茶铺，虽说有几个靠谱的伙计打理着，但心里还是放心不下，辞过神仙张之后，就备马车赶往潍县。

茶铺的生意有些惨淡，这乱世的年间有几个来喝茶的就不错了，再说树臻办这个茶铺也是为了龅牙叔。

伙计们见掌柜子进门，立马迎了上去，树臻问："这几天的生意还行吧？"

伙计们沉默不语，从他们的脸上就知道了答案。

树臻扫视了店铺四周，没几个喝茶的人，便说："这怪不到你们，这乱世当道，能活着就不错了，谁还有这闲情雅致来喝茶。"

伙计们各自散去，树臻拉住一个矮小的伙计："这几天，龅牙叔来过没有？"

伙计回道："好几天没见他来店里。"

树臻一想，这下坏了，急忙走出店门，四处寻找龅牙叔，天气转凉，暖洋洋的阳光显得有些悲凉。

来来往往的人群，巡逻的清朝官兵，横穿在路上。

树臻转了好几个地方，就是找不到龅牙的身影，他跟着一群群乞丐后面，也许这是找到龅牙叔最有效的方法。

当他跟着一个乞丐窝的时候，人们围坐在一起，不远处一个人躺着，看样子早已没了呼吸。破烂的衣服，从体型和穿着可以看出这正是龅牙叔。树臻走过去，抚摸着他的手，眼睛中的泪水打着滚。

乞丐们一看有人要抢尸体，马上凑了过去："你不能把他带走，他走了，我们吃什么？"

人吃人，树臻也只是听说过，没想到确有此事。

树臻惊讶得睁大眼睛："给你们钱。"说完，他从衣袖里，拿出一包银子，扔在了地上，乞丐们开始疯抢。

树臻背着龅牙的尸体一步步朝茶铺的方向走去，背尸在大街上行走，实为罕见，况且在死人比活人幸福的当下，是一个大掌柜子背一个乞丐。商街上的人们看着树臻，议论纷纷。

店里的伙计们见状，心里也吓了一跳，怎么背回一个死人？

树臻走到马车前："快，把车帘撩起来。"

伙计们虽然心里纳闷儿，但不敢怠慢，赶紧撩起车帘，帮着树臻把龅牙叔放进马车。

树臻转身对伙计们说："看好店铺，我给老人家送个行。"

顿时，伙计们脑海里的谜团算是解开了，原来自己的掌柜子是个大善人。

树臻驾着马车回乡，一路上心情颇感不悦，和龅牙叔的事情一直隐瞒着秀儿婶，如果把龅牙叔带回家，那岂不是打自己的脸吗？

到家的时候，天色已黑，深秋的空气中飘动着一丝丝的寒气。树臻把马车停在一个角落，回到家里拿了件厚厚的长衫，李嫚连忙问道："这么晚了，刚进家门，又要去干吗？"

树臻敷衍说："我在门外坐坐。"

李嫚傻笑："去了趟潍县，着魔了吧，这天寒气这么重，冻感冒了怎么办？"

树臻叹了一口气："还记得上次和你说的龅牙叔的事情吗？"

李嫚点了点头，然后问："怎么了？"

树臻悲伤地说："龅牙叔死了。"

李嫚大惊："啊！"

树臻连忙让她不要出声："我把他拉回来了，人要入土为安，不能埋在异乡做个孤魂野鬼吧。"

李嫚惊恐："说老实话，我心里有点害怕，自从嫁到你们家，我根本没有见过龅牙叔长个什么样。"

树臻安慰道："这个不用怕，再说了，有我在，我就是不知道怎么告诉秀儿婶。"

李嫚寻思了一会儿："这事他们早晚得知道，再说人都死了，还怕什么，这事我先和咱爹娘说说。"

树臻担心地问道："你有把握吗？"

李嫚深舒了一口气："没把握也得试试。"

看着李嫚走进爹娘的房间，树臻的心里一直焦虑个不停，他不知道自己做得对不对，如果当初早告诉家里，找到龅牙叔，事情也不是弄到今天这个地步。他在院子里着急得走来走去，看着煤油灯暗黄的光线忽明忽暗，心都提到喉咙眼上了。

没大一会儿，王本义被周莲和李嫚搀扶着出门，见王树臻站在院子里，便问："你这傻孩子，你龅牙叔在哪里？"

树臻赶忙替过李嫚，自己搀扶着王本义："在屋后的马车上。"

王本义对李嫚说："嫚儿，你如果害怕，就先去秀儿婶家，过会儿，我们就过去。"

李嫚心里确实有些害怕，神鬼之事毕竟还是有些邪乎，她和家人出门，直奔郝秀儿家，王本义让树臻在前面领路，和周莲去了屋后，看到躺在马车里的王龅牙，都开始控制不住情绪。

王本义用衣袖擦拭了眼泪，对树臻说："你在这里看着，我和你娘去跟秀儿婶说说这事，我们都一把岁数，生老病死早就看透了。"

李嫚进了郝秀儿家，让郝秀儿一脸的茫然，这么晚这丫头跑来做什么。郝秀儿在自家建了佛堂，吃斋念佛。李嫚进门打了招呼，就没再说几句话，坐在椅子上，看着郝秀儿念佛。

看出李嫚有心事的郝秀儿问道："嫚儿，是不是找婶有什么事情？"

李嫚吞吞吐吐回道："没……没什么……事。"

郝秀儿微笑："看你这语气，还说没事，是不是树臻欺负你了？"

李嫚忙解释说："没，他对我好着呢。"

郝秀儿不解道："那你进门一句话不说，干坐着，这不太对劲儿啊？"

李嫚的手心直出汗，王本义在周莲的搀扶下从门外走了进来，郝秀儿见状，赶紧出门迎接。

郝秀儿看着王本义："三哥，你这好多年都不下床了，怎么突然下床了？"

王本义缓慢地坐下："他婶，我这当哥的，自从上了年纪，家里大大小小的事，都没插过手，但今天有一事必须和你说说。"

郝秀儿感觉出了事，沉了一口气说："有什么事说就行，咱们都是一家人，自从嫚儿这丫头进了家门，就感觉有什么事，可这死丫头就是不说。"

王本义笑道："她还真没有说的权利，这事还是得由我来说。"

树生进屋，一看这么多人，笑道："三大爷都下床了，这又有什么事？"

王本义严肃地说："树生来得正好，也坐下。"

树生找了把椅子坐下，整个气氛被王本义弄得紧张兮兮的。

王本义缓解了一下情绪，郑重地说："龅牙死了。"

树生和郝秀儿惊讶地看着王本义，郝秀儿又一想，笑道："你看三哥说的，俺家龅牙早就死了好几年了。"

王本义摇了摇头："死了没几天，树臻把他的尸体用马车拉回来了。"

树生不解："这……都是说的什么？"

王本义一五一十地把事情的经过和郝秀儿娘俩讲述了一番。屋子里是许久的沉默，慢慢地听到了哭泣的声音。

郝秀儿强忍着哽咽："不怪树臻，龅牙一辈子要面子，不想让我们看到他狼狈的样子，也不想给我们添麻烦。"

王本义看了树生一眼："你是长子，咱们给你爹料理一下后事，让他入土为安，落叶归根。"

树生哭泣道："我们往哪里埋呢？"

王本义坚定地说："王家墓地。"

郝秀儿瞪大眼睛："那可不行，王家墓地曾是元朝皇帝御点的地方，而且龅牙不是王家正统的血脉。"

王本义看着郝秀儿："王家人从来没有把龅牙当外人，就按我说的办，树生去给王氏家族的亲人报丧，准备送龅牙上路。他婶，现在咱们把龅牙迎到家吧。"

郝秀儿悲痛地点了点头，急忙走出大门。走到屋后，树臻守着马车，蹲在地上，见秀儿婶朝自己走来，赶忙起身。

郝秀儿站在树臻面前："孩子，婶不怪你，这是你龅牙叔的选择，让我看看你龅牙叔吧！"

树臻撩起车帘，龅牙安静地躺在里面，郝秀儿再也无法控制住自己的眼泪，大滴大滴地往下流。

王本义让孩子们把龅牙抬进家中，办起灵堂。本义坐在一旁看着龅牙苍白的脸，缓了缓神说："树臻，去孝妇河打点水来，你叔回家，让他喝点家乡的水。"

孝妇河发源于淄博市博山区禹王山、青石关、岳阳山一线，横穿博山、淄川，经张店、绕周村入桓台马踏湖，后经广饶、博兴等地入小清河注入渤海。

树臻点头应道："那我现在就去。"

王本义补充道："顺便从店铺拿些纸钱，白纸。"

听完父亲的吩咐，王本义坐着马车就赶往周村。李嫚心里还是有些害怕，毕竟龅牙对她是个陌生的人物。她站在灵堂，不知道如何是好。这点被郝秀儿看出来了，便说："嫚儿，你不用怕，我和你说说你龅牙叔的事情吧。"

李嫚凑过去，听着郝秀儿讲述龅牙叔的经历，王本义眼睛一动不动地盯着王龅牙，德安靠在周莲的身上，也不敢向前走。

死者无上辈，门上贴白纸，叫落门。给死者穿戴寿衣，放进棺木，暂不发丧，叫停灵。在停灵期间，树臻和树生到土地庙焚香烧纸，弃水于地。俗说鬼魂到阴间去以前，先要在土地庙羁押三天，必须给鬼魂送浆水，送盘缠。

出葬当天，人们举棺，树生要为父亲指路。然后执幡、摔瓦，人们哭着送龅牙到墓地埋葬。

送完龅牙，王本义对树臻说："帮我把李财富叫来，好久没见他这个人了，心里还有点惦记。"

树臻一听，惊讶道："你看，这事我忘告诉你了，龅牙叔出葬那天，我去李财富家看过了，家里没人。后来听人们说，他媳妇赵翠当年和一个财主的儿子好上了，背弃了财富叔，财富叔上吊自杀，走了。"

王本义咳嗽起来："什么？"

树臻赶忙给父亲捶着背："爹，这人在这世上，就这么些事，多一事不如少一事，清心地过日子。"

王本义喘着粗气："李财富这个人心眼不坏，就是嘴管不住，就是他那个婆娘，真不是个玩意儿。自古道女人是祸水，赵翠这祸害真把人害死。"

听了这话，周莲不太高兴："你说女人是祸害，那男人是什么，比祸害还祸害。"

王本义叹气道："身边的老伙计是越来越少，说不定啥时候，也快轮到我去和他们会合。"

树琴劝道："爹，你说的啥话，你好好活着。"

树琴跟着家里奔完丧之后，就准备回家。她自从进了家门，就没和树生说过一句话，两人见面彼此尴尬，这一切树臻都看在眼里。当初的青梅竹马沦落到天各一方，这谁也没办法。

郝秀儿坐在椅子上，一句话不说，闭着眼睛养神。

树生走到郝秀儿门前："娘，今天我想当着家人的面，说个事。"

郝秀儿微微睁开眼睛："说吧！"

树生控制了一下情绪，说道："我要离开家一段时间，我有自己的一番事业要做。"

树臻不解地问："你什么事业，在咱们长山做不了？"

树生摇着头："哥，你不是也说我得有出息吗？我这次就得做一件有出息的事情，地里的事情就交给严同吧，这个人可靠。"

树臻知道是劝不动："你是不是早打算好了？"

树生刚要说话，郝秀儿抢先说："树臻，别拦他，让他去吧，男儿当自强。让他出去闯闯。"

当娘的都发话了，树臻只好不再询问什么。王本义嘱咐道："外面不是家里，一定要注意保护自己。"

树生点头："哥，我一走，十年八载也不一定能回来，你记得帮我给爹送点钱，我娘就交给你了。"说完，转过头去，跪在郝秀儿面前："娘，孩儿不孝。"然后用力地磕了几个响头，转身就走了。

看着树生离去的身影，本来刚从悲痛中得到缓解的王家人，又一次陷入了悲伤之中。

第五章

第一节　瘟疫蔓延

一场秋雨带来了一场瘟疫，萧瑟的寒冷气息开始蔓延到老百姓的内心深处，全城恐慌。到了而立之年的王树臻，膝下已经有五个孩子，分别取名王德安、王德邦、王德国、王德兴、王德盛。

这场从齐东县传过来的瘟疫，让很多人陷入死亡的牢笼。但就是这段时间，王树臻的生意变得异常的火爆，购买黄纸的人越来越多，越多就意味着死的人越多。可是，其他的物品一直处于滞销，很多远方来的商人，见瘟疫横行，不得不转向其他的地方。

令树臻没有想到的是三岁的儿子王德兴也被感染上瘟疫，整夜发高烧。这一下可把家人吓坏了，急忙寻医问药。可这瘟疫横行的年代，当大夫的躲都躲不起，谁还有心思挣这个丢命的钱。虽说有几个大夫看在树臻是大户人家的分上，去过几次，但还是摆手直接走人。

周莲看着躺在床上的孙子说："咱不能让孩子就这么走了，要不请大仙来看一下？"

李嬷也催道："娘说得对，咱们把周村的神仙张请来。"

树臻左思右想并没有答应娘俩的请求："你们让其他孩子不要进这个房间，我明天去趟济南府，去千祥街、杉稿园街逛逛。"

周莲瞬间急了："你这孩子，找神仙张来就费不了多少事。"

树臻解释道："神仙张这么大岁数，路虽不远，有个三长两短怎么办？再就是如果神仙张给孩子判了死期，是不是就要放弃德兴？"

李嬷明白了树臻的话："这样，你明天去济南府也去看看，回来再说，德兴这孩子真可怜，身子骨向来也弱，饭也吃不了几口。"说着说着，李嬷的眼泪就流了下来。

树臻劝道："瘟疫也不是绝症，你哭个啥？"

德兴滚烫的脸上没有一丝的血色，安静地躺在床上，看到这一切，树臻真是疼在心上。

树臻穿上长衫，戴上毡帽："我现在就赶往济南府，让孩子少遭点罪。"

周莲劝说："这么晚，还是明儿一大早。"

树臻摇头道："看着孩子难受的，他来到这个世上不容易，我这个当爹的欠他的，不说了，我准备出发。"

　　李嫚担心地说："那你一路小心。"

　　树臻看了一眼德兴，快速地转身驾着马车赶往济南府。

　　家家户户门关森严，整条街巷如同地狱一般，随处可见燃烧纸钱的人们和躺在地上等待死亡的老百姓。没走多远，成群结队的老百姓举行祭典送瘟神。混乱的时局已经让树臻头脑越发的混沌。

　　瘟疫让进入济南府变得有些困难，城门森严，凡是从邹平、长山一带来的客商都需要一道道地严查。树臻在济南开办店铺，守城的士兵也对树臻比较熟悉。树臻塞了点银子，就进入了济南府。

　　来济南府寻医问药的不在少数，天还没亮，医馆门前已经排起长队。这冗长的队伍，要轮到树臻得到猴年马月。不远处，新增了很多算命的店铺，也排起很长的队伍。对于死亡的恐惧，对失去亲人的痛苦，已经让很多人不知所措。

　　树臻转了好几处的医馆，都是如此。长长的队伍让他感到心里发毛，想起儿子躺在床上的样子，心里更是别提有多难受。他更明白，现在的人一个比一个着急。眼看医馆的大门就要打开，树臻灵机一动，把放在车上的银子随手撒了一地，然后大喊："谁家掉的银子？"

　　本来井然有序的队伍，一下子变得混乱，人们冲向前去哄抢银子。树臻趁机溜进医馆，回头看着抢夺银两的人们，心中不由得感叹："要钱不要命啊！"

大夫见树臻进门，问道："哪儿不舒服？"

树臻笑着说："大夫，不是我不舒服，是我儿子。"

大夫瞧了瞧树臻身后问："你儿子呢？"

树臻应道："躺在床上，起不来，得了瘟疫。"

大夫脸色大变："你张开口。"

树臻张开口，大夫在瞧瞧树臻的舌头，又试试脉搏，点了点头："你没被感染。"树臻这才明白，大夫是怕树臻把瘟疫传染给他。

大夫又问："孩子有什么症状吗？"

树臻回道："高烧，脸很烫。"

大夫摇着头："处理后事吧，瘟疫这病不用说在济南府，就算去了北京城，也不一定能治得了，皇帝老儿都死于天花，我一个土郎中更没什么办法。"

这话让树臻直接吓呆了，真是晴天霹雳的打击："大夫，真的没办法了吗？"

大夫舒了口气："听天由命吧！"

树臻知道无论怎么纠缠，事实都无法改变，付了诊费，精神涣散地走出医馆。

泉水涓涓地流淌，树臻坐在岸边，看着一对老人在岸边下着围棋，布局、走势、守攻让他看得出神。逐渐地人们都围上来看两人下棋，一局接连着一局，两人并不多谈什么话，只是一味地下棋。看了没多久，树臻感觉到肚子饿，顺便去了芙蓉街吃了点小吃，边吃边想着刚才下棋的老人，不言不语，一味地下棋，不在乎输赢，专心地解闷。又想到自己的儿子德兴，心里咯噔一跳，既然无药可医，那就让他随便欢吧。

李嫚和周莲焦急地在家里转来转去，周莲时不时地去门外看看树臻回没回来，两人都干着急，没有什么办法。

郝秀儿进门见德兴苍白的脸色，心里有些难受："给孩子喂点水。"

李嫚回道："喂了，全吐出来了。"

郝秀儿赶忙试了一下体温："太烫，这会烧坏孩子的。树臻呢？"

周莲回："去济南府，请大夫来给德兴看病。"

郝秀儿骂道："这不长眼的老天爷，这么小的孩子让他就得这种病。"

李嫚突然想起了什么，说道："婶，你赶紧去喝口醋，这个病传染。"

郝秀儿笑道："我没事，我年轻的时候得过天花，不然也不敢坐这么长时间。"

庙宇陆陆续续有人进去上香，祈求能渡过这场瘟疫，上空升腾起淡淡的烟雾。树臻把马车停在河边，喝了几口水，又洗了几把脸。看到一个个如行尸走肉的老百姓，他不由得感叹世态炎凉的无奈。

回到家，李嫚和周莲赶紧迎上去，本以为树臻请来了高手，但见树臻孤身一人，一脸的忧愁。不必问就知道结果不乐观。

树臻抱起德兴走出家门，这下可把李嫚吓了一跳，赶紧向前阻止道："你把孩子抱去哪里？"

很多人为了给亲人减轻病痛折磨，直接把他们埋了，李嫚担心树臻也要把德兴找块空地埋了。见树臻不作声，李嫚急问："你咋能这么狠心？"

树臻退了几步："你想什么呢？我去济南府医馆也打听关于瘟疫，现在都没办法，得靠孩子自己撑过去。就让德兴整天躺在床上，什么时候能撑过去？"

周莲明白树臻的用意，但还是说："孩子这个样，根本没法活动。"

树臻也一筹莫展："让他呼吸点新鲜的空气，别老憋在家里，用醋熏，熏得大人孩子都难受。"树臻说完，抱着德兴出门。

周莲拍了一下李嫚："你还愣在这里干什么，赶紧跟上树臻。"

缓过神来的李嫚赶紧跟上树臻爷俩，德兴虚弱的语气喊着爹娘，一声声的叫喊让王树臻和李嫚心里更加难受。

李嫚焦急地问："你带着孩子去哪儿？"

树臻气喘吁吁地回道："带他在长山转一圈，如果真有个三长两短，让孩子记住生他养他的地方。"

李嫚的眼泪瞬间流了出来，树臻把德兴报上马车，李嫚跟着上了马车，看着德兴憔悴的脸色，心里别提有多难受了。

寒风拂过树臻残留着泪水的脸庞，马车嘎吱嘎吱的响声仿佛成为德兴离开这个世界的倒计时。涓流的孝妇河在黄昏的余晕下，显得格外的明媚。树臻抱着德兴站在孝妇河岸边，望着河水，不远处的范公祠精巧的建筑隐隐约约地呈现出倒影。一家三口站在冬天落日的余晖下，许久地远望。

第二节　大闹街市

德兴最终没有逃过病魔的折磨，没等到来年的春天，就离开了人世。不久后，王本义说了句，我该去陪陪那些老家伙们，还有自己的小孙子，也静悄悄地走了。

从悲痛中逐渐走出来的王家人，开始了新的生活。失去父亲和儿子的树臻，精神上受到了巨大的打击。

大片的庄稼生长得旺盛，在张严同的管理下，井井有条。繁荣的商业街却传来了不好的消息。义和团一千多人砸毁了洋人在邹平、周村等地开办的诊所、洋行，也砸伤了多处的教堂。树臻一想，这下坏了，这些洋鬼子不是拿枪就拿炮来报复这些义和团起义军。

浓烟滚滚弥漫着街道，街道一片狼藉，破烂不堪，燃烧的诊所、教堂慢慢地变成灰烬。

邹平县城到处是义和团的人员，他们洋溢着胜利的笑容。不远处仲钧安的教堂被砸毁，仲钧安站在耶稣的塑像前，虔诚地忏悔。树臻站在他的身后。

仲钧安转头看着王树臻："王，中国百姓为什么这么冲动？"

树臻说："中国的百姓头顶上有一块大石头压着，他们想搬下来。"

仲钧安问："石头？我怎么听不懂。"

树臻解释道："这是清朝，你们洋人的到来，虽然带来了很多有趣和先进的文化，但是也带来了鸦片和很多毒害百姓的东西，让百姓处于水深火热之中。"

仲钧安忏悔："这不是主的本意，主是来带给人世间幸福的。"

树臻望着耶稣的雕像："你说，主会带给人间福音，可为什么那么多人受难，为什么那么多死于非命？"

仲钧安淡定地说："是因为他们得赎罪，他们得祷告。"

刚说完，义和团冲了进来，带头的使劲儿喊："使劲儿砸，把这里这些玩意儿给烧了。"

仲钧安上前阻止："你们这样做，会得罪主，他会惩罚你们。"

义和团一个成员笑道："你们这群洋鬼子在我们的地盘上，烧杀抢夺，也没看到有什么惩罚，就算惩罚，也得先把你们这群洋人杀绝。"

树臻冲上前去阻拦："住手，你们这些人，在这里砸桌子椅子这些不会说话的东西，有本事去打欺侮我们的洋人，仲钧安先生在邹平、长山一带一直救死扶伤，救了多少人，你们肯定不知道。"

有个替洋人说话的勇士，自然引起义和团带头的注意，他走过去一看，王树臻愣愣地站在原地，毫无畏惧，只听那人大声一笑："是王树臻吧。"

王树臻莫名其妙地转过头去，自己何时结交上义和团的人士。

那人一脸的兴奋："你不认识我了，当年我在给父母上坟，是你给我的纸钱，我是陈双辰啊！"

王树臻这才想过来："是你啊，你怎么组织起义呢？"

陈双辰笑道："这清朝不让老百姓活，老百姓能让它存活着？不过事先把这些洋人处理掉。"说完，扒开衣服，只见里面贴着灵符，"这些都是从你那里买的纸钱。"

王树臻心里一冷："你们贴上这个就可以保佑你们不死？"

陈双辰坚定地说："可不是，可灵了。"

王树臻面无表情地点了点头："双辰，你也是一个知恩图报的人，我和你商量件事情。"

陈双辰大笑："你有什么事就说。"

王树臻看了一眼仲钧安："双辰，这座教堂不能破坏。"

陈双辰摇着头："我不明白，这群洋人害了我们那么兄弟姐妹，还宣传什么耶稣。"

王树臻坦然地说："洋人也有好人坏人，拿着枪刀的是坏人，拿着善心拯救人间百姓的是好人，仲钧安先生是后者，你见过一个洋人救了一个村子的百姓吗？仲钧安是这样的好洋人。"

陈双辰一脸的惊讶："你真的救人，不伤害人？"

仲钧安气愤道："主是派我来拯救受苦受难的百姓，不是让我来伤害人。"

陈双辰大喊一声："撤！"

王树臻看出来了，陈双辰是个爽快的汉子："走，咱们去喝几口酒。"虽然爽快地这么说，但心里还是有些莫名的沉重。

与陈双辰酒过三巡，王树臻便匆匆回到店铺。陈双辰继续在周村等地宣传义和团的宗旨，让更多的人加入这个队伍。

蛐蛐见王树臻一脸的严肃，便问："掌柜子，这是遇到什么事了？"

王树臻叹气道："蛐蛐，把杂货铺所有的纸钱，全部摧毁。"

蛐蛐大惊："这些纸钱都是用白花花的银子买来的，不是天上掉下来的。"

王树臻瞪着眼说："我的话，你没听懂是吧？"

蛐蛐无奈地回道："掌柜子，你的话，我听懂了，我得知道个原因吧，别到时候后悔，那就来不及了。"

王树臻解释道："泱泱大国，信神信佛，祸害人民百姓。"

蛐蛐思索了一会儿："我有句话不知道当讲不当讲，烧香和烧纸是咱们祖上传下来的规矩，不能单纯地算为信仰，那是一种虔诚的尊敬。就算把所有的纸钱都毁了，也解决不了满街的愚昧信徒。"

王树臻吃惊："你人不大，懂得不少。"

蛐蛐不好意思地一笑："整天看着这群人在街上闹事，早就看出来了，不过他们这群人很讲义气，不欺负老百姓，只针对洋人。"

王树臻笑了几声："蛐蛐啊！你是块好料，等会儿先让别的伙计打理着店铺，去济南和潍县看看，别让他们破坏咱们的店铺。"

蛐蛐忙回道："我已经派人去查这事了，你就放心吧！"

王树臻对蛐蛐更刮目相看："好样的。"

蛐蛐一想："不过，我等会儿得去淄川看一批货，是洋人机器厂提供的设备，恐怕这会儿已经被毁了。"

王树臻摆手道："先去看看再说。"说完，他端起茶杯喝了几口茶。

义和团的队伍瞬间在长山县壮大起来，长山县槐行庄人杨光德带领练拳，连年小的王德安都吵着要练拳。在王树臻和李嫚的多次劝说，才让德安放下练拳的念想。

消息很快传到了北京城，皇帝怕得罪洋人，派清军雷震春、闸荣隋围攻义和团。瞬间，商业街成了战场，死伤一片。这样的场景早已经在王树臻的意料之中，这动荡的年代，连皇帝老儿都认不清谁是自己人，洋人都比自己的亲人还亲。

义和团与清军死扎到底，可是势均力敌，清军不断地补充军队的力量。洋人低价卖给清军枪炮，让他们消灭义和团。陈双辰受了重伤，躲在王树臻的店铺里。

蛐蛐擦拭干净地上的血迹，王树臻把他安排在仓库里，但陈双辰身上的伤口开始腐烂，味道已经掩盖不住。

陈双辰有气无力地说："树臻，你真是我的恩人，等我死了，把我安放在我父母坟的旁边，地方你知道。"

王树臻摇头道："你命还不该绝，这么多官兵，没法把你运出去。"想了一会儿，朝着蛐蛐："去把仲钧安先生请来，官兵要是问，就说我找他下棋。"

蛐蛐应了声，急忙跑出去。

陈双辰自嘲道："人世间，丑丑恶恶，人心难测，有的人连畜生不如，有的人却是人上人！"

王树臻笑道："现在知道还不晚，老百姓都明白你们都在为民除害，但是不能盲目，靠你身上几张灵符，就保你不死？周村街上有一个神仙张，这人精通命理，等这阵风波过去，我带你拜见。"

陈双辰惊讶："这世上高人很多，我还就是愿意见这些高人。不过，话说回来，我烧毁那么洋人的教堂、诊所，到头来，不但没有拯救百姓，反而让更多的人送命。"

王树臻一脸的严肃，他此刻和陈双辰心里都明白了，就算把洋人清除干净，百姓还是无法改变生活在水深火热之中的命运。

第三节　悟性风浪

商业街慢慢地开始恢复以前的繁华景象，只是比以前戒备森严，很多货物已经运不进商铺，阻挡在外面，只好转道运到天津。

蛐蛐把仲钧安请到店铺，警惕地看了周围，并没有人跟踪他们。仲钧安一闻到伤口腐烂的霉味，心里一惊："伤得太重？"

陈双辰一见是仲钧安，心里不免有些惊讶，悄悄地问树臻："他不会是来报仇的吧？"

树臻笑道："是来救你的。"

仲钧安拿着药箱，掀开他的衣服看了看伤口，一撇嘴："我的天啊！怎么不早点上药，伤口感染得太厉害了。"

树臻解释："外面都是官兵，没法找本地的大夫，只有洋人他们管不着，这不才叫你来。前些日子，一遍一遍地巡逻，就算叫你来，伤口也治不了。"

仲钧安面朝着蛐蛐说："去拿些烈酒，我拿的酒精不够。"

蛐蛐忙去拿酒水，仲钧安转过头去："等会儿你忍着点，很疼。"

陈双辰笑道："连死都不怕，还害怕这点疼。我都把你的教堂砸了，你怎么不趁机报仇？"

仲钧安摇着头："主不会允许我这么做，他知道人的痛苦。"

陈双辰不解："又是主，主要是这么伟大，他为什么看不到清朝百姓的安危呢？"

树臻插了一嘴："双辰，你不太了解基督教，也就别再质疑什么，至少你也看到了仲钧安先生来给你疗伤，比那些只会认钱不认人的大夫强。"

仲钧安从蛐蛐手里接过酒："王，给他嘴里塞一块布。"酒水一点点地流淌在陈双辰布满伤口的身上，疼痛让陈双辰的血管膨胀，汗水直流，他死咬着布团，直到昏迷。

双辰的疼痛让树臻有些担心，害怕他大声叫出来，引来外面的官兵。可自始至终，双辰一声不吭，忍受着疼痛。

仲钧安包扎着伤口，满头的汗水，摇着头："王，你的朋友很坚强。我过段时间再来给他换药。"

陈双辰已经被包扎得像个木乃伊一样，全身的伤口从大中午处理到夕阳西下。

树臻吩咐蛐蛐："去酒楼订上一桌饭菜，咱们今晚请仲钧安先生一起吃饭。"

周村的夜晚点亮了灯笼，书寓门口的妓女招揽着客人，缫丝厂还灯火通明。仲钧安仿佛在享受着这一刻的美好。

蛐蛐从"聚合斋"烧饼店买了几斤大酥烧饼，这是桓台郭氏创办的，成为地方的特产。他跑到树臻面前："掌柜子，我买了点烧饼，等吃完饭送仲钧安先生回去的时候，给他留点。"

仲钧安看着烧饼："我吃过，这是周村烧饼。"

蛐蛐笑道："这是周村烧饼，不过这大酥烧饼啊，是给皇宫的贡品，就是皇上他老人家喜欢吃的食物。"

仲钧安惊讶："周村真是块宝地啊！"

进了酒楼，饭菜已经上桌。店小二笑脸相迎："王掌柜子，吃好喝好。"

蛐蛐忙着倒水，仲钧安四处望着："这煤油灯是我来长山和邹平见过最亮的光。"

树臻笑着回："这是美孚牌煤油，就是德国礼和洋行在周村开办'德园号'，他家经营这种煤油。"

仲钧安惊讶："我敢断言，过不了多久，周村一定会用上电灯的。"

蛐蛐没有听懂："电是什么玩意儿？"

仲钧安解释道："电的用处可多了，像电灯，可亮了，不用烧煤油。"

蛐蛐瞪着眼："这么神奇？"

仲钧安笑道："这还不算神奇的，还有更多神奇的事情，"转头对着树臻，"你该出国去看看，外面的世界和清王朝不一样，他们称工业的发展为科技的进步，你是企业家，得去看看。"

树臻放下筷子："我想过出去看看，但现在还不允许，过段时间再说吧。"

夜色逐渐变深，官兵一队一队地从树臻身边跑过，仲钧安已经被蛐蛐送回邹平。昏迷的陈双辰已经苏醒过来，躺在床上，见树臻开门，忙起身，被树臻按下。

陈双辰虚弱地说："树臻，谢谢你，这次你真的救了我一命。"

树臻笑道："别这样说，人在江湖，身不由己，你养好伤再说吧。"

混乱的日子，没结束多久，英国浸礼教在周村、邹平县买房建礼拜堂、博物馆、阅览室、诊所。周村、韩家窝村等村民响应义和团成立大刀会，与天主教民发生冲突，教民石悦义被杀死。齐东县王敬典、王顺仔与清军相战。

战乱严重影响着生意，连续好几天蛐蛐都闲坐在商铺，货进不来，货也出不去，只能干着急。长山县知县见势不妙，赶紧上书，请求恢复物品买卖。接二连三的上书终于获得批准，货物畅通。

陈双辰身上的伤口慢慢地愈合，王树臻给他置办了一身新的行头，和他进了神仙张的店铺，一进门就把大门关得紧严。

神仙张笑了几声："王掌柜啊，你还是把门打开为妙，越是这样小心翼翼，官兵越是觉得这里有问题，再说了，官兵搜查了这么多天，找不到，就以为死在哪个墙角砖缝里了。"

树臻打开门："那就听张老爷子的话，顺便给你介绍一下，这位就是跟你提起的陈双辰。"

神仙张看了几眼："一进门就看出来了，让官府把周村城翻了个遍，都搜不到你根毛。"

陈双辰拜过神仙张："早闻您的大名，今日拜见，果不其然。"

神仙张眯着眼睛："你藏在王掌柜子店里，这事我早就知道，全周村能把仲钧安请到店里来的人，也只有王掌柜能办到。"

树臻低声说："真是什么事都逃不过您老的法眼。"

陈双辰到处看着周围的家什，心中一惊："晚辈有几句话想问一下张老爷子，不知当不当讲？"

神仙张爽快地点了点头。

陈双辰问道："张老爷子通古晓今，能预测未来，可店里也没摆上点八卦这些算卦的东西。"

神仙张大笑："难道身穿官服，一定是当官的吗？孩子，我一把老骨头，活的年岁也够长了。人活在世上就这么回事，来也匆匆，去也匆匆。活着就是个好命。你组织义和团打洋人，话说回来，也是为了这天下的百姓。"

寥寥几句话，引起了陈双辰的兴趣。树臻坐在一旁喝着茶水，听着两人的对话。

陈双辰问："我替天行道，为什么上天和我作对？"

神仙张摇了摇头："不是天和你作对，诸葛孔明神机妙算，也不是常胜将军。是策略，你们要懂得随机应变，天在变，人在变，历朝历代，王朝的更替，都是在变。"

陈双辰一脸的茫然，低声不语。

神仙张笑道："这就是我不让王掌柜子信命的原因，人的命不是一贯不变，有很多的变数，我给你说说朱元璋吧。"

明朝的朱元璋当了皇帝后，听说有不少人与他出生的年、月、日、时相同，他想这些人一定也是个"皇帝命"，如果不把他们全部杀掉的话，将来一定会与他争夺皇位。他吸取战国时代刘邦与项羽争夺天下，项羽不杀刘邦，结果被刘邦夺得了天下，自己穷途末路而致"乌江自刎"的教训，决定把所有与自己同年同月同日同时生的人全部杀掉，免得将来有人与他争夺皇位。

等杀得差不多时，朱元璋想，何不抓几个来问一问，看他们是干什么的，然后再杀未迟。朱元璋亲自盘问一个被抓来的人："你是干什么的？""我是养蜂的。""养了多少蜂？""我养了九窝蜂，约有九十万只，我每天都为管理好这九窝蜂而忙个不停……"

朱元璋听了后突然醒悟：我当皇帝统治全国九个州，统管九个诸侯，而他养九窝蜂，统管九个蜂王。看来和我同年同月同日同时生的人，并不都是当人的皇帝。当人的皇帝只有一个，那就是我，其他人当的有蜂的皇帝、蚕的皇帝、鱼的皇帝等，他们是不会来和我争夺做人的皇帝的。于是朱元璋放心了，停止再杀与他同时出生的人。

陈双辰仿佛明白了些道理，便说："我可没有想当皇帝。"

神仙张喝了口茶："不是当不当皇帝，是告诉你，在世上有不少人生辰八字相同而命运不同。朱元璋的'醒悟'显然是十分可笑的，蜂的皇帝与人的皇帝根本不可相提并论，其贵贱之差如天地之远，这'皇帝'跟那皇帝怎能相比呢？八字相同而命运不同是客观存在的事实，朱元璋根本没有必要杀掉那些与自己同年同月同日同时生的人。人活在世上不能认命，人定胜天，如果那些人算着自己有皇帝命，也能当上皇帝，那就麻烦了，皇帝只有一个。"

树臻坐在一旁问："那清朝呢？"

神仙张深沉地说："逆民意，反天命，则亡，不用算。"

陈双辰问："那我接下来应该做些什么？"

神仙张不慌不急地回道："坐观天象。"

树臻听得云里雾里的，只见陈双辰一拍大腿说："一语中的，今日相见，真是如天赐神书啊！"

神仙张嘱咐陈双辰："孩子，还是那句话，人定胜天，事在人为，不要信命。"

陈双辰用力地点头："谨遵教导。"

王树臻和陈双辰走出神仙张的店铺，一直没弄明白的树臻问："你明白什么了？"

陈双辰严肃地回道："组织义和团也罢，起义也罢，我根本没弄明白所有事情的根源和现状，神仙张真是位高人。"

第四节　苛政杂税

一大早，一群群的人围着墙上的告示，《辛丑条约》签订，清政府开始对民间大肆征集银两，同时将烟、酒、糖、茶等税加抽三成，引起长山各大商铺强烈的不满。

在顺治年间，李化熙和李雍熙兄弟捐货"代周村兒斗秤之夫，纳牙行之税"，他们的后代继续代纳税银三十余年。据传李化熙在任刑部尚书时，见到当时周村税重抑商，就给顺治打了个报告，皇帝批示"一日无税"。于是，李化熙则"胆大包天"。把皇上的谕旨刻成"今日无税"的石碑，树立在周村商业街上，皇帝的御批无人敢动，结果成了"大街"天天都是"今日无税"。地方乡绅捐资纳税和立碑免税的举动，使得周村成为远近闻名的集市，各项贸易井然有序。如果加税，恐怕商贾云集的长山周村要闹乱子。

王树臻早已经闻到了血腥味，让蛐蛐把火柴的进货量减少了一半以上，这年头，整个长山都快通上电，火柴的需求是大大地减少，税钱又增加，必须把货物的种类减少。

蛐蛐埋怨道："整个清政府，有本事从外国人手里弄几个钱，整天从老百姓手里抢钱。"

王树臻沉默不语，闻讯而来的李嫚，也担心自家的生意砸在这场风波中。

陈双辰看着店里死气沉沉便问："在潍县，整天加税，也没见有愁成你们这样的。"

王树臻叹了口气："周村之所以成为金周村，很多的原因就是无税把商人们吸引过来。"

这话在理，周村作为鲁中、鲁北地区唯一集散中心，与周围各地贸易频繁。西邻邹平每年外销棉花达一百四十四万二千斤，所产之丝，全部卖于周村的商贩，加工染色后主要销往关东、华北各地。批发业集中在盘龙街、华龙街，铺商集中于大街、丝市街，摊商集中于南下河布市。周村棉布中的一部分精品还逐渐打入京城。

陈双辰不由得感叹："闹起义闹不起来，差点把自己的命也送上，风声刚松，商人们又准备闹，这么繁华的地方，终究还是逃不过黑暗的那双贼眼。"

王树臻一想："对了，章丘的孟传珠于道光年间分家后改为谦祥益，在你们昌邑、潍县设点收购优质白布，集中在周村加工染色，然后外销。其品种有打连布、四风八蝶细布等，相继在上海、汉口等地方开设谦祥益绸布庄，品牌打得响当当。"

陈双辰一惊："这我听说过，也在周村？"

王树臻点头，继续说："这下被清政府这么一弄，恐怕很多商铺要跟着遭殃。"

街上的很多店铺直接关了大门，宁愿不做生意，也不缴纳税款。与佛山、景德镇、朱仙镇并称为四大"旱码头"的周村，恐怕也在劫难逃。

陈双辰思索一会儿："依我的建议，就是不缴纳税款，如果这事一开头，那可是无休止的流水钱啊！”

王树臻瞪着眼睛问：“你是不是有什么好的主意？”

陈双辰一笑：“我的主意也不能算是好主意，淄川的蒲松龄可是赫赫有名的大人物，可惜一生穷困潦倒。”

王树臻疑问：“对，那和蒲老爷子有什么关系？”

陈双辰卖起了关子：“和他的故事有关系。”

一直不说话的李嫚突然说：“我明白你的意思，就是让蒲松龄出来。”

王树臻惊讶道：“呸呸，人家都入土为安了，难道挖人家祖坟？”

陈双辰大笑：“嫂子说的一半对一半不对，我们是让蒲松龄出来，但出来的不是他的人，是他的故事中的鬼。”

王树臻这才恍然大悟，一拍脑袋，自责道：“我怎么这么笨呢？”

李嫚还是有些不太明白，只见树臻和双辰两人大笑，急问：“你们俩倒是说说。”

陈双辰眼睛一瞥：“嫂子，你就等着看好戏吧！”

可是事情不是树臻他们预想的那样，还没等行动，谭希麟等联合即墨东北乡民众万余人分两路进城，进行抗税斗争，周村陷入混乱之中。

朝廷不断地增加镇压抗税的官兵数量，抗税的斗争，商人一直处于下风，加上章丘土匪横行，大肆趁火打劫，很多店铺遭了殃，商人也受到打击。

王树臻悄悄地联系各大店铺的掌柜子，秘密召开会议，如何对付清兵的镇压。各大商铺的掌柜子已经对镇压不抱什么希望，都准备掏腰包保命，可是听王树臻一说，心里又有底了。

黑色笼罩着整个周村城，昏暗的大地是沉静的，又是嘈杂的，没有其他声音。空气中混合着一股土腥味和植物的腐霉味。到处躺着烂醉的清兵，还有从大大小小的书寓走出来的官兵，书寓灯火通明，里面充满了寻欢作乐的声音。

可街上的其他店铺早已关门，黑灯瞎火的，一片漆黑。半醉半醒的官兵提高了警惕，在这个地方稍不留神，就连自己的小命也保不住。

突然在官兵的眼前出现几个穿着白色衣服、面目狰狞的孤魂野鬼，冥火到处可见，官兵有些不太敢相信，擦了擦眼睛，发现这就是真的，有的吓得尿了裤子，有的撒腿就跑。

天刚蒙蒙亮，各家商铺就传街上闹鬼的事情，一传一，二传二，弄得前来镇压的官兵心里直发毛。

王树臻心里有些不踏实，三四天这样做是可以蒙骗这些官兵，但是时间一长，恐怕就会露馅，便找到陈双辰问道："这不是长久的办法，这些官兵顶多晚上不出来，可是白天还是肆掠商人的财产。"

陈双辰笑道："这刚给他们试试火候，火候一到，准备给他们大刑伺候。"

王树臻心里还是没底，但看到陈双辰运筹在握，仿佛诸葛孔明在世，便说："那什么时候是到了火候呢？"

陈双辰反问："我们这么一闹，不光官兵晚上不敢出来，就连土匪强盗也躲了起来，可是最终的问题没有解决。不合理的税务该怎么缴纳还是怎么缴纳，也就是这些人根本不认为晚上的野鬼是冲着他们征税来的。"

王树臻一拍脑袋："哎呀！我怎么没想到。"

陈双辰站在门前一看："等等吧，好戏在后面。"

不出所料，朝廷命长山知县除妖斩怪，从朝廷下来的大臣也住在知县家里，好吃懒做，欺压百姓。长山知县堂堂一个书生，哪会除妖斩怪。无奈之下，知县命人从济南府、青岛等地，请来了各路降妖除魔的高手。

夜色渐黑，不知情的百姓听说请来了除鬼的大师，也都纷纷来看大师们作法。他们分布在野鬼经常出现的地方，做好道场。

见如此大的阵势，商家们开始忧心忡忡，担心会不会被识破这场戏的真假。陈双辰不慌不忙地说："你们不用慌，咱们是人，又不是鬼。再说了，这些作法的人道行也不见得多么高，就算这个世上真有鬼，估计他们也降不住，也就是出来拐骗点钱财。这次不能让他们轻易地拿走这些钱财。"

大伙听了陈双辰的话在理，心里的担心被擦除了一部分。月黑风高，道士在道场上燃烧起火焰，满桌子的道具，桃木剑、鸡血、糯米等等道具让人看了从心里觉得这几位道士大师一定是法力高强，鬼怪逃不出他们的手掌心。老百姓也就是来凑个热闹，虽然心里有些害怕，但这条街就算有鬼怪出没，也没有伤害他们其中的任何一个人。

大师们盘坐在地上，默念着咒语，长长的街道只见道士的灵符烧了一张又一张，就是不见鬼怪出没，大臣和官兵心里纳闷，难道鬼怪不敢出来了。不过，这些除妖的大师们，一个个比画着，手舞足蹈。

　　老百姓们议论纷纷，人群开始沸腾，乱哄哄的一片，有的转身回家，有的在模仿大师打坐，突然有人大喊："快看，鬼，鬼……"

　　所有人赶紧往后退，老百姓惊恐得紧紧地靠在一起，有的干脆抱着孩子躲到家里，门窗上贴着灵符。几个头发蓬松的野鬼到处游荡，有个鬼女子弹着琵琶，乐声萧瑟，女子面目狰狞，长长的头发在风中飘荡，所有的人把视线投向了在不同方位上的大师们。

　　除妖的高手们，打量着这些野鬼，心里也在嘀咕，从业这么些年，也没见过鬼的真面目，这次真是长见识。场景之阴森恐怖，想必把这些大师也吓坏了心胆。

　　大师们赶紧手舞足蹈，烧了大量灵符，只见鬼魂时出现时消失，这下大师们可没辙了，又担心自己的性命受到威胁，只好装模作样，敷衍了事。眼看野鬼没有被驱除，大臣们纷纷不让道士离开，让他们把这些鬼魂消除干净再给银两。大师们也琢磨事情的蹊跷，这些鬼魂虽然令人慑服，但是不正面攻击人，就再装模作样进行法事。

　　王树臻有些沉不住气，见法师不肯束手，心里急躁得在屋里走来走去。

陈双辰看出他的心思，便说："到时候了，吓一个作法的大师就行，千万不能吓多了，吓多了，就容易露馅。"

蛐蛐换上衣服："我去陪他们玩玩。"

百姓们看到现在也没有看到这些大师对鬼怪作了什么灵法，总感觉这些咒语对鬼魂不疼不痒，琵琶曲依然萧瑟地弹唱。

蛐蛐装扮着鬼魂的样子，逐渐接近一个道士。道士见鬼魂离自己越来越近，赶紧慌里慌张地扔灵符，画着图文的灵符仿佛对鬼魂没有什么效果。眼看鬼魂就要扑向自己，道士马上起身，拿起桃木剑刺向鬼魂。王树臻躲在角落里，心揪了起来。

只见蛐蛐一个翻身将道士打倒在地，吓得道士尿了裤子，其他大师在原地也不敢上前帮忙，一本正经地念着咒语。蛐蛐在道士面前跳起舞蹈，道士吓得连眼都不敢睁开。

王树臻和陈双辰对视了一眼，树臻说："这孩子是不是演得有点过？"

陈双辰也惊讶："何止是过，是太过了。"

道士挣扎了一会儿，趁蛐蛐与自己有点距离，迅速地逃离，其他大师见道士慌张的样子，也赶紧狼狈地逃窜。大臣、官兵见能降妖除魔的大师都逃了，自己再不跑，命就保不住了。

乱哄哄的一片，老百姓也撒腿就跑，整个场面如同在锅里扑腾的蚂蚱，上蹦下跳的，乱作一团。

第五节　风平浪静

商人们这么一闹，周村城闹鬼的事情不胫而走，传得满城风雨。从此周村城白天人声鼎沸，夜晚空无一人。

"闹鬼"始终是件不祥的事情，清兵不敢在夜晚巡逻，土匪也不敢在黑夜出来偷盗，可税钱还是该怎么缴纳就怎么缴纳。这可让秘密地精心策划这一场猛鬼大闹周村城的商人们一筹莫展。

陈双辰倒是似乎早有打算，看着满桌子的商人头领，平时做生意一流，一提到吓唬人，就鸦雀无声，便笑道："还亏你们和蒲松龄离得这么近，蒲松龄写的妖魔鬼怪什么最好看？"

福顺号的掌柜子立刻回道："那些狐妖娘儿们最好看，那小脸蛋，那身材……"

陈双辰苦笑："她是好看，能要了你的命。"

王树臻思索回："双辰，你是不是有其他的想法？"

陈双辰冷静地说："刚才福顺号的掌柜子说的也有点意思，是女人……"

话还没说完，被金陵书寓的刘妈妈拦住："不就是女人，我书寓里就是不缺大大小小的姑娘。"

王树臻劝道："先让双辰把话说完。"

陈双辰接着说："金陵书寓的姑娘们，我早就计划在内。再就是蒲老爷子好看的不单单是那些狐妖花妖的姑娘们，还有地狱，咱们就给他们来个地狱见阎王。"

树臻纳闷："那阎王是谁？"

陈双辰大笑道："除了我，谁还能当阎王吗？他们早就以为我死在战乱中，连抓捕的计划都取消，就让他们在地狱中见我吧！"

所有人大笑，笑声在屋子里回荡。

人和号掌柜子疑问："双辰，周村和你也没什么牵连，你怎么这么卖力帮我们？"

双辰看了一眼树臻："我的命是树臻兄救活的，以前还有一段和树臻兄的故事，等这件事情办完，让树臻兄讲给你们听。再说了，我前几天还是清朝通缉的要犯，你们大伙都知道树臻把我藏了起来，没有一个去报官，大伙也算救了我一命。善有善报，老天让我来报恩。"

大伙儿听得津津有味，然后围在一起计划这一场地狱门。

火焰熊熊地燃烧，一群孤魂野鬼到处地游荡，陈双辰装扮着阎王的模样坐在大堂之上，威严且令人感到慑服。屋子里五颜六色的色彩光，加上惊悚的号叫，就算是胆子大的也能吓尿了裤。

陈双辰用木板大拍木桌，吼道："堂下是哪个死鬼？"

税官曹令军慢慢地恢复意识，见眼前的一切，不由得一惊。刚才自己还在烟花丛中畅饮，怎么一下子到了这么个鬼地方？他环视着四周，一见黑白无常便知道自己下了地狱，便问："这是……地狱？"

陈双辰笑了几声："这不是地狱，难道还是天堂？你作恶多端，这账就一点一点地来算。"

曹令军瘫在地上，心里萌生恐惧："既然到了地狱，我是否可问问自己是怎么死的？"

陈双辰心中暗喜，利用他在书寓寻欢作乐的时候，给他下了点蒙汗药的计谋没被识破，怒吼道："你身为父母官，居然不为百姓着想，乱收税银，周村乃无税之地，你可知道？"

曹令军一脸的无辜："阎王爷爷，收税银是皇上的旨意，小的不敢违背。"

小鬼们时不时在曹令军面前晃动，吓得他魂飞丧胆。

陈双辰生气地说："你知道因为你的征税，让多少商人关了门，停了铺，还有多少人家破人亡。有钱人能交得起这点税钱，没有钱的老百姓呢？"

曹令军总算明白这世上有鬼一说，祈求道："阎王爷爷，如果放我回人间，我一定替百姓说话，奏明圣上停止收税。"

陈双辰骂道："鬼才相信你的话！"转脸一想，现在就是鬼，马上补充道："现在到了阴间，鬼也不相信你的话。"

曹令军觉得眼前的阎王有点眼熟，慢吞吞地走近一看："你的模样有点眼熟。"

这点陈双辰早就在意料之中，大笑道："好好想想。"

曹令军想了一阵，还是想不起来，但是很熟悉的感觉，要是在阴间能找上个熟人，说不定能让自己少吃点苦。

陈双辰见曹令军一脸的苦相，大拍桌子："我是你们通缉的陈双辰，没想到被你们整死后，下地狱感动了各方神灵，让我做了这方土地的阎王。"

曹令军恍然大悟，真是冤家路窄，马上祈求道："念在我们在人间相识一场的分上，求求你饶了我吧！"

陈双辰不屑一顾："这些小鬼都是从人间下来的，说不定以前也认识，都网开一面，那清规戒律就如同虚设，你就好好交代你犯下的罪孽，不说也没关系，我这账本上，一条条记着可是非常清楚。"

在陈双辰的恐吓之下，曹令军一五一十地讲述了自己在人间犯下的罪孽，直到讲到周村征收税钱，对老百姓大打出手时，陈双辰喊停，命人将曹令军扔入油锅轰炸。

滚烫的油水冒着浓烟，不用说在油锅里烹炸，就是在外面感受着高热的油温，心里也萌生恐惧，大喊："饶命、饶命啊！"还没等着放入油锅，曹令军就吓得晕倒在地。见曹令军昏晕在地，陈双辰让人把他抬回金陵书寓，放在床上。

昏晕了好几个时辰的曹令军缓过神来，见身边的女子便问："我这是在哪儿？"

女子转过头来笑道："爷，你还能在哪儿？"

曹令军恍惚地迷瞪着眼睛，还没有从刚才凶残的地狱环境中走出来，自言自语道："刚才是一个梦？"

女子眼神突变，凑到曹令军的身边："大人，刚才小女子真的好怕，有几个身影，像是鬼魂从这个房间出出入入，可吓死我了。"

一听这话，曹令军心一下子提到了喉咙眼上，颤抖地问："你看到……什么？"

女子低声说："好像是鬼魂。"

曹令军慌里慌张地离开书寓，出门的时候，被台阶摔了个跟头，狼狈地逃窜。看着曹令军这副狼狈的样子，躲在另一间房子里的王树臻等人拍手叫好。

没过多日，周村征税的官兵撤离。有人说，曹令军疯疯癫癫地去济南府，把事情的来龙去脉说了个遍，吓得这群当官的联名奏明圣上。也有的说，皇上也做了这么个地狱梦。在民间，这件事情，更是传得五花八门，有的说，顺治爷的无税碑显灵。又有的说，地狱之门专门抓官府的人。但不管怎么样，周村的商人是脱离了苦海。

事情算是告一段落，陈双辰宴请王树臻一家老少去了馆子吃了一顿。王树臻愣在骨子里，按理说，陈双辰的锦囊妙计帮助周村的商铺摆脱清兵的纠缠，应该请他好好吃一顿，还没等开口，陈双辰先下手为强。

酒过三巡，双辰终于开口："树臻兄，你救了我一命，这顿饭是我专门感谢恩情。"

树臻推辞道："哪的话，都是自家兄弟，这么客套，显得有点见外。"

双辰笑道："实不相瞒，今晚我就离开周村。"

一桌子的人惊呆地看着陈双辰，李嫂问："怎么要走呢？是不是有什么照顾不妥的地方？"

双辰否定道："你看嫂子说的这话，你们照顾得让我不知道说什么好了，可我不属于这里，再说了，我还有自己的事情要做。"

树臻一想，事情没有这么简单，便问："双辰，你是不是有什么难言之隐？"

双辰回："我必须得离开周村，不然会闹出乱子。地狱大闹曹令军，一旦有一个掌柜子管不住嘴，走漏了风声，咱们就吃不了兜着走。我离开周村，离开他们的视线，他们就没什么办法。"

树臻笑道："陈老弟，你想多了，咱长山人就是实在，不会出卖你。"

双辰摇着头："不是我想多了，虽说人心都是肉长的，可那张嘴不是长在自己的脸上，谁也管不住。"

树臻从双辰的话中，似乎明白他要走的决心，便举杯与他同饮。

夜色已深，树臻让蛐蛐去准备点盘缠，留给双辰路上用。周村商街上漆黑一片，显得有些清冷，野鬼这么一闹，晚上敢出来的人也少了。

陈双辰在街头与树臻一家人告别之后，便扬长而去，树臻望着陈双辰的背影感叹道："这一别，真不知猴年马月才能再见面啊。"直到陈双辰的背影从树臻的视线完全消失，树臻才带着一家人离去。

第六节　欢天喜地

大年一过，各家商铺在噼里啪啦的鞭炮声中开门做生意。去年的生意一直沉寂在萧瑟的寒风中的各大书寓可不高兴了，鬼一闹，晚上来听曲的人大大地减少，这下可把这帮老妈子们急坏了。

大伙儿还沉浸在新年的喜庆劲儿中，见了面打个招呼，送上几句祝福的话。鞭炮随时在耳边响起，吉顺缎店、茂盛号、西贤茂的店铺门敞亮地打开。

"周村开张了！"一声老锣声，周村商街恢复了繁华的景象。

蛐蛐拿着鸡毛掸子打扫着门上的尘土，屋里几个伙计擦拭着桌子、椅子，树臻看着账单，仿佛若有所思。没多久，就听见外面有人问："王掌柜子在店里吗？"

王树臻急忙出门一看，是金陵书寓的雀儿，便问："有什么事？"

雀儿长得水灵，一双浓眉大眼，人见人爱，还唱了一首好曲。雀儿羞答答地回道："妈妈让我通知王掌柜子，今晚去书寓听曲。"

王树臻眼睛一瞪："今晚……我还有……事，恐怕去不了。"语气吞吞吐吐，连蛐蛐都听出话里有谎，更不用说雀儿。

雀儿笑道："我知道王掌柜怕什么，但是今晚不是你自己去，还有丰祥缎店、带子行这些掌柜都去听曲。"

王树臻舒了口气："这样啊！那你回去就说，我去。"

"我马上回去告诉妈妈。"雀儿欢快得又蹦又跳地回书寓去了。

蛐蛐的眼睛死盯着雀儿，一动不动。树臻在一旁看着蛐蛐，用手指弹了蛐蛐的脑袋瓜。蛐蛐捂着脑袋瓜说："掌柜子，疼。"

树臻一笑："怎么，看上人家姑娘？"

蛐蛐羞涩地说："哪有。"

树臻笑着哼着小曲进了杂货铺，背着蛐蛐说了一句："今晚，你跟着去书寓。"

天一暗，各家店铺的掌柜子从街上的不同方向会集到金陵书寓，一到门口，互相寒暄。

"孟掌柜，去年可发大财了。""高掌柜，你的生意可真是不错。""王掌柜，过年好啊！"……

台上戏班子热热闹闹地唱着曲，下面的人喝着茶水，一边拍着手叫好，一边眯着眼看着台上的姑娘。树臻环视四周，便悄悄地对蛐蛐说："听曲是假，有事是真。"

蛐蛐瞬间瞪起眼睛，惊讶地问："掌柜子，会不会有什么危险？"

树臻大笑："倒是没有危险，可瞎了台上的这场好戏。"

蛐蛐一拍手："嘿！掌柜子喜欢听戏，这事包在我身上，过几天，我带云雀给掌柜子唱几曲。"

树臻暗笑："还说没看上人家姑娘。"

蛐蛐知道自己说漏嘴，马上低下头不说话。

热热闹闹的大戏，在金陵书寓当家的一声令下退了场。

所有人惊讶地看着台上的当家的刘妈妈，刘妈妈让所有唱戏的姑娘退下。

蛐蛐望着树臻问："掌柜子，这架势被你说对了，我也得退下。"

树臻一瞥："你坐在这里就行。"

蛐蛐低声道："我去找云雀。"说完，蛐蛐就撒腿跑到了舞台的后面。

所有掌柜子愣神，一动不动盯着刘妈妈。刘妈妈婀娜多姿地走下台子说："各位掌柜子，今个儿没请外人，我得说个事。"

下面的人开始应和道："刘妈妈有事说就行，说完了，我们好听戏。"

刘妈妈走到大伙中埋怨："我们装神弄鬼是把税官吓跑尿了裤子，周村的无税区是保住了，可我们书寓的生意除了明白闹鬼缘由的掌柜们晚上来光临，其他人都没敢进门玩乐，这让我的生意怎么做？"

这下让掌柜们整明白是什么事情让刘妈妈唱了这出掌柜子大聚金陵的戏，便纷纷喊着："要不，把百姓们拉几个来，充充场面。""我觉得还是再添点荤腥味，男人管不住自己。"七嘴八舌的乱哄哄的一片，弄得几家书寓的妈妈干坐着，不知道说什么。

树臻吃着瓜子，仿佛这一切与他没有关系。书寓这种地方，他本来就很少出入，哪知道里面是什么景象。

坐在树臻对面的庆和永银号的耿掌柜说："王掌柜有何见解？"

树臻一愣，惭愧道："筱琴兄真是抬举我，你出身名门望族，你应该有些想法。"

耿筱琴笑着说："都能闹出鬼，还能收不了鬼？"

树臻大吃一惊，仿佛眼前的筱琴兄一眼道破了他的内心深处："主意是有，不过现在先看看大伙有什么高招。"

耿筱琴摇头："就别等着其他人出高招，直接说吧，都等着看戏呢。"

还没等树臻答应，耿筱琴一拍巴掌，大声喊："大家静静，听听王树臻掌柜子的见解。"

树臻只好恭敬不如从命："过几天不是元宵节吗？"

刘妈妈急问："今年的元宵节估计都没人敢出来逛灯会。"

树臻打断李妈妈的话："先听我说完，今年的元宵节，咱们所有商铺出钱，办得热热闹闹，欢欢喜喜一闹，人们就忘了有鬼这事，久而久之，周村又会热闹起来。再说了，自古周村玩灯的用意，并不全在庆祝和娱乐，而寓有商展之意，其工业品以丝织品为大宗，以花丝葛最为著名，意欲借着这个机会，把优良的产品陈列出来。"

耿筱琴第一个拍桌子："我出一千两。"

各大商铺都跟着喊数，看来事情不用表决，就都同意树臻的建议。

每逢灯期，周村大街上空都是花布彩绸交错盘络，遮天蔽日，其各主要街道，都有规模宏大的彩棚，进入灯棚一看，高大幽深，有如山洞，有如隧道，一棚席里面，完全是用丝织品彩色花丝葛编织张贴的。

所用之花丝葛颜色鲜艳，花样繁多，灯光一照，好像进入珠宝仓库，到处闪闪烁烁，使人眼花缭乱，不敢正视，如霞光万丈，莫知东西。

听着噼噼啪啪的鞭炮声，人们热热闹闹地送走天老爷和家宅六神，大年初一虽是热闹，那是在自家门里一家人热闹。可到了元宵节这天就不一样了，男女老幼齐涌大街，将一年的热闹一股脑倾泻出来而吐露无余，唱的演的、卖的喊的、看的笑的……那些看家的把式不管是自家的还是合伙的，不管是自供的还是外请的，周村街上是要啥有啥，想看啥就能看到啥。有钱人家借机撑门面，没钱人家饱饱眼福。

有钱人家自然穿着用最鲜最艳最亮的上等绸缎，让最好的制衣行特意缝做的衣裳逛街，再加上随处可见的大大小小各式各样制作精细的花灯，将周村大街小巷渲染得缤纷耀眼，溢彩流光。在如此的背景衬映下，高悬于半空的芯子表演，为周村平添一份神奇：那么个大活人，装扮成传说中的角儿，悬在半空中自如地表演，让人仰面咋舌，惊叹不已，天底下也只有来周村店才能亲眼看得到这空中的绝活把戏。

泰山奶奶、碧霞元君的传说更是让周村的正月十五锦上添花：据说碧霞元君的娘家就在周村，每年正月十五这天，老人家总要前簇后拥地回娘家来，人们也就不约而同地拥上街头摆出盛大的迎接场面，山南海北的人也慕名而来凑热闹。这么多新鲜事，即便是贫寒人家也不得不打扮得略为讲究一番，空虚着肚皮装出一副穷开心的模样到大街凑个人场看个热闹，常年不洗脸的叫花子，今天的脸上也不见了那些已成嘎渣儿的灰尘而露出了鲜活的本来面目，因为一年就这么一回。

钱庄、银店、大染坊、丝绸商号、杂货商店、烧饼店、铜锣铺、布衣店、戏园、当铺还有大户豪宅，大大小小的花灯布满大街小巷，里里外外随处红红火火，人们脸上各自带着或惊或喜或忧或愁的神情瞪着大大小小的黑眼珠拥挤在大街小巷，时不时也能看到黄毛发白皮肤大鼻子夹杂在黑头发黄皮肤中间，把原本满满当当的街道胡同变得五光十色，再加之嘈杂的说笑声、叫卖吆喝声掺进茶园戏班那美美的唱腔，大伙儿都不亦乐乎。

王树臻带着一家老小穿梭在大街上，蛐蛐跟在后面，紧看着孩子们，这么拥挤的人群，一不小心就能走丢。

蛐蛐高兴地问："掌柜子，你咋能想出这么个好主意？今年的灯会可比以前任何一年都有看头。"

王树臻笑着回："老百姓就是图个热闹，喜欢往人多的地方钻。人多胆子就大，即使有鬼，他们也不怕，这么多人，鬼也花眼。"

李嫚暗笑："就你脑子机灵，不过以后书寓这种地方还是不准去。"

走在后面的郝秀儿和周莲谈笑风生，树臻对蛐蛐说："在店铺里这么多年，没好好赏过灯吧？"

蛐蛐低声回道："那时候，店里人手不多，光顾着在店里看店，现在人手都用不完。"

王树臻微笑地点头："今天咱就好好赏灯，等过了二月二，再给你办件事。"

蛐蛐疑惑地问："啥事？"

王树臻神神秘秘地回道："今天就光赏灯，其他的不说。"

这时，芯子队敲着鼓打着锣走来了。周村芯子十分讲究：芯子一般分为一人芯子、二人芯子和大芯子，眼前这个队伍是大芯子。你看，一个吹哨子的走在最前，五个敲锣鼓的跟随其后，接着就是三个推招子的，招子即悬在空中的矩形或三角形的小旗，上面写着芯子队的称号。招子后面则是两个推旋络、四个扯旋络的，旋络是一个芯子队的标记，用上好的绸缎扎制，由飘带与花节组成，层层嵌套，上面还缀有小银镜，远远看去光芒四射，耀人眼目。最后则是十六人扛芯子的，这些扛芯子的都是些彪形大汉，他们身穿红、黄、蓝纯色服，精气神十足，一走一颤，飘飘如仙。芯子支架上置有两根长飘带，一前一后交由地面人员拉扯控制。芯子左右侧又另有两位同样装扮的青年汉子，他们手执长长的钢叉和软叉，是芯子的护卫和开路者，这是为了踩芯子者安生与让抬芯子者走时平稳。半空中踩芯子的大都是孩童，一般五至十一岁，既要扮相俊秀又要体态轻巧，还得有点一站一坐大半天的吃苦耐劳功夫。旌旗铺展，绣带飘扬，锣鼓助阵，场面壮观。每一台芯子风格迥异，表演着不同的故事，有才子佳人，有忠孝节义，有斩妖除魔，还有诗书传家。踩芯子的金童玉女亭亭玉立地高悬空中，他们衣着华丽，头上身上珠光宝气，脸部施以重妆，或凤冠霞帔，或金盔铁甲，或婉转妩媚，一路高高飘然而来，惹得路人连连称奇。

郝秀儿望着芯子队说："当年泰山奶奶回家来，周村人自然要在街上支招迎接，杂耍社火，书场戏台，到处是人山人海，这就来了事儿，有许多孩子个儿矮看不见里面的热闹又哭又喊，大人只得将小孩扛于肩头。周村人心眼儿也真多，居然由此鼓捣出了芯子，让小孩子站在头顶表演节目，这下可好，节目过头，想看的孩子们就不用大人再扛到肩上。一台芯子，就像一座流动的戏台，凌空而来招摇而去。"

周莲赏着芯子队点着头说："是啊，奇招奇术，让人眼花缭乱，周村人做事有高招，咱这地上出能人啊！"

大街北边有一空场，是个戏台。戏台下摆放着十几张茶桌，茶桌边上坐的都是街上很有头脸的商号掌柜老板和达官贵人。各位正等着看戏的掌柜子见王树臻，便一个个地打招呼。

这边是豪门富贵人家的戏场，街一角上则是平民百姓们的书场。说书人说得正兴："李化熙李大人正要与顺治皇帝辞别，皇上再三挽留未果，便问他还有何念，李大人三思后言家乡赋税沉重，乡亲已承受不起，恳请皇上下旨优惠。顺治皇帝沉思后道，国家赋税不可免，但念爱卿有功于朝廷，朕赐爱卿一手谕，免除爱卿家乡一日税款，以示皇恩。李大人遂领旨回乡，回到家一寻思，这么大的个周村，免一日税有个屁用。一气之下竟把圣旨给土里埋了。谁知当晚埋圣旨处红光四射，十里可见，且光华中似隐有巨龙浮动。李大人见此情景，知道这里面定有文章，难道圣旨里面还有什么奥秘本人未能发觉？于是又只好又从土中取出圣旨供于家中神龛，那夜光景令李化熙百思不得其解。多日又过，李大人还是未能琢磨出个子丑寅卯。多日下来，李大人抬头纹可就多了几道。一日清早，李大人听见自家门口有吵闹声有些心烦意乱，遂叫来管家去责问。管家回来告知，乃一老道姑每日来门前化缘要饭，每次来时说，只今日来明日不再来，可不知何故第二日又来了，说的还是这句话。今日来明日不再来……李大人反复琢磨着这句话。'今日'二字让李大人好生奇怪，忙令管家将老道姑请进，可那老道姑转身不见了踪影。李化熙这才顿然醒悟，今日不也是一日吗？每一日都可说今日，免一日赋税，不也可说免今日赋税吗，李大人惊喜万分，赶紧让地方官把皇帝圣旨'一日无税'改为'今日无税'四字刻于石碑之上，立于大街显眼之处。今日无税，日日见，也就是天天无税，年年无税，这样不论哪日去看，都是'今日无税'。这可是顺治皇上圣旨。见此碑后，周村收税官则悄然而去，再没人敢在皇旨面前作为。从此全国各地客商闻风而来，周村城一时天下之货聚焉，因无官税征收之苦而成为国之北方商贾云集的旱码头……"农家人听得开心，叫花子也在这里叫好，掌声也在周村街上有响。

说书人说着"今日无税碑"的故事，蛐蛐在下面听得津津有味，连声叫好。

王树臻笑道："这李化熙的故事说了不止上千回了，你听不腻？"

蛐蛐兴奋地回道："不腻，打我在周村要饭的时候，没事就来听说书的，身上没钱也让听，图个乐。听秦始皇，听杨家将，讲得最多的是李化熙，越听越喜欢听。"

王树臻又问："那喜欢听戏吗？"

蛐蛐爽快地回道："喜欢听雀儿的戏，好听。"

王树臻大笑，转身赏灯去了。蛐蛐恍然明白，掌柜子在套自己的话。

熙熙攘攘的商业大街，商品琳琅满目，一队队的芯子队穿梭在人群中。灯光通明，高高的吆喝声，仿佛让人们忘记了这里曾闹过鬼。

第七节　智斗马三

一场淅淅沥沥的小雨带来了春天的气息，青石板上残留的雨水发着亮光。不远处的瑞蚨祥掌柜子孟洛川哼着小曲，乐呵呵地逗着门口的一只小鸟。这也是京城大火烧了大栅栏的店铺后，孟掌柜子少有的开心。

远处传来叫花子凄惨的呼叫声，只见一个中年男子，长得面目清秀，揪着一个乞丐的耳边说："学声狗叫，爷给你几个铜钱。"

乞丐眼见中年男子人多势众，又是富家少爷，哪能惹得起，便学了几声狗叫："汪汪……"

显然中年男子还是不过瘾，继续说："再学几声耗子叫。"

乞丐又学了几声耗子叫。

中年男子想继续为难乞丐，只见一群乞丐围了上来。中年男子有些害怕，但还是挺着胆子说："你们谁敢动我一根手指，我就让你们见阎王。"

乞丐中的一人站出来大笑："我们这群人，哪个不是和阎王打过交道，就算我们去了阎王殿，估计也不收我们，你就难说了。"

中年男子身边的伙计见势不妙，悄悄地对马三说："赶紧撤吧，不然咱们会吃不了兜着走。"

中年男子一听，理直气壮对乞丐们说："就你们这熊样，还真不想和你们一般见识。走！"把几个铜钱往地上一扔，就大摇大摆地在街上晃荡。

乞丐们捡起地上的铜钱，砸向了中年男子他们，在后面高兴地欢呼。中年男子本想回去报复，被身边的几个伙计拉住，只好作罢。

中年男子摇摇晃晃走在街上，后面的几个伙计紧跟着。从身着打扮可以见得是一位阔少爷，孟洛川拿着几个铜钱，一个个地扔在地上，正好落在中年男子的脚下。中年男子生气骂道："哪个不长眼的？"

孟洛川依然逗着鸟儿，不理睬他们。

一个伙计指着孟洛川对中年男子说："马三少爷，是他。"

马三走到孟洛川身边上下打量一番："瑞蚨祥的打杂的也穿得人模狗样的。"说完，一阵哄笑。

孟洛川仍然不理睬，继续喂着小鸟。

马三见此人不给自己面子，气道："京城的瑞蚨祥被大火烧了，难不成周村的瑞蚨祥也得见见火。"

这话让孟洛川有些失控，转身看着马三："认识这家祥子号的掌柜子？"

马三毫不畏惧地说："不就是那个孟洛川，有什么了不起的，就算他站在我面前，我也能让他叫我爷。"

孟洛川见马三口无遮拦，便问："看来你挺有能耐，那你是哪家的贵少爷？"

马三大笑："说出来，怕吓死你，知道安府吧？"

孟洛川点头："知道，就在隔壁的街上，你是他家少爷？不对，他家少爷没这么混账，小的少爷也没这么大。"

马三气道："什么他家少爷，我是他家小舅子，他家大少爷娶的是我亲姐。"

孟洛川又继续喂鸟，自言自语道："怪不得，安老爷子为人忠厚，安分守己，教子有方，家里没出过败类。"

马三听出话中有话："你敢骂我？"

刚要动手，屋里走出个伙计："孟掌柜，新加工的绸子，你去瞧一眼。"

一听这话，马三吓了一跳，眼前的正是孟洛川，心一下子提到了喉咙眼。没想到刚来周村闯荡，就遇到这等麻烦。

孟洛川一边进屋一边回头对马三说："等阵子，我亲自去安府去叫你爷。"

马三赶紧示弱："不必了，有口无心。"说完，带着伙计撒腿就跑。

蛐蛐看着马三一群人狼狈地逃窜，便问杂货庄里的伙计们："你们谁认识这群人？"

一个伙计回："他们不是长山人，刚来了没几天，欺人霸道，他们一来，仗着安老爷子手里有点权力，把谁都不放在眼里。你看，才来了几天，把周村弄得乌烟瘴气。"

蛐蛐笑道："这帮欺人太甚的东西，没什么好下场。"

眼见孟洛川没去安老爷子那里告状，马三又开始活跃起来。横穿在街上，据说收买了几个柳子帮、三番子的杀手，照顾着自己的性命。

王树臻和蛐蛐在街上溜达，正巧碰上了马三一伙把雀儿堵在巷子里。

马三色眯眯地上下打量着雀儿直点头："多么讨人喜欢的姑娘，来到周村这几天，我都没正眼瞧过一个姑娘，你这一来凑合，我倒看上了。当我马三的老婆怎么样？"

雀儿厉声地说道："放你娘的狗屁！"

蛐蛐刚要向前阻止，被王树臻一把拦住："先等等，看看这家伙能做出什么混账事。"

马三听到雀儿清亮的嗓音大笑："这么说，你就是我的了？"

雀儿愤愤地说："你的娘个蛋，畜生不如！"

马三板起脸指着雀儿说道："你这妞儿不识抬举，我给你个脸你不要，那就别怪我不客气了，来人，给我绑了，绑回去我要和她圆房！"

几个伙计上来抓住了雀儿，雀儿拼命反抗，最后还是让马三一帮给死死地抓住。雀儿急了，张嘴便狠狠地咬着抓他的伙计的胳膊不松口，伙计咧着嘴松了手。几个帮手又上来。

王树臻大喊："放开她——"这喊声，震得周村大街都在颤。

马三将手一挥："给我带走！"

见一帮人将雀儿反背起手要带走，蛐蛐和王树臻上来拼命阻拦。一帮人一起团团围住了王树臻二人，几个人趁雀儿不备，将雀儿举过头顶便准备跑。

"谁在这街上撒野？"这时，一个有力声音传了过来，一帮人吓了一跳，将雀儿放了下来，雀儿趁机挣脱站到蛐蛐身边。

王树臻回头一看，从背后走来的正是耿筱琴，还有一群乞丐。耿筱琴看上去，两眼一瞪放射着震慑的寒光。走到马三面前，说道："看来周村街上没个王法，就制不住一些地痞流氓。"

马三心中慌张而又强打精神："王法？我就是王法！你是哪门子冒出来的？"

耿筱琴两眼一瞪："那我就见识见识你的王法！"

乞丐的头子一步过来，一个手势，大声喝："兄弟们，给我上！"

"慢！"乞丐帮正要出手，王树臻大手一挡，扫视一眼马三，"马大少爷，你还有人吗？"

马三望了望身边的人，故意大声地说："我跟前这些人还不够吗？"

"你要是还有人就再去叫上，要是眼前这帮人，怕是回不去喽！"

王树臻和耿筱琴对视了一眼，大笑起来。马三转头看了看跟着自己的几个伙计，一个个猥琐地站在一旁，两腿发颤。

马三强忍着："你们给我等着，看我怎么收拾你们。"

围着想看热闹的百姓，结果以马三仓皇而逃而告终，人逐渐地散去。

雀儿赶忙走到王树臻和耿筱琴面前："谢谢王掌柜和耿掌柜。"

耿筱琴赶紧说："快免礼，举手之劳。"

王树臻转头对蛐蛐说："先把雀儿送回去。"

蛐蛐点了点头，一群乞丐围上去，一个乞丐说："蛐蛐，以后有什么事，吭一声，最看不惯这种小人。"

王树臻一笑："蛐蛐，你的同伙还不少。"

蛐蛐理直气壮地说："那当然，这些可是我当年要饭的时候结交的朋友。"

王树臻看着这群乞丐："你们要不去店铺里打些杂工，挣几个小钱，也能少吃点苦，我和耿掌柜的店铺任你们挑。"

乞丐的头头笑着回："谢王掌柜，如果你解决我们这些人的生活，大街上还有那么多的乞丐，早晚会出乱子，你们就什么时候需要我们打些零工，就说一声，我们靠本事吃饭。"

耿筱琴鼓掌："真是人穷志不穷，以后店里有搬运的临时活，就给你们了。"

蛐蛐轻声对雀儿说："没吓坏吧？"

王树臻一瞥眼："雀儿，看不出来，关键时候，你还挺硬气。"

雀儿低声道："让掌柜子见笑了，我不硬气，就得受他们欺负。"

耿筱琴生气地大骂："连土匪帮都没见过如此的嚣张。"

王树臻摇着头："他还不会罢休，安老爷子的一世英名，将要被这个外姓人给毁喽。"

耿筱琴大声喊道："小子，放马过来吧！爷不怕你。"所有人大笑起来。

第八节　争抢雀儿

商业街中一高大门楼，门大敞开着，门框上方端庄地挂着"安府"烫金牌匾，这便是周村官宦世家安昌武的府院。街上穿着稍有不雅的人们每每路过此地，总羡慕地慢走两步。

马三一伙狼狈地走到府门前，哭丧着脸走进大院："姐，你弟弟不想活了，来周村这才几天，这些本地人就一个个欺负我。"

坐在屋子里绣花的马二娘赶紧出门："这是咋了？哭丧成这个样。"

马三委屈地骂道："街上的要饭的都不把我放在眼里。"

马二娘盯着马三身边的伙计："你们怎么让少爷哭成这个样子？一个个没有用的东西。"

马三添油加醋："姐，不把我放在眼里也就罢了，结果也不把堂堂的安府放在眼里。"

马二娘一跺脚，生气地大骂："到底是哪个龟孙子，我马二娘在周村过了这么多年，谁不拿我尊尊敬敬。跑到太岁爷头上撒尿，等我知道是谁，非扒了他的皮！"稍微松了口气，"你先别着急，等你姐夫回来，一五一十地和你姐夫说说。"

话音刚落，安盛冬从门外跨了进来，脸上一副生气的样子，看院子里的阵势问："吵吵什么？你要和我说什么？"

马三立刻装出一副受了天大委屈的模样："姐夫，你一定要给我做主啊！整条周村街上的人都欺负我。"

安盛冬反问道："都欺负你？谁不知道你马三仗着安府的名声在周村街上为所欲为。"

马二娘一听丈夫训斥自己的弟弟，心里有些不高兴："你说的啥话，我弟弟可不是这样的人。"

安盛冬气道："整条周村街上的人都看到了，大白天的强抢民女，被一群人围住大骂你弟弟。"

马二娘一听，转脸问马三："确有此事？"

马三语气柔和地说："姐，你弟弟也老大不小，也该找个姑娘过日子。"

马二娘大笑："原来是看上人家姑娘，这好说，我和你姐夫给你保媒。"

安盛冬从进门就没从正眼里瞧过马三："你要是看上人家姑娘，你直接和你姐说不就解决问题了吗？你干吗和土匪一样去抢人家姑娘。"

马三嘿嘿一笑："我不是心急吗？"

马二娘见安盛冬一脸的愁相，便让大伙都散了："马三，你在府里，哪里也别去，我和你姐夫给你操办，哪家的姑娘？"

马三害羞地说："好像叫雀儿。"

安盛冬一瞪眼："不会是金陵书寓的雀儿吧？"

马二娘一寻思："除了这个雀儿，没听说还有谁叫雀儿。马三，这姑娘长得是不是挺水灵？"

马三点头："那身条，那容貌，和我真是般配。"

马二娘见安盛冬有些不耐烦，便说："马三，你先去吧，我和你姐夫商量一下这事。"

马三又摇摇晃晃地穿过小门去了另一个院子，马二娘和安盛冬回到屋中，屋中摆设豪华却不失大雅，一幅《兰亭序》悬挂在墙上，几幅名人字画，显得屋中颇有番书香的味道。

安盛冬一进屋气就不打一处来："你说你们马家也是名门望族，怎么出了个这玩意儿？"

马二娘一听这话，心里可不高兴："不管怎么说，他是我弟弟，你不看僧面也得看佛面。"

安盛冬嘲笑道："我不看你的面子，我还让他住在这里？整天惹事，在桓台给他开了祥瑞号布庄，招了些狐朋狗友，没几天，就给弄垮了。"

马二娘觉得安盛冬这话说得在理，但是自家的亲弟弟，怎么也得帮上一把："要不，给他找个媳妇，都说雀儿这姑娘是机灵，不过书寓里的姑娘，名声不太好。"

安盛冬讽刺道："你还嫌人家姑娘名声不好，你们马家是大户人家，可出了这么败类，估计你爹娘，还有大哥用性命换来的英明，都要毁在他手里。"

马二娘听着话里有刺："你吃鱼卡着嗓子，来找我撒气啊？"

安盛冬不甘示弱："你弟弟得罪耿筱琴和王树臻，要是传到安府，估计咱爹不把咱们赶出去，咱就得烧高香，谢菩萨。"

马二娘吓得从椅子上站起来："这个混账马三，惹谁不行啊，非惹那些在长山有头有脸的大户人家。要是事情真的是这样，不管什么姑娘，帮他结了婚，我也不管他这畜生。"

蛐蛐这次解救雀儿，心里美滋滋的，蛐蛐托着腮，两眼发呆。王树臻从店铺出出入入好几趟，他都没缓过神来。

李嫚走进店铺，见蛐蛐发呆，大吃一惊，刚要把他催醒，被王树臻拉到另一间屋里。

李嫚疑问地看着树臻："蛐蛐着了哪门子邪？一动不动。对了，在来的路上，我听说你和耿筱琴掌柜子英雄救美，救的哪个美人？"

王树臻嬉皮笑脸地说："一个大美人。"

李嫚的醋味又涌上心头："你都这个岁数了，还不正经？"

王树臻笑着说："不逗你了，是蛐蛐看上一个姑娘，今天在街上遇到点麻烦，这也是蛐蛐发呆的病根。"

李嫚惊讶："你是说蛐蛐有心上人了？"

王树臻不慌不忙地回道："是，就是金陵书寓的雀儿。"

李嫚连忙摇头："不行，咱们的杂货庄、茶铺，都是人家蛐蛐帮忙打理，对待咱们和一家人一样，咱得给他找个名声正的姑娘。"

王树臻笑道："我觉得还是听听蛐蛐的想法，"转头大声喊："蛐蛐，进来！"

蛐蛐缓了缓神，赶忙进屋："掌柜子，有什么事？"

李嫚忍不住问："蛐蛐，有看上的姑娘？"

蛐蛐紧张地反问："我看上人家又能怎么样，人家又看不上我。"

王树臻在一旁大笑："蛐蛐，我们准备给你和雀儿做媒。"

蛐蛐一听，高兴地拜谢王树臻，然后又一脸的愁相。

李嫚问道："你真的确定要和雀儿过日子？"

蛐蛐肯定地点头："就怕过不到一起，我知道掌柜子嫌雀儿出身书寓，名声不好。可我蛐蛐不嫌，我这条命都是掌柜子救活的，我一个乞丐出身的伙计，按理说，都配不上雀儿。"

王树臻和李嫚一听蛐蛐的心里话，心里觉得怪不是滋味，连忙说："放心吧，这事我们给你办了。"

雀儿也是个苦命的孩子，家里穷，父母也只好把她卖给了书寓。那时候，蛐蛐到店铺打理生意也就两三年的时间，他觉得雀儿可怜，经常偷偷摸摸地找雀儿玩耍。时间长了，两个人的感情越来越好。雀儿在书寓经常被打得浑身是伤，蛐蛐看在眼里，疼在心里，但却无能为力。

王树臻寻思了一会儿，对蛐蛐说："你回王家洼看看张严同管理的地怎么样。"

蛐蛐应了声，转身出门。王树臻起身准备出门，被李嫚拦住："你干什么去？"

王树臻回："我去茶庄看看。"

李嫚一瞥眼："你的意思是让我自己去找媒婆？"

王树臻笑着说："女人之间办事容易，中间插上个大老爷们，什么事都不好办。"

李嫚一脸的苦相，本想抱怨王树臻把这个大包袱丢给自己，可王树臻直接出门，头也不回，只好打碎了牙，往自己肚子里咽。

寒冬一过，庄稼唤醒过来，一片片绿油油的麦子，显得格外富有生机。王家洼的村民在地里拔草，张严同见蛐蛐站在地头上，连忙迎过去。

蛐蛐看着大片的麦子说："掌柜子让我来看看地里的活儿。"

张严同忙说："真不知道我哥怎么想的，大片的地，非要种庄稼。人家那些有地的，不是种桑树，就是种棉花，咱们的粮仓都涨得往外冒粮食。"

蛐蛐笑道："掌柜子有自己的打算，树琴少奶奶来了。"

张严同转脸一看，树琴提着篮子朝他们走了过来："蛐蛐也在啊？"

蛐蛐马上喊："少奶奶，掌柜子让我过来看看。"

树琴从篮子里拿出些干粮、酒水，地上铺上一块布："蛐蛐一起过来坐，这大好春光浪费了多可惜。"

张严同和蛐蛐围着坐下，蛐蛐说："少奶奶，听你的，我就不见外了。"

树琴笑了几声："你就不是外人，咱都是一家人，都是从穷人里走出来的。"

三个人欣赏着美丽的春光，坐在地头上，有说有笑。

王树臻从茶庄忙完回到杂货庄，刚哼着小曲进门，只见李嫚一脸的苦相，立马问："怎么？你没去找媒婆？"

李嫚生气地说："怎么没找媒婆，钱也给了，礼也送了，书寓的刘妈妈说，安府早咱们一步，有人去相雀儿了。"

王树臻大惊："难不成是马三这个混账，这刘妈妈也分不出个好歹，怎么把雀儿往火坑里送呢？"

李嫚叹气道："又是一对苦命鸳鸯。"

王树臻在屋里来回地踱步："我不能让蛐蛐和树生一样，这事还得我亲自出马。"

话音刚落，蛐蛐便兴高采烈地进屋："掌柜子，地里的庄稼长势不错，今年风调雨顺，定有大收成。"

王树臻没有理蛐蛐的话，直接说："你跟我去趟金陵书寓。"

蛐蛐又看了一眼李嫚，萌生一种不祥的感觉："是不是雀儿不想跟我？"

李嫚被这话弄得哭笑不得："跟着掌柜子先去看看什么情况，回来再说。"

蛐蛐像猴子一样，快速地赶上王树臻，心里忐忑不安，时不时地偷偷地望王树臻几眼。

金陵书寓的刘妈妈嗑着瓜子，喝着小茶，一见王树臻进门，笑嘻嘻迎上去："稀客、稀客，王掌柜今天怎么有空来书寓坐坐呢？"

树臻见刘妈妈不是省油的灯，便不拐弯抹角："刘妈妈，在周村城咱们的关系怎么样，你打心里该明白吧？"

刘妈妈赶紧说："那还用说，王掌柜的为人在周村可是响当当的。"

树臻一笑："既然这样，咱们打开天窗说亮话，不藏着掖着。上门求亲，你怎么推了回去？"

蛐蛐这才明白为什么王树臻带着自己来金陵书寓，心里满不是滋味："掌柜子，咱们回去吧，我的事让你这么操心，是我的不对。"

王树臻气道："还没有你说话的份。"

刘妈妈解释说："咱两家的关系，我当然心里清楚。可是安府早就送了礼，还有定金，我都收了，不能给人家退，就算退，也得有个说法。再说了，人家是明媒正娶，蛐蛐没名没分，还是比不过马三。"

王树臻斜着眼睛注视着刘妈妈："嫌蛐蛐没名没分，这是谁说的，打今儿起，蛐蛐的大名叫王树财，在我们家排行老四。"

蛐蛐赶忙阻止："掌柜子，我何德何能高攀跟你姓，我蛐蛐从小乞讨，你不但收留了我，你们都对我这么好，我已经无以回报，怎么能入王氏家族呢？"

王树臻一瞪眼："我刚才的话没听见，让你别说话。"

躲在后面的雀儿实在忍不在，蹦了出来："妈妈，除了蛐蛐，你给我应哪门子亲，我都不答应，除非我死。"

刘妈妈火气上来了："你这个丫头片子，你打小在我这里吃喝，养你个白白胖胖的，怎么长大了，想和我对着干？"

眼见刘妈妈发火，雀儿赶紧躲到蛐蛐身后，树臻看着这一对鸳鸯，想起了曾经的树琴和树生，树臻劝道："这儿没你们俩什么事情，你们就在这里听着，雀儿，刘妈妈把你拉扯这么大，也算你半个父母，不能没大没小。"

刘妈妈心高气傲地说："你都不如蛐蛐懂事理，"心里又一寻思，"不瞒王掌柜，安府都送来这么多聘金，我真是推脱不得。一是得罪不起这人，二是……"

王树臻补充道："这钱你不能不要。这样吧，他给你多少钱，我加一倍。"

刘妈妈一听钱，心里乐开了花："这做生意的说话就是和当官的不一样，可这安家人我也得罪不起啊！"

"这个我去说！"耿筱琴大摇大摆地走进来，大喊。

王树臻惊讶地问："耿掌柜怎么来了？"

耿筱琴回道："刚才去你的店铺，嫂子说你来金陵书寓，来到这里不经意间听到你们的谈话。"

王树臻笑着问："嫂子？"

耿筱琴坐下："你长我几岁，称呼嫂子是对的，言归正传，安老爷子的事情，等会儿我和你去谈。"

王树臻高兴地问刘妈妈："还有什么担心吗？"

刘妈妈想了一会儿说："没了，如果安老爷子同意，我没二话，只要把钱给我就行。"

耿筱琴摇着头笑道："刘妈妈也如此爱财啊！"

刘妈妈喝着茶水，慢吞吞地说："没钱，谁来养活这一家子？"

蛐蛐拉着雀儿往外面走，刘妈妈望着他们说："就这么走了，好像有点说不过去吧！"

王树臻赶紧叫住蛐蛐："等把事情解决完了，让你风风光光地来娶雀儿。"又转头对刘妈妈说："你得保证雀儿这段时间的安全。"

雀儿走到王树臻和耿筱琴面前："谢谢两位掌柜子。"

王树臻和耿筱琴相视一笑，和刘妈妈告别后，直奔安府。

第六章

第一节　登门造访

安府大院是一个装扮华贵的四合院，十间大北屋，几间东房和西房。北屋有客房、老爷睡房、闺房和账房。大院西边有一大门，通向后院就是马棚猪圈、晒粮场院、丝绸纺织厂和染坊。

仆人们正在大院内出出进进忙活着，安昌武老爷子开心地站在院中，马二娘和安盛冬则站在安昌武两旁，听着安昌武絮叨："现在的朝廷是洋人说了算，慈禧老佛爷见了洋人比见了鬼还害怕。咱安氏家族世代为官，天下兴亡，匹夫有责，本想让你去当官，你死活不去，只好让你弟弟他们去考科举。"

说这话的时候，仆人快步地跑到安老爷子门前："老爷，耿筱琴求见。"

安昌武起身说道:"把他请到书房。"

安府的书房典雅大重,笔墨丹青、陈列的书籍、古玩琳琅满目。桌椅古朴却不失大雅,正堂上方挂着"书香世家"四个大字。

王树臻和耿筱琴刚进门,就见安老爷子坐在屋里怡然自得地恭候着他们,两人走上前去,连忙作揖。

心里有些担心的王树臻见耿筱琴如此的平静,心里也就有了着落。

安昌武笑着问:"贤侄和王掌柜来府上是不是有什么事?"

一个丫鬟给三人上了三杯上等的毛尖,茶香弥漫着书房,带来一种飘飘然的感觉。

王树臻闭着眼睛:"这是我玉盛德茶庄的毛尖。"

安昌武笑着眯缝着眼:"正是,正是,不愧是茶的主人。"

耿筱琴见两人谈得热乎,也插了一句:"王掌柜,可知道我和安老爷子的关系?"

王树臻早就有察觉两人关系不一般,但一直说不上来,刚才又听安老爷子称呼耿筱琴为"贤侄",心里有些谱了。

耿筱琴大笑:"我们耿家和安家是世交,安老爷子和我父亲是老兄弟,我从小也算是被安老爷子看大的。"

安昌武笑道:"这话没错。"

王树臻这才恍然大悟:"怪不得,耿掌柜一进贵府,心情就如此高兴。"

耿筱琴笑了几声说："我和王掌柜就不绕弯子，今天来府上的确是有事相求，让王掌柜详细说说这件事的来龙去脉。"

安昌武爽快地应道："但说无妨。"

王树臻喝了一口茶："安老爷子，贵府是不是有个人叫马三？"

安昌武一听这人的名字，脸色突变："是不是他给你添了什么麻烦？"

从话中，王树臻也晓得马三在安老爷子的脑子里，也没什么好印象，便说："倒是没给我惹麻烦，只是光天化日之下，抢人家姑娘就不太好了吧。"

安昌武稳如泰山："这事我听说了，周村满大街传得沸沸扬扬。"

王树臻接着说："这姑娘和我柜上的管家蛐蛐，人家俩人早就对上眼了。这不正要打算把事给两个人办了，撮合成这一对鸳鸯。今天一到书寓，就听说安府早先一步下了聘礼。"

安昌武一脸的纳闷儿："我们安府下聘礼做啥？难道盛冬看上那姑娘？"

耿筱琴和王树臻大笑起来，安老爷子可一脸的茫然。耿筱琴说："盛冬兄要是看上谁家的姑娘，还用瞒着你？咱们安府谁的姑娘都想往里钻。"

安昌武着急地问："到底是怎么一回事？"

王树臻回道："不是盛冬兄要找媳妇，是马三。"

安昌武一听是马三，心里也就有了点数："他在周村城胡作非为，我漠视不管不问，竟敢打着安府的旗号娶亲。"

王树臻劝慰道："早知道安老爷子是通情达理的人，今日亲自登门拜访就是因为这事，我们商量一下，免得伤了和气。"

安昌武大怒："来人，把大少爷叫进来，混账东西。"

耿筱琴坐到安昌武旁边："安老爷子，你别生气，气坏身子，那可不值当。"

安盛冬进屋便问："爹，你找我？"

安昌武站起来训斥道："是你打着安府的名号去给马三提亲？"

安盛冬一脸的茫然："我哪有那闲工夫，庄上那么多事要我打理。"

王树臻赶紧扶着安昌武坐下："安老爷子，先喝点水，有话咱们好好说。"

安昌武惭愧道："这个马三来的日子不多，在整个大街上弄得是臭名远扬，安氏家族祖上的名声让这个外姓人给败坏得无地自容。他要是正儿八经地做个买卖，品性正直，这门亲，我亲自去给他说。可就他那德行，住在安府我都感觉窝囊。"

安盛冬不解地问："爹，你这是咋了？咱不是看在你儿媳妇的面子，一家人不能成为仇家吧？"

耿筱琴算是把事情看明白，幕后操作的黑手，不是别人，是马三的姐姐马二娘。

安昌武一拍桌子，生气地说："不管怎么样，先把这门亲事给我退了，传出去我的脸面何在？你那小舅子，好人没交几个，土匪强盗倒是结交了不少，是不是也要把安府改成马府？"

安盛冬无奈地解释："他哪有这个胆，我马上去退了这门亲。"说完，安盛冬转身离开书房。

王树臻劝慰道："安老爷子消消气，要是气坏了身子，可就是我王某人的不对了。"

安昌武舒了口气，冷静地说："马三是个什么玩意儿，我早就心里有数，前几天把万通亨的店铺给砸了，让人家找到府上来。万通亨看在我的面子上，没再计较。没过几天，又惹出不少事端，我都是睁一只眼闭一只眼。"

耿筱琴大骂："畜生。"

安昌武转过身去看着墙上挂着"书香世家"四个大字："安家人，为人清风，没想到啊！没想到啊！"

王树臻看了一眼耿筱琴："耿掌柜，咱们回去吧！安老爷子是个品行高尚，值得尊敬的人，他答应的事情，他一定会办到。安老爷子年纪大了，让他歇着吧！"

耿筱琴一听在理："安老爷子，那你就歇着，我们走了。"

安昌武点了点头："来人，送客。"

走出安府，王树臻松了口气："耿掌柜，这事得好好感谢你。"

耿筱琴笑道："等蛐蛐办喜事的时候，多请我喝几杯就行。再说，举手之劳，正好撞上这事，能帮就帮一把，也算半个媒人吧！"

王树臻嘴角一上扬："那当然，得好好请你这个媒人吃一顿。对了，你去找我有什么事情？"

耿筱琴一拍脑袋："你看，我把正事给忘了，这几天我们各大商铺都聚聚，讨论城里商会局，顺便选出会长。"

王树臻不解："我也去？"

耿筱琴反问："长山县的榜上有名的掌柜子要是不去，这会还有法开吗？"

王树臻想了会儿："那好，我去。"

刚安静了一会儿的安府大院，又掀起了波浪。安盛冬进屋见马二娘正缝绣着绢布，气不打一处来，坐在椅子上一句话不说。

马二娘见安盛冬一脸的愁相，便问："爹找你做啥？"

安盛冬怒道："还债，擦腚。"

马二娘不解地问："你撒哪门子火？我们欠谁债，给谁擦腚？"

安盛冬生气地说："我说让你管好马三，别让他惹是生非，自从他来到安府，这里就没消停过。"

马二娘一脸的茫然："马三又惹什么事？他一直关在后院，门都没迈出过。"

安盛冬愣了愣神："我问你，马三提亲这事是谁操办的？"

马二娘笑了笑："我办的，给弟弟找个媳妇有错吗？"

安盛冬大骂："你弟弟能惹事，你也不是省油的灯！人家姑娘早有人盯上，这不，今天就上门来要人，还有你弟弟提亲，干吗打着安府的名声？"

马二娘生气地问："早盯上，就得是他的人？早盯上，干吗不早下手？再说了，又没入洞房。我用安府的名声有错吗？我嫁入你们安府不是当丫头的！"

安盛冬点头道："你说得没错，早盯上不一定是他的人，可马三什么德行，你当姐的应该比谁也清楚，他是真的看上人家姑娘吗？"

马二娘大骂："我不用安府的名声，但是这姑娘我还给马三要定了。"

安盛冬气恼道："我不管你怎么给马三娶媳妇，只要不用安府的名声，我没二话。"

马二娘一摔杯子："好！"

仆人们围在门前，不敢向前劝说，静静地站在外面，听着屋子里乱哄哄的吵架声。直到安盛冬和马二娘吵累了，几个丫头才敢进去，把马二娘拉出屋子。

第二节　喜结良缘

天气阴沉了许多，街上显得宽敞了许多，只有那一盏盏花灯依旧静静挂在街头门脸。到处的吆喝声混杂在一起。

蛐蛐脸上挂着喜悦的表情，做起什么事情也麻利。雀儿从店铺外面慌慌张张地跑进来，一见到蛐蛐便问："王掌柜是不是没有说服安府？"

蛐蛐笑道："王掌柜出马，还有能办不成的事？"

雀儿显得更加着急："刘妈妈说让我准备出嫁，我以为是王掌柜说服了安府，结果是让我嫁给马三。"

蛐蛐挂着的笑容瞬间消失得无影无踪："什么？"说完，就往门外跑。

雀儿急切地问："你干吗去？"

蛐蛐一边跑一边回："我去找掌柜子，你等我信儿。"

王树臻与众商会的人员商议成立商会局的事情，每个人都在互相吹捧着对方。商会会长的位子虽然很吸引人，可是谁也担心第一个吃螃蟹的人，会不会被毒死？

大会开了半天，也没弄出个二和三，王树臻在屋子里坐不住，只好出来透透风。

王树臻刚迈出屋子，见蛐蛐在院子里打转，便走向前去问："不好好看着铺子，你怎么来这里？"

蛐蛐一脸委屈地说："掌柜子，你就和我说实话，是不是雀儿的事情没办成？"

王树臻以为是什么大事，笑着说："安府已经答应退婚。"

蛐蛐继续问："那他们既然答应退婚，怎么还让雀儿嫁给马三，雀儿和我说，就这几天办喜事。"

王树臻惶恐地看着蛐蛐，不像是开玩笑："你说的是真的？"

蛐蛐点头道："是雀儿亲口告诉我的。"

王树臻破口大骂："他娘的，说话出尔反尔，最烦这种说话不算数的人。走，咱们去金陵书寓。"

蛐蛐说："会还没结束。"

王树臻回头看了看："照这样开下去，三年五载也选不出个破会长。"

金陵书寓的刘妈妈一见王树臻和蛐蛐进门，大吃一惊，马上招呼道："王掌柜子，这段时间来书寓挺勤。"

王树臻没给她好脸色："雀儿要嫁给马三，这事是真是假？"

刘妈妈敷衍道："来，先喝杯茶，这可是上好的龙井。"

王树臻把茶杯推到一边："茶就免了，看来是真的。我们谈好的，一是钱加一倍，二是说服安老爷子，这二点我都应了，怎么还把雀儿给马三？"

刘妈妈回道："这事现在和安家无关了，现在是马家。安家大少奶奶是以马家人的身份来提亲，关键是在你给的银两上，又加了一倍。"

王树臻生气地问："刘妈妈，你也是生意场上的人，你应该明白做买卖最重视什么吧？"

刘妈妈张口就说："钱。"

王树臻大笑："错，是诚信，还有你告诉他们，这雀儿，我王家要定了。"

刘妈妈一想，自己的名声一下子掌握在王树臻手里，如果把自己不讲信用的事情在周村城传出去，那可就毁了："我说王掌柜，你为一个下人做这些事情，图什么？"

蛐蛐一听这话，心里的火一下子冒了上来。王树臻怕蛐蛐控制不住情绪，吩咐蛐蛐先回店铺。

王树臻生气地说："刘妈妈这嘴也太损了吧，你当着蛐蛐的面，说他的不是，你有何存心？"

刘妈妈平静地说："下人就是下人，当官的就是当官的，掌柜子就是掌柜子，人还得分个三六九等。再说了，我们书寓可不是燕春园那些窑子，雀儿也不是窑姐，这儿的姑娘都是有头有脸的大美人。"

王树臻骂道："没人把雀儿当成窑姐，还有，蛐蛐在我那里就是管家，出了店铺，就是我王家的人。你以后不要胡说八道，也不要狗眼看人低。"

刘妈妈大笑："斯文的王掌柜也会骂人？"

王树臻气恼地说："我不光会骂人，还会打人，还是那句话，雀儿这姑娘，我给蛐蛐要定了。"

刘妈妈无所谓地说："这话不是你说了算吧。"

王树臻知道缠下去没什么用："那咱们等着瞧。"

这边的王树臻气得脸色发青，那边的安府却准备张灯结彩，给马三准备婚事。在安府办外姓人的喜事，安老爷子打心眼里就不高兴，再加上王树臻和耿筱琴上门就是因为马三的事，事没办成，让自己的老脸往哪里搁啊。

安昌武坐在正堂，一句话不说。安盛冬看出父亲的心思，进屋与父亲坐在一起。

安盛冬劝慰道："如果爹不愿意马三在这里办婚礼，我让他回自己的老家办。"

安昌武语气微弱地说："自古就没有借家结婚一说，这么一弄，算怎么回事？"

这安老爷子刚抱怨了没有几句，外面的仆人就跑进来告诉安盛冬："老爷，少爷，金陵书寓送来信，说要在原定的钱上再加三百两。"

安盛冬一听，走到院子里，对正在和马三说说笑笑的马二娘说："书寓来信了，再加三百两，我说他们这是抢钱啊！"

马二娘不慌不急地说："我知道了，人家刘妈妈把王树臻一伙给气走了，加点钱，是能说得过去。"

安盛冬生气地说："你们做什么事，我没拦过，现在你们站在太岁头上撒尿，你们也不照照镜子看看自己那熊样，周村现在要成立商会局，他们一联合起来，估计咱们就没见光之日。"

马三淫笑道："姐夫，你说话也忒难听，再说了，咱道上有人。"

安盛冬嘲笑马三："就你道上那些人，见弱小的就上，见厉害的就跑，管屁用。我告诉你们，家里的钱一分不能动。马三，要娶媳妇，自己想办法。"

没有了钱的来源，马二娘和马三都傻眼了，干愣着看安盛冬气呼呼地离开。

马三气恼道："就算我一个子也不给书寓，雀儿还是我的。"

马二娘担心地问："你可不能干伤天害理的事情。"

马三劝慰道："姐，你就放心，我办事干净利索。"

不能从正道上走，那就从斜道上进，马三一肚子的坏主意，终于可以派上用场。

夜色已经黑得差不多，王树臻一回到家，气就不打一处来，李嫂见状，就知道在外面吃了气，倒了杯水，端给王树臻："在外面又受了哪门子委屈？"

王树臻生气地大喊："他娘的刘妈妈，说话出尔反尔。"

李嫂有些纳闷："小点儿声，娘刚睡下。这事不是已经商定了吗？"

王树臻一咬牙："气的就是这个，商定的事情，和放屁一样。"

李嫂叹气道："可怜的蛐蛐啊！"

马三早就心里痒痒，满肚子的坏水，收买了几帮土匪，晚上神不知鬼不觉地劫走了雀儿，把她藏在安府的后院里，命令所有的仆人不准踏入后院一步。

刘妈妈一下子找不到雀儿，心里直发毛，这可是白花花的银子啊！派出了许多人偷偷摸摸地寻找雀儿。她本以为这丫头与蛐蛐私奔，结果见蛐蛐还在店铺里一本正经地算着账本，就打消了这个念头，又不能惊动任何人，只能在书寓里干着急。

安府的后院，原来是放些杂物用的，自从马三来了之后，就打扫一番，成为他的住所。这也是他自己要求的，后院清静，也方便他结交道上的狐朋狗友。

月黑风高的晚上，被捆绑的雀儿坐在炕上，愤怒地望着马三，马三摩擦着手掌，色眯眯地走近云雀，云雀的身体一股劲儿地往后退。

马三淫笑着说："雀儿，你跑也跑不了，就老老实实地陪爷玩玩。"

雀儿嘴里被塞着布团，喊不出声音，两眼怒视着马三。

马三蹲在雀儿的面前："别急，爷先给你脱了衣服。"

雀儿挣扎着反抗，用脚踢了马三一脚，疼得马三给了云雀一巴掌："不识好歹的东西，爷是给你脸，你却不要脸。"

屋里扑腾着正欢，外面却冷冷清清，几个仆人站在墙角窃窃私语。这让马二娘有些起疑心，走过去问道："马少爷呢？"

几个仆人相互对视着，没有说话的。

马二娘提高嗓门："我问你们话呢，没听见啊？"

一个仆人吞吞吐吐说："在……屋里。"

马二娘转身就朝马三的房间走去，被几个仆人拦住："大少奶奶，马少爷吩咐过了，今晚谁也别找他。"

房屋里不断地传来乒乒乓乓的声音，马二娘推开几个仆人，大步地走过去，一打开门，马三光着膀子，雀儿的上衣被扯破，露着光滑的后背，在马三的强迫下挣扎。

"住手！"

正在兴头上的马三，大骂道："谁这么不看事？！"转头一看，是马二娘，仍然没好气地说："姐，你来得也太不是时候了，那几个仆人怎么看的人？"

二娘生气地问："这是什么情况？"

坐在炕上的雀儿眼泪哗哗地流着，脸上红肿的手掌印还没消去，浑身的衣服被撕扯得破烂不堪。

马三得意地说："都让我娶不成媳妇，今晚过后，我看看还有拦我的吗？"

二娘一巴掌就打在了马三的脸上："我可以帮你说媒，给你钱，光明正大地娶个媳妇，而不是你这种下三烂的手段。马家怎么出了你这种人？要不是爹妈死得早，我都懒得管你。"

马三装可怜道："姐，咱们俩是亲姐弟，比爹那些小老婆都名正言顺。"

二娘大骂："你办的这事还名正言顺？这婚你也甭想结了，祸害人家姑娘。"

马三讨价还价："不结可以，你得让我过完春宵之夜。"

二娘生气地指着马三："我告诉你，雀儿我得带着走，不然，明天从安府走的，就是你和我。"

雀儿畏缩在炕的一旁，目光呆滞。马二娘伸过手去，拉住雀儿，雀儿一直躲闪。

二娘骂马三："看你把她吓的！"又对雀儿说："走，姐带你出去。"

马三不解地问："你还是我亲姐吗？"

二娘怒视着马三："你给我滚！"

马三摇着头："好啊！让我滚，这地方，我还真不稀罕待。"

二娘让门口的仆人不要把事情传出去，给雀儿换了身衣服，送她出了安府。雀儿一句话没说，形如僵尸似的一步步在大街上走着。本打算关门睡觉的蛐蛐打远处看着像是雀儿，就放下手中的活，跟着她走，本想逗她一下，没想到雀儿走到一口水井前，作势要往下面跳，蛐蛐赶紧向前拦住。

蛐蛐一脸的迷惑："你这是干什么？"

雀儿一见是蛐蛐，哭得更厉害："你别拦我，让我去死。"

蛐蛐用力把雀儿抱到一边："到底出了什么事？"

雀儿哭得死去活来："让我去死。"

蛐蛐试探着问："是不是马三？"

雀儿一听这个名字，更显得恐惧："让我去死，别拦着我。"

这么一闹，正在路上寻找雀儿的书寓的仆人们瞧了个正着，上面拉起雀儿就往书寓走，任凭雀儿怎么折腾，蛐蛐怎么阻拦，都斗不过这几个仆人。雀儿被仆人拉回书寓，可蛐蛐心里还是没底，怕出现什么三长两短，又想起马三，气得牙直痒痒。

不出所料，金陵书寓一大早就叫了几个大夫赶了过去，救雀儿的命。雀儿是刘妈妈挣钱的货物，要是没了，银子也就没了。雀儿回到书寓还是想不开，喝了毒药。没过多久，马二娘就派人退了婚。这下，刘妈妈可急了，到手的鸭子飞了，这雀儿救不救一个样，还得为这个死丫头扔上不少银两。

王树臻一到店铺，找不到蛐蛐，便问伙计们："你们谁看见管家了？"

一个伙计说："管家一晚上没回来，有人看见他在金陵书院门口坐着。"

王树臻立马跑去金陵书寓，见蛐蛐满脸是伤地瘫坐在门口。一见王树臻，哭丧着脸说："掌柜子，快救救雀儿吧！"

王树臻从蛐蛐的头望到脚："你这浑身的伤是怎么搞的？"

蛐蛐生气地说："昨晚雀儿没精打采地走在街上，我本想跟着她逗逗她，哪想到她居然去跳井，被我拦下后，后来就让金陵书寓的人带走了。我怕她有个三长两短，就一直守在门口，他们不让我进去。今天早上请来了大夫，我一问，雀儿喝毒药了。我硬闯，他们把我赶出来，还打我。"

王树臻大骂："简直是目无王法，你知道雀儿为什么喝毒药吗？"

蛐蛐越说越伤心："还不是混账马三，肯定是他欺负雀儿。"

王树臻气得咬牙切齿："走，跟我进去，我看谁敢拦。"

蛐蛐跟着王树臻身后，走进书寓。几个伙计上前阻拦，赶他们出去。

王树臻生气地喊道："我是来听戏的，叫你们刘妈妈来，竟敢赶我王树臻？"

刘妈妈早就看见王树臻进门，怒气冲冲地骂道："你们干什么，不懂规矩，怎敢拦王掌柜？"脸色突然大变，笑嘻嘻地说："王掌柜，小子们不懂规矩，别和他们一般见识。"

王树臻一笑："我看不是小子们不懂规矩，是你吩咐好了吧？"

刘妈妈装作委屈："你看王掌柜把我当成什么了。"

王树臻问："雀儿怎么样？"

刘妈妈平静地说："这丫头命大，喝毒药都死不了。"

王树臻一听这话，大骂道："难不成你还想搭上条人命？"

刘妈妈赶紧解释："我哪敢啊？"

王树臻看到站在一旁干着急的蛐蛐："刘妈妈，让蛐蛐进去看看雀儿。咱们以前的不愉快就一笔勾销。"

刘妈妈吩咐伙计："快，带他进去看看雀儿。"

蛐蛐猛地跑进了雀儿的房间，雀儿躺在床上，面色憔悴，眼睛微弱地睁开，看着蛐蛐，一言不语，精神恍惚。

蛐蛐哭着说："我今天就带你走，不会让你受欺负了。"

雀儿依然不说话，眼眶里流出眼泪。

屋里一对苦命鸳鸯，外面的王树臻气得心里直痒痒："刘妈妈，我还是那句话，雀儿我给蛐蛐要定了。"

刘妈妈一想，马二娘都给马三退婚了，不能弄自个两手空："我丑话说在前面，原来的价钱是一个子不能少。"

王树臻忍着脾气说："你放心，够你下辈子吃的。"

这话给刘妈妈吃了颗定心丸："那你什么时候来带雀儿走？"

王树臻语气坚定地说："立刻，马上！"

刘妈妈苦笑："那可不行，你带走了人，不认账，那怎么办？"

王树臻一脸的苦相："放心，我这就安排人把钱给你送过来，要是我过几天来带雀儿走，估计带的就不是人，就是一具死尸。"

刘妈妈一惊："哪能呢？我刘妈妈可不是那么没人性的人。"

王树臻不想再磨嘴皮子，冲着雀儿的房间大喊："蛐蛐，带着雀儿咱们走。"

蛐蛐兴奋地背着雀儿走出房间，走到王树臻面前，茫然地问："掌柜子，带雀儿去哪儿？"

王树臻笑着说："背回去，给你当媳妇。对了，让账房把银子送过来，咱们和书寓两清。"

终于熬成正果，看着蛐蛐高兴的样子，王树臻打心眼里舒服。这几天从书寓出出入入，比他以前来书寓的次数都频繁。不过付出总算没白费，成就了一对苦命鸳鸯，也算是喜事。

第三节　一心一计

凤山，又叫凤凰山，位于周村以南七八里处，这里常年绿树浓荫，碧水环绕，五峰连立，似一只展翅欲翔的凤凰。据说凤和凰是雌雄二鸟，而凤山西北向有一凰山，与凤山隔鱼子沟河相对，宛若一对情侣在唱和呼应，由此便有凤凰山。虽说冬末临春季，这里依旧苍松翠柏，郁郁葱葱。凤山会就在这凤凰山坡一个密林深处。大院四周用树枝围成栅栏墙，粗粗的木料搭成的大门口上面镶钉着一面"捍乡卫国"牌匾，凤山会旌旗在门前高高直立的木杆上迎风飘摇，呼呼作响，像是在向世人展示着它的威猛。里面是一座破旧的寺庙，算是会馆。这是一个让一些人迷恋向往而让另一些人心惊肉跳的地方。

院内，首领张太年正领几十名会勇们在习武弄棒练着拳法，舞刀的、玩棍的、赤膊空拳的，有的正马步蹲桩用砖坯和木棒在身上不住地拍击抽打。张太年在会勇排成的练功方阵中间穿梭着，不住地纠正会勇们的动作姿势。

看着会勇们练得如此带劲，张太年站到前面，一个手势，会勇们会意齐刷刷列队站好。张太年望着如此卖力的手下很是开心，大声说道："弟兄们，我们前辈首领张四爷，为了抗击捻军和地痞土匪便扯起了凤山会。打从有了凤山会，咱周村一带也多少有了个安生，起码我们老百姓出出进进心里也多了些踏实。当年黄河崖上的巴老五趁兵荒马乱之时，纠集人马到我周村街上打劫，是张四爷带领会勇奋起平反，杀得巴老五屁滚尿流，四散逃窜。周村富豪遭乱匪洗劫，也是前辈亲领，出兵剿匪，声威大震。随后东捻军首领率几万人马来到这里，凤山会与捻军几次拼杀，几次取胜。

"可话又说回来，当年的捻军，官府说是民匪，可今天看来实属抗暴打富的民勇。这事今儿个来说有些为过，那是因为张四爷只听官府一面之词，不明底细才干了不该干的事情。这都是过去的事了，可今儿个身边也不那么太平，上面官府不说，身边一个又一个的老螃蟹这个租那个抢的到处伸手，还有蝎子帮屎壳郎，小树林子山沟沟里拉山头结伙打劫的土匪一帮又是一帮。我们当中大都是苦命出身，那些阔少爷们也不会来这儿凑这个热闹。既然是百姓，就得干我祖宗准许之事。今儿的凤山会做的是良心买卖，我要让老百姓看看，只要敢瞪起我们的眼睛，穷光蛋的腰杆一样的梆梆硬！伙计们，凤山会将一如既往显威风，刀枪不入练神功！"

此时，会勇们情绪激昂，一齐呐喊道："除暴安民，捍乡卫国！"

张太年大手一挥："好！给我操练起来！"

会勇们又是散开，各自练得更加起劲儿。就在这时，一年轻的会勇上来好奇地问道："张首领，马三求见。"

张太年一寻思，说道："让他进来！"

马三摇摇晃晃地走进来，后面跟了几个伙计，大笑地说："张首领，别来无恙啊！"

张太年笑道："马少爷不在安府享福，怎么有空到这穷山恶水的地方来呢？"

马三露出一脸的委屈："说来话长，我也是有事要求张首领。"

张太年觉得这里面有故事："马少爷，那咱们屋里谈吧！"

马三跟着张太年进屋，外面几个伙计守着门。

张太年问："什么事让马少爷这么无奈啊？"

马三生气地说："这事真是说来话长，他娘的总是有那么几个人给我找碴。"

张太年恍然大悟："我明白了，想让我帮你收拾他们？"

马三一拍大腿："不愧是让人闻风丧胆的张首领。"

张太年不解地问："长山有柳子帮、三番子，他们做这种事，那是个地道，你怎么不找他们？"

马三生气地说："他们哪有你的名声大，一个个花拳绣腿，小偷小摸还行，要是杀个人，放个火，那个不利索的劲儿，我看着都着急。"

张太年惊讶地问："你就不怕传到他们耳朵里，要了你的小命？"

马三摇着头："张首领不是那种人。"

张太年大笑："说说要谁的命？"

马三一咬牙："长山王树臻。我不光要他的命，我还得烧了他的店铺。"

张太年一惊："你还够狠的。"

马三委屈道："我这样对他算是轻的，你可不知道，他是怎么对我的。不过话说回来，钱，我是一分不会少，你开个价吧！"

张太年反问："你怎么知道我会答应你？"

马三胸有成竹地说："哪有人和钱过不去，再说了，练武之人，不能整天穷摆设，得出去松松筋骨。"

张太年再问："如果我不答应呢？"

马三着急："我再加点钱。"

张太年知道马三是那种白道黑道通吃的人："那好，先付钱，这事我就接。"

马三拿出大把的银票放在桌子上，推到张太年的跟前。张太年接过，看了一眼："堂堂的长山七大家的性命就这个数？"

马三又拿出一把放在桌子上："这总该够了吧？等办完事，还有钱孝敬你。"

张太年拿着钱："这还差不多，不过得等我选个黄道吉日。"

马三一听心里乐滋滋："那好，我回去等信。"

张太年一笑："那好，送客！"

马三大摇大摆地走出会馆，心里算是有谱了。

一个伙计走到张太年面前："你真的要杀王树臻？"

张太年数着钱："有银子赚，为什么不干？别到处乱说。"

伙计应后，继续练武。

好事不出门，坏事传千里。雀儿喝毒药自杀的事情很快传到了安府，因为马三绑架雀儿发生的地点就是在安府，然而安老爷子和安盛冬都不知道这事，都以为是谣传。可马三连续好几天没回安府，安盛冬觉察出事情有些不对劲儿。还没等他问马二娘，就让安昌武老爷子叫到书房。

安盛冬一进书房，马二娘一副苦相地坐在一旁，安昌武脸上写满了怒气，安盛冬试着缓和气氛："这是吃了什么不干净的东西，还是……"

话没说话，就被安昌武打断："事情你都知道了吧？"

盛冬收住了嘴："也是从街上听说的。"

安昌武怒道："安府这段时间可热闹了，几生几世都没这么热闹过，你媳妇都和我一五一十地说了。"

盛冬瞪大眼睛看着马二娘："事情看来是真的，不是谣传。"

马二娘语气有些颤抖："是，和传的没什么两样。"

盛冬大怒："我说这几天见不到那混账东西，婚也退了，原来是差点把人姑娘害死，你瞧你们马家人办的好事。"

安昌武一脸的无奈："按理说，我和马老爷也是同窗，祖上也是世交，可惜马家家门不幸，出了这等败家子。现在马三也不争气。幸亏那姑娘没死，要是死了，咱们安府的名声从此就一败涂地，怎么面对祖上？"

盛冬劝慰道："爹，咱得去看看人家姑娘，赔个礼。"

安昌武有气无力地点了点头："这事我去办。"

马二娘阻拦："这可不行，你是安府的老爷，哪能让你去呢，要去也是我们俩去。"

安昌武叹气道："这次还非得我去，不然我这掉在地上的脸面真拾不起来。"

盛冬生气地骂道："看你马家办的什么事，还得让安家跟着给你们擦屁股。马三闹了这出的事，你也不告诉我，任他胡闹，看我不休了你！"

马二娘扑通跪在安昌武的面前："爹，别让他休了我，我没爹没娘，也没地方去。"

安昌武把马二娘扶起来："盛冬，这事不是你媳妇的错，谁也不想有个这么不争气的兄弟。你要休了你媳妇，就别认我这个爹。"

盛冬急道："爹，看你说的什么话。"

安昌武走到门口："来人，去给玉盛德茶庄的王掌柜报个信，说我要过去。"

盛冬急问："爹，我去就行，你在家歇着吧！"

安昌武没有理睬安盛冬，直接夺门而出。安盛冬怒视着马二娘："瞧瞧这是办的什么事。"

王树臻一听安老爷子要上门，一下子慌了神。派人把耿筱琴招呼到店铺，耿筱琴和安家交情深，树臻不喜欢和当官的打交道，要是什么话说错，给自己招来麻烦，那祸就闯大了。

耿筱琴前脚刚进，安老爷子就进了店铺，王树臻赶紧向前迎着安老爷子，树臻说："安老爷子大驾光临，小店真是蓬荜生辉啊！"

安昌武叹气道："不给你抹黑就行。"

耿筱琴把安老爷子扶上座："你看安老爷子真会说笑话，很多人求你去你都不去，王掌柜特意叫我来，说上次没和老爷子聊够。"

安昌武沉重地看着树臻："王掌柜，我安某人这次是来负荆请罪，虽然马三是外姓人，可满周村城都知道他住在安府，百姓指桑骂槐，骂的是安府啊！"

王树臻惊讶："安老爷子，你想多喽，马三是马三，安府是安府，这是两码事。"

安昌武惭愧地问："那姑娘怎么样？"

王树臻劝慰道："雀儿福大命大，就是精神状态不太好，过段时间就能康复，一康复，就给她和蛐蛐办婚礼。"

安昌武严肃的脸上露出了笑容："好啊！好啊！到时候我来喝几盅酒。"

耿筱琴笑道："那太好了，蛐蛐面子真大，都能让安老爷子出山。"

安昌武一想："你们俩提防着点马三，那家伙不是个吃气的茬。"

王树臻问："安老爷子这话的意思是他还会背后来一刀？"

安昌武摆了摆手："以防万一嘛。"

一个伙计匆匆忙忙地跑进来："掌柜子，丰泰酒楼的菜订好了。"

王树臻点了点头："安老爷子，走吧，今天我好好请你吃一顿。"

安昌武推辞："使不得，我是来请罪的，不是来混饭吃。"

耿筱琴走到安老爷子身边，扶着他："你何罪之有，就算真的有罪，也是马三的错，马三不是东西，和你老人家无关，走，去酒楼。"

眼看推辞不掉，安昌武在王树臻和耿筱琴的搀扶之下，去了丰泰酒楼。闹了几天的商会局会长也终于花落在王晓斋的身上，天将降大任于斯人也，繁华并不代表太平。

第四节　变虎为猫

蛐蛐在离商铺不远的东北方买了房子，房子外间十分宽敞，两边是两套间房屋子，右间房屋中住的是雀儿，左套间房屋子里住着蛐蛐。一角朝阳靠窗户有一大床，没人睡过的样子。饭桌上已经摆上了饭菜，小油灯正亮着。

雀儿坐在饭桌前，目光呆滞，精神恍惚，看样子还没有从惊吓中走出来。蛐蛐盛了一碗粥放在雀儿的面前。雀儿一动不动，盯着碗里的粥。

蛐蛐大怒道："要让我见到马三，我非扒了他的皮。"

"这是要扒了谁的皮啊？"

一个声音从外面传了过来，蛐蛐根据声音辨别出是王树臻，赶紧起身，见王树臻和李嫚走进来，蛐蛐说："掌柜子，你们怎么来了？"

王树臻和李嫚相视对笑："有媳妇就不认我们，你还没娶雀儿呢，你要是这么没良心，我让雀儿跟着我们走，不嫁给你。"

蛐蛐解释道："你看掌柜子说笑了，我没这意思。"

坐在一旁的雀儿突然笑了，蛐蛐惊讶地看着她："雀儿，你笑了，这么多天，你第一次笑。"

王树臻见蛐蛐有些激动："赶紧去备碗筷，我们也在这里吃。"

蛐蛐麻利地摆上两双筷子和两个碗："掌柜子，今晚不知道你们来，饭菜有些简陋，你们就将就着吃吧。"

李嫚笑道："咱们没有这么多穷讲究。"

王树臻夹了一口菜，尝了尝："味道还不错，快赶上店铺的厨师李师傅。"

蛐蛐率直地说："我就是跟他学的厨艺。"

李嫚夸蛐蛐："看到没有，蛐蛐就是精灵，学啥也快。"

王树臻看了一眼目光呆滞的雀儿："雀儿，饭菜不对胃口？"

雀儿摇了摇头，不说话。

王树臻接着说："等会儿吃完饭，让你少奶奶陪着你出去转转，光在家里不是回事。"

蛐蛐担心地问："掌柜子，雀儿一直不敢踏出家门半步。"

王树臻斩钉截铁地说："难道一辈子窝在家里不出去？"又想起一件事，"你明天去买上二十只鸡。"

蛐蛐纳闷："这不过年不过节的，买这么多鸡做什么？"

王树臻笑道："唱戏。"

蛐蛐喝了口水："听说周村周围几个村子里又来了几个大鼻子，开始圈了地皮，建教堂，收笼教徒。这乡亲们一天到晚吃不上饭，喝不着汤，还一门子心思去进教堂念洋经求主保佑，洋玩意儿还真是瓷实，这年头真犯邪！"

王树臻说："娘的大鼻子们来咱这地盘上说是传教，倒不如说是来敛财骗色，不过洋玩意儿那把戏就是地道，这中国人明明都不知道什么是耶稣，可就是信。"

饭后，李嫚和雀儿在街上溜达，雀儿死抓着李嫚的衣服。王树臻担心会出现什么意外，就和蛐蛐跟在他们后面。

蛐蛐想赶上去，被王树臻一手拉了回来，王树臻说："咱们两个堂堂的大老爷们，掺和老娘儿们的事干吗，让她们女人之间说说话，也许对雀儿会好点。"

蛐蛐明白了王树臻的用心："对了，掌柜子，明天买鸡做啥？"

王树臻笑道："到时候你就知道了，先别打听。"

就这样，在周村繁华的夜市上，四个人散着步，穿梭在闹市中，而这一切仿佛只是高潮到来时的铺垫。

半阴半晴的天空已经完全阴了下来，乌云像是被驱赶着的羊群，大片大片地朝大地压来。屋子里顿时暗了下来。王树臻一起床，就高兴得像个孩子，指着天空对李嫂说："看啊！看啊！老天变脸了！"

李嫂纳闷："下雨有什么稀奇的？"

王树臻故弄玄虚："这是老天在帮我。"

李嫂完全听不懂王树臻话里的意思，但看着他的兴奋劲儿，觉得肯定有事要发生。

当乌云把留给大地的最后一道缝隙封死之后，大风就呼啸着掠过大地，大风是大雨的信使，大风一过，雨点就打在了屋顶上，打在窗棂上，打在大地上……

王家大院里一片寂静，王树臻从里屋走出来，拿着一把伞，转头对李嫂说："我去周村一趟。"

村庄浸湿在雨水中，雨越下越大。城门外那条笔直的大街上，人潮涌动，从孝妇河外，一直排到高大雄伟的牌坊附近，人们流动性很大，王树臻舒心地在雨中散步。

到了店铺，见蛐蛐一身的鸡毛，笑道："你这身衣服是鸡毛编制的？"

蛐蛐苦笑着摇头："一大早去买鸡，那么多鸡，扑腾得我浑身都是鸡毛，一下雨沾上水，不好弄。对了，掌柜子，你还没说弄那些鸡做啥？"

王树臻诡异地笑着说："今晚就知道了，给所有伙计们加餐，告诉他们鸡血留着。等会儿你去告诉瑞蚨祥的孟掌柜，还有耿掌柜，就说鸡已经准备好了，只欠东风了。"

蛐蛐不解地问："准备这么多鸡，你们也吃不了，要请谁吃啊？乔致庸啊？"

王树臻神秘地笑道："乔致庸是从山西来周村了，但不是请他。快去传信，别问这么多。"

蛐蛐知道问下去也不会问出什么情况，只好按照掌柜子说的去办。

黑夜降临，周村自打开始下雨，天就罩在黑蒙蒙的一片中，雨越下天越亮，可亮了没多久，天又暗下来了，雨渐渐地也停了，整条街都被雨淋得湿乎乎的。

王树臻打发蛐蛐回去照顾雀儿，自己和孟洛川、耿筱琴吃着鸡肉，喝着鸡汤。

蛐蛐感觉事情不太对劲儿，平时掌柜子肯定不会赶自己走，就算担心雀儿，那为什么买那么多鸡呢？越想越不对劲儿，在家坐了没一会儿，就起身去店铺。

雀儿见蛐蛐慌里慌张的，问道："你要干什么去？"

蛐蛐见雀儿精神状态大有好转，回她的话："昨晚掌柜子不是让我给他买鸡吗，他今天古里古怪的，现在又和孟洛川、耿筱琴悠闲地喝起酒来。"

雀儿平静地说："说不定是掌柜子有事，这事不能和别人说。"

蛐蛐想了想，还事不对："掌柜子做事从不掖着藏着，今天是怎么了？我得去看看。"

雀儿跟着蛐蛐后面："我陪你去。"

蛐蛐担心地说："你在家好好养养身子，这病刚好，精神头刚上来，别再伤着。"

雀儿率直地说："我琢磨了一晚上，少奶奶说得对，我得出去走走，一些事该放下还是得放下。这都三更半夜了，街上连个人影都没有，你出去我也不放心。"

蛐蛐听雀儿这么一说，心里有了着落："那好吧，咱们走。"

王树臻在屋里喝得尽兴，屋外却被土匪团团地围住。蛐蛐和雀儿一见这场面，赶紧躲了起来。

蛐蛐茫然地问："这是些什么人，把店铺围住干吗？"

雀儿两眼在土匪的人群中扫视："那个人是马三。"

蛐蛐顺着雀儿手指指的方向望过去："有他在，绝对没什么好事，他不会要烧了铺子吧？不行，我得去阻止他。"

雀儿把刚起身的蛐蛐拉住："你去只能去送死。"

蛐蛐着急地说："那不能坐视不管，看着掌柜子他们被杀了吧。"

雀儿一想："咱们先去报官，让官兵和这些土匪斗。"

蛐蛐知道这是最好的办法，只好小心翼翼地去报官。

马三在土匪群里转来转去，得意扬扬地走到张太年面前："张首领，我们什么时候开始？"

　　张太年不慌不忙地说："马上，等把他们杀了，咱们再放火，天气刚下过雨，得弄些干些的柴火，再等等。"

　　马三急切地问："直接烧死不就行了，干吗这么烦琐？"

　　张太年摇着头："不可，要是一看起火，他要跑了怎么办？杀了再放火，官府也以为是店铺自己起的火，人是烧死的，就不会怀疑咱们。"

　　马三竖起大拇指："高明，不愧是大名鼎鼎的张首领。"

　　又熬了一段时间，张太年看了看夜空说："良辰吉时已到，你们几个按照我的吩咐进去把他们咔嚓了。"

　　几个伙计小心翼翼地上墙，潜入了后院。马三也抬头望着夜空，黑乎乎的一片，好奇地问："张首领，还会静观天象？"

　　张太年大笑："皮毛而已。"

　　话音刚落，听到屋里几声惨叫，窗户上溅满了血液。

　　马三一咧嘴："真是个惨啊！"

　　几个伙计拿着刀子从屋里出来，刀子上布满了鲜血。

　　张太年问几个伙计："都没气了吧？"

　　一个伙计回道："都死了。"

　　张太年转头问马三："满意吧？"

　　马三乐滋滋地说："张首领，办事真是太利索了，我喜欢。"

　　张太年沉默了一会儿："那准备点火吧。"

　　刚要点火，蛐蛐和雀儿带着官兵把他们围了起来，为首的是长山县县令曹恒惕。

张太年一脸的纳闷儿："好啊马三，你敢陷害我？"

马三无辜地看着张太年："我陷害你干吗？我陷害你不就等于陷害自己吗？"

蛐蛐一看窗户上的血迹，情绪失控地和马三撕扯在一起，雀儿拔起官兵身边的一把剑，准备刺向马三："我要杀了你！"

长山县令曹恒惕怕把事情弄大，赶紧让人把蛐蛐和雀儿拦住，蛐蛐和雀儿哭得稀里哗啦的。闻讯而来的李嬷一见一窗户的血迹晕在了地上。

曹恒惕一声令下："全给我拿下！"

张太年的凤山会刚要准备与官兵展开个鱼死网破，王树臻、孟洛川、耿筱琴从屋里走了出来，这可把马三吓了一跳。

张太年纳闷儿地问："这唱的哪一出？"

王树臻看着蛐蛐："是你报的案。"

眼见掌柜子还活着，蛐蛐擦干了眼泪，赶紧把李嬷叫醒。

王树臻拜过曹恒惕："知县大人，这事和张太年的手下没有任何关系，都是马三一人所为。"

曹恒惕被事情弄蒙了："那些血是？"

耿筱琴笑道："鸡血。"

孟洛川解释："马三这混账，我早就想收拾他，只不过京城大栅栏的店铺得重建，懒得理他。结果没想到居然买凶杀人，幸亏找的是张太年首领，张首领提早把事情告诉我，才唱了这出戏。"

张太年笑道："孟掌柜和我在京城就认识，交情很深。王掌柜我是久仰大名，你救助王家洼村民的事情早有耳闻，耿筱琴正义之举也让张某人敬仰。要是我不答应杀你们，他肯定还会找别人，到时候可就真的会有危险。"

曹恒惕点了点头："我明白了，来人，把马三和他身边的流氓带走。"

"慢！"马二娘慌慌张张地跑了过来。

马三一见是自己的姐姐，心里觉得有救了，乞求道："姐，你一定要救我。"

二娘眼泪哗哗地流着："你这败家子，上次人家放过你一回，你恩将仇报。这次我也帮不了你。"

马三像一只没人管的小狗一样："姐，你不救我，就真的没救我的了。"

雀儿气得两眼放绿光："我杀了你！"

蛐蛐拦着雀儿："你不能杀他，你杀他，你就得坐牢，他进去，估计也活不长了。"

马三用力地给曹恒惕磕头："我一时糊涂，一时糊涂。"

曹恒惕下令："带走。"

任凭马三哭丧呐喊，马二娘也一直是流泪，却无能为力。的确，她也没脸面来帮这个不争气的弟弟。只是走到曹恒惕面前，塞了几个银子："让他在里面少受点苦。"说完，哭着回安府。

王树臻再次拜谢："真是麻烦曹大人，这么晚了。"

曹恒惕松了口气："是不是这场好戏被我搅和了？"

王树臻否定："谢你还来不及呢。"

曹恒惕点了点头："我回去睡觉了，现在还有点神魂颠倒。"

见曹恒惕带着官兵走后，王树臻请凤山会的弟兄们都进了后院，长长的桌子上摆满了酒肉，大伙沉浸在一片欢呼之中。这场戏终于告一段落了。

第五节　周村开埠

"周村开埠了！"

"周村开埠了！"

……

蛐蛐结婚后不久，随着一声声锣响，周村开埠了。

可是国内的战争还在轰轰烈烈地进行，德国开始改变以往赤裸裸的武力入侵者的粗暴形象，限制其在胶州的武备，对青岛强调："只是作为商业中心，而不是战略军事基地。"同时，德国修筑的胶济铁路即将竣工。

随着胶济铁路竣工的日期迫近，其势力必将沿铁路向山东内地渗透。

济南、潍县、周村自开埠后，所辟商埠大部分为沿海沿江商贾繁华之地，但周村地处内陆，有歌谣："河南朱仙镇，河北辛集镇，两镇并一镇，不如周村镇。"

全长四百四十公里的胶济线全部建成通车，铁路修筑过程中，必经之处，村庄被毁，农田被践，坟墓被掘，河道被堵。千年古城周村开来了第一列火车，大多周村市民跑到火车站目睹了这个稀奇的钢铁"怪物"。

王树臻对这些洋玩意儿，心里总是有莫名的担心。长山、邹平、齐东一地信教的人越来越多，这也就意味着外国势力渗透得越来越猖獗。

仲钧安在邹平传教有年数了，他手里的基督徒也越来越多。王树臻对周村突然的变化有点摸不到头脑，跑到仲钧安这里来取经。

仲钧安一听王树臻对新事物的担心，大笑道："王，你的国家需要发展，就需要接受先进的科学技术，不能停在表面。"

科学这玩意儿对于王树臻这种钻在《论语》《三字经》里面的人来说，的确是有些深奥。如果不是神仙张云游四海，他早就去找神仙张论天理去了，而不是听仲钧安这个说这些云里雾里的怪事。

王树臻疑惑地问："那大玩意儿太破坏风水。"

仲钧安惊讶地说："中国人就是信邪教，以为在胸口挂个符，就刀枪不入。这种思想是愚昧的。应该信主，主不会让人间的黎民百姓接受这种落后的文化。"

王树臻好奇地问："主他老人家，也会开火车？"

仲钧安摇着头："主不是司机。不过，话说回来，筑路之事，漠视坟墓，以致有伤百姓的信仰感情，这是不可取的。"

王树臻竖起大拇指："这点主看得明白。"

仲钧安劝道："王，你是赫赫有名的大掌柜，早就让你去西方转转。"

王树臻推辞说："去那整天喝奶，吃不熟的牛肉，我可受不了。"

仲钧安笑了几声："你们这个国家是天府之国，宝藏珍奇，人杰地灵，可是思想文化被封住，很难进步。对了，你可以考虑让孩子们出国念书留洋，回来报效国家。"

王树臻一惊："这倒是个不错的主意。"

仲钧安接着说："你如果派你的儿子去留洋，和我说一声，我来替你安排。"

王树臻大悦："这事容我考虑好了，给你答复。"

留洋虽是好事，可是李嬷他们一直对大鼻子、黄毛发的人恐惧，这事得好好跟他们商量，这事要是自己做了决定，一家人非活剥了自己。

蛐蛐和雀儿坐在王树臻的家里已经有些时间，桌上摆满饭菜，红烧鱼、油炸豆腐、拔丝山药等等，让人看着都流口水。

王树臻一进门，见大伙都干坐着问道："今天是哪门子喜事？"

李嬷严肃地问："没哪门子喜事，你去哪了？"

王树臻敷衍说："在街上溜达到现在。"

李嬷否定："胡说，我让仆人去街上找你，连你个人影都没找着。"

王树臻解释道："那可能是在街上错过了，以后再多招几个仆人。"见这一桌子菜，蛐蛐和雀儿在这里，肯定是有什么事，"蛐蛐，今天是不是有什么事？"

没等蛐蛐说话，李嬷就发话："是我让他们过来的，雀儿和蛐蛐婚也办了，我吩咐雀儿和蛐蛐搬过来住，让雀儿过来伺候咱娘和秀儿婶。"

王树臻说："那敢情好，你柜上和家里来回跑，有雀儿在家，也放心。来，快吃。"

树臻心里一直憋着话，直到吃完饭，蛐蛐和雀儿离开，树臻才对李嫚开口："你先别忙活，我和你说点事。"

李嫚收起手里的活，搬了个凳子坐在树臻的面前："什么事？吃饭的时候就见你心不在焉。"

树臻变着法子问："你看洋人穿的衣服好看不？"

李嫚回道："也没觉得有什么好看，那女人穿得也太少了。"又一想，"你是不是要带个洋媳妇回来？就算我让，咱娘也不会让你这样做。"

树臻惊讶地说："你胡说什么，我带洋媳妇回来做什么，我有个事情要和你商量。"

李嫚被树臻的神秘弄得团团转："你有话直说，别绕那么大弯子。"

树臻小心翼翼地说："我想从咱们儿子中选一人去留洋。"

李嫚大惊："不行，孩子们都太小。那国外是人待的地方吗，兵荒马乱的，万一有个闪失。"说着说着，哭了起来。

树臻知道李嫚想起来德兴，只好不再提这件事："那好，咱们睡觉。"

生意是越做越大，全国各地的分号都陆陆续续地开张，王树臻去济南分店的路上，拿出了爹死前送给他的那块玉坠，想起爹说的那句话，男戴观音女戴佛……

王树臻有些想念死去的父亲了，眼泪流了下来。

艺人窝子位于济南府西南部，大街上人来人往，打板说书的、玩戏法的、耍猴的、说唱戏摊一个挨一个，每一个小摊台前有一立柱，立柱一左一右两横细杆，一细杆挂着艺摊名字的幡布幌子，另一边则挂着一个大红灯笼。每个说唱摊中有献艺的，有打场的，有收钱的。一个段子每每演完，围场的人总是多多少少扔给打场人些钱物。

王树臻新鲜好奇地边看边向前走着，一眼看到前面一个显眼的门头立柱上横挂着两样东西，一样是摊位幡号：肘鼓子唱摊，一样是大红灯笼。

王树臻兴奋地跑过来，从人群中挤到里面跟着周围看戏的盘腿坐下，只见一长者坐于条凳拉着二胡正在唱着周姑子腔："大雪飘飘天地清寒，有钱人欢天喜地把新衣穿。鞭炮声声把人心揪啊，转眼到了年根儿前。周村店三商人靠卖柴草来糊口，可一年下来还不够回家的盘缠钱。大年三十这一晚，三人只好煮了锅稀粥度年关。稀粥刚做好就有人来敲门，进门者乃赶骆驼求宿的一老汉。三人只得把火炕腾，老汉见锅中有粥端起了碗。一碗不够还想要，三个人只好眼看着让老汉把一锅的稀粥来喝干。三人空着肚子干干守了一整夜，听着外面爆仗声声打着寒战就亮了天。第二天清早起三商人忙进睡房把老人请，进门一看傻了眼。老人离去无踪影，院中的骆驼也不见。正当三人想骂娘，炕上一只鼓鼓的布包现眼前。三人急忙打开包，一块块铮亮铮亮的银铊子骨碌骨碌滚到炕头边。三人忙跑出家门把老汉找，一找找了一整天，也没见到老汉面。三人坐在炕前来商议，用此银把个票号来创办。票号房以'银主'之名为老汉立了股，票号发了家，商人有了钱，银主老汉再无人见。从此后，周村店各位票号佳节都来把银主供，一辈一辈往后传。到后来，这位银主便成了人人敬奉的财神爷，供财神迎财神一直延续至今天。说到这里算一段，把财神请进门才能过好年。好人好心有好报，好日子才能有平安……"

这可是周村街上那段"财神爷的传说"，长者唱完段子，刚刚起身谢幕，围场人顿时鼓掌起来。王树臻也跟着大声吆喝："再来一段！"从衣袖里，拿出几个铜钱扔给他们，自己乐呵呵地甩袖而去。

路边逐渐多了几家洋商铺，王树臻注视了这些英文字母很长时间，愣是一个也不认识。走进一家咖啡馆，里面坐的几乎都是洋人，西装革履，放着悠扬的背景音乐。这可把王树臻弄蒙了，这不是茶馆，也不是餐厅，桌上没什么菜。

一个外国服务员走过来："Can I help you？"

王树臻一头雾水："你说看你害羞？我不害羞。"服务员也一头雾水，不知道如何往下接。这时一个西装革履的人走进来，对服务员说："Two cups of coffee。"

男子笑着说："我是陈存孝，在芙蓉街开药铺的，就是那家聚民堂，咱们这边坐。"

王树臻根本不认识他，心里有些莫名地担心，好奇心还是让他跟着坐下："杨兄，刚才那女人说的什么？"

陈存孝说："她是问你需要什么帮助吗，意思就是需要点些什么。"

王树臻惊奇道："你是中国人，还懂洋文？"

陈存孝笑着说："我以前留过洋。请问兄台是做什么的？"

王树臻回道："卖茶叶的。王树臻。"

咖啡端上来了，王树臻左右打量一番，心里有些疑问："像茶不是茶，怎么喝？"

陈存孝见王树臻愣神，做了手势："请品尝。"

王树臻端起杯子喝了一口，紧皱眉头："苦，还不如茶好喝。"

陈存孝大笑："各有各的好处，咖啡在咱们看来是苦，但在外国人眼里是香醇。洋人的玩意儿多着呢。"

王树臻仿佛对眼前这个人有些刮目相看，也给自己的无知狠狠地打了一巴掌："那国外是不是很多好玩的？"

陈存孝喝着咖啡："西方国家不是好玩，是强大，他们懂得如何发展，如何在世界经济中生存。就拿中药和西药来说，各有各的精华，不应互相排斥。人生病了，可以治，可国家生病，就不好治了。"

王树臻恍然大悟："杨兄果然见世面广，简短的聊天让我王某人感觉得出，你是有远大抱负的掌柜子。"

陈存孝暗笑道："抱负谈不上，只是没有一个人愿意看到自己的国家被外国人用枪杆子指着，用刀子一刀刀地刮割。"

王树臻被这句话深深地刺痛，他觉得让儿子出国不单单是为了自己的家族，更为了在国外给这个病患的国家寻医问药。

陈存孝看着发愣的树臻："王兄想什么呢？"

王树臻起身拜过陈存孝："多谢杨兄，你解决我一个大问题，改日到店里当面拜谢。"

第六节　德邦留学

一回到家，王树臻就把要让孩子的事情再次告诉李嫚，被陈存孝突然的洗脑，王树臻的意志变得非常坚定，以至于让李嫚不得不让郝秀儿和周莲来说服王树臻。

郝秀儿自从树生走后，就一直念经信佛，王树臻怕秀儿婶有什么闪失，直接让人把自家和树生家围成一家。经过修筑，王家大院显得阔气大方，尽显大户人家的荣华大气。

雀儿在屋里摆上茶水，站在李嫚的身后。从周莲、郝秀儿和李嫚三个人身上，雀儿感受到一种不祥的预兆，家家都有本难念的经，自打进了王家照顾周莲和郝秀儿以来，这是第一次见到如此严肃清冷的场面。

许久的沉默肃静被周莲的话打断："树臻，到底是怎么回事？"

王树臻不急不慢："我是想把儿子送去留洋。"

郝秀儿作为婶子，有些话是不敢说的，刚要开口，又收了回去。她和李嫚一样，李嫚失去过德兴，而她失去了树生。唯一不同的是德兴死了，树生连死活都不知道。

周莲一声令道："不行！"

王树臻早预料到这种结果，解释说："我又不是让孩子们去送死，是去留洋。"

李嫚心里窝着火："外面兵荒马乱，在青岛，洋人见中国人就杀。"

王树臻辩解："那么多中国人，他能杀得完？"

郝秀儿劝阻道："先别吵，多么丁点的事，这样吵。依我看，咱们先听听树臻是怎么想的。"

王树臻严肃的脸上有了一丝的放松："还是秀儿婶明事理。"

郝秀儿坦然地说："你这样做，有你的原因，我们先听听，"看到站在李嫚身后的雀儿，"雀儿，坐下，别老站着，一起听听。"

雀儿应了一声，坐了下来。王家人早就把雀儿当成自家人了，而雀儿心里总觉得愧疚。

王树臻说："现在周村城通火车了，早在很长时间以前，人家外国人就有了火车，破不破坏风水咱也不说。再就是火药，我们拿着火药做炮仗，这可是我们老祖宗发明的，人家拿着火药做成了枪来侵略我们，而我们拿着火药吓唬鬼怪。我们造的纸，他们用来传播先进的文化知识。"

雀儿听得入迷，突然鼓起掌，这下惹得李嫚不高兴，训道："傻丫头，鼓什么掌？"

雀儿感觉自己犯了错，低声说："掌柜子说得太好了。"

李嫚气不打一处来："好什么好，这些跟咱们有什么关系？"

王树臻严肃地说："如果都像你这么想，以后在这片土地上生活的就是那些大鼻子、大眼睛的洋人。"

周莲算是听了个门清："树臻的话在理，别的家都是子孙满堂，但是我们王家就剩这四个孩子，咱们是从穷人家过来的，没有什么三宫六院。你想过没有，要是出了闪失，那可怎么办？"

王树臻忙说："不会有什么意外，这个你放心。我让仲钧来安排，孩子在那里能受到保护。"

郝秀儿笑道："看来，这事你早就开始张罗。"

李嫚看事情不妙："不行，我就是不同意，要是这样，我带着孩子回娘家住。"

王树臻无奈地摇头："你怎么还听不明白？"

李嫚回道："不就是拿着儿子往外送，我早就明白了，我不舍得，没你这么心狠。"

王树臻生气地说："这还没说几句话，又急眼了。"

周莲和郝秀儿对视了一眼："雀儿，你说说。"

雀儿用眼角瞄了一眼李嫚："我不是帮掌柜子说话，我觉得让孩子去留洋挺好的，很多东西在我们这里是不知道的。少奶奶担心孩子这也没错，谁也不想把孩子送到一个举目无亲的地方。要不，就让少奶奶跟着去留洋得了。"

李嫚一脸的茫然："我留哪门子洋啊，说的那些鸟语，我都听不懂，"转头一想，自己被绕进去了，"我说你这个死丫头，说话都向着掌柜子。"

雀儿辩解道："我不是向着掌柜子，掌柜子说得对，我们都生活在一个一问三不知，只知道四书五经的圈子里，挺悲剧的。"

王树臻惊叹："雀儿，你说的话中有话，敞开心扉说，一般人是无法拿自己的国家和国外的做对比。"

雀儿害羞地回道："也不是话中有话，是有一次我在书寓的时候，擦拭桌子，有个洋人丢了几本书，我打开一看，里面全是洋文，看不懂，随便翻了几页，有咱们的文字，我就看入了迷，那本书是国外的戏，就像咱们一样，也是在台子上演。那时候，我就知道国外有很多我们不知道的东西。"

郝秀儿笑着说："这丫头懂得不少。"

王树臻看着李嫚说："你还是不同意让孩子去留洋？"

李嫚为了面子，吞吞吐吐地说："不愿意。"

周莲想了一会儿："咱们自古以来读的是四书五经，出了国，留个洋，他们不学这个，孩子就不知道什么是孝敬、尊长爱幼。"

王树臻也没留过洋，他也不知道留洋会学到什么："这个我说不清楚，得让仲钧安来说。再说了，人家仲钧安从国外来到咱这里传教，活得好好的。"

周莲问："树臻，看来你对这事早有打算，说说那你想让老几去留学？"

王树臻沉稳地说："这事我想过了，德安是老大，全国各地的分号越来越多，让他得留下来照顾生意。德国、德胜还小，就让德邦去吧。"

李嫚惊讶道："德邦也是个小屁孩，他一个人在外面怎么照顾自己？"

王树臻面对李嫚的强硬态度，逗趣说："那你难道让我这个大屁孩去啊？"这一句话把大伙逗笑了。

李嬷也忍不住笑了出来："真搞不明白，在这里生活得好好的，留哪门子洋。"

王树臻笑着说："这样吧，既然大伙都担心，我找个人跟着他去，在外面照顾他。"

郝秀儿点头："这主意不错。"

李嬷问："你打算找谁？"

王树臻说："仲钧安的徒弟高天利，这人我见过，邹平人，有一手的好武艺，为人正直老实，前段时间留过洋。"

李嬷不解地问："他一介武夫，哪能照料德邦？"

王树臻否定她说："这你错了，这人还真是粗中有细，我看重的就是这一点，他将来很可能成为德邦的得力助手。"

李嬷听了这话，心里有点谱："要是这么说，那我可以考虑一下让德邦去留洋。"

王树臻兴奋道："我说的话，如假包换。"

李嬷苦笑着说："你以为出国是你做买卖，这可是关乎孩子的安全。"

郝秀儿松了一口气："事情敲定了，我也该走了。"

周莲对李嬷说："给德邦做几件衣服，快过冬了，让他带着。"

王树臻笑道："国外的气候和咱们这里不一样。"

李嬷纳闷："我还没答应呢。"

一个个人离开了房间，只有雀儿和李嬷坐在屋里，李嬷一人瞪着大眼，一脸茫然看着大家离开。

李嬷无奈道："我还没答应呢。"说完，看了雀儿一眼，雀儿偷笑。

没过多久，德邦留洋的事情已经敲定，一家人送德邦坐火车去青岛，再从青岛坐船到欧洲。

德邦目光呆滞地看着家人，他仿佛对以后的生活充满着未知。李嬷哭得死去活来，王树臻嘱咐着德邦，然后告诉高天利一定要照顾好德邦。

火车冒着浓烈的黑烟缓缓地远去，王树臻松了一口气，终于把德邦送出国去。可是他心里又嘀咕，留学回来的德邦会是个什么样子，真的能救国救民，实业救国，还是真的像李嬷担心的那样，出现什么意外，车站的离别真有可能成为爷俩的最后一面。

没等树臻想明白，后面的声音把他的幻想打破，转身一看，是福成义银号的石志远掌柜子，这福成义银号为石金庵开办于清朝道光末年，另有鸿昌福、鸿昌义、鸿昌元、鸿昌太、鸿昌兴、鸿昌玉等各种字号，号称八大鸿。其另一支，也在周村兴办各种实业，后来发展为东来瑞、玉来瑞、悦来瑞、福来瑞、东升瑞、聚来瑞等六大瑞字号。

石氏家族庄园更是尽显巨贾豪绅之家的壮阔，占地一百多亩，气势壮阔威严。走进庄园，赫然入目的有三座宅区，分别为西宅、中宅、东宅。庄园坐北朝南，一字排开，六座高台大门，左右相连，每宅区各有两座大门，一为正门，另为东门。正门青石台阶，门厅雕梁画壁，金碧辉煌。进门为一进小院，雕砖影壁，扑入眼帘，左有仪门通往内宅，东门宽大，无台阶。

每个宅区都是由众多四合院组成，各院相对独立又相互连接。全部青砖黛瓦，厅房和正房一色有翅檐飞角，砌饰瑞兽珍禽，仪门及影壁分别有木雕或砖雕，图案纹饰古朴典雅，雕工精细高超。宅区后方为饲养骡马和厅房车俩农具的房舍及粮仓。

　　石志远颇有几分气派："这不是玉盛德茶庄的王掌柜吗？"

　　王树臻双手作揖："石掌柜这是出门了？"

　　石志远大笑："带着印清去了趟青岛。"

　　王树臻上下打量一番石印清："一表人才。"

　　石印清含蓄道："王掌柜过奖了。"

　　石志远看着后面离开的王家人，便问："这么大的场面，这是送人？"

　　王树臻笑道："送德邦去留洋。"

　　石志远叹道："王掌柜真是有远见之人。"

　　王树臻大笑："哪有什么远见，在家管不了。"

　　没聊多久，两人就各回各家，王树臻心里突然变得有些踏实，他仿佛明白，自己的做法是对的，石印清是将来福成义的掌门人。看得出，石志远一直在着力培养他。那德邦回来后，定能帮上王氏家族的生意。

第七节　粮食危机

　　旱灾以往几年也有过，不过不疼不痒地就过去了。可这一年，老天不像是在开玩笑，愣是没下过一点雨水，与王氏庄园毗邻的孝妇河，水位明显地下降。到了四月份，冬小麦进入拔节阶段，没有雨水，则影响到麦穗的发育，使麦穗锐减，对产量影响很大。老百姓这个急啊，麦子得浇水，于是打井的打井，到孝妇河挑水的挑水，一时间孝妇河两岸挑水者，人来人往，熙熙攘攘。深不见底的孝妇河，以至于最深的地方也只能没到人的大腿了。

没有雨，还是没有雨。这时候，井水几乎打不上水来。太阳却毫不吝啬它的热量，高高地挂在没有一丝云彩的空中，无情地把成千上万的光束不间歇地投向大地，炙烤得绿绿的庄稼、土地一点点地变干。一阵大风吹过，会卷起焦黄的干土，漫天飞扬，迷得人睁不开眼睛。

老百姓疯了似的四处寻找水源，许多井都干枯了。没有水源就意味着没有收成，没有收成就没有饭吃，人就得活活饿死。

护城河的水位虽然也在下降，但没有人动它，依然水波荡漾。他们赶着牛车，开始尝试着一步步地接近护城河。

守城的士兵们急了，敲响了集合的大锣，一排排地围住护城河，不让老百姓们挑水。有的老百姓被打伤了，还依然抢水。

王树臻坐在店铺里看着账本，忽然有人跑了进来："掌柜子，张严同少爷让我来禀报你，王荣广在抢水时被打死了。"

这消息如雷贯耳："什么？！抓紧带我去看看。"

王荣广浑身是血，被几个抬到家里。王树臻一见，满心的气愤："谁让他去抢水？"

张严同低声道："哥，没人让他去抢水，我听了你的安排，今年的粮食不管了，这事我也是后来知道的。他这是见不得庄稼遭一点的罪，地里的庄稼被太阳晒得都蔫了，有的叶子也打了卷，他这是心疼种的庄稼。"

王树臻骂道："你们以后谁也别去抬水，今年减产已经成了定局，这件事我早就料到了。还有件事，王家洼所有的村民，按人头计算，一人送二十斤粮食。"

张严同佩服王树臻的料事如神，怪不得粮仓都涨撑了，还一直要种粮食："我这就去办。"

王树臻话还没说完："慢，找几个伙计，给王荣广好好发丧送终，他膝下无子，虽然以前干了不少的混账事，但是自打进了庄稼地，一直安分守己，不能亏待他。"

张严同应道："哥，我知道了。那把他葬在哪里呢？"

王树臻说："自古王家人去世，都葬在大由村王家墓地里，他也按照祖上的规矩办。"

安排完事的王树臻心里还是有些担心，虽然二十斤粮食能让村民度过这段灾荒的日子，可没水不是个办法，庄稼可以不要水，可人不能不喝水呀！

没过多日，耿筱琴也被灾荒难倒，找王树臻救助。王树臻本想用粮食换水，可是这年头，去哪儿弄水。

耿筱琴摇头道："这该死的天，真能把人折腾死。"

王树臻想了想："我送你一千斤粮食，不用棉花来换。"他心里明白，欠耿筱琴的人情不单单是用这一千斤粮食能还清的。

耿筱琴推辞道："那我用钱买？"

王树臻笑道："也太寒碜我了吧？这些粮食就是送你的，度过这段时间是不成问题。以后我这里的粮食恐怕都不够我家老老小小和这些仆人们吃的。"

耿筱琴能借来粮食，心里就高兴得直打鼓："感激不尽。"

以后的日子，像耿筱琴一样来借粮食的越来越多，很多临县的大户人家也来买粮食。王树臻发放粮食救民的消息传得风风雨雨，这让土匪头子也打起来主意，可就是迟迟没有行动。

粮食高价卖了出去，钱赚了不少，这也是王树臻当年只种粮食预想到的结果，虽然大赚一笔，可他心里总不是滋味。眼看粮仓里的粮食越来越少，只好停止了对外卖粮食，储存起来还得一家人吃。估计土匪也得恨自己下手太晚，都以为粮食卖完了。

周村开埠后，大大小小的染坊活跃起来，而染坊需要水，没有水就染不了布。市场的繁华景象依然，可来来往往的人中，大多是逃荒的灾民。

同盟会秘密地组织着地下活动，长山县令曹恒惕在周村开征厘金税，引起商民罢市，王晓斋被迫辞去会长职务。

在周村的东门，成千上万的基督教堂祷告求雨，可火辣的天气，丝毫没有变脸的意思。洋人建的复育医院门口排起了长长的队伍，而很多没等到进医院就死在了门外。

孟洛川把周村大街"泉祥"杂货店经营的内容转为专营茶叶，在福建、浙江、安徽等地设立茶厂，收购加工原料，在周村建配茶车间，规模不断扩大。

看着这一切，蛐蛐有些心急，各个商铺都转型，而自己的店铺依然干着老本行，灾荒之年，生意并不是多么的顺心，加上连祥子号的孟洛川都干上茶叶生意，这竞争也太激烈了。

王树臻说不急也是不可能，潍县水缺得也异常严重，茶庄的生意不怎么景气，济南府的店铺也没好到哪儿去。唯一令他欣喜的是，除了山东、河南，其他地方的商铺依然景气。北方大旱，南方风调雨顺，茶叶的质量比往年质量都要高，价格却没有浮动，这也许是孟洛川把经营的方向转向茶叶市场的原因，加上他的祥子号在全国各地都有，人脉广泛，应该向他取经。

孟洛川在店铺门口逗着小鸟，见王树臻面色失常地走过来，笑道："这是准备给我砸店啊？"

王树臻苦笑着摇头："哪敢呢？皇宫还有你的亲戚，我敢碰你一根毛吗？我是有事找你。"

孟洛川松了口气："我以为转向茶叶生意，抢了你的买卖，你来找我算账。走，屋里谈。"

王树臻一进屋便说："周村城这么多开茶庄、杂货庄、绸子店的，我一个个地砸啊！你说得我也忒小气，我是想和你商量缺水的问题。"

孟洛川不解："那你找错人了，我既不是东海龙王，也不是雷公电母，求不来雨。"

王树臻大笑："你还真会说笑，不过，在这样继续缺水下去，估计咱们也得受到影响。"

孟洛川明白过来，树臻不是和他开玩笑："那你有什么办法？"

王树臻谨慎地说："我想了好久，不能指望曹恒惕，他太懦弱，凡事还是咱们自己来。我想的是从南方买水，价格和中等茶叶的价格一样。"

孟洛川大笑："你还不如直接开条运河通水。"

王树臻一撇嘴："我要是有这本事，我早就开通运河了。说实在的，我这人就是见不惯百姓难受。"

孟洛川一脸的敬意："你给了穷人不少粮食吧，你要是当官，准是个好官。可惜喽！"

王树臻苦笑："你别提这个，当年不考取功名，我爹差点儿不认我这个儿子。"

孟洛川收起了笑容："那我能做点什么？"

王树臻说："你就把这个事情散布出去，让别人都知道就行，直到长山下雨，有水了，我们就停止收水。"

孟洛川一瞪眼："敢情我是传输站啊？"

王树臻大笑："谁让你和皇家有关系呢。"

消息一出，全国各地进水的都比茶叶多，一下子，水的问题解决了。虽然天空中那个太阳依然炙烤着大地，可有水就什么也不怕了。

日子一天天过去，送水的来了又走。整个县城到处是道士祈雨，可这些天，一个雨滴也没见着。村庄到处是悲凉的啼哭声，有的村民开始逃荒，有的守着自己的一亩三分地熬着日子。

王树臻在王家洼让伙计们支了个棚子，天黑前，乡亲们来取水，取粮食。这时的王树臻脱掉了长袍马褂，换了一身短打扮，上身是白粗布褂子，下身是黑绸子裤，脚蹬一双蓝粗布软底鞋，看起来七八成新，不扎眼，和佣工们没有什么太明显的区别。

李嫚不解地看着他："你咋这一身打扮？"

王树臻说："闹灾了吗，老百姓都吃不上饭，咱们还穿这些新布新色的招摇过市，讨人嫌嘛。"

王树臻在棚子里，时而看看粮食够不够，时而帮着维持一下秩序，高兴了还亲自给灾民分粮食。闻讯赶来取水和粮食的人越来越多，生面孔每天也在增加。这些年储存在粮仓中的粮食也见少了，可老天愣是不收火热的脾气。

日子一天天过去，老天爷终于在百姓快熬不住的时候，阴起了脸。

"下雨了，下雨了！"家里的仆人慌慌张张地在院子里大喊。

王树臻睡意正浓，本想出门大骂这个仆人，可一出门，见丝丝的雨水，从心头涌上来的脾气又收了回去。整个大院子里一片沸腾，所有的人都从屋子里跑到院子中，用双手接着久违的雨水，欢呼着，跳跃着，有的跪在雨水里双手向天空伸着，脸上留着不知是泪水还是雨水⋯⋯

在雨中的街上，王树臻见百姓无一例外地都站在大街上欢呼雀跃。王树臻的出现使他们欢呼的浪潮更加高涨。这些日子，王树臻施舍粮食救济他们，吃的是王家的粮食，喝的是王家的水。大灾之年，青黄不接之时，是王树臻帮他们渡过了难关，他们怎么能不由衷地感谢他呢。不知是谁带的头，呼啦啦地朝着王树臻全都跪下了。

王树臻赶紧把大伙扶起来："使不得，使不得呀，大伙快起来！回家去吧，要是淋病了，咱就没法种庄稼了。"

王树臻扶起这个，又扶起那个。人太多了，怎么也扶不过来。

王树臻大喊道："乡亲们，老天爷不是没长眼，他也看不下去了。"

"好人啊！"

"王掌柜真是菩萨心肠啊！"

"好人有好报！"

百姓们七嘴八舌地说道。

王树臻知道自己无法应对这样的场面，赶紧见缝就逃掉了。

整个长山城被浓浓的雨雾笼罩，王树臻舒了口气，救济天下，也算是善行，他始终没有忘记自己也是穷人家出身，没有忘记自己曾经挑着扁担走街串巷的日子。没过多久，周村"万聚栈"的温鸿渐被选为周村城第四任商会会长。

第七章

第一节　改朝换代

历经二百六十八年盛衰蜕变的清王朝，在做了垂死挣扎之后，于1912年咽下最后一口气，中华儿女饱尝岁月创伤，迈着艰辛步履，喘息着迎来了东方些微曙光，这一曙光也很快照到了自明朝以来就以"日进斗金"闻名于世的旱码头周村店。

"谦祥益""瑞蚨祥""庆和永"等，已经把业务做到了国外的市场，可是外国商品的入侵也给中国的市场带来了巨大的冲击。

周村城的大街上，理发师傅给人们理着头发，有的人是哭得稀里哗啦，陪伴自己的大辫子就这么咔嚓一声，没了。有的人烧香拜佛，有的人干脆理了个光头，各式各样的发型，让人笑又让人感到悲哀。

周村街上各家的商铺也被这清朝灭亡弄得是头昏脑涨，是继续按照清朝的惯例经营，还是按照新的章程。枪杆子满街都能见到，要是什么时候嘴管不住，就得挨上一枪子。

英国人、荷兰人也来周村街上做起生意来，亚细亚洋行的建筑东西结合，颇有一番风味，主要经营汽油、煤油、润滑油等。

王树臻见势头不妙，国外商品的入侵，必然会影响国内商品的销售。耿筱琴也意识到这一点，可也没有办法，如果态度过硬，搞一个八国联军进攻周村，那就麻烦大了。

商会秘密开会，始终没有好的办法来应对这些破烂不堪的局面，也只好睁一只眼闭一只眼，各大商家急得心里发毛。报纸的消息整天不停地变化着，报告着当年的局势。什么袁世凯称帝，什么同盟会在哪里又打响了枪炮等等一系列的消息，让人摸不着头脑。

蛐蛐打着算盘，在账本上写写画画，突然惊喊一声。这声喊让王树臻心里有些不适应："你瞎咋呼什么？"

蛐蛐一遍遍地翻弄着账本，不解地说："奇了怪了，账本上的收入不但没有减少，反而增了不少。"

王树臻起身走到柜前，拿起账本，认真地核对了一番，也露出奇怪的表情："还真是增加了不少的收入。"

话音刚落，耿筱琴走了进来，后面跟着福成义的掌柜子石志远。

王树臻放下账本问："两位掌柜子，今天怎么有空到我这里来玩啊？"

石志远笑道："你的话，我听见了，我和耿掌柜在路上就说这事，我们的商铺收入都大幅度地增加，我们总感觉有些不对劲儿。"

王树臻赶紧让他们进里屋："蛐蛐，吩咐伙计，上壶好茶，再把长山几家的掌柜子叫来，对了，还有孟掌柜。"

蛐蛐没想过来："都叫哪几家的掌柜子？"

王树臻骂道："你咋这么笨呢？裕茂公的刘掌柜、丰和泰的李掌柜、六元亨的张掌柜、复成的温掌柜、大有的吕掌柜、长盛公的张继普掌柜。再从茶庄把德安大少爷叫过来，去福成义把石印清叫来。"

石志远忙阻止："别叫孩子来了。"

王树臻大笑："现在孩子的脑子瓜比咱们好使。"

清朝咸丰年间以前，省庄刘家还是一般农户。除了务农耕地之外，还在家里开了个马车店，村人名叫"南店"，因他宅院内有相通的南北两门，南门是南往北去必经之道，故又称"串心店"。店内可供食宿，刘佳做了一手的好面食，香甜可口，又炒了一手家常小菜，待客热情周到，收费低廉，小店倒也兴荣。

随着铁路的开通，周村街的工商业如雨后春笋般蓬勃发展。刘家三兄弟也按捺不住内心的狂热，扩大店铺的规模，在全国各地建有分号，一跃成为长山七大家。说"裕茂公"一夜暴富，其实是必然之中，原因就在于刘家兄弟，敢于冒险，又敢于抢抓商机，办事果断。

"复成"温氏的祖上为耕读世家，清中后期开始发达昌隆，拥有田地一千余亩，温氏庄园整座宅院连环相通，一个个套着屋宇鳞次栉比，雕梁画栋，堂皇富丽。陌生人进了庄园，没有人指引，就如同进了迷魂阵，难以辨出出路。温氏家族在周村，是无人不知，无人不晓，工商业店铺遍及华北、华东各大城市，主要经营绸布业和金融业。

"六元亨"的张氏家族，开始靠一辆笨重的木制独轮车运送原料和成品，后来逐渐换成小毛驴驮运和大马车运送，后来创办了同利店。咸丰年间，同利店已居周村丝绸业之冠，并在济南等地设立分号。随着张氏家族在城中工商业的兴荣发达，庄园已建立起来，为了安全，张氏庄园便建成城堡式庄园。

在长山县七大富商家族中，只有乐礼"六元亨"和十里堡"大有"吕氏庄园是筑成和城墙一样的高大围墙式庄园。十里铺的吕氏祖祖辈辈在道光年间以前过的是庄户日子，甚至有不少人背井离乡，流落异地。道光年间，拥有五六百亩的吕氏兄弟三人打入周村，经营起银号和杂货庄，规模宏大、资金雄厚。发家之后的吕氏家族，即不惜重金修建了规模宏大的吕氏庄园。

蛐蛐连忙吩咐人，去把这些掌柜子叫到杂货铺后面的会议厅。长山七大家的掌柜子陆陆续续进了杂货铺，门口有几个把手的伙计看着门，门上挂着牌子"今日无货"。

耿筱琴担心地问："王掌柜，你的生意还得做呀，怎么挂上牌子了？"

王树臻一副无所谓的样子："店铺都快被洋人冲刷干净了，能歇着还是歇着吧。"

会议厅吵得沸沸扬扬，王树臻见大伙都到齐了，拍了拍手："今天让各位大掌柜聚集寒舍，是有事情要商议。"

孟洛川打断了树臻的话："这里聚集了长山的七大家，我一个外人，这会我就不参加了。"

耿筱琴一想："要是孟掌柜这么说，我也是个外人呢。"

王树臻大笑："你们俩寒碜我是吧？让孟掌柜来，是因为你朝里有人。"

孟洛川不解："什么朝不朝的，现在都民国纪年了。"

王树臻反问："袁世凯不穿瑞蚨祥的绸子？"

孟洛川明白了，自己被请来，就是一个活生生的靶子："那我就陪一下各大掌柜子。"

王树臻一笑："这就对了。咱们继续说，洋人在咱们地盘上，做起来生意，弄的那些娘儿们、少爷买什么东西都往他们那里跑。胭脂、香料等等，都没从我们这里买的了。不过，话说回来，洋人倒是成批成批地从我们这里进货。"

张继普笑着说："对我们一次次地冲击，就是不影响同利乐器店。"

同利乐器店的张掌柜嘲笑道："打锣敲鼓，洋人不懂这玩意儿。"

孟洛川叫喊道："这个早有耳闻，耿筱琴开办的聚合成名号也相当的响。"

耿筱琴大笑:"这玩意儿,张掌柜说得对,洋人还真不行,也就弹弹钢琴在行,咱们的二胡,一根弦就能拉响,铜锣,一个木棍就能搞定,那叫个省事。"

所有人大笑,不过说起周村的金属铸造那可是说来话长。周村的有色金属铸造业源远流长,具有数千年的历史。城西的山东长白山中,有商代开采铜矿的遗址。城南的商代至战国的於陵古城遗址上,青铜铸造遗迹及青铜制品多有出土。晋朝时,周村是主要铸铜钱的地方。据记载,明代周村就有了铜响器加工作坊,清康熙皇帝在私访中,就曾亲眼看到过周村冶铸业的盛况,在一份谕旨中特别指出:"山东长山县周村一带,俱开炉私铸。"而且生产"诸样铜器",是他本人"确有所见"。然而,他更关心的是周村大规模地铸钱影响到清政府的金融经济,所以于康熙四十五年亲自处理了周村的私铸案件。

周村的铜响乐器制造业自古享有盛名,过去各类成品不但被国内各大戏剧名家、音乐团体选用,产品还远销海内外。工人们用传统手工工艺打制的各类铜响乐器,工艺精湛,音色纯正,闻名于海内外。每逢庙会佳节,人们游艺扮玩,搭台唱戏,都缺不了铜响乐器的伴奏。

据记载,周村生产铜响乐器已有数百年传统。明清之际周村冶铜业中的泰安人王启贵、王启朴兄弟,早先是制作铜质生活用品的,如铜盆、铜勺、铜镜等。因见民间响铜乐器需要量大,就研制起铜响乐器来。主要生产的有当时货郎串乡所用的月锣,卖糖者所用的尖边锣。齐鲁大地素有正月十五扮玩的风俗，当时生产的一种采锣，就是用于这种民间活动的。踩高跷者按照采锣敲出的锣点节奏行走和表演。王氏兄弟晚年还创制了手锣，深受民间说唱者的欢迎。

聚合成创制了虎音锣。它能打出横音，浑厚圆润，宛如"虎啸"，很适合京剧中伴奏老生戏，又可作青衣、花旦戏的伴奏，可以产生非常独特的效果。虎音锣一经出现，便引起戏剧界的重视，全国的各名流戏班纷纷都来订购。后来被人们誉为四大名旦的梅兰芳、尚小运、程砚秋、荀慧生以及四小名旦和四大须生的京剧艺术名流所在戏班，都先后来周村购买虎音锣，一度掀起在京剧舞台上必用周村锣的热潮。

孟洛川调笑道："你知道在外面人们怎么说周村吗？"

王树臻笑道："除了夸还是夸。"

孟洛川点着头："夸是没错，周村有三绝，丝绸、大酥烧饼和大锣。"

所有人都沉浸在聊天的兴奋中，耿筱琴一想，不能把正事给耽搁了，便说："大伙把心收回来，咱们谈正事。"

石志远一愣："咱们把正事给忘了，咱们来说说如何应对吧。"

王树臻瞥了一眼旁边的石印清，问道："你来说说。"

石印清慌里慌张地看了看在座的长辈："我年纪小，怕说错话。"

丰和泰的李掌柜摆着手："这里没有对错，有句俗话叫'满嘴里跑火车'，你就跑跑这火车。"

石印清看了石志远一眼，支支吾吾地说："洋人卖的东西，都是些稀罕玩意儿，像是洋表、洋画、洋机器等等。我不得不承认，有些货物的确比咱们的货物从各个方面做得好，我不是崇洋媚外，我去看过他们的厂间，井条有序，机器先进。但是有些商品就不行了，例如丝绸、铜锣、手工制品、陶瓷等。"

王树臻看着坐在一旁的儿子王德安："德安，你也说说。"

王德安站起来，拿出一块布："各位掌柜子，这块布是洋商店卖的，"又从身后拿出一块布，"这块布，是咱们自己生产的，各位先传着看看。"

大伙一个个仔细观摩着布的差别，孟洛川一看："这布和咱们的质量差多了。"

德安接着说："孟掌柜说得没错，在制作上的确是差多了，但仔细看看人家的线缝什么的，咱们就会发现机器的优势，我们生产一匹布的时间，人家能生产上五匹。"

耿筱琴一拍腿："两个孩子说的都在理，我们落后了。"

王树臻沉稳地说："在清朝灭亡之前，我和耿掌柜去过一趟欧洲，因为我的二儿子德邦在那里留洋。那时候我们在仲钧安的带领下，参观过西方的工厂，让我们心里很震惊。"

孟洛川点着头："这点我早就看出来了，瑞蚨祥除了手工之后，加了机器生产，但是老百姓还是喜欢传统的手工技术。"

石志远一惊："难道我们也要改革？"

王树臻一想："我觉得不是改革的问题，我们就算改革也好不到哪里去，应该有自己的特色。"

孟洛川看着其他掌柜子面色忧虑："我多一句嘴，在座的都是长山县响当当的人物，你们只有领好头，才能在混乱的商局中让民族商业站稳脚。具体怎么做，不是一两场会议能解决，需要根据自己的商铺来制定相应的措施。"

王树臻挑逗地说："看来，请孟掌柜来，咱们没白请。"

孟洛川笑道："只是发表我自己的见解，如有不当，请多见谅。"

耿筱琴拍手："孟掌柜给我们指明了道路，我们就开始放手一搏吧。"

所有人都拍手称好，王树臻的眼睛注视着坐在旁边的王德安和石印清两个孩子，树臻心里明白，他们才是将来撑起周村商业的希望。

第二节　留洋归国

漂泊多年的王德邦终于归国，一身西装革履，皮鞋擦得锃光发亮，时髦的分头，加上留洋归国特有的气质，让王树臻打心眼有些不舒服。这也让他想起来在济南府遇到的陈存孝，上次一别，就没再见面，心里也有点不太踏实。

迎接的晚宴特别的丰厚，见德邦回到家，李嫚是一把鼻涕一把泪地哭个没完。郝秀儿和周莲坐在上椅，见孩子回来，心里也算是有了个着落。

李嫚连忙说："快给两位奶奶请安。"

王德邦鞠了几个躬，这个举动让两位奶奶有些费解。

树臻训道："出去学了几个洋文，就不知道家里的规矩了？"

王德邦愣神："我这是给两位奶奶请安。"

树臻语气强硬："你这是哪门子请安？"

李嫚缓过神来："德邦，快，跪下。"

德邦不解："鞠躬，是对老人家的尊重，跪下是对人格的侮辱。"

树臻气道："出去这么多年，把老祖宗留下来的传统给丢了？"

李嫚赶紧劝说："这孩子，快给奶奶跪下。"

周莲和郝秀儿觉得有些闹不明白，郝秀儿怕把气氛闹坏了，便调解说："算了，弯个腰就行了，别难为孩子了。"

树臻死咬着不放："今儿这饭，我看都别想吃，你到底跪不跪？"

虽然这事让德邦觉得不可理喻，但出于大局考虑，还是一膝盖跪了下来："给两位奶奶请安。"

树臻松了口气："早这样不就得了。来，吃饭。"

王德邦心里还是窝着火，这是他从留洋以来，第一次下跪，他感到了精神上和心理上巨大的耻辱。本来高兴的心情也都消失得无影无踪。

王德国凑上前去："哥，国外好玩吗？"

德邦点了点头："好玩，你们也应该出去待上几年。"

树臻夹了一筷子菜给德邦："心里还窝着火？"

德邦哪敢说实话："没，父亲教训得对。"

树臻撇着头："甭撒谎，西洋的礼数我也懂，不是故意给你下马威，是你两位奶奶在家，就得按咱们家的传统规矩来，你出去爱怎么鞠躬怎么握手，这我管不着。"

德邦点着头："我知道父亲是为我好。对了，仲钧安先生让我向你带好。"

树臻喝了杯红酒："这酒的味道不错，你出国幸亏仲钧安先生的帮助啊！"

德邦笑着说："这是葡萄酒，在西方国家，有一个大的葡萄庄园，里面种着葡萄，然后有一个大的酒窖，负责酿酒。往往葡萄的品种和季节的气候等因素影响着酒的味道和口感。"

树臻听了这话，打心眼里高兴，他整天看着那些洋人喝着葡萄酒，打心眼里就盯上了，只不过没有门路："德邦，明天和我去一趟济南府。"

德邦瞪眼："去济南府做什么？"

树臻没有作声，李嫚打了个圆场："你爹让你去，绝对有事。"

德邦应道："那明天我跟着去济南。"

尴尬的局面终于被这顿饭掩盖了过去，可德邦心里更明白，父亲让他去济南肯定是当年让他出国的原因，或者说是养兵千日，用兵一时，到了用自己的时候了。

芙蓉街人潮涌动，到处是拉黄包车的车夫，特色的小吃吆喝的声音在街巷里流动。王树臻和德邦走到聚民堂门口，走了进去，里面冷冷清清，几个伙计打着瞌睡。见王树臻和德邦进门，有个老伙计走上去："请问买点什么药？"

王树臻环视了一下四周："我找你们掌柜子陈存孝。"

老仆人上下打量着王树臻："你认识我们家掌柜子？"

王树臻笑道："何止认识，熟得很，你就说周村王树臻来找他。"

老仆人进门禀告陈存孝："掌柜子，外面有个周村王树臻找你，说是你的朋友。"

陈存孝想了半天，没想起这个人到底是谁，愣了会儿神："让他去我家里找我。"

老仆人应道："我这就去。"

这是陈存孝的习惯，如果是朋友，就应该去家里聊天，是客户，就在药铺。

陈存孝的家在芙蓉街不远的一个古香古色的村落里，高矮不一的门楼，东西向的大街错落有致，走在街上的村民尽管大都是衣衫褴褛，可脸上还是露着灿烂的笑容。这种场景在这个年代，再平常不过了。

陈存孝在门口等着这个熟悉而又陌生的朋友，直到王树臻进门，陈存孝还是没有认出来，问道："请问我们见过？"

王树臻对出现这样的状况早在意料之中："话说都过了七八年，当年我们在咖啡馆里……"

没等王树臻说完，陈存孝脑子里就想起来这个人物："我想起来了，快进屋。"

王树臻这才想起身后的德邦，连忙介绍："这是我二儿子王德邦，最近刚留洋归国。"

王德邦走向前去和陈存孝握手："陈伯伯好。"

陈存孝笑道："孩子挺懂礼貌，还一套西洋礼数。"

王树臻苦笑："这个西洋礼数还真是享受不了。"

陈存孝问："王兄突然上门，是不是有什么事？"

王树臻浅笑："当年是你的劝说，我才让德邦去留洋，如今学成归来，得亲自上门拜访。"

陈存孝疑问："我没劝说让孩子出国，我可不是什么功臣。"

王树臻解释道："当时在咖啡馆，你和我说的那番话比劝说还管用。"

陈存孝大笑："其实，我女儿也刚留洋归国，只不过孩子大了，不好管，任她闹吧。"

王树臻想起来刚才药店的冷清气氛："陈兄是不是最近遇到什么事？"

陈存孝摇头："没遇到什么事，何出此言？"

王树臻回道："我见药铺没几个客人。"

这说到陈存孝的痛处了，陈存孝心痛地说："现在国民政府扶持西药，打击中药材，生意很难做。我女儿是学医的，也一口咬定西药比中药好，在他们眼里中药就是一些烂草根草叶。"

王树臻摇头："此话非也，咱们老祖宗都是吃这个活下来的。"

德邦说："中西药各有各的好处，中药是天地万物的精华，西药是西方科学研究的结果，需要严谨细密的配方比例，做到万无一失。"

陈存孝问："这我知道，当年我去留洋的时候，也是进修的医学，可回国发现，西药还是比不上中药，就抛弃了西药救民的想法。现在我女儿回来却觉得西药要比中药有疗效。"

德邦平静地说："陈伯伯，我们不能摒弃中药，几千年来，我们都是吃中药材治病。虽然我留洋这几年也是吃西药，但总感觉西药不能治根，中药可以。但是西药的疗效显著，各有所长。"

陈存孝大笑："你也是学医的？"

德邦摇头："我是学餐饮管理。"

陈存孝满意地点头："你以后定有一番作为。"

话说了没几句，陈存孝的女儿陈莉跑了进来，一进门，便大喊："爹，我今晚不回来吃饭了。"

陈存孝咳嗽了几声，示意屋里有客人。王德邦一见这女人觉得眼熟，好像在什么地方见过，但又说不上来。陈存孝问："你留洋去的哪个国家？"

王德邦回："法国。"

陈存孝一听："陈莉也是法国。"

陈莉走到陈存孝面前："以后叫我苏珊。"

德邦笑着说："我叫麦克。"

王树臻和陈存孝对视了一眼笑了。

陈存孝对陈莉说："你带着德邦去外面走走，我和你王伯伯有话要说。"

留洋的女性说话就是不一样："王伯伯，那你们聊着，我们出去走走。"

在国外生活多年的王德邦对突然跑到自己眼前的女孩有些不知所措："爹，那我就跟着陈小姐出去了。"

王树臻使了个眼色，王德邦高兴得屁颠屁颠地跑了出去。

两个孩子离开，陈存孝直接点明地问："王兄，咱们打开天窗说亮话吧，藏着掖着也怪难受。"

王树臻咳嗽一声："陈兄，那我就直言不讳。你留过洋，面对这样的残局，肯定能得心应手，我是来取经的。"

陈存孝心里一颤："不敢当，民国混乱的局面，我们都看到了，民族企业真是在峡谷中前行啊！"

王树臻心里一笑："我们虽然只有两面之缘，但我心里明白你有一套。中药铺受压，按理说应该撑不下去，可是完全没有影响到你。"

陈存孝反问："你话中有话，聚民堂的生意你也看到了，一直是冷冷清清。"

王树臻坦然大笑："冷清的背后是说不完的故事吧。"

陈存孝察觉到事情不对劲儿，难道眼前的王树臻派人来监视自己，还是有神机妙算的神仙给他指道，但无论如何，不是信得过的人，不能说太多的话，可王树臻给他的感觉也不是什么督军府的官人。

王树臻心里有底，陈存孝是不打算把实情和他说，喝了几口茶："西湖龙井，朝廷贡品。"

陈存孝竖起大拇指："不愧为茶庄的掌柜子，嘴就是灵。"

王树臻摆着手："美中不足，水不对。"

陈存孝惊讶地看着杯中的茶水："这是珍珠泉的泉水。"

王树臻摇头："不是，是自家的井水。"

陈存孝大喊一声："兰花，进来。"

一个丫头呼呼地跑进来："老爷，有什么吩咐？"

陈存孝问："这水是哪的水？"

兰花回道："今个儿伙计们去药铺进货，没人去挑水，我用的自家的井水。"

陈存孝大惊："你下去吧。"

兰花退出房间。

王树臻得意扬扬地说："不过，杨兄，自己的井水也蛮不错的。"

陈存孝双手作揖："对不住，这事都是下人去做，我大意了。"

王树臻赶紧起身："我王某人可不是来挑杨兄的毛病，我是来取经，看来，今天这经是取不到喽。"

陈存孝对眼前的王树臻还是有些怀疑，济南各大商家与官府、土匪勾结，如果王树臻心路不正，就毁了祖上传下来的药铺，自己就是罪人，陈存孝强忍着说："王兄，枉你多跑一趟，我这儿实在没有什么经书。"

王树臻点了点头："有时间到我那里坐坐，先走一步。"

陈存孝客气道："再坐一会儿。"

王树臻一回头："对了，让刚才那个兰花告诉德邦，和你家姑娘谈完话，直接去店铺找我。"

陈存孝急说："我现在就让她去叫。"

王树臻阻止道："不急，年轻人有话聊，和咱们可没聊的。"

看着王树臻走出家门的身影，陈存孝心里嘀咕着，王树臻到底是什么路子。他招呼身边的孙大头到身边："去调查周村的王树臻。"

孙大头是陈存孝身边最信得过的人，出生入死，帮陈存孝一起扶持着家业，这人有点坏毛病，就是喝起酒来，喝不尽兴不罢休。

王德邦和陈莉在大明湖岸边游玩，湖上鸢飞鱼跃，荷花满塘，画舫穿行，岸边杨柳荫浓，繁花似锦，游人如织，其间又点缀着各色亭台楼阁，远山近水与晴空融为一色，犹如一幅巨大的彩色画卷。湖上暖风吹拂，柳丝轻摇，微波荡漾，水色澄碧，堤柳夹岸，莲荷叠翠，亭榭点缀其间，南面千佛山倒映湖中，形成一幅天然画卷，沿湖的亭台楼阁，水榭长廊参差有致。

湖的南面有清宣统年间仿江南园林建造的遐园。遐园内曲桥流水，幽径回廊，假山亭台，十分雅致，被称为"济南第一庭园"。湖边假山上建有浩然亭，登临其上，大明湖的景色一览无余。湖对面北岸高台上有元代建的北格阁，倚阁南望，远山近水，楼台烟树，皆成图画。

陈莉走着没多一会儿，感觉后面总是有人跟着，她时不时地回头，看后面的行人。

王德邦好奇地问："陈小姐，丢什么东西了吗？"

陈莉小心翼翼地说："你有没有感觉身后有人跟着咱们？"

王德邦大笑："是有人，快出来吧。"

高天利从树后走了出来："少爷，有什么吩咐？"

王德邦说："你回店铺吧，我和陈小姐单独散会儿步。"

高天利迟疑了一会儿，无奈地只好转身就走了。

陈莉笑道："你出来，还带着个保镖啊！"

王德邦回道："他从我留洋就跟着我，一直保护着我的安全。"

陈莉恍然大悟："看来你还是那种贪生怕死之人。"

王德邦辩解道："我不是什么贪生怕死，是为了让家里放心。"

陈莉呼吸着新鲜的空气，问道："你在法国，我们怎么就没遇上呢？"

王德邦想了想："我觉得你挺熟悉，说不定在法国遇到过。"

陈莉笑着说："你的嘴还挺甜。"

王德邦问："你今晚有事？"

陈莉点着头："我办了个女子学校，女孩子白天在家都得干活，就晚上给她们上课。"

王德邦笑道："没想到陈小姐是个有抱负的人。"

陈莉推辞说："不是我有抱负，是我看不惯的事情太多，凭什么女孩子上学就不行，凭什么男人说了算？"

王德邦对眼前的这个女孩有点刮目相看，两人谈得非常投机。直到夕阳西下，昏黄的余晖渲染着西边的彩霞，湖面泛起白银色的涟漪。

第三节　兄弟重聚

午夜的长山城，月色朦胧，远处的马蹄声越来越清晰。马上一人，玄色大氅，英气逼人，冷峻的面容显现出一脸的焦灼。此人在王氏庄园停下，跳下马来。屋内的人似乎早已听到屋外的动静，一位老仆立刻打开了门，见到此人连忙用颤抖的声音说道："这位爷，请问你找谁？"

王树生笑着说："这是大掌柜王树臻的家吧？"

老仆人说："正是。"

王树生忙说："告诉他，一个叫王树生的来找他。"

老仆人关上门，心慌意乱地跑到屋里："老爷，有一个叫王树生的说是找你的。"

王树臻从屋里赶紧出来惊讶地问："谁？"

老仆人答："老爷，他说叫王树生。"

王树臻急问："人在哪儿呢？"

老仆人说："门外候着呢。"

树臻一开门，见到王树生心里大惊。

王树生连忙喊："哥，别来无恙啊！"

树臻上下打量着多年未曾谋面的树生："这么多年了，我是日日盼，夜夜想，你终于回来了！快进屋。"

老仆人接过马，刚要把马牵向马圈，树臻突然吩咐道："吩咐厨子，来几个菜，加点酒。"

老仆人应了一声："老爷，您就放心吧。"

李嫂开门问："这是谁来了？"

王树生凑到前面去："嫂子，还认得弟弟吗？"

李嫂一愣，惊讶地问："是树生？"

王树生大笑："如假包换。"

树臻兴奋地说："别站在外面了，赶紧进屋。"

王树生跟着李嫚大步走进内宅，来到里屋，推开门，李嫚问："我去叫秀儿婶。"

王树生赶紧阻止："嫂子，等会儿我自个去就行，别惊着她老人家。"

树臻让王树生坐下："树生说得在理，等会儿让树生自己去和老人家说。"

王树生笑道："还是哥懂事理。"

树臻对王树生的突然出现，不免有些怀疑，问道："你这些年都去哪里了？"

王树生摇头说："这些年去的地方太多了，参加过同盟会，当过地下党。这不清朝灭亡，我被调到山东管辖这片区域。"

树臻竖着大拇指："这几年在外面不容易啊，这次回来就不走了吧？"

王树生寻思了一会儿："也说不定，近段时间不走了。"说完，从包袱里取出一个瓷瓶，递给王树臻，"也没什么好东西，就把这个礼物送给你吧。"

树臻笑道："你小子还真有心。"他轻轻地把盒子打开，一对精美绝伦的瓷瓶展现在眼前。

"康熙五彩棒槌瓶！"树臻不禁惊呼道。他只在一些民间传说中听过这种瓷器的来历，今日能够亲眼看见这件宝物，让他的心里很是激动，但是随之而来的是一阵担忧，因为他知道，这种宝物不是一般人能得到的。

王树生面色突然一阵潮红，用微弱的声音在树臻的耳边耳语了几句："还满意吧？"

树臻回道："何止满意，连孟洛川估计都没有这样的藏品。"

说话的工夫，饭菜摆满了桌子。各色美食，看着就让人流口水。树臻说："不知道你今天能回来，饭菜寒酸了点，将就着吃吧，不过酒可是好酒。"

王树生回道："你看哥哥嫂子这么客气，都是一家人，吃什么都行，想当年，我们吃树皮都吃得那么香。"

李嫚倒好酒："别顾着说话，吃菜。"转头对站在身边的雀儿说："一块儿坐下吃饭，这儿都不是外人。"

王树生看着雀儿说："这是二嫂吧？"

王树臻大笑："哪儿啊！这是柜上蛐蛐的媳妇，叫雀儿，住在厢房里。我这辈子就你嫂子一个人。"

王树生知道自己口误，忙道歉："看我的口误，多谅。蛐蛐都结婚了，我走的时间可真够长。"

雀儿赶忙叫道："树生老爷好。"

李嫚笑着问："树生，在外面也成家立业了吧？"

王树生一下子不知道怎么回答，随便敷衍了一口："有家了，路途遥远，等我安顿好了，就把她们接过来。"

树臻笑着点头："孩子不小了吧？"

王树生喝了一杯酒："大老婆的孩子比德安也就小三岁，二老婆的孩子比德安小一岁……"

没等说完，被树臻打断："你娶了几个媳妇？"

王树生害羞地说："不多，也就四个。"

树臻大笑："你快比上袁世凯了。"

王树生含蓄道："我哪能和他相比。对了，德安呢？我走的时候，记得还不到我的腰这么高。"

树臻端起酒杯和树生喝酒："去柜上了，店铺得有人打理，他长大了，让他跟着蛐蛐学学。还有老二他们，现在三更半夜了，等明天让他们认一下你这个叔叔。"

树生大笑："这是好事，等明天我也去周村转转。"

酒过三巡，树生就打道回府，可王树臻瞅着瓷瓶，心里总有一些不太踏实，如果不出他的意料之中，这个瓷瓶很可能是从皇宫偷来的，或者是抢掠的赃物。他赶紧把瓷器藏了起来，没弄明白瓷器的来龙去脉不能摆出来，不然会给自己惹上麻烦。

自打从商以来，他就不相信当官的话，王树生是扛过枪，杀过人，能混到今天的地位，肯定没少流血。他的秉性和龅牙叔一模一样。

周村城依然繁华，来来往往做买卖的生意人络绎不绝。广场上的戏台子已经搭了起来，王树生站在元亨客栈二楼的窗前正望着广场上的人群，而树臻就站在王树生的身后。片刻过后，树生突然说道："想不到，周村还是这么热闹。"

树臻问道："昨天晚上，和秀儿婶叙了很长时间旧吧？"

王树生支支吾吾地应道："是啊，母子相见，得多唠唠。"

从树生回的话里，确定了王树生昨晚没有去看秀儿婶，树臻一早就问过仆人，秀儿婶一晚上的灯就没亮过。唯一可能的就是偷偷去看树琴，他不敢相信自己的直觉。树臻脸上重新挂上笑容问："今儿个中午咱们去丰泰酒楼吃？"

王树生寻思了一会儿说："哥，义庆羊肉馆还有吗？"

树臻一笑："你还记得这口儿？走，咱去吃羊肉。"

王树生笑道："能不记得吗，当年我走的时候，咱们哥俩最后在外面吃的饭，就是在义庆羊肉馆。"

两人谈笑着走了没多久，王树生在一家德成酒馆门前停下了脚。树臻纳闷地看着王树生，又顺着他的视线望过去，盯着里面的女人死死不放。

王树生缓过神来："哥，要不，咱在这里吃吧。"

树臻笑道："请，给你接风，在哪儿吃，由你定。"

两人进门，王树生的眼睛还是死盯着女人不放，嘴角露出了诡异的笑容。

树臻不解地问："怎么突然改主意到这里来吃？"

王树生一愣："我儿子就叫德成，和这家店的名字一样。"

树臻点了点头："来两壶老酒，几碟小菜。"

小二问："王掌柜还是老样子？"

树臻点着头："今天给做得精美点，味道香点，我兄弟回来了。"

王树生从树臻的话中听出来了，他经常来这里吃饭，便问："酒馆都是大老爷们儿开，怎么这家是个女人操办？"

树臻一撇嘴，轻声说："这个女人叫郑淑兰，这家酒馆原属于一个叫刘洪杰的富家子弟，可惜刘洪杰体弱多病，刘家就想让郑淑兰嫁给刘洪杰冲冲喜，结果嫁去没几天，刘洪杰就一命呜呼。丈夫死后，原本经营的德成酒馆没人打理，刘家人觉得晦气，直接甩给郑淑兰。"

说起这郑淑兰自己当了德成酒馆的掌柜子，她见人就叨叨，就像一只要下蛋的母鸡，到处"呱呱"个不停，郑淑兰的不稳重，从她的穿戴上就能显示出来。清朝灭亡没多久，她就学着洋人，穿上一身西装，头发还剪成了齐脖子短发，脚上也蹬上了擦油皮鞋，把自己弄成了一个先进的知识女青年形象。

王树生对眼前的这个女人产生了兴趣，在满周村，除了那些留洋回来的洋派大小姐，有如此时髦的打扮，当地的还真没几个人。树生脑瓜子一转说："哥，我这几年也在外面尝过无数的山珍海味，今个儿要尝尝这里的饭菜。"

饭菜摆满了桌子，王树生没吃几口，就放下筷子说："哥，菜虽为正宗的鲁菜，可缺一样调料。我得去告诉这酒馆的掌柜子。"

郑淑兰看着菜谱，嗑着瓜子，见王树生走到前面，便问："客官，需要再加几个小菜？"

王树生瞥了一眼："菜不错，就是缺点味道。"

郑淑兰一惊，这不是个来找碴的，就是个高人。自己一个寡妇，在周村城开酒馆有年数，还怕他不成，笑着问："那请客官指点。"

王树生从桌上拿起笔，在纸上写了几个字，折叠起来递给郑淑兰，吩咐道："等我们走了，你再打开看。"

树臻在桌上看得傻眼，难不成王树生在外面真成了个有名的厨子："你写的什么？"

王树生神秘地说："一味调料。"

等王树臻和树生走了之后，郑淑兰打开字条一看，三个大字摆在自己的眼前："男人味"。

郑淑兰顿时火冒三丈，不过沉稳下来一想，自己现在都是个黄花大闺女，字条上说的也没错。

第四节 呼声呐喊

夜气绵绵，弥漫着树木的芳香，青草的清香和庄稼的香甜，牲口身上的汗气以及新翻过的泥土的芳香，使农村的夜浓酽而醉人。

王树生深深地吞吐这种从小熟悉的气息，从不厌倦，从不满足，一闻到这个气味，他就回忆起小时候兄弟姐妹在一起的样子。

树生回到家，推开房门，郝秀儿正在佛像前念着佛经。听到门响，郝秀儿猛地回头，目光呆滞地愣在那里。树生的眼泪哗哗地流了下来，一动不动地愣在原地。

郝秀儿以为自己的眼睛模糊，忙喊道："龅牙，你怎么回来了？"

树生一惊："娘，我不是爹，我是树生啊！"

郝秀儿念叨："树生，树生。"

树生快步地跪在郝秀儿的面前："娘，孩儿不孝。"

郝秀儿又惊又喜："你长大了，和你爹一个模样。我是日日盼，夜夜想，你终于回来了。"

树生擦了擦眼泪："娘，这次我回来，就住在家里不走了，孝敬您老人家。"

郝秀儿悬在心里的一块大石头终于落下："吃饭了吗？娘给你做饭。"

树生笑道："吃了。"

郝秀儿问："这么多年，在外面没少吃苦吧？"

树生摇着头："不苦，我现在是督军府的参谋长，主管周村这一片地区。"

郝秀儿自从吃斋念佛就不理外界的消息，但听到儿子当官，心里也是高兴："好啊，你有出息了，到时候给你爹上几炷香，让你爹也高兴一回。"

树生点头："娘，这些你就别操心，我去办。"

母子重逢的场面让树生幻想过很多回，可万万没想到自己的母亲把自己认成了自己的爹。

聚民堂的生意依然冷清，按常理这样的情况，店铺应当关门大吉，可聚民堂还死死地撑着。没有头脑的人，就认为死要面子活受罪，有点头脑的人就是认为这是祖上的家业不能丢，像王树臻这样的机灵人，自然明白这只是一层外在的包装。

王家来了个当官的人，这消息是不胫而走，在整个周村城传得沸沸扬扬。连土匪都避着王家的店铺，土匪退了三尺，不是怕，而是不想和官作对。

王树臻让孩子们拜过树生后，就让孩子们一起去王家墓园祭奠先祖。祭奠完事后，孩子们都各回去忙自己的事情去了，树臻和树生两人到邹平的大集逛逛。

看着满街的人，王树生不由得感叹："在清朝的时候，什么事情都有个规矩，该穿什么服装、戴什么帽子都有条款约束，有钱也不行。现在民国，你想怎么穿戴就怎么穿戴，没人管你，就算想吃满汉全席，只要有钱就不是问题。"

树臻大笑，这个事情他早就明白，所以，为争自由，得拼命地去挣钱。挣钱也自由，因为这是在民国。现在的一个小官都比清朝正品大员们享福。

在马路上溜达了一会儿，突然路口传来几声枪响，几滚烟雾开始向天空蔓延，一道道燃烧的火光出现在王树臻的眼前。肆虐的火苗远远地照亮了一片，火团中的人影来回地奔跑，枪声更密集了。

王树生拉着树臻躲起来："哥，不是土匪就是强盗来抢东西了，咱们先躲起来。"

王树臻闻着空气中焦煳的味道，心里琢磨，这些店铺没招惹这伙土匪强盗，就算这几年商业上发了点小财的消息传到土匪强盗的耳朵里，也不至于把店铺也给烧了，以往的土匪都是为财不为命，这一把火把店铺烧了，比要了这些掌柜子的命还严重。想到这些，王树臻心里隐隐作痛。这些店铺虽然都不是他的，可是他和这些店铺的掌柜子都是老熟人了，平时也不少打交道。看着火团将眼前的店铺吞噬，王树臻心里有股说不上来的痛苦。

树臻刚要出去，又被王树生一把拉住："你想干吗去？都不知道街上一共有多少强盗土匪，出去就是送死。"

眼见着火势越来越猛，树臻纳闷："你堂堂的一个督门府的参谋长，就不出去管管？"

王树生苦笑："这不是我管辖的地盘，你看那些土匪强盗，就是冲着抢东西来的，这些玩意儿杀人不长眼。"

树臻定眼望去，那些土匪强盗的确是掠夺财物，他叹了口气，"本以为清朝灭亡了，天下能太平了，看来还是不太平啊。"

枪声不断地响起，商铺的掌柜子、管家狼狈地逃窜，街上除了那些横行的土匪强盗，几乎成了个死城。

没人敢去救火，谁也顾不上它越烧越旺。枪声慢慢地稀少下来，被抢过的店铺敞开着大门，隐约能看到屋里一片狼藉。

整条街道上洒满了米、油、盐、糖……空气中弥漫着烟呛味儿，土匪强盗拿着自己的"战利品"高兴地一队一队地离开了商业街。这让王树臻感觉很奇怪，土匪强盗都是无法无天，特立独行，更不用说懂规矩。而他们离开的阵势，简直就是一支训练有素的军队。

没等树臻缓过神来，土匪强盗已经撤离了这条商街，一阵风过，火势变得异常的凶猛。周围的百姓探出头来，看着土匪强盗已经离开，一个个不顾大火，一窝蜂似的跑进店铺哄抢，刚刚安静下来的商街，一下子又乱了起来。

王树臻推了推树生："土匪强盗不管，老百姓也不管？任由他们胡作非为？"

树生看了看街上的百姓，有的扛着一麻袋大米，有的搬了把椅子，更有些人在半路直接抢东西，躲藏在角落里的掌柜子赶紧出来阻拦，眼看着自己的店铺越来越空，大火烧了房梁，祖祖辈辈的家业就这么毁于一旦，心如刀割。

树生看了一眼王树臻："哥，该抢的东西都已经让土匪强盗抢了个精光，剩下的也就破芝麻烂谷子，你说我放着那么多土匪不去管，专门管老百姓，这不让人在我的背后戳脊梁骨吗？再说了，就这火势，明天一早绝对烧个精光，让他们抢吧，说不定能救些饿死鬼的命。"

树臻一低头："就刚才这街头上的景象，你也看到了，这些店铺不用说华丽，也说得上体面，怎么就成眼前这焦煳的一片了呢？"

王树生摇着头："这就是现在的社会，比以前好不到哪儿去。"

树臻质问："你身为一个军人，什么也不管，就这么躲过了这一劫？"

王树生笑道："哥，在官场上，有些事真的只能睁一只眼闭一只眼，少管闲事。"

树臻本以为家里多了个当官的是件好事，没想到却办了件这辈子最窝囊的事。

商街上有许多掌柜子呆立着，手揣在袖子里，对着几乎烧成了炭的店铺发愣。遇见树臻和树生，他们只空空洞洞地看那么一眼，没有任何别的表示，仿佛什么也没看见一样，大概也是绝了望，再也动不出什么感情。

经过了这无情焚烧的商街，店铺全敞着门窗，里里外外鸦雀无声。街道上全是破碎的东西，繁华的商街就这样在一场为时不长的喧闹中，变成绝大的垃圾场。一些妇女和小孩子还在铺子外边挑拣一些可用的残物，店铺的人无一作声。

太阳出来，街上显得更破败了。地上躺着的每一块碎东西都染上了一束晨光，但已经没有人去捡了。商街上没有一个卖菜的、赶早市的、卖早点的，整个的街上就是那么一幅凄清惨淡的光景。

王树生和什么事情都没发生一样："哥，咱去吃几个包子。"

王树臻大骂："你还吃得下？！"

树生笑道："该怎么吃也是得怎么吃，这场火灾又不是咱们的错。"

包子铺的掌柜子在门口瘫坐着，树臻没想到这样的小铺也会遭抢，往铺子里一望：面粉、肉馅、蒸笼、菜墩……凡是能拿走的，都被拿走了，凡是能毁坏的，都被毁坏了，只剩下了柜台和放案子的土台！

王树生装腔作势地大骂："这到底是谁干的？真不把我这个督门府的参谋长放在眼里了？！"

周围各家店铺的掌柜子一听是当官的来了，赶紧凑上来，七嘴八舌地说道：

"可要为我们做主啊！"

"这可是我们家几辈子的家业，就这么毁了！"

……

王树生安抚各位掌柜子："大家放心，这事我马上就查，请大家伙儿节哀。"

树臻突然对眼前的王树生感到有些陌生，大火燃烧的时候，店铺被抢的时候，他明明就在现场，现在却装出一副他毫不知情的样子，这演技比戏子都好。树臻没有理会王树生，直接转身离开了。

王树生见树臻一个人快步地离开，本想追上去，但他又知道树臻是太较真的一个人，想了想，还是自己一个人回去了。

第五节　戒严防备

邹平城被掠夺的事情，人人皆知，这下让周村的各大商铺提高了警惕，加强了防备，可王树生却不担心，这倒是让王树臻有些纳闷，就算树生不为周村的商铺考虑，也得为自己的乌纱帽着想。来个兵变，他就得从督军府提着裤子走人。

王树生一身制服地在街上走着，人人见了都露出敬畏的眼神。茶庄的德安一见便对伙计们说："看见没有，那个头头儿是我叔，要是当时他在邹平，就不会出现被掠夺的事情了。"

王树臻一听，大声训道："该你啥事，瞎咧咧什么！"他本想说，其实当晚这个孩子们心中的英雄叔叔就在现场，还有这个在长山县名声威震的父亲。可是他不能说，树要皮，人也得要脸。

石志远慌慌张张地走了进来："王掌柜听说邹平城被抢的事情了吧？"

树臻脸上挂着笑容："想不知道都难。"

耿筱琴也走了进来："石掌柜也在？"

树臻问道："你也是为昨天邹平城的事情来的吧？"

耿筱琴气愤地说："这太不像话了，几十家商铺被烧抢得精光。"

话还没说完，王树生走了进来："各位掌柜子都在啊。"

石志远笑道："王参谋长，昨天到底是什么事？"

王树生坐下，装作没事人一样："我也是刚知道，这不给周村城加倍士兵看护，就放心吧。"

耿筱琴大笑："有王参谋长坐镇，我们就放心了。"

树臻也装作不知情地对德安说："让伙计们上几杯好茶。"

王树生忙说："我就不用了，我是来告诉大伙事情的来龙去脉。"

几家掌柜子见王树生在茶庄坐着，也凑了过去。

王树生说："吴大洲奉中华革命党领袖孙中山和东北军司令居正之命，与薄子明率革命军想攻占山东重镇周村，宣告成立山东护国军政府，吴大洲任都督，薄子明任护国军总司令。周村王念忱等青年参加，护国军后派兵攻克长山、淄川、博山、桓台、王村等城镇，邹平县主动反正，请护国军入城。这就得罪了那些当官的，打着兵变的旗号抢财物，咱们周村算躲过一劫。"

所有在场的掌柜子松了一口气，顺兴成的掌柜子叹道："我刚投了一千两白银开的店铺，还没开业，是收手还是准备开业呢？"

王树生笑道："该怎么开就怎么开，邹平一闹，估计周村一时半会儿不会有什么事。"

一话不说的王树臻终于开口："树生，你不是还有事吗？"

王树生一拍脑门，心里明白树臻是在下逐客令："我公务在身，先告辞。"

自打王树生进门，树臻就一直盯着树生的手腕，那一块金光灿灿的瑞士手表，是万通亨手表店的镇店之宝，而万通亨表店在这次兵变中被烧得干干净净。

周村城人心惶惶，害怕什么时候蹦出几个土匪几个军队来捣乱。王树生走到了德成酒馆，一头扎了进去。郑淑兰一见前几天还穿着一身平民服装的客官，现在穿着一身部队上当官的制服，心里不由得一惊。

郑淑兰问："客官需要点什么？"

王树生反问："掌柜子不认识我了？"

郑淑兰没有正眼瞧过王树生："每天来来往往这么多客官，我能记住谁啊？"

王树生一抿嘴："那'男人味'，你总该记得吧。"

郑淑兰何尝不记得，自从王树生走后，她是天天盼，日日想，终于盼来了。她抬头一看："不记得，这个味道，这儿没有。"

王树生点着头："我有。我王树生就是最好的那味调料。"

说完，找了地方坐下，郑淑兰让伙计给王树生上了几样菜。一盘猪肉，一壶酒，一盘小葱拌豆腐。喝了一杯酒，王树生就笑滋滋地离开了酒馆。

此时夜色正浓，热闹了一天的周村城终于恢复了平静，大街上空无一人。就在这时，德成酒馆的门被打开了，只见郑淑兰从门缝里露出半个脑袋，她暗暗发誓，一定要在今晚用自己的方式把属于自己的男人牢牢抓住。想到这里，郑淑兰的嘴角不禁露出了一丝笑容，多少年了，她等的就是这一天。不一会儿，王树生鬼鬼祟祟地走进了酒馆。

郑淑兰笑着问：“你倒是挺准时。”

王树生回道：“你的菜谜还真难猜，一盘猪肉是亥时，一壶酒是酒馆，我就不明白小葱拌豆腐是什么意思。”

郑淑兰大笑：“让你吃的呗。”

王树生环视了四周：“今晚酒馆可算是个清静。”

郑淑兰脸色红润地说：“我都让他们回去了，这儿就咱们两个人。”

王树生还没来得及做好准备，郑淑兰已经按捺不住自己的欲望，她已经盼了好多年了。她的双唇被树生咬住，只能挤出含混不清的呻吟。郑淑兰全身燃烧起来，收缩成一团。她想挣扎，动了几下，就放弃了这种并不情愿的努力。她的头脑中一片空白，把身上的树生紧紧地搂住。

“树生……”淑兰断断续续的梦呓含在嘴里。

王树生完全没有做好准备，被突如其来的幸福完全陶醉了。

“淑兰……”树生的嘴松开。

郑淑兰的知觉一片迷雾，她沉浸在惊喜和愉悦中。她渴望过，但很朦胧。嫁到刘家，丈夫就撑不住，病死了。像她这么大的女子，孩子都满炕爬了。郑淑兰弄不清，她只认为，身上这个男人从此就钻进她的心里，成了自己在人世间最好最亲最爱的人！他叫她从一个闺女变成了一个女人，自己永远离不开他了。

郑淑兰的脸一拧，闪开树生的亲吻。

"唬！"郑淑兰忘情地笑了。

"你笑甚？"

"失笑！"

"失笑？"

"想笑……"

"说给我。"

"不嘛！"

"真格？"

"真格！"

后生又把淑兰的嘴唇紧紧咬住，淑兰就腾云驾雾，成了仙女。

郑淑兰把树生的脸捧住，在夜色里寻找他的一双眼睛，一团青草味，飘到鼻孔上来，叫她意醉神迷。

树臻回到家，心里总是有些不痛快。

李嫚见状："你这是怎么了？一回家，哭丧着脸。"

树臻问："娘和秀儿婶都睡了？"

李嫚回道："睡了。"

树臻接着问："树生回来了没有？"

李嫚觉得里面有事："一天没见人影。"

树臻在屋里走了几圈："这几天没见德邦这兔崽子呢？"

李嫚偷笑："和济南府陈家的小姐打得火热呢。"

树臻大笑："我本想去取经，经倒没取到，说不定能给这小子找个好媳妇。"

李嫚心里不太踏实："你进屋脸色这么难看，是不是出什么事？"

树臻摇头："事倒是没出，邹平城被烧抢，没想到长山却如此的安静，我把这件事情弄明白，再和你说。"

李嫚虽然不知道树臻葫芦里卖的什么药，但感觉这件事与家里有关，更和王树生有牵连。

夜晚的济南城显得格外的清静，孙大头悄悄地走进了陈存孝的屋里。

孙大头累得上气不接下气："老爷，事情查明白了，王树臻的身边还真有一个当官的人，官还不小，参谋长的职位，叫王树生，是他的弟弟。"

陈存孝舒了一口气："好悬啊！"

孙大头支支吾吾想说话，没有说出来。

陈存孝训道："有话直接说，别和娘儿们一样。"

孙大头回："这是你让我说的，小姐和王树臻的儿子王德邦正谈得火热。"

陈存孝恍然大悟："我明白了，你是担心王德邦是王树臻派来的帮手？"

孙大头应道："我正是担心这个事情。"

陈存孝想了一会儿："这事交给我去办，几代人的家业不能毁在我的手上。"

孙大头劝慰："老爷，容我多句嘴，家业不但不会毁在你的手上，还能发扬光大。"

陈存孝问："何以见得？"

孙大头神秘地笑着："等着瞧吧。"

陈存孝心里虽然很喜欢这句话，但是不得不提防着点，连王树臻这个不做药材生意的人都盯着自己，全济南城还不知道有多少人监视着他。

第六节　情绪高涨

一大早，王树臻就到了青岛，天阴着，树臻若有所思或是愁眉不展。他住在一个临街的小楼上，这楼有些破败，门里人出人入，看上去都较贫穷，这显然是个杂住楼。街的马路是小石砖排起来的，石面上溢出水光，冷湿滑腻。街对面有个小饭铺，他走了进去。他坐在饭铺里吃着豆浆油条，边吃边往外看。忽然，街上的人多起来，一些学生拿着小旗朝南跑，小旗上还有字。树臻看不清楚，很纳闷儿。他三口两口吃下那些东西，付过账跑出来。可那些学生都过去了。他急匆匆地往店铺走。

这时，又有伙学生跑过来，树臻试着上去拉住一个。这学生看来刚上中学，也就十三四岁的样子，戴着有皮边的学生帽，穿着黑色的立领学生服。

"你干什么？"男生问。

王树臻谦恭地问："小兄弟，这人来人往的要干什么？"

学生看看他，觉得他是个乡下人，说："要游行，反对把胶州湾割让给日本人。这些事儿你不懂。"学生甩下他跑了。

王树臻站在原地叹口气，下意识地揉揉眼，继续向店铺走。他一路走，一路琢磨，又看到有学生打着横幅："反对二十一条！"他想不明白，越想越急。上去问人家，那些学生急着走，没空回答他。他忽然想起了什么事，快步向店铺跑去。

店铺里，蛐蛐查阅着账本。

账房的老徐等着汇报工作，可树臻还没来。自己抽着烟，心闲无事。蛐蛐随便问了一句："这货走得怎么样？"

老徐笑笑："管家，这外埠出货明显见快。用不了多久，我们的品牌就能名扬海外。"

蛐蛐点点头："光把品牌宣传出去不行，还得盈利。现在商人变得越来越滑头了。"

老徐连着点头："是，让掌柜子放心就行。"

这办公小楼的楼梯在外边，树臻一跃就是三台，蹿了上来。

老徐正要走，树臻闯进来。他上来就问："老徐，你知道这街上要干什么吗？"

老徐漫不经心地说："嘿，那和咱没关系。"

树臻把眼一瞪："你怎么知道没关系。说！是怎么回事？"

老徐吓得站起来："掌柜子，你别急，是这样。中国参加了欧战，也是战胜国，可是在巴黎和会上，美国、英国想把德国在胶州湾的利益转让给日本，所以，这些学生游行。报纸上说北京闹得更厉害，上海也闹，咱这里晚，刚开始。"

树臻一把拉住老徐："咱不管那么多，我看着学生们游行都打着横幅。老徐，你，再叫上几个人，跟着管家，在路边上摆上茶水、吃货，凡是杂货铺能提供的东西，都提供给这群学生，摊位上写上杂货铺的名号，那些纸、布也写上。"

蛐蛐眼睛一亮："嘿！掌柜子，这招行。"

老徐说："掌柜的，这个费用真不少啊！"

树臻有点急："老徐，你怎么也让我着急呢？放在仓库里狗屁不是，这可是活生生的广告啊。你俩赶紧去呀！"树臻一跺脚，二人急走。树臻看着他们的背影，气得笑了。

王树生忙着去镇压学生游行示威，多日没有去找过郑淑兰。再说了，王树生这样的人，花天酒地有的是地方去，和郑淑兰发生关系，也是迫于一个男人的欲望。

多日不见，树生进入郑淑兰的房间，猛地将她抱起，放在了床上。一阵欢喜之后，恢复了平静。

郑淑兰光着身子在洗澡盆里掩面嘤嘤哭泣，树生劝慰道："别哭了，别哭了，快点洗洗歇息吧。"

郑淑兰不答话，还是一个劲儿地啜泣，哭得让王树生有几分怜惜，耐着性子哄她。怎么哄也哄不好，反而哭得更厉害，那声音直刺王树生的耳膜。

树生去扶她，她抖着光滑的肩头不让扶。树生无奈地给她披上大浴巾，她猛地抖掉了。搞得树生没有了章程，搓着手，围着她身边来回地转圈。

女人的哭声或许是一把无形的宝剑，它能制服大多数性格各异的男人。因为哭声本身就显示了女人的软弱、无助、悲哀、忧伤或者是愤怒，男人还有什么理由对她发威、示强。越是强势的男人，越有无法面对直接向自己示弱女人的软肋，而大多数都是示弱的宣言。所以，有心计的女人，往往会把哭泣当作一种行之有效的武器。

郑淑兰哭得像个泪人，王树生的心被她给哭乱了，使得怜惜一点点地在膨胀。他紧紧地拥着她："别哭了，我忙完这一阵就来娶你，别哭了。"

郑淑兰哭着说："你连声招呼都不打，就走了，突然出现，突然走，欺负我这个寡妇。"

王树生说："哪敢，好了，擦擦泪。"树生拥抱着郑淑兰才发现，这女子的皮肤是那样的细腻光滑，贴在她身上是格外的舒服，就像高档的绸缎。再低头看看她的皮肤，白得透亮，白得耀眼，叫人不由自主地就想动手去抚摸，简直就是一个天生的尤物。树生一面抚摸着她，一面倾听她的哭诉，一面不断地劝慰她。树生问："那你说怎么办？"

郑淑兰暂停了啜泣，泪水却依然挂在脸上，深深叹了口气："谁叫我命苦呢，等你忙完了这事，一定要来娶我。"

一听这话，王树生算是有了解脱的借口："你放心，这事交给我办。"

郑淑兰拿起身边的剪刀："要是你不来娶我，我就自尽。"

王树生赶紧夺过剪刀："这不是答应你了吗，还说着傻话。"

郑淑兰这辈子就没相信过男人，何况眼前的树生油嘴滑舌，但是她还是打心眼里喜欢他："你知道要是传出去怎么办吗？"

王树生疑问："什么传出去？"

郑淑兰脸拉了下来："你就不怕别人说闲话，和一个寡妇在一起多不吉利。"

王树生一瞪眼："谁敢说，我撕烂他的嘴。"

郑淑兰笑了出来："这可是你说的啊！"

王树生也没想到会发生这样的事情，本只想玩玩，却碰上个难缠的主，在周村这地方，自己不能惹事，这个女人能哄骗过去，就哄骗过去得了。等自己高升了，就由不得她。

陈存孝铺纸泼墨，尽情地挥洒墨迹，一会儿的工夫，"为人正直"四个大字尽显在宣纸上。陈莉放轻脚步，注视着父亲的一举一动，然后大声喊："好字！"

这一声把陈存孝吓了个正着，说道："什么时候进来的，也不说一声。"

陈莉委屈地说："我早就进来了，见你如此认真地写字，哪敢打扰。"

陈存孝注视着自己写的字，扬扬得意地说："还是安徽产的宣纸写出来的字漂亮。"

陈莉大笑："你直接说你写的字好看不就得了，拐了多少弯，费这股子劲。"

陈存孝表情凝重起来："我问你点事，你和王德邦最近走得挺热乎啊？"

陈莉连忙解释："他只是有时间帮我去教课，有时候一起去教堂祷告。"

陈存孝一想，事情不妙，从女儿的面上，已经看出对这个小子有意思了："你们发展到什么阶段了？"

陈莉害羞地说："哪有什么阶段，爹，你说啥呢，这就沉不住气，想把女儿嫁出去。"

陈存孝依然一脸的严肃："我不是劝你和他在一起，而是不想让他再找你。"

陈莉听后心里一凉。回国后，本来就没几个朋友，就是德邦对她还比较关心，她怎么肯轻易和他绝交呢？于是她生气地说："爹，你不是也主张交往自由，反对那些家族制的束缚吗？怎么又开始阻拦我？"

陈存孝解释道："有些事情，我还没弄明白，但现在你还是不能和他在一起。"

陈莉大吼："凭什么？"

这声音把外面的丫头和孙大头招了进来，孙大头赶紧劝说："老爷，有话好好说，别伤了父女之间的感情。"

陈莉质问："你要是和我说原因，能让我心服口服，我就按照你说的办，人人平等，我有自己的人权。"

陈存孝气道："你和我摆起人权、平等？没大没小。"

孙大头见势不妙，给丫头们使了个眼色，让他们把陈莉带出去，心里暗笑："老爷，小姐留过洋，学的外国那一套。再说了，归根结底，还是你的错。"

陈存孝纳闷："我把她送出国，接受先进的教育，是我的错？"

孙大头笑着说："你要是不把她送出国，小姐能懂什么人权自由吗？"

陈存孝明白过来，孙大头说的话在理。可他心里更担心，如果王德邦是安在自己身边的一颗钉子，那祖上的家业时刻有被钉死的可能。陈存孝问："那有什么办法吗？"

孙大头琢磨一会儿："有是有，但不太妥。"

"先说来听听。"

孙大头小心翼翼地说："把小姐嫁出去。"

陈存孝摇头："这的确不是什么好办法。"

家家有本难念的经，陈存孝的心里上下打鼓，心里不平静。在屋里走来走去，还是找不到解决的办法，就这么一个亲生闺女，不能闹翻了脸。

陈存孝无奈地说："以后派人跟着小姐，一天一块大洋，这一块大洋，不是这么好赚的，还得告诉我，他们之间说了什么。"

孙大头应道："这事交给我去办，保证办得稳稳妥妥。"

第七节　云开雾散

雀儿在院子里浇着花，门外轰隆隆的车马声，开门一看，是一群乞丐。不过令她纳闷的是，乞丐都穿得人模狗样，估计这群乞丐一个大子也要不到。想到这里，雀儿心里笑了。

听到声响，李嫚从屋里走了出来："雀儿，外面出什么事了？"

雀儿放下水壶说："外面一群乞丐，穿着绫罗绸缎乞讨。"

李嫚笑道："穿成这样，哪是乞丐啊？"

雀儿也不知情地说："我也纳闷呢。"

周村街上更是热闹，一对对士兵查封了一家家书寓和窑子，很多窑姐都跑到村里躲了起来，外面的官兵来回地跑动，领头的王树生在德成酒馆和郑淑兰打得火热。

王德邦和陈莉刚从周村的教堂出来，见这么多的士兵，心里不由得有些发慌。

陈莉问："这是发生什么事情了？"

王德邦摇着头，拉住一个人问："这是怎么了？"

那人回道："官爷们查封书寓和窑子。"

一听这话，陈莉笑了："这事做得不错，女性早就该解放。"

王德邦得意地说："这肯定是树生叔办的好事。"

话音刚落，王德邦看见德成酒馆门口，郑淑兰给王树生整理着制服，王德邦赶紧拉着陈莉转向另一条街。

陈莉不解地问："怎么改路了？"

王德邦回道："我回店铺看看。"

没走几步，王德邦发现了身后有人，忙说："咱快走，我们身后有人。"

陈莉不慌不急地说："不就是高天利，你自己的人还怕？"

王德邦回道："不是高天利，我们俩出来，我不让高天利跟着咱们，这人我不认识。"

陈莉一听，心里也发慌了，跟着王德邦撒腿就跑。周村的街巷对王德邦来说，再熟悉不过，转了几圈，就把那个人给转没影了。

两人得意地笑着，陈莉由喜转悲，低声说："以后我不能再来找你了。"

德邦瞪着大眼问："为什么？"

陈莉回道："我也不知道为什么，就是不能来找你。"

德邦又问："这是你这样想的？"

陈莉连忙摆手："我可不是这么想的。"

德邦仿佛明白，肯定是陈家不同意两人在一起："我们都是留洋回国，都懂得交往自由啊！"

陈莉急道："我爹也留过洋，他也懂得。"

这一句话，把事情的原因活生生地说了出来。事情已经不好解释，陈莉扭头就跑。德邦望着陈莉转身后的背影，傻傻地发呆。

王德国看到站在一旁发呆的德邦，走上前去："哥，在这里发什么愣啊？"

德邦一看是德国："没事，你忙什么了？"

王德国说："爹，大哥让我给德盛的学校送几匹布，又要搞什么游行示威，刚准备回店铺。"

德邦拉着王德国："走，咱去喝几杯。"

一脸不知情的王德国被德邦死死地拉着："哥，我还得回店铺呢。"

德邦可不管这一套，硬是把德国拉去了酒楼。

跟丢了女儿，这是陈存孝最不愿意看到的情况，便在屋子里大骂伙计："你怎么看的人？"

伙计辩解："我跟了他们转了几条街，人就不见了。"

陈存孝压不住内心的火气："废物，养你们做什么用的，滚！"

伙计赶忙离开房间，孙大头走上前去请罪："这事都赖我，没找对人。"

陈存孝心里一怒："你也是，弄这么个不顶事的人来办这么重要的事，给他发三个月的钱，走人。"

孙大头连忙点头："是，是。"

陈存孝气道："要是再出什么意外，也罚你。"

孙大头连声说："该罚。"

"谁也别罚，罚我。"陈莉从门外走了进来。

孙大头说："那我先出去，你们聊。"

陈莉拉住孙大头："你先别走。"

陈存孝看着女儿，知道这是要兴师问罪："这是哪来的这么大火气？"

陈莉质问："跟踪的人真的是你们派的？"

陈存孝与孙大头对视了一眼，陈存孝说："是，是我派的人。"

陈莉气愤："爹，你真要限制我的自由啊！"

陈存孝冷静地说："这是为你好，也是为了陈家这个家族着想，我们是大户人家。"

陈莉不解："虽然我和王德邦是朋友关系，就算要谈婚论嫁，王家配咱们家是绰绰有余，长山七大家，论资产、论势力，我们都比不上。与他们这种大户人家相比，我们连小户人家都算不上。"

陈存孝一惊："原来你对他们很了解啊！"

陈莉解释："我和他在一起不是看重他的家族势力，我们的友谊是纯洁的，我不是那种嫌贫爱富之人。"

孙大头忙着补充一句："小姐，老爷是为你着想。"

陈莉怒视着孙大头："你闭嘴，等会儿再说你。"

陈存孝生气地说："别没大没小的，孙大头也是长辈。"

陈莉摇着头："我是对事不对人。"

孙大头说："老爷，小姐没有恶意。"

陈莉再次强调："我就一句话，别来打扰我的生活。"说完，转身离开了房间。

孙大头问："老爷，接下来怎么办？"

陈存孝说："继续跟踪，这次找个信得过的人，别干这半吊子事，连个人都给我看不住。"

孙大头担心地问："小姐那边怎么办？"

陈存孝说："她都知道了，就明着吧。"

直到深夜，王德国驾着马车把德邦带回家，德邦喝得醉醺醺的，一头就栽倒在床上。

李嫂问德国："你哥怎么了？"

德国一头雾水："我也不知道，今儿中午拉着我去喝酒，喝起来没完，拦都拦不住。"

李嫚叫了个仆人："去把大夫叫来。"

王家人里里外外折腾了一宿，王德邦总算是缓过神来了，醒了第一句话就是"凭什么不让我和你交朋友"。

这一句话让王树臻心里有了底，笑着说："这孩子中了魔。"

李嫚训道："中了魔，你还笑。赶紧找个大师来驱魔。"

树臻大笑："这魔不好驱。"

李嫚吓得脸色苍白："你别吓我，孩子刚长大成人，就……"

树臻收起关子："不逗你了，这孩子看上了人家姑娘。"

李嫚脸色好转了："是不是陈家？"

树臻回道："绝无二人。"

李嫚叹道："自古英雄难过美人关。"

德邦缓缓地睁开眼睛，望着一屋子的人，问道："大伙儿围着屋子做啥？"

李嫚惊讶地回头："你终于醒了，可真要吓死娘。"

树臻训道："不就是一个姑娘嘛，弄得自己都找不到魂儿。"

德邦坐起来倚靠在边上："我没招她，也没惹她，就是不让我见她。"

树臻对大伙说了一声："都下去吧！"所有人离开了房间。

德邦叫喊："德国，我怎么回来的？"

王德国逗他说："从大街上捡回来的。"

树臻劝道："你这事包在爹的身上，别胡思乱想，在国外好的没学会，借酒消愁倒是学得挺地道。"

李嫚一想："要不，我直接找人去提亲。"

树臻阻止："你省省吧，陈存孝和陈莉父女俩都是洋派，不兴这一套。孩子们的事，让他们自己办，我先去说通陈存孝。"

德邦突然想起一件事："娘，你先出去，我和爹，还有德国说点事。"

李嫚纳闷："什么事还得瞒着娘？"

德邦傻笑："大老爷们儿的事，你就别掺和了。"

李嫚苦笑道："好，好，现在儿子都嫌娘了。"一边说一边往外走。

树臻问："啥事？"

德邦说："我在德成酒馆看见树生叔，他和郑淑兰在一起。"

树臻一惊："去喝点酒，这有什么稀奇？"

德邦接着说："是个人都能看出来，树生叔和郑淑兰的关系不一般。"

德国想了想："这几天窑子被查，也与树生叔有关，说是窑子的老鸨子给他找的姑娘，他都觉得寒碜。"

树臻惊讶地问："这些你们都是从哪里听说的？"

德邦低声说："这些不用听说，山东有三害，土匪、鸦片和赌场，树生叔都占了。他抽大烟，去赌场，因为赌博，暗地里杀了几个人，还和土匪勾搭。"

王树臻心里最害怕的事情如同火山喷发一样，弄得心里团团的大火，然后乌烟瘴气，那个百味杂糅在一起的感觉真的是太难受了。他定了定情绪，说："你们谁也别说，德邦，你先把身子骨养好，陈莉的事情，我给你去办。德国，事情别透露，就咱三个人知道，别告诉德安和德盛。"

德国不解地问："为什么？"

树臻一瞪眼："事情早晚会搞明白，再说了，王家是大户人家，不能败坏了名声。"

两个孩子纷纷点头，可王树臻心里按捺不住，他仿佛也明白，陈存孝不让陈莉和德邦在一起的原因就是因为王树生，这个活生生的督军府的人物，每天都在百姓眼里晃悠。可陈存孝为什么这么担心督军府的人呢？这让王树臻不得其解。

第八章

第一节　洞察秋毫

城墙那边传来几声慑人枪响，又死人了。罢市、学生闹街、厂子罢工，能闹多乱就有多乱。周村各学校学生在天后宫的广场集会，号召抵制外货，王德盛也在队伍里面。

丝织厂工厂要求改善待遇，提高工资，却遭到军队的镇压。顿时血流成河，那是叫个惨。无奈之下，军阀张宗昌率部队进驻周村，在东郊占地修建兵营。

王树臻来到济南芙蓉街，一条街上冷冷清清，风吹刮着满街的垃圾，悬在半空又落下。

古朴的院子里，陈存孝坐在藤椅上，晒着太阳，喝着清茶，仿佛诸葛孔明在世，预测到王树臻要来找他。王树臻进门，见陈存孝一副怡然自得的样子，大笑："陈兄，好心情啊！"

陈存孝睁开眯缝的双眼："王兄远道而来，有失远迎，见谅。"

王树臻心里明白这是客套话，像陈存孝这么精灵的人物，把人一眼就能看透："今天我来，是有一事相求。"

陈存孝肯定地说："为了两个孩子吧？"

王树臻摇着头："错！"

满怀信心的答案被否定，陈存孝猛地起身问："那是什么？"

这个举动让王树臻心里有些踏实，至少证明陈存孝的确是防着自己："是为了医药。"

陈存孝笑着说："王兄真会开玩笑，整条街都罢市，也没有什么生意，还谈什么中药。"

王树臻平静地说："1886 年，英国基督教传教士尉兰光来到周村，看到这里城市规模大，商业繁荣，人口众多，于是赁房住下传教。后在北长行街南头路西租房，除外还办了博物馆、阅报室。又开办西式医院一处，请医学院毕业生青州人孙思克做医生，免费为病人诊病，廉价出售西药，很受群众欢迎，教徒发展很快达到百余人，西药也逐渐为群众所接受。1908 年，在基督教势力已在周村地区非常大时，教会又在周村东门外购地，建成一所正规化大医院——复育医院，医师数十人，还办了护士学校，修建了护士楼，成为山东最大的一所综合性西式医院，第一任院长是青州传教士武成宪。"

陈存孝眼前一亮，他仿佛明白王树臻不是个药材上的门外汉，他是真的懂医学，但国民政府一直镇压着中药，西药馆也只能由外国人来开办，外国人惹不起，就惹国人，谁开西药馆就是卖国贼。

王树臻心里有谱，接着说："清中叶时，山东各地的药店和中医诊所在周村基本取代了外地的客商。位于大街中段路东门面比较辉煌的同仁堂中药店，是后来的孟庆昌所开办的，设有内科、外科诊室，聘有名医王香亭等人，后尤以研制的治疗各种疾病的膏药最有特色。"

陈存孝惊讶："王兄真是博学多才。"

王树臻大笑："过奖，周村的医药历史悠久，樊氏创建于明正德年间，以祖传治疗消化系统疾病和关节损伤为主，后来又开了世衍堂，以经营膏药、丸丹闻名。清代以来，邹平经营药材的客商纷纷看好周村市场。康熙二十九年，长山县西庵村毕氏在周村大街开办同德堂药店，后迁丝市街。清道光前后，周村的碑碣上常出现的药店有广和堂、天德堂、世泽堂、鸿济堂等。广和堂也是一个老药店，由周村史家塘坞村的王氏所创办，道光年间来到周村城里，最初的铺面在下沟街南头路西，以经营南北中药材为主，后来专以治疗各种小儿疾病闻名。"

陈存孝吩咐家仆："送到客厅两杯茶水。"然后，把王树臻邀请到了客厅，他忧心忡忡，对山东一带医药历史如此熟悉的人，肯定做得很多的文章，不是行家，谁懒得理这些东西。但反过来一想，王树臻到底想做什么？难道他知道什么？

家仆上了茶水，王树臻抿了一口："这泉水正宗，可惜烧水的火候不够。"

陈存孝端起茶杯，喝了一口："清香宜人，好茶。"他知道王树臻的火候分明是指事情的进展，借物说事，高明。

王树臻放下茶杯："陈兄，我给你介绍几个地儿，你抽空去看看。坐落在大街隅头北明笃臣家开的福生堂、周村桃园村毛四进士家开的异芝堂和桓台袁氏的半积堂。异芝堂由毛氏开办于清中叶，位置在周村丝市街东首路北。毛氏是周村的富绅之一，在周村开办有好几处商号，拥有雄厚的资金，异芝堂临街门市为二层六间古典式建筑。专以经营各种中医药材和南北成药为主，高、中、低档货色齐全，建筑富丽堂皇，后院有接待室和诊疗室、库房、加工车间等几个套院。库存丰富，聘有名医坐堂，是周村有名的大药店。"

陈存孝一听："我对医药一直是半路出家，不甚懂。"可在他心里默记着这些堂号的名字。

王树臻不强求："我也就是随口一说，你有心无心，这就不是我的事情。还有一地儿，叫乐善堂，是由张店何氏开办，在状元新街东首路北。它以高档贵重药品齐全著称。一般药店配不齐的羚羊角、麝香、鹿茸、珍珠、牛黄、人参、冰片等珍贵的药材，乐善堂不仅从无缺货，而且质量保证地道，价格也合理。该店还注意收集大量特效中成药配方，做成治疗疑难杂症的成药，如牛黄吹喉散、二龙斗宝丹、福寿丸等。其中治疗鸦片瘾的福寿丸很有效力，远销外地。他们还利用资金优势，增加库存量，以保持市场价格上涨时不提价。当时的药店能请到名医坐堂是很关键的。此外，多数药店还要跟散布在各街巷有些名气的大夫们搞好关系。有些中医大夫受礼后，看病开方专门指名到某药店买药。而且有的还故意把常用药名改为怪名，如将当归改为'大文尾'等，只有到他所指定的药店才能明白。乐善堂是大字号，对这些不正当手段不屑一顾。"

陈存孝终于憋不住："那王兄为什么告诉我这些呢？"

王树臻表情变得严肃："天主教在周村最早的传播是在周村南郊的韩家窝一带。1900 年，发生了震动华北地区的韩家窝事件，后以外国投资传教士的胜利而告终。而这对商业的影响甚大，医药业也受到巨大的冲击。还有两件事，我现在不能和你说，等到了陈兄和我说真话的时候，我就和你说。"

陈存孝嘴角一上扬："王兄，我真没什么好说的事情。"

王树臻端起茶杯抿了一口："你再尝尝，是不是火候不对？我和你说，这柴火得晒得七八成干，不能含太多水。柴火里的水越多烟雾就多，茶水就浑。烧火要烧透，越透，越甘醇清澈，香味迷人。"

陈存孝心里明白王树臻这话，不是什么酿茶的方法，这完全是说给他听的劝言："听王兄的秘方，赶明儿，我吩咐伙计们按照你的秘方来试试。"

王树臻大笑："得嘞，茶也喝了，话也说了，我该走了，店铺交给伙计们，我还不太放心，去瞧一眼。"

陈存孝夸奖道："全国这么多分号，你能看得过来？不过你身边真是有几个能手，蛐蛐是把好刃，那个高天利将来也是德邦身边的左膀右臂。"

这话分明是给王树臻下马威，这挑明了陈存孝一直在暗中调查他："哪有，比不上陈兄的深藏不露。"说完，准备往门外走。

陈存孝对着王树臻的背影说："孩子们的事，我不管了，任由他们吧。"

王树臻转头一笑："我今儿个不是为这事来找你，是为医学。"

陈存孝心里实在是弄不清楚，王树臻到底是个什么样的人，虽然口碑在长山县不错，做的善事大街小巷流传，可是王树生又是怎么回事？

苦恼的陈存孝心里犯着嘀咕，一个对医学研究如此透的人，绝非等闲之辈，还是等事情调查清楚再下结论，也说不定女儿在德邦的身边是天意，这么一想，心里乐了。

第二节　天理循环

陈存孝松了金口，王德邦和陈莉可以整天打闹在一起，他们一起出入教堂，去学校教课，在别人的眼中，真是不成体统。没结婚就出双入对，可懂行的就图个新鲜，这是洋人喜欢玩的事情，叫谈恋爱。

王家大院里，雀儿择着菜叶，蛐蛐扫着院子，心里忧心忡忡。雀儿问："是不是在家不如在店铺舒服啊？"

蛐蛐哭丧着脸："闲下来，不知道做什么好，官场勾搭在一起，生意也没法做。"

雀儿一笑："你和掌柜子葫芦里卖的什么药，你以为我不知道。"

蛐蛐惊讶地问："你知道什么？"

雀儿回："你和掌柜子说话，我都听见了，明着关门，暗地里继续做买卖。只要你不在柜上，他们就认为茶庄和杂货店都停业大吉。"

蛐蛐赶紧捂住雀儿的嘴："我的小祖宗，这话千万别往外说，也就耿筱琴掌柜子他们知道，别的商铺都瞒着。"

雀儿拨开蛐蛐的手："冷暖轻重，我还不知道啊！"

话音刚落，金陵书寓的刘妈妈拿着几个礼品盒走了进来："雀儿，雀儿。"

雀儿一看是刘妈妈，大骂："给我滚出去！"

蛐蛐拿着扫帚往外扫刘妈妈，刘妈妈连躲带闪地在院子里打圈。

"吵什么呢？"李嬷从屋子里走出来。

雀儿迎上去："少奶奶，她来捣乱。"

李嬷对仆人说："上茶。"

雀儿急道："怎么还给她上茶？"

李嬷轻声说："不管怎样，你在书寓生活的年数也不少，咱得知恩图报，先看看她来干什么。"

刘妈妈恭维道："还是少奶奶明事理。"

蛐蛐劝说："肯定没什么好事。"

刘妈妈跟着李嬷进屋，把礼物往李嬷面前一放，吞吞吐吐、支支吾吾地说："早就想来看看雀儿，可一直抽不出空。"

雀儿喊道："我才不让你看。"

李嬷瞪了雀儿一眼："李妈妈这次来，不单单是为了看雀儿吧？"

刘妈妈诡笑着："我还有一点事，就是金陵书寓被查封，想来求求情，让书寓解禁，那里还有好几十口子人等着吃饭。"

李嬷不解："那你去督军府，去找当官的大人们，找我们来办这事，找错人了吧？"

刘妈妈摇着头："这事就是你们能办，这书寓是你家小叔子给查封的。"

李嬷明白了，沉稳了一会儿说："那你直接去找王参谋长办这事，我们家和官场上不打交道。"

刘妈妈一笑："你看，雀儿是我看着长大的，嫁到王家门里，怎么说也算是亲戚。"

蛐蛐骂道："谁和你他妈的亲戚，你差点儿害死雀儿，没要你老命，算你万幸。"

李嬷训斥："住嘴，刘妈妈上门来是看得起咱。"

刘妈妈求道："我知道雀儿打心眼里恨我，可我也没办法，那么一大家子人等着我养活。"

雀儿嘲笑道："等你养活？一个个都去喝西北风吧。我还告诉你，你以为我不知道，你挣的黑心钱，都塞到自己的裤裆里了吧。"

李嬷定了定神："刘妈妈，这事我们真帮不了，我们也不想说什么难听的话，你另请高明吧。"

蛐蛐拖着刘妈妈出门，刘妈妈挣扎："少奶奶，你得帮帮我，我还有一大家子人呢。"

雀儿把刘妈妈带来的礼物扔出了门，正好扔在了王德邦和陈莉的脚下，见刘妈妈狼狈的样子，一脸的雾水。

王德邦领着陈莉进家门，问道："雀儿婶，怎么回事？"

雀儿说："少爷回来了，那是书寓的刘妈妈，书寓查封了，求咱们开封书寓。"

王德邦镇定地说："不能开，我听说了，当年雀儿婶没少吃她的罪，活该。"

雀儿心情变得异常的沉重，见身边的陈莉问："这位小姐是谁？"

王德邦领着陈莉进屋，还没等回话，李嫚就说："这是陈家闺女吧？"

陈莉笑着说："伯母，我是苏珊。"

李嫚心里一惊："姓苏？"

王德邦大笑："娘，这是她的洋名，她就是济南府的陈小姐。"

李嫚上下打量一番："长得真俊。"

蛐蛐端着茶水进门："陈小姐，上等的普洱，来尝尝。"

陈莉接过茶杯，笑着说："你就是蛐蛐叔叔吧？"

蛐蛐笑着说："正是。"

陈莉竖着大拇指："久仰大名。"

蛐蛐不好意思地说："肯定是掌柜子瞎说我什么了，什么久仰大名，只是跟了个好主人罢了。"

王德邦劝道："叔，你怎么亲自端茶倒水，你让我怎么受得起？"

蛐蛐笑着说："二少爷，陈小姐第一次进家门，我不懂你们的洋规矩，来了就是客，我也算你的长辈，端茶倒水表示咱们的诚意。"

陈莉不知情地问："我是不是做错了什么事情？"

李嫂大笑："好了，都坐下，越说越乱，雀儿，去吩咐厨房，大摆筵席。"

雀儿应道："我这就去。"

见雀儿出门，王德邦问："刘妈妈要解禁金陵书寓，找咱们干吗？"

李嫂回道："嘿！你树生叔查封的她的书寓，托我们帮忙。"

陈莉气愤地说："不能帮，书寓和窑子害了太多妇女，我们女人也是有地位有尊严的。"

李嫂微笑："这留过洋的就是不一样。不过，蛐蛐，你这几天看好雀儿，别让她遭别人暗算。"

蛐蛐点头："放心吧，事情也没有这么悬。"

李嫂严肃地说："别掉以轻心，刘妈妈这个人在道上什么人没接触过，什么事情都能做得出来。"

蛐蛐恍然大悟："少奶奶，知道了。"

陈莉忍不住问："这称呼有点乱。"

王德邦回："蛐蛐叔是我爹认的弟弟，也是管家。我得称呼他为'叔叔'，可他一直清高，不自攀，还是叫我'少爷'。"

陈莉点了点头："好有人情味啊！"

谈了没一会儿，树臻进屋，陈莉忙打招呼："伯父好。"

树臻微笑着说："欢迎到我家来做客。"

李嫚纳闷："你怎么回来了？"

树臻回道："德安告诉我，杨小姐到咱们家了。是不是刘妈妈来过？"

李嫚苦笑："什么事你都知道，瞒不住你。"

树臻说："这事咱们不管，一是因为雀儿，再就是树生的事情，咱们最好不掺和。"

蛐蛐回应："掌柜子，我们没管，把她轰出家门去了。"

树臻朝着蛐蛐点了点头，然后问陈莉："陈小姐，喜欢吃什么？"

陈莉笑着说："吃什么都行，我不挑食。"说完，陈莉看到不远处的几幅字画，打心眼里喜欢，走过去，目不转睛地欣赏了起来。抚摸着宣纸上龙飞凤舞的字体，心里不禁一颤。

树臻问："陈小姐喜欢书法？"

欣赏着书法的陈莉愣着没有说话，王德邦赶紧走过去，拍了陈莉一下："我爹问你话呢。"

陈莉不好意思地说："伯父，不好意思，我没听到你说的话，我刚才看这些字看得入神。"

树臻对德邦说："领着陈小姐去我的书房，那里有几幅字画，让陈小姐这个行家看看。再吩咐丫头，开饭了叫咱们吃饭。"

王树臻的书房里，简朴却显得庄重，物品摆得井然有序。陈莉停留在字画面前流连忘返。

树臻问："陈小姐，可以说说自己的感受吗？"

陈莉说："每幅都是精品，我最喜欢这幅颜体。"

树臻纳闷："很多人喜欢楷体，喜欢篆体，你怎么就选这幅呢？"

陈莉笑道："颜体形顾之簇新、法度之严峻、气势之磅礴前无古人。从美学上论，颜体端庄美、阳刚美、人工美，数美并举，尤为后世立则。行以篆籀之笔，化瘦硬为丰腴雄浑，结体宽博而气势恢宏，骨力遒劲而气概凛然，用笔追求沉着、雄毅，以健力立骨体，敷以较厚之肉彩，结体上整密、端庄、深稳，在布白上减少字间行间的空白而趋茂密，追求'雄'中有'媚'的境界。从传统书法的阔大气象来考查，可见兼收并蓄，以成其高，博采众长，以成其广。"

树臻鼓掌："不错，这样的年纪，对书法有如此的见解，非同一般。"

陈莉害羞地说："这些德邦也知道，美学在留洋的时候，是一门课程，里面有咱们国家的书法。"

王德邦回道："我也学过，但是主要是园林设计。"

"老爷，开饭了。"外面的丫头叫喊。

树臻满意地说："咱们先去吃饭，如果有喜欢的字画，走的时候带走几幅。"

陈莉惊喜地回道："那太感谢伯父了。"

树臻对眼前的姑娘是一百个满意，如果她能嫁给德邦是再好不过，这要看德邦这小子有没有这福气。可压在他心里的那块石头，始终没有沉落下来，他仿佛已经闻到火药的味道。

第三节　牢狱之灾

陈存孝心里七上八下，在屋里坐也坐不住，在房间里，来回地踱步。见陈莉拿着几卷字画进院子，赶忙走上前去，把陈莉叫住。

陈存孝一脸忧虑地问："你手上拿的什么？"

陈莉笑嘻嘻地回道："我去王伯伯家，他给的字画。"

陈存孝一听，火冒三丈："你去他家，怎么不和我说一声？"

陈莉不解："朋友之间串串门，还得和你打招呼？"

陈存孝心里不痛快，稳定情绪问："这不是在国外，一些礼节得注意，入乡随俗。"

陈莉不情愿地点头："知道了，还有事吗？"

陈存孝一想，这正好可以打听王树臻这个人的情况："你跟着我来屋里。"

陈莉进屋，放下手中的字画。

陈存孝问："你感觉，王树臻这个人怎么样？"

陈莉笑着回道："人挺不错的。"

陈存孝试探着问："是不是他有个弟弟叫王树生？"

陈莉想了想："是，德邦的叔叔，最近把周村所有的书寓、窑子都查封了，可算做了件大好事，痛快人心。"

陈存孝的眉毛皱了起来："行了，你回屋吧。"

陈莉也不知道发生了什么情况，拿起字画回到了房间。陈存孝心里不平静了，这下入虎口，是逃不掉了，自己从国外回国，本想把自己学的一技之长，救活家业，结果把家业害了。

周村大街上人群熙熙攘攘，仿佛没有受到罢市的影响，小贩的生意依然红火，大的商铺大门紧闭，王树生带着军队挨家挨户地敲打着店门，不开门的店铺，直接用石头砸。眼看就快到王树臻的茶庄，王树生放慢脚步。

"我告诉你们，今天要是再不开业，济南府的督军大人说了，该抓的抓，该砸的砸，都是父老乡亲，要是不听话，别怪我不客气。"

眼见着王树生如此的嚣张，王树臻站在一旁，大喝一声："我看谁敢？"

王树生最怕的画面还是出现了，他知道树臻的脾气，走向前去，低声说："哥，我孬好也是参谋长，在家你说了算，在外面给我点面子。"

树臻一瞪眼："给你面子？你把耿筱琴掌柜子的锣行给砸了，你怎么不给我面子？你知道耿家的身份吗？"

王树生大笑："啥身份不身份的，现在不是清朝，朝里有人也白搭。"

树臻气道："你信不信我踢你！"

王树生拉着树臻到一个角落："哥，好汉不吃眼前亏，你也帮着我劝劝，你在长山县也是权威的人物，都是乡里乡亲，闹僵了多不好。”

树臻嘲笑：“你也知道是乡里乡亲，这吃里扒外我干不了。”

王树生急道：“哥，你看人家德成酒馆，生意红红火火地开着门，做生意，多好。”

树臻讽刺道：“你别以为和郑淑兰那点破事，我不知道。她今天开着门，明天学生就给她砸了。树生，我以为你真的在外面混得人模人样，结果是狗模狗样。”

王树生忙解释：“哥，你看你说的，我还不是为了家好，要不是我，你的茶庄、杂货铺早让人给砸了。”

树臻冷笑：“砸，让他们砸，我看谁敢。”

王树生脸色突变：“和督军大人作对没什么好处，你认识陈存孝吧，领着济南的商户闹事，追求什么百姓当家做主，结果被督军拿下，关了大牢。”

树臻惊讶道：“抓起来了？”

王树生笑道：“害怕了吧？我觉得也就刚抓起来不久，我从济南府来的时候，督军大人正好派人去抓。”

树臻一听急忙回店铺，一边走一边说：“我看谁敢给我砸店铺！”

蛐蛐两眼发愣，见树臻回来，急问：“掌柜子，情况怎么样？”

外面乱哄哄的一片，树臻说：“你把德邦叫过来，让他和我去趟济南府。”

蛐蛐拔腿就跑，刚要出门，高天利和蛐蛐撞了个正着。高天利赶紧起身：“老爷，德邦少爷让我给你传话，陈伯伯被抓了。”

树臻疑问："他怎么知道的？"

高天利把报纸递给王树臻，上面标题"抓捕罢市头领陈存孝"，明晃晃的标题让树臻感到刺眼，一气之下，把报纸扔在了地上。

在一旁着急的高天利问："老爷，怎么办？"

树臻思索一会儿："这事还得找他树生叔，你让德邦去把陈莉接过来，她一个女孩也没什么主意。"

高天利应道："我现在就派人去拍电报。"

蛐蛐问："掌柜子，我能做点什么？"

树臻说："你去街上告诉树生，让他今晚务必回家一趟。"

蛐蛐难为情："他要是不回去呢？"

树臻镇定地说："打着秀儿婶的旗号，他不敢不回去。"

夜幕降临，王树生大摇大摆地进院子，家仆赶紧迎上去："二老爷，大老爷在屋里等你呢。"

王树生一头雾水："不是我娘有病吗？"

这话把家仆难住，苦笑地回："老太奶奶身体好着呢。"

王树生明白过来，这是场鸿门宴。他深吸一口气，大步走进门，见王树臻坐在正座上，旁边是李嬷和雀儿，陈莉坐在德邦的身边，一言不发，蛐蛐正忙里忙外。

树臻一脸的严肃："坐！"

王树生不知情地问："这宴席够丰富，哥，这不是绝交饭吧？"

李嬷赶紧让树生坐下："什么绝交饭，你们哥俩咋就拧上了？"

王树生说："哥最近看我不顺眼呗。"

树臻喝了杯酒："绝交饭，还不到时候。"

蛐蛐走到桌前："掌柜子，还把两位太奶奶叫来用餐吗？"

树臻回："吩咐厨房，单独给她们上饭，今天单独和树生享受这一桌。"

王树生喝了杯酒："哥，有事你就说吧，别掖着藏着，我也不好受。"

陈莉忍不住先说话了："树生叔叔，我爹被督军大人给抓起来了。"

王树生点点头，心里有了着落："你就是陈家小姐吧？你爹被抓起来，这事我知道，你爹的脾气和我哥有一拼，犟得和牛一样，开门营业不就什么事都解决了，干吗非把自己送进去。"

树臻举起酒杯："先喝一杯。"

一杯酒下肚，树臻接着说："树生，你在督军大人身边是红人，看看能不能把陈莉的父亲放出来？"

王树生一脸的苦相："济南的事不归我管。"

树臻一瞪眼："帮还是不帮？"

王树生一言不发，陈莉拿起酒杯，一口饮了下去："树生叔，求你帮帮忙。"

德邦赶紧把陈莉拉住，王树生瞪着眼："德邦坐下，陈小姐挺能喝，拿酒来。"

李嫚傻眼："树生，你干吗？"

王树生笑道："嫂子，陈小姐很能喝，我和她逗逗酒。"

德邦凑到王树生的面前："我替她喝。"说完，看了一眼树臻，树臻看着眼前的状况一言不发。

王树生摆手："德邦，那你给她去督军府帮她爹求情。"

陈莉把德邦推到一边去："我喝，只要叔叔能救出我爹。"

李嫂一肚子的火："雀儿，今晚陈小姐走不了了，把客房收拾出来。"

雀儿赶紧出门吩咐人去安排客房，陈莉一饮三杯下肚，脸色红润，德邦一把手把她扶住。

王树生大笑："陈小姐，好酒量，不用喝了，我回三杯。你爹的事情，等我信儿，我不敢确定能不能帮到你。"

陈莉迷迷糊糊地坐下："谢树生叔。"

王树生喝了三杯酒："我知道，等会儿哥会骂我，但是现在这个世道求人办事，有求人办事的规矩，你还不是王家人，这规矩不能破。"

沉默已久的树臻发话："树生说得没错，我也喝三杯。"

丫头倒上酒，树臻一饮而尽："我也按照道上的规矩喝三杯。"

王树生笑道："酒也饱了，饭也吃得过瘾，明天等我的消息，府上有事，先告辞。"

树臻心里闷闷不乐，眼前的树生让他感到陌生，可这件事情没有树生也真办不了。陈莉彻底地喝醉了，被丫头们扶到客房。李嫂心里也不平静，眼前的树生和以前的树生完全是两个人。

第四节　好景不长

淅淅沥沥的小雨润湿了整个庭院，阴沉的天空让人感到心里不踏实，不远处时不时地传来几声枪响，客房的丫头出出入入，德邦更是守着陈莉一宿没睡。

客厅的树臻坐下又起来，李嬷也是坐着干着急，树臻火辣辣地着急："我怎么有种信不过树生的感觉？"

李嬷心里也没底："我总感觉树生身上有一股的邪气。"

树臻凑过去："你也有这种感觉？"

李嬷问："他是不是做什么坏事了？"

树臻回道："做了，还不少。"

李嬷惊讶地叹气："以前多好的一人，咋就变成这模样了呢。"

客房的陈莉逐渐地清醒过来，见床边的德邦就问："我这是在哪儿？"

德邦疲惫地说："在我家的客房。"

陈莉捂着疼痛的头，缓缓地起身："我爹有消息了吗？"

德邦回道："还在等树生叔的消息。"

陈莉看着德邦疲惫的眼神："你一宿没睡？"

德邦安慰道："没事，你这样我也睡不着。我去告诉娘，你醒了，他们也担心着你。"

陈莉一手拉住德邦："我和你一起去见王伯伯他们。"

德邦想让陈莉休息，可陈莉已经起身，跟着德邦来到客厅："王伯伯、伯母，让你们担心了。"

树臻笑道："陈小姐客气，快入座。"

大家坐在屋子里干等，一个时辰过去了，又一个时辰又过去了，一直没收到任何消息。树臻等得有些不耐烦："德邦，你和娘在家陪着杨小姐，我和你严同叔去一趟周村，看看树生叔是不是去济南办事。如果有消息就派人去周村传给我。"

李嫚赶紧起身吩咐仆人去地里叫张严同回家。

周村大街一个个士兵站着岗，巡警在大街上来回地巡逻，看这副样子，树臻心里有数，王树生不在周村。

树臻一阵心喜："严同，咱们去德成酒馆，喝几杯。"

严同纳闷："正事还没办呢，大晌午的喝酒？"

树臻笑道："谁说晌午就不能喝酒，走。"

德成酒馆的生意依然火爆，郑淑兰一脸的兴奋样子，谁都知道，有王参谋长关照着她，周围就没有敢惹她的人。现在的郑淑兰要风得风要雨得雨，日子可算是过得滋润。

张严同和树臻一坐，郑淑兰就凑上去："王掌柜，可好久没来小店？"

树臻一笑："上点小菜，一壶小酒。"

张严同心里也明白过来，树臻选这个地方，就是为了等王树生回来。一壶酒下肚，也不见树生的身影，无奈之下的两人，只好付账走人。王树臻把一块大洋放在桌子上，刚要迈出酒馆，被郑淑兰拦住："王掌柜，把钱收回去。"

王树臻纳闷："钱不够？"

郑淑兰笑道："这钱都多了，我知道你和树生是兄弟俩，以后咱就是一家人，自家人在自家吃饭还要啥钱。"

王树臻把钱塞到郑淑兰的手里："一家人才得给钱。"

出门酒馆，张严同问："哥，我们下一步去哪里？"

王树臻说："打道回府。"

张严同一头雾水："不等了？"

王树臻笑道："这么干等也没用，要是出现，他早就出现在我们的眼前。"

张严同回头看了一眼德成酒馆："这郑淑兰和树生哥的事情是真的？"

王树臻点头："真的假不了，假的真不了。"

张严同纳闷："郑淑兰是个寡妇，你不管管这事？"

王叔臻苦笑着说："要是他真的娶了这个寡妇好好过日子，就值了。"

王家大院里，几个家仆来回地忙活，陈莉死盯着外面，心里干着急。

德邦问："都吃完中午饭，也不见树生叔的身影，是不是出了什么事情？"

李嬷摇头："这能出什么事情，又不是杀人放火。"

直到夜幕降临，王树生才风尘仆仆地从济南府赶到王家洼，走进大门。等待已久的树臻走上前去问："怎么现在才回来？"

王树生满口的抱怨："他娘的督军府来了一批又一批的领导，我好不容易才和督军大人说上话。"

树臻急问："那陈存孝的事情怎么样？"

王树生舒了口气："能办。"

全屋的人高兴起来，陈莉激动得连声感谢王树生。

王树生接着说："先别高兴，有条件。"

树臻拉下脸："什么条件？"

王树生回道："五万大洋。"

所有人目瞪口呆，树臻大骂："这是明着抢钱。"

陈莉急着说："我回去准备，只要能救我爹。"

树臻一摆手："德邦，让你蛐蛐叔从账上拿出五万大洋。"

陈莉赶紧推辞："王伯伯，不能用你的钱。"

树臻心里郁闷："五万大洋，能进多少台机器，这个该死的督军。"

德邦回应："我这就去办。"陈莉跟着跑了出去。

王树生不解地低声问："我就搞不清楚，陈存孝和咱们无亲无故，你帮他干吗？"

树臻心里提防着树生，便说："有过交情。等德邦把钱拿来，你去交给督军大人，让他把人放出来。"

王树生不平道："五万大洋啊！要是我进去，估计你一个子也不出。"

李嫂笑着说："瞎说，你怎么能进去？"

王树生说："得嘞，不费嘴皮子，让德邦拿好钱给我，陈存孝就出来了。真没见过这种哥哥，对外人比对弟弟还亲。"说完，哼着小曲，去了郝秀儿的房间。

李嫂问道："这么多钱，你真拿得出手。"

树臻无奈："不拿出手，陈存孝就得死在里面。"

李嫂一想："要不，咱让树生去谈谈，少要点钱。"

树臻望着李嫂大笑："你是真傻还是假傻，这五万大洋，光督军大人一个人要？"

李嫚猜想："你是说树生也从里面捞钱？"

树臻气道："还捞不少。"

钱交了，人也放了。陈存孝得知是王树臻救的他，心里感激但又存有疑虑，这会不会是王家兄弟设计好的圈套，让自己上钩。百思不得其解，让孙大头准备五万大洋给王树臻送过去，不欠他人情。

陈莉见父亲被放出来，心里也算舒了口气："爹，有时间，你得去王家一趟，得当面感谢他们一家人，为了你的事，王伯伯一家人，可真没少折腾。"

陈存孝问："我谢他们？要不是他们，我也进不去大牢。"

陈莉不解："你看怎么说话呢，王伯伯为了救你出来，花了五万大洋。"

陈存孝大笑："五万大洋就能说明他人心善良？还有那个王树生。"

陈莉纳闷："王伯伯是个好人，不过那王树生就不怎么样，一身官僚气，做事横行霸道。其实，我也看着他不顺眼。"

陈存孝问："他们问过你什么没有？"

陈莉回道："什么也没问过。"

陈存孝感觉很奇怪，他也怀疑自己是不是错怪了王树臻。可他身边有个王树生，无论怎么说，都不是个好兆头。

赎人的钱一分不少地退还了回去，这让王树臻心里很不舒服，决定再次登门。误会总会消除，如果消除不了，彼此都非常的尴尬。

王树臻到了陈府，不但没有受到感谢，反而不受待见，泼了自己一身的冷水。

陈存孝早料到王树臻会登门，毕竟他想知道的事情还没有答案："王兄，你是来看热闹，还是钱不够，来要账？"

陈莉一听这话，赶紧劝父亲："爹，是王伯伯救了你，你至少得感谢人家。"

王树臻笑道："陈小姐，麻烦你先回避一下，我和你父亲有事要谈。"

陈莉一气之下，走出了房门。陈存孝笑道："这出兄弟联手戏，唱得不错。"

王树臻醒悟过来："你是怀疑我和树生联手来迫害你？"

陈存孝点头："不是你们，还有谁？济南府罢市的领头人多了去了，凭什么只抓我一个人？"

王树臻也觉得蹊跷，可他没有理由："随你怎么想，再说了，我陷害你，又救你干吗？我孙子都满地跑，我一个糟老头子图你什么？"

陈存孝回道："救我肯定是有原因，你自己心里清楚。"

王树臻仿佛找到了病症的根："如果陈兄这么想，那我王某人只好告辞，改日再来拜访。"

陈存孝趾高气扬："不送。"

王树臻气冲冲地走出了家门，他生气的不单单是陈存孝的无理，而是有人要害自己。

陈莉见王树臻脸色难看地离开，气愤地跑到屋里问陈存孝："爹，你怎么把王伯伯气走了？"

陈存孝回道："他做了亏心事呗！"

陈莉无奈地跑出去追赶王树臻，乱哄哄的场面，让她也变得无可奈何。她不知道到底发生了什么事情，也不知道父亲和王树臻之间到底有什么不可告人的秘密。她只知道，两家已经闹得不可开交。

第五节　原形毕露

事情是一波未平一波又起，刚平静了没有几天的王树臻，心里有些憋屈，店铺都开始营业，满街的巡逻官兵，一趟一趟地来回跑动，光这架势就把远道而来的商人吓得差不多。

周村大街上商铺的生意逐渐地衰弱，这一切没有出乎王树臻的意料。洋人大量在周村收购原料。虽然各商铺账本上的收入不断地增加，其实是给自家搬绊脚石。等洋人一旦原料充足，加工上市，国货不但受到冲击，而且大量的钱财流入洋人的口袋，结果就是一家家的商铺关门大吉，腰包足的商铺勉强能撑过去。加上军阀混战，别说商户，就连老百姓的日子过得也是苦不堪言。

街上吵闹的游行示威的队伍，一队接着一队，"保护国货，抵制洋货"，标语是如此的显眼，可是又能起到什么效果呢？耿筱琴不得不接受西方的机器生产，看到生产出来的货物，不断地摇头，这和纯手工的差多了，可效率提高了不止一倍。

初具规模的王氏庄园被学生游行示威的队伍围得水泄不通，大喊着："把王树生交出来！"

张严同见势不妙，赶紧把王树臻从周村叫了回来，德安一家人去青岛打理生意，德邦与陈莉打得火热，家里除了仆人、丫头，就是雀儿和李嬷，还有周莲和郝秀儿，见如此大的阵势，心里不免有些恐慌，更何况带头的是王德盛。

李嬷训斥道："德盛，快把人给散了，堵在家门口，成何体统？"

王德盛性情正高："把王树生交出来，我们就撤。"

院子里乱哄哄的学生，到处搜着王树生的影子，可半点毛都没找到。王树臻和蛐蛐快步地回家，见混乱不堪的局面，心里的火猛地上来："你们干什么？"

王德盛语气强硬地说道："爹，我们抓王树生。"

一见是自己的儿子带头，树臻心里气得发毛："你领着人闹自己家，王树生是你什么人？"

王德盛回道："他是卖国贼，坑害老百姓。"

树臻拖王德盛过来就打："你这畜生，六亲不认，有本事烧了自己的家！"

躲在庄园没敢出门的周莲和郝秀儿在丫头的搀扶下，走到了门口，郝秀儿大喊："住手！"

树臻停下手："德盛，跪在你二奶奶的面前认错。"

王德盛一脸不服气的样子："我没有错，王树生就是卖国贼。"

郝秀儿一气，差点晕过去："德盛，你听着，如果树生真的是卖国贼，任你们处置。如果他不是，你就跪在我面前，给我认错。"

王德盛回道："那好，就这么办。"王德盛领着队伍轰隆隆地离开王氏庄园，郝秀儿气得晕了过去。树臻赶紧让丫头们把郝秀儿扶进了屋，吩咐雀儿去找大夫。这么一闹，让王氏庄园上下不得安宁。可树臻心里有谱了，王树生胡作非为的传闻是个不争的事实，树臻心里还琢磨着如何告诉秀儿婶，但万万没有想到，是用这种方法。

学生游行的队伍，把驻扎的军营团团地围住，放了把火，吓得士兵到处放枪，枪声又一次在周村城响起。

正在床上和郑淑兰亲热的王树生破口大骂："真他娘的扫兴，成心不让老子痛快。"

郑淑兰赶紧按下要起身的王树生："外面让他闹，咱们在床上闹。"

王树生亲了郑淑兰一口："那可不行，周村大街归我管，整个长山县都打起枪，要是传到督军府，我这顶乌纱帽，就会变成刑刀。"

郑淑兰叹道："还不如安安稳稳过日子，整天担惊受怕。"

王树生赶忙穿着衣服："乱世出英雄，不乱，老子还真闲得慌。"

郑淑兰笑着说："那办完事，早点回来。"

王树生边往外走边说："你就在床上等着我吧。"

刚出门，王树生就看到德盛带领着同学们围着德成酒馆，王树生一笑："德盛，是不是听到枪声，给叔来报信？用不着这么多人。"

德盛一声令下："拿下王树生。"

一群人轰隆隆地把王树生抓住，用绳子捆了起来。王树生骂道："德盛，你这个浑蛋孩子，你忘了你叔是怎么疼你的了？！"

德盛回道："你和洋人勾结，陷害民族企业，和土匪勾结，偷盗财务，无恶不作。"

王树生挣扎："你听谁说的？"

德盛懒得听王树生辩解："咱们押他到我家。"

郑淑兰听到外面的声响不对，赶忙穿衣问酒馆里的伙计："外面发生了什么？"

伙计回道："一群学生闹游街，还抓什么人。"

郑淑兰一惊，赶紧出门，见王树生被绳子捆得结实，动弹不得，心疼地喊道："你们放开他！"

德盛脸色异常的严肃："拉着他游街！"

枪声还继续在不远处响起，王树生被学生们拉着在大街上游走，气得两眼发直，大街上凑了很多人来看热闹。

蛐蛐也凑上去一看是王树生，赶紧上前阻止德盛："你怎么把你叔给捆起来了，还游街，你这不打自己的脸吗？"

德盛笑道："他也配当我叔，作恶多端，坑害百姓！"

蛐蛐忙劝解："都是自家的人，关起门来，咱们回家说，你闹得沸沸扬扬，看你爹怎么收拾你！"

德盛丝毫不领情，在大街高喊："打倒卖国贼……"

官兵们出动镇压游行示威的学生，见王参谋长被学生们押着，不知道如何是好，郑淑兰拦住学生，身子躺在地上："要想过，从我身上踏过去。"

本来就不平静的周村城变得躁动起来，队伍前进不动，几十支枪齐刷刷地对准学生队伍。德盛见势不妙，拖着王树生问："你告诉这些百姓，你做了些什么勾当事。"

王树生脸上露出了一丝的平静，他现在心里清楚得很，到处是自己的手下，这群学生不能拿自己怎么样："乡亲们，我王某人从小在长山县长大，肯定是为长山的百姓做事。要不是我，周村早就和邹平一样，被烧得乱七八糟。自打我管理周村，周村出过什么事吗？"

德盛心里一慌，如果再让王树生说下去，就会蛊惑人心："你住嘴，少他娘的放屁，你干的那些见不得人的事，以为我们不知道？！"

王树生破口大骂："德盛，你最起码喊我一声叔，这么没大没小的，真给王家丢脸，王家可是大户人家。"

耿筱琴径直地走到德盛面前："你这孩子怎么没大没小，赶紧把你叔放了，让学生们该干吗干吗去。"

德盛一脸的坚定："放人不可能，他作恶多端，危害百姓。"

王树臻和家人赶着马车风尘仆仆地来到周村，见眼前的场景，王树臻不禁大骂："德盛，你这个畜生。"

郝秀儿眼里的泪水哗哗地流了出来，都说伤在儿子身，疼在母亲心啊。李嫂赶紧给王树生解绑绳子，被一群学生围住，紧紧地抓住王树生。

李嫚气道："德盛，快让你的同学都让开。"

德盛质问道："他和洋人勾结，贩卖鸦片，派人烧邹平商铺，掠夺财物，吃喝嫖赌无一不在行。"

王树臻辩解："邹平商铺起火那天，你叔和我在一起，难道你爹也是同谋？"

德盛笑道："爹，他是参谋长，难道就不能命令手下的人去干，和你在一起，就是为了掩盖事实。"

王树臻突然想起来树生戴的首饰，心里一惊："树生，你告诉我，你身上这些东西，怎么来的？"

树生回道："买的，值不了几个钱。"

王树臻点头，退了几步："德盛，你说说鸦片的事情。"

德盛拉过一个同学："他叫刘大才，他爹是码头上的船夫，亲眼看到洋人和这卖国贼在一起，贩卖鸦片。"

郝秀儿大骂："胡说，你树生叔白疼你这个狼崽子了！"

李嫚劝慰郝秀儿："婶，别急，孩子们年轻气盛，难免做错事。"

周莲怒视德盛道："不管你叔是卖国贼还是飞天大盗，赶紧给我放人，你们这群孩子应该回学堂好好读书。"

王树臻寻思了一会儿："德盛，你让学生们都散开，你们聚在这里闹督军府的参谋长，可是打督军府的脸。等会儿要是督军府的大部队赶过来，你们的命就难保了。"

德盛一想，此话在理，大部队要是赶过来，就算不死在枪口之下，也会被抓进大牢。

王树臻转过脸去对树生说："你身上的首饰可不是一两个大子能买的了，你一年的军饷也买不到上面的一点小零件。"

树生的脸耷拉下来，吞吞吐吐地说："哥，你也怀疑我？"

王树臻沉默不语，郑淑兰奋身护住树生："谁也别想欺负我家树生。"

自打树生回家，一直没露面的树琴从人潮中走了出来："树生哥。"

一听这声音，树生的心跳得急促，两眼只盯着树琴，曾经欢喜的一对鸳鸯，到头来成了陌生人。

王树生大笑："连你也来看我的笑话。"

树琴辩解："谁稀罕看你的笑话，我是来看看自己还认不认得以前那个树生哥。"

王树生的眼泪哗啦啦地往下滴："娘，如果当年你让我和树琴成家，我就不会成了今天这副模样。"

树琴阻止道："不是秀儿婶的错，是我们的错，我们都一把年纪了，不提当年的事情。"

一场家里的闹剧，轰轰烈烈闹到了大街上，打这儿路过的商户都不做买卖，看起了热闹。

树琴对德盛说："不管树生叔做了什么事，他毕竟是参谋长，你们是学生，一腔热血换来可能是丢了自己的小命。听姑姑一句话，让树生叔离开长山。"

德盛想了一想："那好，我听姑姑的话。"

郝秀儿心里揪着弦，气晕了过去。

一场大戏，落下了帷幕，人各自散去，王树生也被松绑。郑淑兰始终紧紧地抱着王树生，这个被人唾骂的寡妇，居然成了王树生在家乡唯一能感到温暖的人。

王树生说："哥，我娘就交给你了。"

树臻气道："你心里要是还有娘，能干这傻事，让这些毛都没长全的孩子都能看出来，快离开长山，别让他们再来找你麻烦。"

王树生跪在地上，用力地磕了几个头，望着王树臻他们远处的背影，心里反而越发地沉重。

第六节　情深义重

周村城街上依旧的繁华，段海峰创办"林祥斋"五金店，主营剪刀、铁锁，在周村大车馆、化龙街建工厂。"裕丰""宝丰""瑞华""合记"等丝织厂聘请曾在天津工作的高子和、董省三为技师，大量安装"铁木提花机"，产品质量和品种数量迅速提高和增加。

济南府聚民堂的陈存孝在屋里来回走个不停，孙大头急忙忙地跑进屋，见存孝一脸的愁相便问："老爷，出了什么事？"

陈存孝心里纳闷："咱们是不是错怪了王树臻？"

孙大头又问："此话怎么讲？"

陈存孝回道："咱们一直怀疑王树臻官商勾结，可前段时间周村城闹得沸沸扬扬，王树臻大义灭亲，居然把亲弟弟轰出长山城。"

孙大头谨慎地说："此事不可小视，再观察观察，要是兄弟俩联合起来演的一出戏呢？"

陈存孝否定："没这个必要，把周村整条街弄得水泄不通，家丑不可外扬，让别人看自己的笑话，这代价也太大。可我就是想不明白，他到底想从我这里知道什么呢？"

孙大头一脸的苦笑："不为人，不为财，难道为秘方？"

陈存孝点头应道："也只有这一个可能。不过话说回来，这个秘方全是洋文，再就是药物都是洋人用的代码，他根本看不懂，就算找帮手，也得找懂行的洋帮手。"

孙大头满脑子的雾气："我是被这事整得糊涂了。"

陈存孝重复道："也许我们真的错怪了他。"

屋子里一片的安静，陈存孝心里也清楚，西药与中药的结合研发，单靠自己是寸步难行，他也想有个帮手，而王树臻是不是真的来帮自己的呢？

王树臻坐在家里刚喝了几口清茶，就听到家仆传话，王树生在出城的时候，被人群打死了。

这样的消息无疑是五雷轰顶，赶忙带人赶往城门。王树生的尸体横躺在一条地沟里，没人搭理。身上的财物被洗劫一空，鲜血伤痕布满整个身体。王树臻赶紧把他抱到马车上，冰凉的身体让树臻忍不住流下泪水。他想起来小时候，一起念书，一起玩耍，一起做生意，以前的画面是如此的清晰。王树臻大吼一声，心里异常的难受，虽说罪有应得，可他们毕竟是兄弟。

王树臻吩咐家仆在王家大院布设灵堂，大操大办。郝秀儿两眼呆滞望着死去的儿子，脑子里想着龅牙："龅牙，树生去陪你了。"

满院子的哭声，令人异常痛楚。德盛被李嫂拉着跪在王树生的棺材前，李嫂骂道："是你害死了你树生叔，不孝的兔崽子。"

任凭李嫂如何打，如何骂，德盛就是一动不动地跪在地上，他已经在意识里开始明白，自己杀了人，而且是自己的亲人。

树琴满脸的泪水，哭得死去活来，虽说作恶多端被打死是罪有应得。可是在树生没有出走之前，他可是个好人啊！

郑淑兰一路跌跌撞撞地走到王氏大宅的门口，大声地痛哭，门口的家仆将她拦在门口不让进门。王树臻听到哭声，出门一看，不作声，只是做了一个让郑淑兰进门的手势。郑淑兰失声痛哭，连自己的丈夫刘洪杰死的时候，郑淑兰都没这么卖力地哭过。

树琴猛地将郑淑兰推了出去："你滚，滚！要不是你，树生也不至于死在外面，都说寡妇不吉利，这话儿还真灵。你害死自己的丈夫不说，还害死了我们家的人。"

张严同拉住树琴："这事怪不得她，哥是自己做坏事受到的惩罚。"

树琴怒视道："要不是这个女人，树生哥要那么多钱干吗，还不是给这个贱女人。"

郑淑兰一脸的恍惚："都是我的错，都是我的错。"嘴里絮叨着这句话，面无表情地走出了大门。

刚要平息，郝秀儿转身跪在了地上，在场的所有人惊呆了，赶紧上前去拉郝秀儿。郝秀儿跪着不起来："龅牙和树生都给王家抹了黑，我替他爷俩赔不是。"

王树臻赶紧拉起郝秀儿："看这话说的，龅牙叔也是个好人。树生也是一时糊涂，误入歧途。事情都已经成定局，你把身体养得健健康康，我们也跟着享福。"

郝秀儿有气无力地坐在椅子上："我还能活几天，说不定哪天就闭眼找他们爷俩去了。"

周莲慢吞吞地走出来："秀儿，你胡说什么，你比我还小几岁，我都没想走，你就想走了？"

郝秀儿脸上流着泪："给王家丢人了，没脸再待在家里，还不如死了呢。"

王树臻见势不妙，赶紧吩咐人，让树生下葬。虽然树生说外面有妻有儿，可一直没曾谋面。找也找不到，这乱世当道，还不知道活没活着。

树生的丧事办完，王家一直沉浸在死气沉沉的气氛之中，直到德安从青岛传信回来，又生了个儿子，取名王韬。本来压抑沉闷的空气被喜气冲得云消雾散，树臻打心里乐。

红玉是蛐蛐和雀儿的女儿，而立之年才有孩子的蛐蛐，心里也挺高兴。看着这个七岁的小姑娘活蹦乱跳，树臻和李嫚心里也乐开了花。树臻让红玉叫他"干爹"，古灵精怪的小丫头，总是时不时地惹着大家伙高兴。

树生被活活打死的消息传到了陈存孝的耳朵里，对王树臻持久以来的怀疑也逐渐消失，他从心眼里明白自己误解了王树臻，局面变得有些尴尬。见陈莉进门，便把她招呼进门。

陈莉问："爹，找你的宝贝女儿有什么事？"

陈存孝扭扭捏捏地回道："你和德邦进展得怎么样了？"

陈莉脸红地说："什么怎么样，我和他是朋友，好哥们，不是你想的那种关系，别误会。"

陈存孝大笑："你的心思，当爹的早就看出来了。"

陈莉辩解："什么看出来看不出来的，爹，奇怪了，你平时都不打听我这些事，今儿个是怎么回事？"

陈存孝松了口气："我想见王树臻。"

陈莉坦然地说："不就是见王伯伯吗，直接去找他不就行了吗？"

陈存孝一撇嘴："哪能啊，你知道我之前误会他，他要是闭门不见，我颜面何存。"

陈莉笑道："中国有句古话，叫'死要面子活受罪'，再说了，人家王伯伯是个通情达理的人，才不会跟你计较这些鸡毛蒜皮的小事。"

陈存孝一想："那我们一起去。"

陈莉惊讶："我去干什么？"

陈存孝："你老爹不知道他家住哪里，你去了那么多趟，带路。"

王树臻在院子里看着《论语》，心里想着事情，眼睛直勾勾地盯着书本，半天没翻一页。

李嬷和雀儿打理着卫生，李嬷说："你说这天下也太不太平了，今儿个打完仗，明天接着打，死的还不都是人。"

见王树臻没反应，李嫚走上前去："我说你这个榆木脑袋想什么呢？"

王树臻回过神："能想什么，还不是店铺的生意，这不都交给了孩子们，心里还真有些不踏实。"

李嫚笑道："身在曹营心在汉，他们都是你的孩子，你还信不过。"

话音刚落，陈存孝、陈莉、孙大头三人走了进来，拿着大包小包的礼品。李嫚一脸的惊讶，悄悄地对树臻说："人家都是男方上门提亲，怎么留过洋的都是女方来提亲了？"

树臻闷笑："估计不是提亲。"说完，站起身，迎了上去。

陈莉笑着说："王伯伯，我爹非要让我带他来，我就带他来了。"

树臻一笑："德邦和他严同叔在田地里，你去找他吧。"

一听这话，陈莉撒腿就跑了出去。

陈存孝苦笑："这傻丫头，有点不成体统。"

树臻回道："年轻人的事，咱们管不着了。比德邦年纪小的德国成家了，德邦也不急，八成是惦记着你家姑娘。"

陈存孝说："王兄，我是来赔不是的，以前对你有误会，见谅。"

树臻摇头："哪的话，屋里谈。"

走到屋里，树臻就吩咐："雀儿让丫头们上茶。"

陈存孝让孙大头出门提防着陌生人，对王树臻说："我以前以为你和当官的勾结，伤害商户，所以就防着，现在彻底明白，王兄也是个实业家啊！"

树臻大笑："你尝试中西药结合的事情，我早就知道，要是捅你的篓子，一捅一个准。"

陈存孝不解地说："那你为什么还替我保密，要是举报我，你得到的酬金可不少。"

树臻平静地说："我王某人虽然不是长山七大家中的老大，但也不缺钱。那时候我还跟着我爹挑着扁担走街串巷地卖杂货，认识了一位洋教徒，叫仲钧安。他那时候告诉我西药的强大，我心里不服。中国人自古以来喝中药，解病止痛，药到病除，西药中那些小白色药丸就能治病，觉得太可笑。可是吃了几片，还真见效。"

陈存孝问："那你觉得中药好还是西药妙？"

树臻回道："各有所长。这也是仲钧安来到邹平后，一直着力于中药的研究，想弄个中西结合，吸取独有的精华。至于后来，我就不知道进展，仲钧安离开了山东。"

陈存孝又问："原来如此，早知道这样，我就不掖着藏着了。"

树臻大笑："在咖啡馆见你第一面，满身的中药味，就知道你是个卖药的主。来周村发展吧，我给你要了一块地皮，官老爷那里我已经给你打好交道，你直接来光明正大地生产药物，为百姓造福。济南目前还是是非之地，今儿不管，明天又管起来，就很难说了。"

陈存孝拜谢："王兄真是大度的人啊！不计前嫌，令人佩服。"

树臻低声说："将来陈小姐就成我家儿媳妇了，还用着这么客气。"

陈存孝点头，压在自己心里的那块石头，终于落了下来。可是他心里有倒不完的苦水，女儿终究要嫁出去，到最后还是孤身一人，想起这些，脸上露出一丝的苦笑。

自从树生死后，郑淑兰的德成酒馆就没再开业。人们都说酒馆前坐着个疯女人，整天等她的男人回来。再到后来就在树生的坟墓旁见到这个疯女人，她已经死了，王家人把她和树生合葬在一起，黄泉路上也算是有个伴。

第七节　重建庄园

1925 年，天降小雨，滋润着万物生灵。周莲和郝秀儿相继离开了人世。年久未修的王氏庄园，在经过几十年的风风雨雨显得有些破损。王树臻决定用最好的建筑材料修建王氏庄园。

一时间，村里来来往往的人群、马车成了一景。如此浩大的工程，对于这些没见过世面的黎民百姓来说，就好比见了修筑皇宫的场景。

大伙儿干得正起劲儿，正在挖地槽的用人大喊一声："鱼，还活着哩。"

所有人凑上去一看，在潮湿的土壤里，一条鲤鱼翻打着土壤，所有人大惊，谁也没见过这等稀罕物。德国一看，顺手拿了起来："不就是条鲤鱼，加个下酒菜。"

一个老人劝道："四少爷，不行啊，这可是土里的神灵，吃不得。"

王德国大笑："那鱼还是水里的神灵呢，更吃不得，这不都抢着吃？我放下鱼，你们是不是都抢着吃喽。"说完，提着鱼扬长而去。

王氏庄园建筑宏伟大气，在原有宅地的基础上进行加工，王树臻见庄园初具规模，雕刻师和工匠开始犯愁。如果按照图纸上的图案和布局，将会犯大忌，他们的顾虑早就在王树臻的意料之中。

王树臻说："你们就按照图纸上的来做，清朝都灭亡这么长时间了，没什么清规戒律。"

这次让伙计们放下了心，要是在清朝，弄错个图案也会被问斩，谁敢轻易刻龙刻凤。

王德盛急匆匆地跑过来："爹，我找了个写字好的师傅，给咱们题匾。"

树臻问："谁？"

王德盛回道："邵家庄宋勉之，虽然年轻，但是写了一手的好字。"

树臻寻思了一会儿："这事你去办，分别写裕德堂、延德堂、槐德堂、福德堂、善德堂。"

王德盛点头："那我这就去办。"

王氏庄园在鞭炮声中完工，进了东门，一条长长的大街将庄园分成南北五套宅子。北边的宅子分别是裕德堂、延德堂、槐德堂，南边是福德堂、善德堂，临大街一面各为住宅，北宅临墙处为菜园，南宅临墙处为花园。各宅的中间为主建筑。设有议事厅、宴室厅为主人居住，仆居住的正、厢居室，设置富丽堂皇、幽静典雅，主建筑四周留有胡同，南胡同建有装饰华丽的垂花门，胡同四周是群房，分为账房、耳房、库房、厨房、磨坊等。

庄园门口有南北街，槐德堂前面有一棵耐冬的花树和玉兰花，各树径周长约一米余，高出房顶，每逢花期溢香扑鼻，沁人心脾。南宅的花园面积十几亩。花园内植有各种名贵的花木，桂花、丁香、玉兰，还有罂粟。除了冬天，春夏秋三季，庄园里花红树绿景色宜人。

槐德堂的大门朝南，进得门来，映于眼帘的就是精美的房屋建筑，大大小小错落有致的房屋，比肩接踵，连缀成一个偌大的园子。

宋勉之书写的牌匾让人赞不绝口，小小年纪有如此的一手好字，王树臻对德盛说："把宋勉之叫来，我看看这位才子。"

王树臻请了三庆戏院的班子来唱戏，这三庆戏院中的很多艺人，都是王树臻给介绍进去的，像刘妈妈的金陵书寓。

扎好的舞台上，表演的是《王小赶脚》，吹拉弹唱，下面的老百姓笑得乐呵呵。农村新媳妇二姑娘雇驴回娘家，一路上与王小通过雇驴、讲价钱、骑驴、追驴、上山、过河、观景、数钱、赠挎包等情节，表现了剧中人的内心世界和喜悦心情，也展现了鲁中地区的风土人情，表演逼真，乡土气息浓郁，唱腔酸中带甜，令人陶醉。

他们用竹篾、纸、布等材料扎成驴形，并加以彩绘，使之栩栩如生。二姑娘手提包袱，身缚以驴形，做骑驴之形态。脚夫王小，头戴毡帽，腰系围裙，执鞭撵驴。随着音乐二人载歌载舞，人物形象生动活泼，唱腔优美悦耳，语言幽默朴实，妙趣横生，使在场的观众耳目一新，兴趣盎然，时而开怀大笑，时而闭口静听。整个演出，声、情、做、唱并茂，观众交口称赞。

说起吕剧，山东人再喜欢不过了。它是在从民间俗曲演变而来的"坐腔扬琴"的基础上逐渐发展而成。其最为突出的特点是：既是"戏曲"，又是"曲艺"。其唱腔以板腔体为主，兼唱曲牌。曲调简单朴实，优美动听，灵活顺口，易学易唱。基本板式有"四平""二板""娃娃"三种。吕剧的伴奏乐器分文场和武场。文场主要乐器是坠琴、扬琴，其次为二胡、三弦、琵琶、笛子、唢呐等，可视剧情酌情增减。

后又增加了一些西洋管弦乐器。伴奏多采用"学舌"形式。如二板伴奏模仿唱腔一句，四平伴奏模仿唱腔的下半句或尾腔。武场伴奏乐器主要有皮鼓、板、大锣、小锣、大铙钹、堂鼓、打鼓等。

吕剧的演唱方法，男女腔均用真声为主，个别高音之处则采用真假声结合的方法处理，听起来自然流畅。吕剧的唱腔讲究以字设腔，以情带声，吐字清晰，口语自然。润腔时常用滑音、颤音、装饰音，与主要伴奏乐器坠琴的柔音、颤音、打音、泛音相结合，以及上下倒把所自然带出的过渡音、装饰音浑然一体，使整个唱腔优美顺畅。

吕剧使用的语言属北方语系的济南官话。其重字规律和读音咬字方法都与普通话多有近似之处。吕剧传统剧目的舞台道白，是以济南官话为标准的基础上偏重于上韵；而现代戏的道白则直接使用济南官话，具有鲜明的地方特色。在表演中，吕剧善于运用通俗易懂、形象生动的群众语言作为剧词，并以此来塑造人物形象。

　　自打王树臻在济南听了一场吕剧，心里就放不下，没事嘴里就哼着小曲："六月三伏好热的天，二姑娘行程奔走阳关，俺婆家住在了二十里堡，俺娘家住在了张家湾，俺在婆门得了一场病，阴阴阳阳的七八天，大口吃姜不觉得辣……"

　　雀儿一脸的闷闷不乐，坐在一旁的李嫂问："这是谁惹你了，苶拉个脸。"

　　雀儿的眼死盯着刘妈妈，回答说："少奶奶，你说要是当年有这戏班子，该多好啊！我能在上面唱几曲。"

　　李嫂大笑："这是上了戏瘾，咱们都四十好几的人了，不是台上那些活蹦乱跳的丫头小子，要是有个闪失，把腰给闪了，不就得不偿失了。"

　　树臻转头笑着说："雀儿，想唱就唱，不过这翻跟头可不行啊！"

　　蛐蛐沉不住气："别听她瞎叨叨，她心里是为自己鸣不平，刘妈妈这么狠毒贪财的人，都能过上这般好日子，老天爷没长眼。"

　　树臻摇头："此话错了，现在她过得可不舒服，戏班子有几个听她话的人？她已经不是当年那个在金陵书寓呼风唤雨的刘妈妈喽。"

王德盛凑到树臻面前："爹，宋勉之来了。"

树臻吩咐用人："安排座椅。"

宋勉之往王树臻面前一站："老爷好。"

树臻上下打量这个稚气未脱的孩子："我家庄园的那几个字是你题写的？"

宋勉之回道："是，晚辈不才，书法不精，不能登大雅之堂。"

树臻竖起大拇指："年轻有为啊！我新开的商铺几块牌匾，也由你来题词。快入座看戏。"

宋勉之入座，专心地看戏。王树臻一直用眼睛的余光看着身边的这个孩子，心里有一种莫名的喜悦感。邹平、长山是书法之乡，自古以来就才人辈出，可有这等书法觉悟的人，凤毛麟角，况且宋勉之才刚到志学之年。

"好！"在一片欢呼声中，树臻收回了余光，把视线转到了舞台上，跟着乡亲们一起拍着手。

唱词在整个村庄回荡，和观众的欢声笑语混杂在一起。这个时候的王家洼庄也改名为前洼村。黑夜中庞大的王氏庄园，显得如此的安静祥和。

第九章

第一节　瞬息万变

北伐军攻占周村，人称"红脖子"，把观海门里改为中正街，下沟街改为复活街，东门外、长行街等分别改为民主街、民生街、民族街。

周村各大厂纷纷建立工会组织，在关帝庙召开大会，成立周村缫丝总工会，景宜亭当选为指挥。总工会发动一千个丝厂工人举行罢工，使劳动时间由十二小时改为八至十小时。没过多久，再次组织工人、学生举行以反对帝国主义文化侵略为内容的示威游行，各教堂受到冲击。

国家的战乱严重地影响了民族商业的发展，长山各大家族纷纷缩小经营规模，王树臻更是心里堵得慌，虽然已经把产业转让给孩子们，但是靠双手打下的祖业，出现了严重的危机感，心情异常压抑。

周村大街上混乱不堪，到处游荡的灾民越来越多，嘈杂的口音很容易让人搞不清楚这个地方到底是哪里。

耿筱琴干脆直接把桓台的商铺关门，整天忧心忡忡地在商铺喝着闷茶，没事去找王树臻叙叙旧。

土匪横行，老百姓又得防兵又得防贼，日子是得不到一时的安稳。家里清水如洗的主，干脆敞着大门，反正什么也没有，抢也抢不着什么东西。

奉系军阀张宗昌失败后，其部下溃散到乡村，结聚成匪。大量掠夺百姓的财产，伤害无辜的人群，群众迫切要求自卫。

福成义的石印清心里愤愤不平，找到接手王树臻在周村商铺的王德国商议如何剿匪。可几天下来，没有什么进展，只好把老一辈商铺的掌柜子又聚在一起。

石志远、王树臻这些曾经声名远扬的长山七大家人物，脸上布满了愁意。坐在一起没有太多的话，更多是听孩子们讲外面的状况。

石志远叹道："王掌柜，当年你让印清和德安来参加会议，是不是就是为了这一天？"

王树臻暗笑："我们这些人终究都会老去，将来接管家业的还是这群孩子们。德安去了青岛，那边的商铺也快撑不住，也打算回来，但至少他们心里有数，什么时候该收网，什么时候撒网。"

石志远点头："咱们就当回听客。"

石印清大声说："现在我们只有站起来捍卫自己，团结起来。我让陶唐口村韩成孟从平原、禹城请来了二十人的红枪会，主持设坛组织各村红枪会吸收会员。"

在座的都点头，可是也有人担心："红枪会能斗过土匪吗？"

石印清大笑："那我们就坐着等死吧。"

眼见印清的情绪高涨，树臻插了一嘴："我问大伙儿，你们宁愿让土匪抢个精光，赔上几条人命，还是把他们消灭了，过上安稳的日子？"

大伙儿相互对视，七嘴八舌："当然是消灭土匪。"

树臻回道："那不就得了，石掌柜说得没错，剿匪。"

会议结束，红枪会热热闹闹地开展起来。张太年的队伍也加入了红枪会，三元庄、党李庄也都设立坛场。其后，各村相继设坛，接收会员。很短时间，孙镇、辉里村一带几十个村里的男青年都加入了红枪会，立志要消灭土匪张鸣九、张志城、孙殿英等人。

红枪会的旗号是"同善保家园"，以拜神画符等方式吸收群众入会，建立群众武装。一时邹平、长山、齐东、高苑、高青五县都建立红枪会。大家公推邹平腰庄李晓峰为五县红枪会会长。总部设在辛集村学校内，各村设分会，按村庄大小，人数多寡编为班、排、连、营。统一武装，"黄腿封，黄包头，胸前背后两个红兜兜"。统一使用红缨枪。

邹平、长山各大商铺捐银捐物支持红枪会，到了秋天，时机成熟，红枪会展开剿匪运动，先后捣毁九户、怀家的土匪大本营，驱散青城土匪，东征高苑，一时声威大振。

在这军阀割据期间，战争连年不断，土匪迭起，消灭一波，又一波兴起，民不聊生。战争给人民带来了无数的灾难。

土匪张鸣九部窜到西码头，大肆抢掠，掳去男女老幼一百三十余人，并让村民拿钱赎人，被勒去银币四万余元。张部又窜到九户盘踞。游骑四出，屠杀抢掠，骚扰村庄，索钱要粮，强奸妇女。稍有违抗，非打即骂，重则"绑票"架人。辉里附近村庄组织红枪会以自保，被张鸣九匪帮击败，匪徒窜进村庄杀人放火，一夜之间，大半个村庄化为灰烬。张部在邹平南关、安家庄仅住两天，每天要给养三千余斤，还用新上场的谷子喂马，将该村财物抢劫殆尽，奸淫妇女无数。

张志诚部又入九户盘踞。以坡庄红枪会鸣枪为由，派兵将坡庄团团围住，烧杀掳掠，奸淫妇女。惨无人道地轮奸幼女，还让其亲人在旁边看着。马维令一家房舍财物全被烧毁，马维令与其子被残害致死，并被投入火中焚烧。匪兵们以杀人为能，匪军官扬言"打下据点，随便三天"。此一浩劫，该村一百三十户，被烧毁房屋二百七十间，被杀群众十七人，被打伤者一百二十余人，遭轮奸、强奸的妇女六十余人，抢去马四匹，骡两头，抓走民夫四十余人。当地群众为让后代子孙永记这一灾难。流传的歌谣唱道：

中华民国十八年，正处三月间，张志诚领土匪占了齐东县，住到二十三，领兵向东返，来到坡庄口，红会上了圈。坡庄以南摆战场，子弹如下雨，枪响如火鞭。红会败了仗，大祸在眼前。村中发大火，家家户户翻，翻出青壮年，枪毙丧黄泉。坡庄男女老幼勿忘三月二十三。

孙殿英部占据邹平后，祸害尤甚。敲诈勒索，奸淫掳掠，无恶不作。买东西从不给钱，非打即骂。因之小铺倒闭，商号纷纷关门。城关妇女很多被匪军奸污。

韩复榘第二十九师师长曹福林率部驻扎周村。邹平长山各大商户关门歇业，即使关门，也逃脱不了土匪的掠夺。晋军师长陈长捷率该师三十一团、三十二团及师直共两千余人，由旧城渡过黄河，占据台子。三十三团一千余人由清河镇渡河，占据青城。晋军在台子街头、巷口修筑碉堡二十多个，街道阻塞墙十余座，拆民房修筑工事。在青城借城墙和护城大堤构筑暗堡二十多个。

韩复榘率二十九师师长曹福林所辖八十五、八十六两个旅约七千人进驻九户，驻扎小清河一线，企图阻止台子、青城之晋军。韩军二十九师八十六旅三个整团进占台子以南连七庄、宋家坊等村，继而攻占小郑家、绳刘等村，分三路向台子发起进攻。至中午连续攻击三次，均被晋军击退。午后，韩复榘亲率炮兵增援，晋军工事大部被摧毁，伤亡重大。黄昏后，韩复榘八十六旅旅长徐桂林亲自督战，率部发起总攻。晋军终因寡不敌众，即从东北突围，东去青城。韩军遂占台子。韩军八十五旅包围青城，主以炮轰，企图困败晋军。晋军凭坚据守。没过几日，晋军军长王经国率部由清河镇渡河增援，韩军溃败。晋军乘胜南追，韩军退至邹平城北肖振、橙子、马庄一带与晋军激战三天，韩军沿济胶线东退。

阎、韩战争期间，韩军在城北马庄、城子一带抓兵派夫。挖战壕，修工事，一连三昼夜未得休息，反而备受鞭笞詈骂。为构筑掩体，将群众的门、窗、箱、柜抢劫一空。韩军失败后，晋军在县内盘踞不及两月，带来灾难无数。横征暴敛，按每丁银一两，摊小麦七斤，小米三斤半，干草十斤，木柴一斤三两，征银币二元二角，白面二斤。全县要骡子一百三十头，大车五十辆，抓兵二百五十人。晋军西逃时，抓兵五十余人，大车、民夫各一百余，始终未归，下落不明。

韩军反攻，晋军北溃。阎、韩战争在县境内始告结束。是役，阎、韩双方互有胜败，韩军死亡旅长徐桂林以下六百余人，晋军死亡四百余人，百姓死亡二十余人。损坏房屋二百余间，庄稼被践踏，财产损失无数。

第二节　国恨家仇

1937年7月7日，日本发动全面侵华战争。这一天清晨，长山城里一阵微雨才过，空气中便荡满了新叶抽芽的清香和浓烈的花香，透亮的阳光掠进长山中学的院子里，照得几树梧桐新发的鹅黄色嫩叶上的雨滴晶莹剔透，院墙外一树桃花含满雨水次第绽放，红如胭脂，艳如流霞，空气中仿佛弥漫着淡淡的火药味。

马耀南匆匆穿过梧桐的绿荫，步子轻快有力，清新的空气令他精神不由一振。这位长山中学的校长面目清秀，背微曲，一直性情内敛，举止平和。但经历了一场又一场的血雨腥风之后，他和大多数狂热的年轻人一样没有了分别，就像这夏天一样忽然从寒冬里迸发出了无限生机，充满了无穷活力。

今天是长山县商会到校捐资的日子，各商户向来乐善好施，尤其看重教。

姚忠明一脚跨进校长室，却见新校长马耀南在办公桌后正襟危坐，姚忠明剃得颇短的头发根根直立，脸上棱角分明，目光锐利，颇有行伍之气。姚忠明对马耀南说："校长，商会的各大商户半个小时后到。"

马耀南微笑道："忠明，今天我有要事要出门，客人来了，你和廖容标就代表接待吧。"

姚忠明不觉一愣，忙说道："商户们每次来，历任校长都是亲自接待的……"

马耀南却摆了摆手说："我今天的事，比钱重要。"说话间径直出了门，扔下姚忠明在那里发呆："什么事比送钱上门还重要？"

马耀南出了校门，沿街一线是高高低低的青砖鳞瓦小楼，深黑色的飞檐和素白色的粉壁在阳光里清亮而又明净。各色的招牌和旗幌迎风轻荡，石板街面上微雨渐干，一尘不染，天高云淡，往来行人安闲自在。

不远处，传来几声枪响。人们都已经听惯了枪响。日军在济南城打得火热，不久后，就会到达长山，这也是马耀南担心的事情。姚忠明和廖容标两位共产党员虽然在学校宣传进步思想，可毕竟在中国这片土地上，还没有一个学校发动起义的先例，生存还是死亡，这真是个问题。

马耀南站在济南高高的运河大堤上，望着滚滚的运河水和不远处传来的汽笛声沉思着。敌人实行了"三光政策"，斗争更加残酷了，有人悲观失望，动摇了；有人投敌卖国，当了可耻的叛徒。特别是县委强调化整为零，把大部分枪支收缴埋藏以来，五区的游击工作陷于瘫痪被动挨打的局面。前天区小队两名队员被敌人杀害了，今天早上埋藏的枪支又被敌人搜走了。

从广大老百姓的脸上看出了悲观、失望及恐惧，再这样下去长山城如同空城一般，敌人要是攻进来，就如同踏入无人之境。要枪没枪，要人没人，整天被敌人追得东躲西藏。他想到这儿，在不远处看到了日本鬼子的太阳旗和鬼子头上的钢盔，正大步走下大堤。敌人的巡逻车和巡逻队以及夜袭队特务，随时都会出现在路上、田野和村庄里。

马耀南警惕地走着，穿过一片庄稼地，来到一条大路边。这是通往邹平县城的大路，路上没人，他伏在路边浓密的庄稼地里观察敌情。从西边来了几个骑自行车的人，他知道这是驻守据点的特务队。这些家伙整天到处抓人，无恶不作，真恨不得干掉他们，可自己赤手空拳，硬拼是不行的，他叹了口气，只好眼睁睁看着他们说笑着，从面前走过。突然一个特务下了车，支上车子，跳到沟里，对着马耀南面前就尿。此刻他们相距只有两三米，特务身上挂了一把盒子枪，歪戴礼帽，敞着怀，嘴里叼一支烟，眯起一双细长的眼睛，尿出了一条长长的抛物线。

马耀南双眼紧盯住他后背的枪，又见特务们骑出三十多米了，心想这可是夺枪的大好时机，于是他趁特务转身扎腰的时刻，顺手抓起身旁的一块砖头，一个猛虎扑食蹿到特务身旁，右手狠狠地向特务头上砸去。一下正砸在特务的后脑勺上，特务还没弄清是怎么一回事就叫了一声，双手捂头重重地倒下了。

"哪个兔崽子！"前边一个特务正好回过头来，立时大喊一声跳下车，开了枪，子弹从马耀南的身旁飞过。他不敢怠慢，迅速从特务身上抓过枪，抬手"啪啪"向特务们开了两枪，就地一滚，滚到地边，跑进深深的玉米田里去了。

马耀南甩掉了特务们，绕了一个很大很大的圈，确信没人跟踪了，才穿过公路悄悄地回到长山中学。屋里，姚忠明和廖容标围坐在桌子旁，见马耀南进来，腰里插一支崭新的盒子枪，大吃一惊。

姚忠明取笑："这马校长拿着枪上课？"

马耀南骂道："抢的一个特务的枪，我们不能这样下去，没有枪，人心不齐，我们都成了光棍一条了。"

廖容标严肃地说："可从各方面传来的情况来分析，形势越来越严重了，对我们的工作也越来越不利了。我们的党历来坚持具体情况具体分析，具体对待。"

马耀南踱到窗前，透过窗子上的小孔看着街上偶尔走过的人，沉思了会儿，转身大步回到桌边，坚定地说："我们不能再被动挨打了，必须召集分散的队员，打击敌人。"

廖容标摇头道："就咱们三个人？连个小班的人数都不够。"

马耀南神秘地说："还有学生。"

姚忠明反对道："我不同意，他们十七八岁，性情不稳定，要是出现什么闪失，就麻烦了。不能让他们参加任务，就算报给上级，党组织也不会批准。"

马耀南反驳道："五四运动谁掀起来的？还不是这群学生。"话音刚落，王韬推门而入。

姚忠明等三人对王韬的闯入有些莫名其妙，姚忠明问道："你这学生怎么不敲门？"

王韬笑着说："不是我不敲门，是根本没门。"

廖容标问："此话咋讲？"

王韬回道："就各位老师的说话的声音，和没门一个样。"

马耀南问："那你听到了什么？"

王韬笑着说："该听的都听到了，不该听的也听到了。我本来要把班上的作业本交给老师，走到门口，你们谈话全被我收入耳朵。我没别的意思，如果我不闯门而入，估计会让更多的人听到。"

马耀南浅笑了几声，把王韬拉到身边："给两位介绍一下，这位就是长山七大家王树臻老先生的孙子王韬。"

王韬敬过姚忠明和廖容标，然后说："你们继续商讨，我先出去，各位老师一定要小点声。"

廖容标把刚要出门的王韬拦住："慢着，我问你件事，如果让你去和我们一起打鬼子，你去吗？"

王韬理直气壮地说："其实，刚才我就要说，憋着一直没说出来。我同意马校长的提议，日本鬼子践踏我们的领土，是可忍孰不可忍。"

姚忠明笑道："一腔热血啊！容标，如果论了解学生，咱们都比不过马校长啊！"

廖容标心里还是有些顾虑，便问："一个学校发动起义战争，没有先例啊。"

马耀南笑道："这也是我担心的问题，可如果咱们的老祖宗没有第一个吃鱼的人站出来，我们谁敢吃鱼。"

王韬琢磨了一会儿说："学生不才，我说一下自己的看法。现在日本军队已经攻打济南，很快就到邹平，然后到长山城，如果不主动反击，我们都会成为亡国奴，任人宰割。"

马耀眼点头："咱们向上级发电报，告诉他们咱们这里秘密建立据点。王韬，你私底下动员爱国的学生，一定要主要保密，以防学生中出现叛徒。"

王韬点头，校长的办公室亮了一晚上的灯。谈起闹革命，一个个热血膨胀，没有安定的生活，哪来的教育。夜又一次把大地笼罩在一片黑暗之中。天空没有了月亮，只有无数颗星星习惯性地望着大地。

第三节　枪声炮响

大坝上的树荫浓浓，风从河面上刮来，给人一种清爽凉快的感觉。马耀南、姚忠明和廖容标三人坐在树下，姚忠明说："上级下来命令了，同意长山中学作为革命战争的起义地！"

马耀南心里有一种激动的感觉，他似乎心里还没有做好准备："我宁愿当一名教育工作者，也不愿意当一名政治家，不愿意看到炮火纷飞。"

"嗒嗒嗒"，突然从孝妇河处射来一阵机枪子弹，打得树枝叶子哗哗落下来。三个人知道这是敌人来了，敌人每到拐弯处都会用机枪做试探性扫射。这时就见南边驶过来一艘汽船，一面太阳旗在船头飘着，一挺歪把子机枪支在船头，在拐弯处慢了下来。

"马校长，咱们陪他们玩玩。"

姚忠明和廖容标七嘴八舌地说个不停，马耀南伏在大堤上，他怕敌人的机枪盲目扫射会伤着，又听姚忠明和廖容标纷纷要求给敌人下马威，心里也不免动了动，他知道他们三个人个个是神枪手，只要枪响准不会放空，可打鬼子的汽船是第一回，能不能打胜还很难说。敌人的汽船驶过来了，眼看要从自己的眼皮底下过去了，敌汽船驾驶员的脸都看得清清楚楚了，不知不觉他瞄准了驾驶员，嘴里轻轻说了声："打！"汽船上三个鬼子随着枪声倒下了。

廖容标站起身，倚着树对准一个刚爬到机枪旁的鬼子就是一枪。这时敌车上的鬼子清醒过来了，发觉岸上火力不密集，认为威胁不大，便集中火力向岸上射击，并喊叫着从船上跳下水扑向岸边。

"瞄准打！"马耀南边说边瞄准爬上岸的鬼子就是一枪，鬼子兵一仰便倒在水里。突然南边射来一阵密集的子弹，原来另一艘汽船上的鬼子见前边遭到了袭击，便悄悄地靠了岸，他们见只有几支短枪，就想抓活的，一时间端着刺刀喊叫着围了上来。姚忠明趴在最南边，见一旁的鬼子上来了，对马耀南说："马校长，你快走！"说着回手一枪，又扭头对廖容标说："你们快走，我顶住……"说着向西一滚，双枪"啪啪啪"喷出火舌，跑到跟前的几个鬼子倒下了。

"忠明，我们一块走！"马耀南大喊一声双枪向敌人射去。

"你快走，我能应付得了！"姚忠明急得大叫。

"快走！"廖容标扶着马耀南一滚，滚下大堤，钻进浓密的青纱帐。

"小日本我日你姥姥，来吧！"姚忠明被鬼子包围了，他倚在一棵大树旁，枪里已没有了子弹，他从身上摸出匕首，一个鬼子从他身后靠过来，对准他的肩就是一刺刀。姚忠明猛听耳旁有风声，轻轻一歪肩一侧身，回手抓住鬼子的枪，双手一拉，抬右腿狠狠地向鬼子的裆部踢去，鬼子站立不住，如同一条狗似的滚下河堤。突然他觉得屁股一阵钻心的疼痛，一个鬼子刺中了他，他大叫一声，猛转身，一枪刺中了鬼子的胸膛，随即一枪打倒了另一个。鬼子兵被他的勇猛吓蒙了，一个个站住，端起枪。

"小日本，来啊，老子不怕你，二十年后又是一条汉子！"姚忠明大喊，见鬼子们站住不动，他急了，猛地一蹿向一个鬼子刺去，一个鬼子的刺刀也刺进了他的胸膛，两人慢慢地倒下了。鬼子们从惊愕中醒过来，望着躺在脚下的这个中国人，慢慢地举起枪，对着高高的天空开了几枪。

河堤上又恢复了平静，只有风从远处刮来，树叶发出了哗哗的响声。敌人走了，汽笛声鸣叫着。

马耀南和廖容标悄悄地返回到河堤边，从玉米田里钻出来，见一支十多人的队伍站在大堤上，几个人绑了一副担架，轻轻地把姚忠明抬上。

"别开枪，"马耀南一把按住身旁的廖容标轻声说，"他们是王韬带来的学生队伍。"

几个学生挖了个坑，把几个鬼子的尸体埋了，抬起姚忠明走下河堤。

马耀南大喊："不要埋！"他快步跑出玉米地扑了过去，蹲到坑里，撩开衣服，拿出几个玉米棒子，看了看伤口。

王韬赶紧对身后的卫生员大喊："卫生员，快，还活着。"

廖容标大笑："他只是昏过去了，这几个玉米棒子，救了他的命。"

天还没有完全黑下来，天空的乌云从南边滚滚而来，刹那间把一个鲜红的太阳遮住了，整个天空被乌云笼罩住了。

天快下雨了。树不动，枝不摇，闷得人喘不过气来。

姚忠明从昏迷中醒过来，环视着四周："我这是在哪儿？"

马耀南和廖容标看到醒过来的姚忠明大笑，马耀南说："你现在可是大英雄了，上级也奖励你战斗英雄的称号。"

姚忠明咬着牙："要是体力好点，我能再杀他娘的几个小鬼子。"

廖容标劝慰道："先好好养伤，现在战势不妙，你快点养伤，我们商量对策。"

姚忠明尝试着起身，疼痛又不得不让他躺下，马耀南说："你先把伤养好，我的左膀右臂不能少一条。你命真大啊，离要害就那么小丁点的距离。"

王韬进屋："马校长，最近的战势，济南失守了。"

马耀南眼一瞪："不妙，济南一失守，章丘、邹平、长山就不保了。"

姚忠明骂道："狗日的小日本，等爷爷伤好了，杀他个干干净净。"

廖容标笑着说："姚忠明同志，你不光是个党员，还是位老师，注意文明素质。王韬，以后跟着参与秘密会议。"

王韬受宠若惊："我？"

马耀南点头："说的就是你，组织上决定培养你。"

王韬大喊："请组织放心，打死小鬼子。"

廖容标说："中共山东省委决定把长山中学作为一个起义点，准备派共产党员赵明新到长山中学。"

12月23日夜，日军渡过黄河向南推进。第二天，日军飞机突然轰炸邹平、长山县城。正逢长山大集，人群慌乱，群情激愤。

姚仲明、廖容标立即召集党小组会议，决定立即行动。26日晚，姚仲明、廖容标、赵明新带领长山中学的六十多名革命师生，奔赴长山九区卫固，在黑铁山上毅然发动武装起义，成立山东人民抗日救国军第五军。

几天后，马耀南也赶到黑铁山，组织了第五军司令部。廖容标任司令员，姚仲明任政委，赵明新任政治部主任，马耀南任临时行动委员会主任兼参谋长。廖容标司令员率领第五军第三中队，赶到长山城北的一个小村子隐蔽起来，夜深以后，部队绕到城西北角，翻进城墙。廖派两个组占领西门、南门，自己率十几个人直奔文庙汉奸维持会。战士们像神兵天降，不费一枪一弹，俘虏敌人三十多人，缴获长枪十七支。在城内张贴山东人民抗日救国军第五军的标语、布告。

日军侵占山东后，小清河成了日军的重要交通运输线。廖容标司令员带领四十多名战士，埋伏在安家庄渡口南岸芦苇丛中。长山六区区队长韩子衡带领联庄会员在河北岸策应。河中心用两只木船并排挡住河道。中午时分，日军汽船来了，被河道上的木船挡住，两岸几十支步枪一起开火。日军忙缩进船舱负隅抵抗，一颗手榴弹把汽船驾驶室炸坏。有个日兵企图跳船逃走，爬上北岸便被韩子衡的联庄会消灭。经过激战，共歼灭日军包括旅团长、联队长高级参谋以下官兵十二人，缴获三八式步枪三支，子弹六十余发。第五军伤亡两人。

小清河伏击战后，第五军开进长白山中由家河滩、回路峪一带休整。1938年春节后，部队转移到三官庙。周村、邹平等地的四百余名日军从邹平方向扑来。廖容标、姚仲明决定以班为单位向西疏散，抢占山头，与敌人打麻雀战。敌人利用炮火猛轰，集团冲锋，妄图一举"消灭"抗日武装。一百多名第五军战士利用有利地形与敌人展开激战，用手榴弹和石块英勇抗击着几倍于己的敌人。经过一整天的战斗，打退日军十多次冲锋，打死打伤敌人三十余人。第五军伤亡七人。

1939年4月16日，马耀南司令员率三支队警卫营及七团二营和一个五子炮连在司家庄驻防，兵力共五百余人。驻守长山的日军发现后，立即纠集周村、邹平及各据点的日伪军趁拂晓包围袭击。在全村群众的配合下，三支队进行英勇的反击，战斗激战两个小时，至上午九时，击毙日军指挥官一人。日军因失去指挥，便用汽车拉着尸体狼狈逃窜。这次战斗共击毙日军五人，伪军五十余人。三支队营长曹展孔及二十二名战士壮烈牺牲。

1939年5月下旬，根据中共山东分局和山东纵队指示，开展章丘、齐东工作，打通与冀鲁边区的联系。三支队三千余人立即西进，集结在刘井一带，支队司令部设在刘家井村。日军少将松本先后调集了济南、益都、张店、周村、惠民、青城及邹平、长山、齐东的日伪军五千余人，配有汽车百余辆，骑兵、炮兵各一部，统一指挥，分进合击，妄图消灭三支队。三支队在马耀南、杨国夫的指挥下，决定就地反击，粉碎敌人的进攻。

6月6日拂晓，驻在韩家村、刘聚桥的七团和二梯队，驻郑、马二村的长、桓独立营，驻西左家的两个连，驻吴家、大碾的十团，都与日军展开了激战。刘井村战斗异常激烈，连续打退敌人数次冲锋，并与日军展开了肉搏战。同时韩家村的七团也抵抗着敌人凶猛的进攻，击退敌人三次反扑。驻其他各村部队也打退了敌人数次冲锋，歼灭了敌人。在人民群众的全力支援下，战斗从早晨一直打到黄昏，日军始终未能靠近刘家井。这时狂风骤起，天昏地暗，三支队乘机突围，撤出了战斗。此次战斗，共毙伤日军井口司令以下日伪军八百余人，其中日军四百一十七人。

第四节　惨绝人寰

刘大爷从破旧的三间小屋走出来，站在院里望了望天空，他开始着急起来了。"妈的，这天来得真快。"他今年七十岁了，俩儿子都参加了八路军，去年在一场战斗中先后牺牲了。两个儿媳也先后离开了人间。他面对打击，没有掉下一滴眼泪，他说："人总有一天要死的，就看是怎样个死法。"从此他把整个身心都投入到抗日工作中，去年在敌人的大扫荡中加入了中国共产党，成为党的一个秘密联络员，掩护过大批的共产党人。

"啪啪！"从村外传来几声枪响，刘大爷一惊："不好，有情况！"他转身向大门跑去。街面上黑云压低，一个人也看不见，他焦急地向响枪的方向望去，刚想跑过去看看，就听见大门口传来鬼子的说话声。

刘大爷掏出老旱烟袋，"吧嗒，吧嗒"地吸起来，外面鬼子用枪托撞击着大门，刘大爷开了屋门，不慌不忙地走向院门，边走边慢声细语地说："谁啊，这么不讲理，把大门给我砸坏了。"

"哐当！"院门被鬼子撞开了，十几个鬼子满身汗水，气喘吁吁地闯进来。一个鬼子官望着从容沉静的刘大爷，咧开满嘴的金牙，走到老人面前，拍着老人的肩笑了笑说："老头，你的沉着大大的，我的知道，八路抓了我的人，你的藏起来了，你的说在哪里，我的大大的欢迎。"

"小鬼子，你说啥？"刘大爷又大吸了口烟，喷到鬼子脸上，假装没听清楚。

"八嘎，老头，你的良心大大的坏了！"鬼子官发怒了。另一个鬼子一把抓住刘大爷的衣领："八嘎，你的良心大大的坏了。"说着就是重重的两记耳光，凶恶地狂叫道："老头，你的说，八路把我的兵藏哪里去了？"

刘大爷瞪着一双愤怒的眼睛望着鬼子，坚定地摇了摇头，他心里也明白了鬼子进前洼村的目的，找一个丢失的日本军官，那个军官关在长山中学里。他举起手中的烟袋狠狠向鬼子的脸上砸去，"啪"的一下，重重地砸在小鬼子的鼻梁上，鬼子双手捂住脸，疼得狼似的号叫了声。

"八嘎！"几个鬼子兵蜂拥而上，有的用枪托砸，有的用脚踢，不管屁股脑袋乱打一气。顿时鲜血从刘大爷的头顶、嘴里、鼻子里流了出来，腿也被打伤了。刘大爷忍着剧痛，闭紧愤怒的眼睛，一句话也不说。

"统统地搜！"鬼子官见了，无可奈何地叹了口气，便指挥鬼子到处乱搜。几个鬼子从屋里跑出来，瞪着狼一样的目光疑惑地看着刘大爷，一个鬼子围着老人转了一圈，猛地又给了老人一脚，鬼子望着倒在地上的老人哈哈大笑着走出了院门。

"哗哗——"天如同过度愤怒似的，面对这群野兽，发出了它巨大的威力，雨瓢泼似的铺天盖地倾泻下来，把大地笼罩在雨幕之中。

"下吧，下吧，下得大大的，淋死这些小日本鬼子！"刘大爷望着走出门去的鬼子骂道。"哐"的一声，门又一次被撞开了，十几个鬼子狼一样推开刘大爷拥进屋里。

"这群野兽！"刘大爷被拥进的鬼子推倒在雨水里。他望着拥进屋里去的鬼子，恨不得甩进几颗手榴弹。"啪啪啪"，鬼子开了几枪，打在刘大爷的腿上。一个鬼子兵一把抓住刘大爷的手说："这就是和皇军作对的后果。"

日本鬼子一把抓住刘大爷说："老头，你叫他们出来，皇军会给他们大官的。"

"哈哈……"刘大爷放声大笑起来，用鄙视的目光看了看他说，"我这一把岁数了，还当什么大官。"

几个鬼子听了，爬起来，先后跳了下去，不一会儿就一个个爬了上来，凶恶地扑到刘大爷面前，"啪啪"就是重重的几耳光，疯狂地叫道："你的说，八路把我的兵藏到哪儿去了？"

日本鬼子见刘大爷一直坚硬，押着到了一片空旷的土地上，刘大爷知道自己走不了，落到敌人手里没有好结果，他做好了牺牲的准备。这时雨停了，鬼子兵把全村里的人们赶到了大槐树下，在树下点起了三堆大火，地上房上到处布满了岗哨。刘大爷被捆绑在树上，火光映着他老人家的脸。他望着鬼子一个个凶神恶煞的样子，又看了看周围一张张熟悉的脸庞，大声地说："乡亲们，我刘大利活了七十岁了，这辈子没有白活，我遇到了解救中华民族的共产党，才知道求解放我们必须团结起来，才能把我们面前的小日本赶出去。"老人大声地咳嗽了几声，有些激动地说，"只有抗日，我们才有出路。"接着对站在一旁指手画脚的叛徒骂道，"你也是中国人？认小日本为干爹，成了卖国贼、汉奸，背叛了人民，是永远没有好下场的，人民是不会放过你的。"

"老家伙，你找死！"叛徒胆怯了，凶恶地抓起一条棍子，狠狠地向老人打去。周围的群众愤怒了，怒喊着冲上前去。

"八嘎！"鬼子军官拔出了战刀，四周房上的机枪对准了骚动的人群。刘大爷睁开疲惫的眼睛，望着乡亲们，多少年来，他一直生活在这儿，他了解乡亲们，更知道丧尽天良的鬼子兵的凶残，于是大声地说："乡亲们，记住我的话，只要我们有一个人活着，就要坚持抗战。告诉后代子孙，小日本的凶恶。"接着他对鬼子兵大声地喊道，"你们死了这份心吧，我不会吃你们这一套的，你们在我身上得到的只有鲜血，要砍要杀，随便！我的信念是抗战到底，最后把你们全部赶出中国的土地。"

鬼子们在刘大爷坚定而又响亮的鼓舞声中胆战了，一个个露出了凶残的面目。

"打倒小日本！"老人大声喊着。

鬼子的枪响了，刘大爷笑望着黔驴技穷的敌人，闭上了眼睛。

前洼村的据点如同一座高高的大烟筒，坐落在公路边。站在茫茫的青纱帐里望去，炮楼如同浮在绿色的半空，顶上经常晃动着一个伪军，他怀抱大枪，常常倚在墙上露出半截身子。周围四五里地远的方圆牢牢收在他的视线之内以及机枪和步枪的火力范围，这一带的无辜百姓有时就成了他们的活靶子。最近敌人在这些汉奸的操纵下，从各村抓来一大批民夫，又修建了几个据点炮楼和宽大的封锁沟，一时间使偌大的平原变得纵横交错，毁坏了大批的庄稼。一个个庄稼人面对敌人的刺刀、枪口和皮鞭，心里愤恨却敢怒不敢言，低头劳作。

日军在大街上随便开枪杀人，有许多人是在逃跑时从背后被击中的。日军用机关枪、左轮手枪和步枪向成群的伤员、老妇和儿童开枪，无论是在大街小巷，在防空洞，还是在建筑物，他们到处杀人。随着一个接一个的牺牲者痛苦呻吟或叫喊着倒下，这座沦陷的村庄的大街小巷、沟沟渠渠血流成河，许多人奄奄一息，但无力逃脱。

在城墙外，河水早已被染成红色，在池塘和湖边，在小山旁和大山脚下，到处可以发现尸体。在南京附近的村庄里，日本人向任何一个过路的男子开枪。

王树臻大片的庄稼地遭到毁坏，王氏庄园里的财物被洗劫一空。王树臻去了青岛，家人也都在外经商，躲过了此劫。可是留住庄园的蛐蛐和雀儿遭了殃，日本军官把雀儿和蛐蛐打晕，雀儿衣服被脱得精光，躺在院子里。蛐蛐被倒挂在悬梁上。日本军官色眯眯地盯上他们的女儿红玉。可怜的红玉被七个日本兵轮奸，因厉声呼救，被日军用刺刀捅入小腹惨死。见到惨死在床上的红玉，苏醒过来的雀儿变得精神恍惚，蛐蛐气得咬牙切齿，悲痛得昏厥了过去。

第五节　胆丧魂惊

夜，一轮圆月斜挂在高高的天空，把如水的月光洒在大地上，给这广阔的绿野增添了几分神秘的色彩。远处的村里传来了狗的叫声，这叫声在静静的月夜里传得是那么远。

最近一段时间长山的敌伪非常猖狂，经常大胆地深入到附近村庄，打人抓人，几个村的村长和来这儿的区县干部被敌人抓到据点里去了。敌人把百姓绑在地头的杨树上，一刺刀一刺刀地刺死了他们，他们的鲜血染红了脚下的土地。

马耀南一阵急走来到公路旁，他趴在玉米田里，透过朦胧的月光，只见平坦的公路如同一条水带，平铺在绿色的大地上；路上静悄悄的，没有一丝动静。他看了一会儿，爬到路边贴到路基上听了听，没有一点儿声音，便站起身，走上公路，走了一段路程，又返回到原来的地方，确信没人跟踪，才一个箭步跳到路沟，找了一洼水，洗了洗满脸的汗水，然后趴到地里，拔出双枪，一粒粒压满子弹，又从腰间拔出特意带来的两颗手榴弹，拧开盖。他望着路上，月儿已挂在了半空，四周有无数颗亮星。他站起身刚想活动一下，突然西边不远处传来了几声枪响，接着便是猛烈的枪声和喊声。

此刻在距廖容标半里路远的地方，王韬趴在不远处的地里，见敌人的一辆大卡车慢慢地驶过来。王韬急了，他站起身，双手举枪对准司机，"啪啪"就是两枪，车一歪栽倒路边。车上的敌人一下子乱了，"呼啦啦！"鬼子伪军下车向王韬扑来。王韬打一枪换一个地方，吸引着敌人。马耀南趴在不远处，瞄准敌人，一枪一个，不一会儿三四个鬼子倒下了。这时敌人发觉只有一个人，决定抓个活的，于是七八个鬼子悄悄地从两旁围了过来，廖容标见敌人一下子从车上跳下来，认为时机可乘，猛地跳起来，双枪喷出了两条火舌冲了过去，一下子敌人慌乱了，车边的鬼了向后退去。

王韬伏在车厢里，听着四周的敌人大呼小叫，知道自己上了敌人的当，他沉静下心情，从衣兜里拿出一粒粒子弹，全部压入枪膛。他透过车厢的缝隙，见鬼子伪军爬在四周，枪口对着车厢，看来鬼子是想抓活的，于是他喊道："小鬼子，你们想干什么？"

"八路，你的被包围了，投降的，皇军大大的优待。"一个鬼子军官喊叫着。

"八路军，你下车吧，皇军说了，投降给你个大官，怎么样？"一个特务尖着公鸡嗓子喊道。

"投降可以，我们必须谈个条件。"王韬对敌人喊道。

"什么条件，说吧，皇军一定答应你，并且还给你大官做。"

"好，你们过来一个人，我们在车上谈。"敌人没回话，沉静了一会儿，王韬知道一定是鬼子们在商议，再给他们点甜头，"这样吧，叫鬼子的军官过来，我限你们五分钟答复，超过时间我们只有刀枪上见高低了。"

　　"八路，八路，你的大大的狡猾，你的已被包围，投降的有，条件的没有。"鬼子军官火了。

　　"啪啪！"东边的玉米田里又射出了一串子弹，姚忠明听到前边的枪声，知道是有自己人，于是双手提枪跑了过去。他伏在地下，见前边隐隐约约有几十个鬼子伪军，包围着一辆卡车。"怎么回事，是我们的人冲上车又被敌人包围了？"一下子他想到了敌人的阴谋，他悄悄地爬向敌人，五十米，三十米，二十米，他听清了，王韬被鬼子包围在车上，车上可能就他一人。他没有再多想，瞄准喊话的鬼子就是几枪，随着枪声几个鬼子和伪军倒下了，他大喊一声："同志们打！"随着喊声两颗手榴弹在敌群中爆炸了。

　　几个敌人立即转过身来还击。王韬见东边打响了，以为是区小队赶到了，刚一起身，一阵枪响，他忙爬下，觉着肩上一麻，用手一摸黏糊糊的，受伤了，不能这么被动，他又伏在车厢里，听着东边的枪声，枪声又是那么激烈，他知道，小队来的人不多，看情况敌人是分出了一部分包围了过去。他悄悄地把头探出车厢看了看，敌人还在趴着，就大声地喊道："小鬼子们，我们还谈不谈？"

　　"什么条件，你说什么条件皇军都答应。"一个特务站起身大声地喊，"你下车来谈吧，反正你也跑不了啦。"

"好。"王韬站起身又说，"你们过来几个人，我负伤了，把我架下去。"

几个鬼子伪军站起身，端着枪围了过来，其中一个特务说："你把枪扔下来我们才能相信你，才好过去。"

"好，我扔下去。"王韬说着双手举起枪向走近车厢的鬼子晃了晃，双枪喷出了火舌，几个敌人倒下了。几个鬼子冲过来上了车，把王韬抓了个正着。

狡猾的伪军开着车加大油门猛地逃窜，任凭马耀南他们在后面追，也无济于事。

这是一座很高很大的重刑监狱，王韬独自一人被关押在一间低矮潮湿阴暗不透风的牢房里。他躺在墙角里，四周有潮虫在爬，有几只胆大的老鼠在他的周围跑来跑去，他的身上生了跳蚤、臭虫，周身痒得难受。每天，从门下的一个砖缝里有人给送一碗黑乎乎的饭，起初他不想吃，但后来他为了活下去还是强吃下去了。他站起身走到门旁，透过细小的门缝向外看了看，门外阳光明媚，风和日丽。他又走回到墙角，伸出乌黑的手一块砖一块砖地摸，他希望以前的人能留下点儿什么，或有意外的重大发现，可摸遍了四周也没有发现什么。过了一会儿，他大声地唱起了抗日歌曲："中国人，中国人，中国的人们都团结起，扛起枪，站成队，迈着大步奔向抗日前方。中国人，中国人，摆好了阵式握紧了枪，子弹上了膛，手榴弹，抓在手，只等一声号令打、打、打，杀、杀、杀，把小鬼子一个个消灭掉。中国人，中国人，在共产党的领导下，动员起来了，一起来抗战，救中国，救民众，胜利一定是人民……"这歌声透过厚厚的牢房，传到了外面。

王韬就这样在这间小黑屋里打发着时光，饥饿疲惫伴随着他，他思念自己的战友、领导，更加思念自己的家人。

"站好！快，快站好，全上一边去！"院里传来敌人的吆喝声。王韬知道这是敌人在叫政治犯们放风。他自从走进这间牢房，就再也没有离开过一步。于是他心平气和地坐在潮湿的散发着腐臭味的草上，背倚着墙，伸开双腿，头靠墙闭上眼睛想休息一会儿。门猛地被推开了，一个特务手里提着枪，戴一副墨镜，在一个鬼子的陪同下走了进来，他用手电照了照王韬的脸大声地喊："看来吃得不错。"

王韬闭着眼睛没有动，特务立时瞪起眼敲了敲门说："我说王韬，你别装聋作哑，这是最后一次了，告诉你，再不出去可就没有机会了。"说着和鬼子一边一个架起他走了出去。

"王韬，我们可怜你，过来吃块西瓜吧。"一个瘦猴似的汉奸用沙哑的公鸡嗓子尖叫着。

王韬望着几个特务的嘴脸，恨不得给他们几拳，把他们一个个打死，猛地他目光落在案板上那把很亮的菜刀上，心想这是一个杀敌的好机会，于是神情自若地笑了笑，拍了拍瘦猴的瘦肩说："你他妈的真有眼力，你们挺自在，真的，我早就想吃几块西瓜，解解渴了。"

"喂，我说你啊，何必这么自己折磨自己，和自己过不去，共产党给了你们什么好处，也值得为他们卖命？"

"到了这边，皇军说了，给你个大官做做，还给你女人，要钱有钱，要权力有权力，享不尽的福。"

"要叫我啊，早过来了。"几个特务汉奸七嘴八舌地劝说着。见王韬走过来，汉奸站起身让座："来，这边坐。"

"好，"王韬走过去，毫不客气地说，"这些小日本鬼子太不够意思，我王韬是随便就上当的人吗？"

"咋骗你？"一个汉奸觉得有点儿希望，立时凑过去。另一个特务从案板上拿起多半个西瓜递给王韬说："吃几口吧，你的日子不多了，吃吧。"

王韬知道这几个家伙一定是日本人派来的奸细，在给他玩花招，见一个特务递过一块西瓜就说道："你给我这么大的块，我也没法吃啊。"

"哈哈哈"，几个特务望着王韬手中的多半个西瓜，互相看了一眼大声笑起来。

"好甜，好甜。"王韬咬了口，嘴里嚼着说，"再切下一块去吧。"说着走近案板抓起菜刀，冷不防向一个特务的头上砍去。特务一惊，头一闪，忙用手去迎，"咔嚓"被砍掉了一只手。刀又一转，砍进了他的肩头，特务疼得嗷嗷号叫，躺在了地下。另一个特务从身后扑过来抱住了他的后腰。

王韬扭过身子，对准特务的脸重重地就是一刀，可怜这家伙手还没来得及收回，菜刀就砍进了头部，特务双手捂头倒下不动了。刹那间几个特务吓傻了，整个监狱立刻响起了刺耳的警报声，一队鬼子伪军跑过来，立时赶走了院里所有的政治犯，包围了他，岗楼上的机枪也掉转了枪口对准了他。他望着敌人慌张的样子，哈哈大笑："小鬼子，你们是兔子尾巴长不了了。"

"八嘎呀路！"一个鬼子小队长立时拔出战刀，"你的八路，我的大日本帝国的军人与你比试比试的有。"说着双手握刀，一步一步向王韬逼过去。

"小鬼子，不怕死的就过来！"王韬手握沾满鲜血的菜刀，怒视着鬼子。此刻他想，多杀一个鬼子就给老百姓消除一个侵略者、刽子手。自己死更不可怕，"人生自古谁无死，留取丹心照汗青"。

"八嘎！"随着一声怒吼，一群日本兵大踏步地走过来，大声地说："王韬，你的八路大干部，我的知道，大大的佩服，你的菜刀的放下，我们的好好地谈谈。"

"你的花招我都领教过了，没有什么好谈的。"说着挥舞着菜刀冲向那个叫阿久津情的日本大佐。

"哗"的一下，一群鬼子兵端着刺刀包围了王韬。王韬站住，面对鬼子的刺刀很轻松地笑了笑。

"打倒小鬼子！"

"打死他们！"

"放我们出去！"整个监狱喊声响成一片。

刹那间鬼子们乱了方阵，枪口对准了狱门口，警报声撕心裂肺地号叫起来，一个个鬼子如临大敌。突然整座监狱里响起了激奋的歌声："大刀向鬼子们的头上砍去，全国爱国的同胞们，抗战的一天来到了……"

一时间，监狱乱成一团，王韬在乱哄哄的场面中趁机逃跑。

前洼村北的一条小河沟旁，孤独地堆着一座座新坟，坟的四周有几棵树，小河沟里有水，水哗哗地流动着，水面上有鱼，鱼儿在戏水。坟旁有一个枯瘦的老太太盘腿坐在坟堆旁低声地痛哭着。王韬见了苍老的老人一阵心酸，抢前几步走到坟旁，跪下叩了几个响头。等他站起身，他问："大娘，村里还有日本人吗？"

老太太哭着说："挨千刀的小日本都走了。"

王韬捂着伤口气愤地喊道："小日本，我让你血债血还！"

第六节　热血沸腾

庄园遭受了日本士兵的抢劫毁坏之后，王家的老爷和少爷都灰心丧气了，破罐子破摔地打发日子，于是许多丑闻就不断传入在外走亲戚的王树臻的耳朵里。

王树臻心里很焦急，知道这样下去，庄园很快就稀里哗啦地垮掉了。夜里，他和家人从外地赶回庄园，其实他心里更担心的是蛐蛐和雀儿。

外敌的入侵，长山其他的商号，也未能幸免。美国在南京国民政府的同意下，向中国大量倾销棉花，严重冲击了国内的棉花市场，"裕茂公"开始走下坡路。日军的侵略，时局动荡，物价不稳，加剧了"裕茂公"的倒闭步伐。

温氏家族一样陷入深重的战争灾难中。战争不但使"复成"

在外的工商业受到严重的摧残，而且扼杀了温家在家乡大办企业的梦想。随着战火的蔓延，温氏家族不得不放弃家乡办企业的宏愿，携眷带子到大城市避乱。

战乱让名声赫赫的商豪家族，变得错乱不堪，逃的逃，散的散，曾经繁华的周村街变得一片萧条。

当王树臻回到村庄的时候，村里已经是一片狼藉，烧毁的房屋留着残迹，街道上人烟稀少，庄园乱七八糟，冷清得没有一丝人气。蛐蛐坐在屋内的土炕上，面对王树臻暗自垂泪，一旁的雀儿傻乎乎地痴笑。

王树臻问："红玉呢？"

蛐蛐躲避着话题："掌柜子，我现在按照新的规章制度来管理庄园，早晚庄园会喘过气来。"

王树臻大声呵斥道："红玉呢？她娘怎么成这样了？"

蛐蛐再也忍不住眼泪，如同泉水喷涌一般，哗哗地流个不停。王树臻也明白，庄园的所有财物已经被日本人抢了个精光，这可是他一辈子的家业啊！

李嫚哄着雀儿，给她梳着蓬乱的头发："发生了什么事？和我说说。"

雀儿依然目光呆滞，蛐蛐哭诉道："我无能，庄园让日本鬼子抢了，红玉让他们糟蹋完后杀了。她娘受了刺激，神经错乱，疯了。"

李嫚的手突然停住："我们走了没几个月，发生了这么多事？早知道带着你们也出去了。"

蛐蛐摇着头："带着我们出去能逃过一劫,全村的男女老少呢。日本鬼子见屋就烧,见人就杀,杀了五十八个人,惨啊!"

王树臻惊叹："该死的日本鬼子会遭报应的!"

蛐蛐骂道："太没人性,连老人和孩子都没放过。"

王树臻看到可怜的雀儿："我们去给雀儿找最好的大夫,一定能医好她。"

蛐蛐摇着头："心病还须心药医,红玉就是她的药。"

屋子里陷入沉寂,四个人悲痛地坐着,听着外面的风声,仿佛时刻有危险要发生,又做好了危险发生的准备。

王树臻让村里的人在坟场摆上了长长的桌子,桌子上放着前洼村五十八位死去的村人。

埋在地窖里,逃过掠夺的黄表纸拉到了坟前,燃起熊熊的火焰,村里活着的父老乡亲哭成一片。

王树臻点燃香火,大喊道："今天我带着长山有身份的商户、官人,还有前洼村的干部,全村的父老乡亲来祭奠死去的五十八位村人。"

人们都跪在地上,哭得死去活来,失去亲人的悲痛、被日本人凌辱的恐惧仿佛还弥漫在他们的脑海里。

王树臻走到灵位前："老李啊,不能和你下棋了。我也老了,过不了多久,我也会去陪你,到时候,咱哥俩再杀他几盘棋。

"春儿,小家伙,人世间到底是个什么模样,你都没看清楚。你刚学会走路,要慢慢走,别磕着。

"雪花,要过冬了,今年在那边,和咱们乡亲们一起好好地过冬。

"红玉，干爹来晚了，我给你准备了酒，上等的女儿红。本准备你出嫁的时候和你喝上几杯，干爹等不上了。等干爹去那边的时候，记得给干爹准备一坛好酒，咱爷俩好好喝。红玉，来喝酒了！"

……

祭奠完事，全村人都沉浸在悲痛的气氛之中。王氏庄园里冷冷清清，不久，李嫚一气之下，加上上了年纪，卧床不起。

蛐蛐吞吞吐吐地对王树臻说："掌柜子，我想离开了。"

王树臻一脸的惊讶："咱们老哥俩这么些年，什么苦没吃过，孩子们都在外经商，王韬去给咱们报仇，你就好好待在家里，度过晚年。我如果死了，还是由你来打理庄园。"

蛐蛐哭着说："当年我从一个要饭的叫花子，成为王家的管家，鲤鱼跳龙门。你是我的恩人，可我得走，这个地方到处是伤痛，雀儿的精神越来越不好。"

王树臻脸上滑过泪水："看来你已想好了，这里还有点钱，你拿着，路上用得到。"

蛐蛐推辞："我的命，都是王家给的，我姓王，一辈子都姓王。我不能要钱，我已经找好了马车，明天一早就走。"

王树臻伤心地说："这里永远是你的家，记得回来看看。"

蛐蛐猛地跪在地上："我有一个请求，有时间了，给红玉烧点钱吧！"

树臻赶忙扶起，两人哭成一团："你放心吧，红玉也是我女儿。"

蛐蛐离开的那个早晨，天阴沉沉的，云朵像是大团大团的铅块压在王氏庄园的上空。蛐蛐和雀儿乘坐着马车，出了前洼村，奔在大路上的那一刻，蛐蛐禁不住回头朝王氏庄园望去，就见这座雄伟壮观的庄园笼罩在一片阴霾之中。

雀儿望着天说："看样子，天要下雪了。"

蛐蛐的心情显得格外的沉重，摇着头："早晨浮云走，午后晒死狗，哪来的雪？"

雀儿哭着说："没雪多好，暖洋洋的，你觉得咱们还能回来吗？"

蛐蛐沉默不语，马车出了城门，在大路上飞奔起来，渐渐地，渐渐地消失了。

村里的人和牛渐渐多了起来，听到老人粗哑的令人感动的嗓音在远处传来，他的歌声在空旷的傍晚像风一样飘扬，炊烟在农舍的屋顶袅袅升起，在霞光四射的空中分散后消隐了。女人吆喝孩子的声音此起彼伏，慢慢地，田野趋向了宁静，四周出现了模糊，霞光逐渐退去。黄昏正在转瞬即逝，黑夜从天而降了。广阔的土地袒露着结实的胸膛，那是召唤的姿态，就像女人召唤着她们的儿女，土地召唤着黑夜来临。

战争还继续打响，伤愈的王韬跟随着马耀南司令员与杨国夫副司令员在西董由家河滩会合，整顿部队，计划东进临淄与李人凤十团会合。部队宿营在桓台县牛王庄。

一个狡诈阴险的汉奸秘密地派人去桓台城里给日军送信。日军得知这一情况后，立即通知唐山、荆家据点的日军，派兵分几路向城东北方向的牛王庄进发。敌人的一部分直奔牛王庄的西南方向，另一部分绕道到牛王庄东的大寨村，潜伏在该村的中心。

次日上午战斗打响，激战半日，司令员马耀南率领部队突围途中，在大寨庄遭敌人伏击。马耀南从马上摔下来，吃力地从路南爬到路北，利用有利的地形向敌人射击，年仅三十七岁的马耀南不幸壮烈牺牲。战争结束后，万恶的日军还将马耀南剖腹。

马耀南的牺牲引起了巨大的震动，全国上下一致追悼这位战斗英雄。为了追悼马耀南，有人写了一首《追悼马司令暨阵亡将士歌》：

残月除倭寇战马狂叫！你们出发前哨！不屈不挠一直杀上去肉搏血战终做了民族的不朽万世英豪！

安眠吧你们死难英豪！仇由我们去报！中华民族解放的事业我们决心继续坚持坚持到胜利的明朝！

烈士们你们为国战死！但愿你们安息！我们为了你们的辛劳都在含泪向着你们的英灵敬致凭吊！

第七节　落叶归根

蛐蛐走了，李嫚病了，让人羡慕的王氏家族仿佛在一夜之间，变得残破不堪。冰凉的墙壁上涂满了抗战的标语。

"打倒日本帝国主义！"

"团结一致，共同抗敌！"

……

躺在床上的李嫚气息微弱，王德邦和陈莉照看着她。陈莉给李嫚试着脉搏，脸上露出了不祥的表情。

王树臻问："你娘怎么样？"

陈莉回道："心神疲惫，精神状态不太好。娘刚吃了安神的药，但这么耗着不是回事。"

德邦问："还有什么办法吗？"

陈莉看着李嫚憔悴的脸："娘的年纪大了，加上家里出了这档子事，整天忧心忡忡。我爹那边的药厂都让日本人占了，拿不出药。"

德邦急道："那咱们眼睁睁看着娘等死吗？"

陈莉委屈："我也想医好娘，可没药我也没办法，日本人把整个山东地区的药厂都霸占，我们去哪儿弄药？"

王树臻劝道："德邦，别和媳妇急。这个世道变了，日本人想控制中国，就得让中国人死。你娘如果命大，你能挺过去。年岁大了，也活不了多久。"

德国急匆匆地跑进屋："爹，耿筱琴掌柜子的店铺被日本人烧了，邹平、长山一带的商铺都没逃过日本人的黑手，长山各大家族都遭了殃。树琴姑姑和严同叔去闯关东，说等太平了，就再回来。还有就是孟洛川掌柜子去世了。"

王树臻惊讶："什么？"

孟洛川的去世，彻底地打击了王树臻，一代商豪，就这么走了。

　　烟雾弥漫的上空，乡村里，有的人离开了自己耕种的土地，踏上了离乡的道路。以前有王树臻这些大商户来救济他们，可现在王氏家族已经被抢得一无所有。

　　村庄的不远处，枪炮声依然响起，谁也不知道这个战争能什么时候结束，只要子弹不打进自己的身体，有口气在，就证明自己还活着。

　　李嫚最终还是没有抵过病魔的侵袭，在一个黄昏降临的时候，闭上了双眼。这样的噩耗对王树臻无疑是一种沉重的打击，同床共枕几十载，让她走得是如此的凄凉，树臻心里很不是滋味。孩子们哭得是撕心裂肺，声音仿佛震破黑暗天空的云层。而王树臻一人独坐在一旁，沉默不语。

　　1945 年 8 月 15 日，日本正式宣布无条件投降。渤海军区组织力量展开反攻。渤海军区主力与地方武装迅速集中，在景晓村、杨国夫率领下组成南、中、北三路大军，在胶济铁路与小清河之间，以强大攻势自东向西推进。21 日，包围长山县城，展开猛攻，激战半日，敌人弃城逃窜，长山城遂收复。30 日，反攻部队进逼邹平，城内伪军拒绝缴械，即展开强攻，突入城内，全歼守敌。俘敌一千二百二十余人，缴获小炮六门，机枪三十七挺，长短枪一千七百二十支，电台一部，话机二十一部，马二十匹，自行车三十六辆。9 月 6 日，反攻部队收复齐东县城九户，并攻下阎家据点，全歼守敌。

抗日战争胜利了，日本鬼子被赶出中国，王树臻一人在红玉的坟前烧纸钱，火苗徐徐上升。

王树臻念叨："红玉，日本人被打跑了，给你报仇了，你安息吧！你在那边让干娘陪着你说说话，这样不闷。"

说着说着，王树臻的眼泪流了出来："干爹多给你点钱，存好了，这样就不愁吃不愁穿，做一个大家闺秀。"

王树臻隐隐约约地看到不远处有一个身影，戴着斗笠，一身素衣，貌似是蛐蛐。可当他走过去的时候，人已经不见了，自言自语道："人老了，眼也花了。"

王德邦和陈莉去了国外生活，其他几个孩子都在外地白手起家，继续经商。孙子王韬继续奋战在第一线，庞大的王氏庄园没有了昔日的繁华和热闹，冷冷清清地剩下王树臻一个人。

王氏庄园似乎一夜之间露出了败象，就像一棵突然遭到了暴风雪的树木，叶子虽然还青青的，却一片又一片地坠落了。

一个人进了屋子，王树臻心里倒觉得踏实了，觉得最坏的结果也就这样了。当然，在屋子里坐久了，孤独和哀伤就涌上心头，他就在黑暗里开始回想从前，想自己和父亲一起肩挑扁担卖杂货，白手起家成为赫赫有名的长山七大家，很为一些得意的岁月骄傲。想到最后，就情不自禁地哭了，觉得人生真是一场噩梦，他从来没有想到自己会落到这种地步。在长山这块地盘上，曾经何等风光？现在自己两手空空，孤身一人。

天空灰蒙蒙的，纷纷扬扬地飘来了一场小雪。王树臻坐在庄园门口的石碡上，看着来回跑动的孩子们，孩子们唱着童谣：

大家伙儿，闹革命。

打完鬼子，打老蒋。

子弹枪炮不长眼，

打得老蒋屁股疼。

王树臻眯缝着双眼，抬头望着乌云密布的天空，脸上露出悲凉的笑容。雪花打落在他布满皱纹的脸上，留下了几丝的雪迹。

雪花如柳絮般飘飘洒洒地在空中飞舞着，整个村庄白茫茫的一片，王氏庄园沉浸在雪的世界里，不远处传来几声清脆的鸟叫。慢慢地，村庄趋向了宁静，四周逐渐地模糊。

孝妇河上的故乡

——《大门户》创作随笔

1

这是一个遗忘的时代。

有时候想，遗忘比消失在情感上要更加地惨烈。在中国，像糍粑、弓箭、古琴、木盆、秤杆、墨条、香干这些手艺大多为非物质文化遗产，都处在了消失的边缘。

农村的小桥流水、大树，如今逐渐地变成了钢筋水泥、高楼大厦。一些依附在原有环境中的生产习俗，比如养蚕种桑，都消失了。

我的故乡邹平县长山镇有一条河叫孝妇河，孝妇河干流源起山东省淄博市博山区神头大洪泉、灵泉、雪浪泉，上有岳阳、白阳二支流。全长一百三十多千米，最后注入渤海。

孝妇河最早出现在晋朝人郭缘生所著《续述征记》一书中，在古代曾叫作笼水、袁水、陇水等名称。随后，南北朝时陈文帝天嘉年间，顾野王的《舆地志》中有"颜文姜事姑感得灵泉生于室内"的记载。那时，齐孝妇有了一个好听的名字：颜文姜。后来，明代汝南熊荣的《题孝妇泉》："孝妇河名自古今，泉头一派更弘深。何当吸去为霖雨，洗尽人间不孝心。"《孝经》里说的"身体发肤，受之父母，不敢毁伤，孝之始也；立身行道，扬名于后世，以显父母，孝之终也。夫孝，始于事亲，中于事君，终于立身"，不知影响了多少人。孝妇河就这样在历朝历代文人骚客的笔下不断演绎着，因为一个神话故事而流传至今——

相传很早很早以前，博山八陡村有个颜氏妇女出嫁的那天丈夫突然暴病死亡。婆母硬说颜氏女是"扫帚星"，克死了丈夫，从此颜氏女便天天受着婆母的虐待，每天让她到十里外的地方去挑水，为了不让颜氏女途中休息，婆母特意找人做了两只尖底水桶，颜氏女对婆母总是逆来顺受，百般地孝顺，据说颜氏女的至孝感动了神仙。

一天，在颜氏女挑水回村的途中，遇到了一位童颜鹤发的老人，老人用他那龙头拐杖在石板上敲了两下，路上立刻出现了两个石坑，正好放下两只尖底水桶，从此，颜氏女挑水可以休息了。

过了些日子。颜氏女又遇上了老人，老人对颜氏女的孝顺称赞了一番，然后拿出一条马鞭子，让她带回家，把鞭子系在水瓮里，水少了，只要提一提鞭子，水就会涨上来。颜氏女回家一试果然很灵，从此也就不再受挑水的痛苦了。婆母见颜氏女不再去挑水，但天天甜水不断，心里很奇怪，于是心生一计，便把颜氏叫到身边说："你嫁到我家来三年多了，也没有回一趟娘家，现在给你两天假，回去看看你娘吧。"颜氏女听了很高兴，临走时问婆婆："娘，还带点活吗？"婆婆假惺惺地说："活不多，今天去，明天来，七双袜子，八双鞋。"尽管如此，颜氏女还是欣然领受了。颜氏女回到娘家，母女俩抱在一起一边哭，一边诉说离别之情。

第二天，就要回家了，活还没有做呢。于是请来了七姑八姨，三婶四嫂，不多时做完了七双袜子八双鞋。颜氏女带上做好的鞋袜赶忙回婆家去了。刚走到村头，就听村里人声嘈杂，乱成一片。出什么事了？颜氏女赶往家里跑，啊！村子里大街小巷洪水滚流。颜氏女回家一看。婆母手里拿着那支马鞭子，早已淹死在水瓮边。看到这种情景颜氏女连忙举起鞭子向北一指，洪水立即滚滚向北流去，流成了一条河，这就是孝妇河。

世界自古以来就是有水的地方，就可能会酝酿出文明。约在公元前四千年前后，出现了古代两河流域文明——底格里斯河、幼发拉底河流域的美索不达米亚文明。苏美尔人成功地利用了底格里斯河、幼发拉底河的河水，从而创建了古代两河流域文明。

第二个文明是古埃及文明，又叫尼罗河流域文明。古希腊历史学家曾把埃及称为"尼罗河的赠礼"，是尼罗河带给了古埃及文明的繁荣与发展。

第三个是古印度文明，大约出现在古代两河流域文明一千年之后。由于古印度河的存在，为沿河两岸的游牧民带来了农田灌溉的条件，促进了农业生产的发展。

第四个文明就是我们古中国文明，主要指我们的黄河流域和长江流域文明。应该说，黄河流域是我们中华民族比较早的文明发祥地。

无论是从古代还是现代来看，凡是有水的地方，必有城市的兴起、区域经济中心的发展和崛起。陕西省会城市西安，也就是古时候唐代的国都长安，有"八水绕长安"的美称；山东省会济南，被称为"泉城"，因为整个城市里有多处泉水；风景如画的江南，有"人间天堂"之美誉。

孝妇河两岸也算得上是一个文化丰满的地方，孝妇河沿岸人才辈出，仅明清之际就有三位杰出的文人王渔洋、赵执信和蒲松龄，当然都与颜文姜祠有不解之缘，被称为"孝妇河畔三名人"。另外，范仲淹和做过"三部"尚书的孙廷铨也是大名鼎鼎，县委书记的榜样焦裕禄，现代著名书法家宋勉之，都是现代的典型人物。

2

小说《大门户》的创作是在一个飘着雪花的日子，路上有些泥泞。我第一次站在王氏庄园的面前，见到它神秘的真面目，眼前朦朦胧胧的一座城池，四面的圩子墙。一阵寒风吹来，树枝杂草窸窣作响，仿佛在诉说着古老的故事。

曾经兴盛一个世纪的王氏庄园，如今只剩下槐德堂一处完整的堂号，周围的村居中也能隐隐约约看到几处蛛丝马迹。曾经高大的城墙也成了残砖碎瓦，站在庄园前静思，似乎能嗅到庄园厨房里飘出的那一缕清香，眼前浮现出高大的城墙，匆忙奔跑的仆人，盛开的花丛，庄严的建筑，无一不展现出庄园的繁华与昌盛。这一丝丝的空气中飘出岁月的残痕，吸引着我去用笔墨触碰这个时代，这个家族……

王氏庄园是老的，是残旧的，但残旧却更增添了古建筑的灵气，院内的花草树木使它格外富有生机，被隔绝却使这里的空气变得自由而使人怀念。走在清凉的青石板路上，看着街两侧古灯透过瓦片所漏下的光，辉映着斑驳的古建筑以及屋顶闪亮的瓦片，门前冰冷的石刻已被腐蚀近百年，仍然有远古的痕迹，窗沿布满的尘土，却无法遮挡住它昔日的光辉，那些精雕细刻的影子。脚步声回响在庄园里，令人感觉清晰，所看到的是岁月使这里变得厚重而美丽，还夹杂许多人和事，岁月缓缓流淌，但从未消磨王氏庄园的辉煌，那些内在古老而芬芳的气息，令人无比动容。曾失陷于城市中的灯红酒绿，来到这里，只有自然的声音。四周安静而清透，脚步轻轻走动，嘴角浮现笑意，远离了城外的辉煌，退避到这里，闲看天边云卷云舒，独自静听心的声音，走进那个饱经风霜的年代。

提起王氏庄园，除了家业辉煌的王氏家族外，还不得不提起一个重要的人物，那就是孙吉祥先生。在王氏庄园历经近一个世纪的风雨侵蚀，建筑严重损坏的时候，孙吉祥先生斥资百余万元，对槐德堂进行修建，才让后人能站在这座宏伟的建筑物前一饱眼福。

孙先生说，我小时候在槐德堂玩耍，对这座建筑物有着难以割舍的感情，我无法眼睁睁地看着这座建筑从眼前消失。

殊不知，孙先生的做法不单单是留住了一座建筑物，而且给邹平乃至中国，留下了一座文化的瑰宝。

3

于是，我开始大量地搜集资料，可资料就如同那些残损的墙壁一样，有头无尾，甚至有些故事都被口传得有些神化。于是我便刨根问底地去翻书查资料找历史。手头的资料搜罗了一堆又一堆，资料上有的有记载，那些名字我倒是查着了几个，可大多还是只字没有。这么一大帮子人说来说去，传来传去，添来添去，一年又一年，一辈又一辈，讲故事的人又总免不了张冠李戴地编上点什么，把听到的看到的那些有趣的东西又安到自己的那个角儿身上，最后才枝叶繁茂地到了我耳朵里，致使故事真也假来假也真，这是很自然的事，不过我还是相信老一辈讲的就是真事。但要全部讲完这故事，一本书是远远不够的，因为老一代人讲了一辈子。

为了探个究竟，我不止一次地亲自去了周村。当我到了周村大街时，古香古色的大街小巷纵横交错，主街、丝市街、银子市街等依旧透露着古商城当年那繁华容貌。从那些长着苔藓的蓝砖蓝瓦上还能领略到这里当年那独有的盛世风韵。明清时期工商业的发展，让这里成了著名的"旱码头"。

周村没有古都的庄严与气派，没有苏杭的俊逸与洒脱，没有北京的庄重与豪迈，没有上海的奢华空灵，她拥有的只是简简单单的朴实。

小时候每逢过年都会去周村看灯会，赏古城千盏花灯。敲"天下第一锣"开市大吉，大街小巷，百年市井再现，有一种恍若隔世的感觉。锣鼓秧歌，舞狮旱船，花灯交相辉映，灯谜扑朔迷离；打陀螺，滚铁环，踩高跷，仿佛回到了美好的童年，吹糖人、捏面人、刻瓷、皮影戏等传统民俗及百年市井再现，让人目不暇接，恍若隔世。

年味，只有从这里寻找它的足迹，记忆中它依然是那么的清晰，那么的绚丽，使人久久难忘，回味无穷。虽然年味越来越淡了，但是来到周村，记忆里的年味却越来越近，越来越浓了。年的味道体现在姑娘渴望对花衣服的拥有上，见证在小伙的爆竹声中；年的味道在老太太对年糕的追求里，在老头对新毡帽的满足中；年的味道在人们对于自己理想和喜好的追求与满足上，在对美好生活的向往中。

贴春联、贴福字、请家堂、年夜饭、祭天地、祭祖、扎花灯、包水饺、守岁、炸年货、赶集、买年货、扫屋、洗浴、放鞭炮、放礼花。这是过年一连串的活动，可就是这些风俗，却变成了一种回忆。

高楼大厦逐渐替代了深院大宅，也就没有人愿意拿着热气腾腾的糨糊涂抹在大门上，然后贴上红色的春联。殊不知，这种糨糊的味道才是真正的文化，记忆中童年的味道。

4

在写《大门户》的过程中，我的生活突然发生了很大的变化。在无数个焦虑而失眠的夜晚，我为这种变化而痛苦不已。

记不清什么时候了，在故乡寂静的河边面对悠悠流水静思默想，我曾经有过一个念头：我要把家乡的生活写成一个故事。

于是，《自家人》《老男人和野狗》《书贩子》等一篇篇文章发表了，可写作是无止境的，因为生活还在继续，故事时不时地发生，生活本来就是一场没有剧本的电影。

我突然想起与著名书法家宋勉之先生之子宋奇先生见面时，他送给我一本《宋勉之》，让我领略到宋老先生笔墨丹青的飘逸风韵。

宋老先生写了一辈子，书法作品中透出乡土的生活气息，塑造着丰富的生活。艺术来源于生活，而高于生活。与其相比，我认为宋老先生的一生就是一幅充满浓重韵味的书法作品。于是，我将他的名字写进了小说的一个章节。

资料在房间里顿时堆起了一座又一座"山"。我没日没夜地开始了这项必需的工作，一页一页地翻看，工作量太巨大，直接变成了机械化的运动。累了就望望北京灯火通明的夜景，然后在不知不觉中，天就亮了。

全国各地文学杂志的笔会时有邀请，一律婉言谢绝。对于一些笔会活动，即使没有这部小说的制约，我也并不热心。因为隔代现象太严重，每次参加活动，和我年龄最相近的也得差个二十多岁。谢绝了各种会议，减少了杂志约稿的数量，开始专心做一个写书匠。

这部作品的结构先是从人物开始的，从一个人到一个家庭，再到一个群体。然后是人与人，家庭与家庭，群体与群体的纵横交叉，以最终织成一张人物的大网。

是用历史背景推动着人物的发展，还是在人物身上通过人性的变化展现宏大的历史背景，两者虽然没有强烈矛盾，却能决定着事件的发展走向。

想这个问题的时候，北京还没退去冬季的寒气，透过门窗上透明的玻璃，突然惊讶地发现，地上铺了一层薄薄的霜，心中不由泛起一缕温热。

想起童年，想起故乡的冬天，也常常会有这样的时刻，冰冷的雨雾中蓦地发现枯草上铺上一层白色的雪霜。现在，身处异乡，又见雨雪纷纷，两眼便忍不住热辣辣的，无限伤感。岁月流逝，物是人非，无数美好的过去是再也不能唤回了。

写到疲惫时，停下来喝一杯咖啡。脑子一片空白，两眼直直地对着墙壁，慢慢喝这杯咖啡，是一天中最愉快的一个瞬间。

5

回不去的故乡，进不去的城。

故乡的味道非常的浓重，任何的快乐、伤痛、悲伤、兴奋等感觉都比不上故乡带给自己的痕迹深硬。

随着城市化步伐的加快，乡土之根已经被连根拔起了。生活在城市里，却无法拿起笔为城市写一个长篇，笔触仍然只有在朝向乡土时，才会流出汩汩文字。只是，这些文字不再具备浓重的情感，失去了土地的腥气、炊烟的美感、晨露晚霞的气息……

田野、田园、乡村、村庄、乡野，这些代表着几千年来中国人的生活方式。一个乡村亦是泱泱华夏的缩影，不了解乡村谈不上了解中国。而现实中了解乡村的人或者人群正以几何倍数削减，可以说是一种"健忘"，一种回避，一种背叛，一种精神的意淫和张牙舞爪。

故乡正渐行渐远，一代又一代人对于故乡的印痕正随着乡村的消逝和城市化的进程而磨灭。这无疑是一种彻头彻尾的忘本，因为我们每一个人的血管里都流淌着乡村的血液，那可能已不新鲜和活跃，但她是干净的，淳朴的。可贵的是在创作《大门户》的过程中，再一次催醒了我的记忆，搅浑了被城市的绚丽迷蒙的情感，让我陷入深度自责之中。

故乡，这个词已经让我变得陌生，我已经找不到在一望无际的田野里打滚时的童年，坐在暖洋洋的阳光下，听村里的老人讲古老的神话传说，故乡，回不去了。城市，也进不去，那一层层钢筋水泥筑建的围墙，将我生生地挡在了外面。于是我在故乡和城市的边界上，来回地徘徊，直到城市不再是城市，故乡不再是故乡。

济南，对我来说，是一座情有独钟的城市。

济南有的老地名充满文化气息，具有较深的文化渊源。我在几年前写过《老济南的老街老巷》一文，表示了内心对老济南文化的喜爱。开埠带动了济南商业繁荣，于是一条条专业商街应运而生，比如剪子巷、篦子巷、制锦市、筐市街、花店街、菜市场街、铜元衣市街等都属于这种情况。这些商业街不仅名字带有浓郁的行业色彩，而且以前店后坊、批零兼顾的特殊经营方式推动着济南商业的发展。就拿剪子巷来说吧，当时山西、河北、北京以及本省的铁匠们纷纷来到这里，一条狭长的剪子巷竟布满了几十家铁匠铺。产品除了闻名遐迩的剪子，其他锅、铲、刀、勺、锄、镰、锨、镢样样不缺，巷子里叫卖声此起彼伏，打铁声叮当作响，生意比炉火还红火。

这座古朴浑厚的"中古的老城"，有内外城两层城墙，各开八座城门，历经明清两代而至民国，沐浴了六百年风雨沧桑。可惜的是，如今已"尽被西风吹去，了无陈迹"了。老济南城虽名存实亡，但那"城魂"犹存，依然飘散着浓郁的古典气息。

济南自二十世纪五十年代起，拆城墙，拆寺庙，拆名宅，拆四合院，两千年旧城改造又拆旧街巷，如今能拆的和不能拆的都拆得差不多了。济南的四合院小胡同和旧街老巷已消失殆尽。

济南人生活中的这种田园情调和平民意味，现在是日渐稀薄了。但几乎所有人都认为，只有这种敦厚悠长的意味才是正宗的济南味，也是这座文化古城最让人珍惜和难以忘怀的东西。

请多留住老济南的一些意境和韵味吧。就像留住清清的泉水一样，它们是济南的魂呢。

7

小说初稿完成的时候，邹平电视台的张明武主任送给我一本刚刚出版的《邹平名门望族》，这本书的到来如同一场及时雨，让我更系统全面地了解了邹平境内（含老邹平、长山、齐东县）巨贾商豪的故事。

邹平有悠久的历史文化，春秋战国时期邹平属齐国，与齐都临淄仅百里之遥，邹平先民直接参与了齐文化的创造，从某种意义上说，齐文化也是邹平人的文化。邹平人的思想意识、价值观念、生活方式都浓浓地渗透着齐文化的精髓，而齐文化很重要的一个方面就是重工商，这在先秦诸国"重农抑商"的氛围里是独树一帜的。姜太公制定了"通工商之业，便鱼盐之利"的经济发展方针，主张大农、大工、大商，农工商并举，使齐国由一个地薄民寡的小国一跃成为东方经济富庶、人口众多的泱泱大国；管仲则四民分业，把商人提到与士、农、工同等重要的地位，推行了一系列"关市讥而不征"的措施，齐国才出现了"以天下之财，致天下之民"和"商贾归齐如流水"的局面。重工商思想使齐国先后成为"春秋五霸"之首和"战国七雄"之魁，促进了这一带先民经贸思想的确立，形成了千百年来世代相传的民风民俗。

正是受到这种商文化思想的影响，邹平及周围一带历代都有富甲一方甚至全国闻名的巨商出现。在邹平本土，仅明清时期就先后出现了焦桥袁紫兰、苑城"裕茂公"、长山"六元亨"及"复成"温氏、"福成义"石氏、"大有"吕氏、"长盛公"张氏和"丰和泰"李家等闻名遐迩的豪富。改革开放刚开始，很多邹平人就到全国各地找商机，形成了劈铁、扒带、蒸馒头等各路"大军"。他们虽然手拿的是铁锤、钢刀，但骨子里却是沉淀了几千年的商贸观念。

齐国十分重视丝织业和铁业的发展。当时，天下之人冠带衣履，皆仰齐地，可见丝织业的兴盛。而於陵又是齐国的丝绸纺织中心之一。后来，棉花种植传到中国，黄河流域成了全国最大的产棉中心，历史上的丝绸纺织又逐渐影响带动了棉纺织业的发展。

8

我在北京，夏日的北京仿佛像一位老者，眯着双眼乐滋滋地享受着炙热的阳光。北京的胡同还是最吸引我的地方，空闲的时候，我都喜欢漫步在充满文化气息的街巷胡同里，大大小小的胡同纵横交错，织成了荟萃万千的京城。

胡同深深，胡同深处是无数温暖的家，这就是北京人对胡同有特殊感情的根本原因。胡同作为北京古老文化的载体，具有一种永恒的魅力。北京的胡同历经数百年的风雨沧桑，记载了历史的变迁、时代的风貌，它是老北京人生活的象征，更是北京古老文化的体现，而我们，则迫切地需要一种共识来维护这个城市的记忆与遗存。

与北京不同，邹平有自己独特的文化。

有人看了《大门户》初稿后问我，蛐蛐如此擅长经商，为什么不让他成为商界的一枝独秀，而只是王树臻身边的一名管家？

不可否认，王树臻的家业在蛐蛐的打理下，蒸蒸日上，一跃成为长山县七大家。王氏家族的发家，蛐蛐功不可没。

可是纵观全局，蛐蛐只是一名出色的执行者，而王树臻是一名领导者。蛐蛐可以出色地完成王树臻安排的各项任务，但无法自己决定一项事情。王树臻知道该用什么样的人去做什么样的事情，好刀用在刀刃上，善于用人，也是领导者必备的素质之一。这也是当代企业管理中，执行者和领导者的区别。

除王树臻之外，其他巨贾家族在创业的过程中也形成了以儒学思想为主题的鲁商文化。有学者比喻："周村商人一手拿《孙子兵法》，一手拿《道德经》。"他们素以"信守以德，诚信为本"为商业道德，将其经营思想确立为"以德为本，以义为先，以义致利"，树立了"重信用，讲礼仪，市价不二，童叟无欺"的企业形象和"货真价实，恪守信用"的经营理念，也由此成为鲁商文化的个性特征。

鲁商文化蕴含了自强不息、厚德载物的文化精神，崇尚重义、诚实守信的价值准则，以人为本、和谐共荣的经营哲学。

厚重的鲁商文化，培养了一代代名商巨贾，他们在商海中竞显风流，在大江南北留下了深深的足迹，树起了"山东商帮"的旗帜。

当小说写完最后一章节的时候，我不但没有舒一口气，反而心情愈发沉重。越来越多的历史故事逐渐地消失，美丽的神话传说也消踪灭迹，手工艺术品也逐渐地消亡，我们生活在一个遗忘的时代。

抬起头，窗外阴沉沉的天空，无数的鸽子成群结队地从天上飞过，就如同写下了一行行的文字，在空中留下了它们的故事。